FOLIO POLICIER

Paul Colize

Un long moment de silence

Gallimard

Paul Colize est né en 1953 et vit près de Bruxelles. Il a reçu le prix Saint-Maur en poche-Polar 2013 pour *Back up* (Folio Policier n° 685), le prix Landerneau-Polar 2013, le prix du Boulevard de l'Imaginaire 2013 et le prix Polars Pourpres 2013 pour *Un long moment de silence*.

Prologue

La sonnerie du téléphone retentit. Ses pas résonnent dans le couloir. Elle entre dans la pièce, me sourit, décroche.

Un homme lui parle. Je perçois quelques syllabes dont je ne saisis pas le sens. La voix est grave. Elle écoute. Le silence s'installe. Je lève les yeux. Elle me dévisage avec une expression que je ne lui connais pas. Elle prononce un mot. *Non.* Un mot qu'elle répétera comme un écho mourant.

Elle s'adosse contre le mur, me fixe avec des yeux qui me font peur.

L'homme a raccroché. Elle s'effondre lentement. Le combiné quitte ses mains, entame un mouvement de balancier dans le vide.

Elle est assise par terre, figée. Je ne sais que faire. Un sentiment étrange m'envahit. J'ai envie de pleurer, de me soustraire à l'émotion indéfinissable qui me submerge.

Impuissant, je détourne les yeux et continue à empiler mes cubes de bois.

PREMIÈRE PARTIE

« Si l'on ne croit pas les victimes, tout est permis au bourreau. »

SOAZIG AARON

1

La tuerie du Caire

Le 21 août 1954, le Douglas DC-6 de la compagnie KLM qui assurait la liaison entre Amsterdam et Le Caire atterrit à 14 h 18 dans la capitale égyptienne avec à son bord quarante-six passagers et cinq membres d'équipage.

À leur arrivée, les voyageurs furent dirigés vers l'aérogare où ils présentèrent leur passeport et remplirent les formalités d'entrée. Ils se rendirent ensuite dans le hall de débarquement pour y récupérer leurs bagages.

La plupart d'entre eux étaient regroupés devant le comptoir de livraison lorsqu'une Peugeot 203 noire força l'entrée de service de l'aéroport, traversa la piste à vive allure et s'arrêta à hauteur de l'aérogare.

Trois hommes cagoulés, armés de pistolets mitrailleurs, en descendirent et abattirent de sang-froid les policiers en faction. Ils pénétrèrent dans le hall, se déployèrent dans la salle et ouvrirent le feu sur les passagers. À plusieurs reprises, ils rechargèrent leur arme et poursuivirent leurs tirs meurtriers.

Ils lancèrent ensuite des grenades fumigènes dans plusieurs directions et rejoignirent le véhicule dans lequel un quatrième homme les attendait.

L'attaque avait duré moins de cinq minutes.

Les véhicules de police et les ambulances arrivèrent rapidement sur les lieux. Le bilan humain se révéla très lourd. Dix-sept personnes avaient trouvé la mort durant le raid, vingt-trois autres avaient été blessées, dont plusieurs grièvement. Quatre d'entre elles décédèrent dans les jours qui suivirent. Les rescapés durent leur salut à l'initiative qu'ils prirent de se jeter au sol dès les premiers tirs.

Les tueurs se volatilisèrent et ne furent jamais interceptés. Leur véhicule fut retrouvé quelques jours plus tard, calciné dans un terrain vague, à la périphérie du Caire. Le signalement que les témoins firent des assaillants ne permit pas de les identifier.

Les experts en balistique déterminèrent que les armes utilisées étaient des pistolets mitrailleurs MAT 49 d'origine française. Les grenades étaient des Nebelhandgranate 41, des engins allemands utilisés durant la Seconde Guerre mondiale, provenant d'un stock inconnu.

L'attentat ne fut pas revendiqué, ce qui, dans un premier temps du moins, écarta la piste terroriste ou l'attentat politique. Les vingt et une victimes, seize hommes et cinq femmes, appartenaient à huit nationalités différentes : sept Égyptiens, six Hollandais, deux Danois, deux Français, un Belge, un Espagnol, un Allemand de l'Ouest et un Américain.

L'enquête, menée conjointement par les polices égyptienne, néerlandaise, anglaise, française et américaine, déboucha sur trois pistes potentielles.

La première visait les Frères musulmans, les progressistes, les anciens wafdistes, les partis de gauche et les communistes qui menaient une lutte contre le régime pour obtenir l'abrogation du traité anglo-égyptien qui venait d'être conclu et revenir à la vie constitutionnelle.

La piste fut néanmoins écartée en raison de la nature de l'attaque, du choix des cibles et du fait qu'aucune intervention similaire n'eut lieu dans les semaines qui suivirent l'assaut.

Les investigations menées par les services américains privilégièrent la thèse du cadavre exquis : seul un homme du groupe était visé, les autres ne servant qu'à brouiller les pistes. D'après leurs conclusions, le citoyen américain qui faisait partie des victimes était la cible de l'attaque. Il s'agissait d'Edward Stanton, un physicien dont les recherches auraient pu inquiéter certaines puissances étrangères.

La Sûreté française pencha pour une thèse différente. D'après eux, le commando ne possédait qu'un signalement imprécis de la personne visée. Leur conclusion se basait sur le fait que les tirs s'étaient concentrés sur les hommes.

En tout état de cause, les enquêteurs s'entendirent pour soutenir que l'attaque n'était pas improvisée. De nombreux éléments attestaient que l'opération avait fait l'objet d'une préparation minutieuse.

En outre, les assaillants avaient bénéficié de complicités au sein des autorités de l'aéroport et d'autres instances dirigeantes. L'organisation incriminée était structurée et la manière dont l'attaque avait été perpétrée laissait supposer qu'il s'agissait d'un groupe paramilitaire ou de membres ayant suivi une formation à la guérilla.

Les efforts combinés ne permirent cependant pas d'aboutir à de quelconques arrestations.

Plusieurs enquêteurs mandatés par les familles des victimes entamèrent des recherches privées. Hormis quelques théories fantaisistes, aucune d'elles ne permit de cerner le mobile des meurtres ou l'identité des assassins.

Certains journalistes d'investigation se penchèrent également sur l'affaire, sans plus de succès.

L'enquête fut définitivement abandonnée en mars 1961.

L'événement restera gravé dans les mémoires sous le nom de la Tuerie du Caire.

2

Dès que j'aurai le dos tourné

La maquilleuse m'annonce qu'elle a terminé.

Je jette un coup d'œil dans le miroir. Hormis le rouge à lèvres qui me donne des airs de vieux travelo, je ne vois pas de différence marquante. J'ai toujours les yeux gris-bleu et le nez busqué de ma mère, la stature et la fossette au menton de mon père.

Ni l'un ni l'autre ne m'a légué le détachement que beaucoup considèrent comme de la froideur ou de la désinvolture. Ceux qui me connaissent regrettent que ce n'en soit pas.

Par un bienfait de la nature, j'ai échappé à la calvitie, aux traits avachis, aux érections fastidieuses et à l'embonpoint qui frappent la plupart des hommes de mon âge.

Pierre entre dans la loge.

— Tu viens, Stan, il est temps.

Malgré la relative expérience qu'il a de ce genre d'exercice, il paraît plus stressé que moi.

J'arrive sur le plateau et m'assieds dans le fauteuil que le régisseur m'indique. Il m'a remis le script de l'émission, je passerai en dernier.

Les autres invités sont déjà installés. Ce sont des auteurs reconnus, tendance intello médiatique. Pierre m'a expliqué d'où ils venaient, quel était leur parcours, ce qu'ils avaient écrit, mais je n'ai pas écouté. Je m'en fous. J'ai retenu que nous pratiquions le même sport, mais que je jouais dans une division inférieure.

Le présentateur, JPJ, Jean-Paul Joubert, m'accueille, me serre la main. Ses yeux pétillent. Il est détendu, confiant, sûr de lui et de son Audimat.

Un panneau s'allume. Joubert se compose un sourire radieux, souhaite la bienvenue aux téléspectateurs et présente ses invités du jour ; Dominique Garnier, Michel Laclos, Stanislas Kervyn.

Dominique Garnier porte un pantalon bouffant à mi-mollet, de longs cheveux blancs tirés en catogan et les lunettes rondes de John Lennon. Son ouvrage parle des classes moyennes et de leur déclin annoncé.

C'est à lui que s'adresse la première question. Je n'en saisis pas le sens, mais il embraie aussitôt. Je ne comprends pas davantage sa réponse.

Dans les coulisses, Pierre lève un pouce pour signifier que tout va bien se passer. Je lui réponds par un clignement de paupières.

Garnier s'empêtre dans son jargon et commence à transpirer. L'épreuve s'étire sur une dizaine de minutes.

Michel Laclos a écrit une énième biographie de François Mitterrand en mettant un accent particulier sur l'état de santé de l'ancien président. La couleur de son nez trahit une addiction au rouge bon marché. Son double menton disparaît dans un pull à col roulé assorti à ses cheveux noirs et gras.

Joubert lui envoie une salve de questions sur le bulletin de santé du président à l'aube de son deuxième mandat.

François Mitterrand a-t-il menti aux Français ?

Laclos atteste.

La caméra pivote de quelques degrés. Je relève la tête, Joubert me fouille du regard.

— Stanislas Kervyn, bonsoir. Stanislas parce que votre mère était polonaise, Kervyn parce que votre père était belge, c'est bien ça ?

— C'est ça.

Je m'abstiens d'afficher un sourire béat comme l'ont fait les autres bouffons, je ne suis pas un phénomène de foire.

— Vous êtes belge, vous avez cinquante-huit ans, vous vivez à Bruxelles.

— C'est exact.

— *La victime oubliée* est votre première œuvre. C'est un document qui revient sur la Tuerie du Caire, une fusillade qui s'est déroulée en août 1954, à l'aéroport du Caire et qui a fait vingt et un morts et une trentaine de blessés. Pourquoi avoir écrit ce livre ?

Je fais mine de réfléchir.

J'ai failli en venir aux mains la dernière fois que quelqu'un m'a posé cette question. La discussion se déroulait chez de vagues connaissances, l'homme était saoul et me soupçonnait de vouloir me faire un nom en versant dans le sensationnalisme. Quelques bonnes âmes m'ont empêché de lui faire ravaler ses sarcasmes.

— Mon père faisait partie des victimes.

Il se penche vers moi avec un air énigmatique.

— Vous n'avez pas connu votre père, vous aviez moins d'un an quand il a été tué. Pourquoi avoir attendu tant d'années pour écrire ce livre ?

Je me cale dans le fauteuil, les poings crispés sous la table.

— J'ai commencé à penser à ce livre quand j'avais une dizaine d'années. Un jour, j'ai eu envie de l'écrire.

— C'est l'arrivée d'Internet qui a changé la donne, il me semble ? Sans sortir de chez vous, vous pouviez trouver une masse d'informations qu'il vous aurait fallu une vie pour rassembler.

Sacré Pierre. Il a briefé le gars. Il savait que Joubert devrait poser les questions et y répondre lui-même.

— Oui, ça m'a aidé.

Ce n'est qu'une partie de la vérité. Dois-je me justifier ? Je ne parlerai ni de cette soirée de décembre 1989 ni de ces mots qui m'ont plongé dans le doute.

Je regrette tellement.

Pondre ce bouquin m'a permis de tempérer ma rage.

— Vous êtes allé plusieurs fois en Égypte, en Hollande, en Angleterre et dans d'autres pays, vous avez interrogé des dizaines de témoins et certains membres des familles des disparus.

— C'est vrai, j'ai voyagé.

— C'est plus qu'un hommage que vous avez rendu à votre père, vous avez réalisé une véritable enquête. Qu'est-ce que vous recherchiez ?

J'exècre son sourire cauteleux et ses questions intrusives.

Du coin de l'œil, je vois Laclos qui s'assoupit. Il se fout de la Tuerie du Caire et de la mort de mon père comme je me fous du cancer de Mitterrand.

— Je voulais comprendre ce qui s'était passé. Mon objectif n'était pas d'identifier les assassins, ils sont morts à l'heure qu'il est.

Le temps a accompli son œuvre. Le livre terminé, j'ai tourné la page.

Joubert revient à la charge.

— On lit dans votre livre que vous vous êtes penché sur la vie des vingt et une victimes. Qu'y avez-vous trouvé ?

Quarante-quatre.

Il n'a pas lu mon livre, comme la plupart des chroniqueurs. Je me suis aussi penché sur la vie des blessés. J'ai fouillé de fond en comble, mais je n'ai pas trouvé grand-chose. La plupart des victimes étaient des gens ordinaires qui venaient au Caire pour affaires, des ingénieurs, des techniciens, des banquiers, des assureurs.

Un temps, j'ai cherché à établir des liens susceptibles de rapprocher les victimes. J'ai envisagé l'hypothèse que plusieurs personnes étaient visées et non une seule.

Mes investigations se sont révélées inutiles. La coïncidence la plus troublante que j'avais trouvée était le prénom de Mohammed que trois des Égyptiens avaient donné à leur rejeton.

En dehors de cela, l'Allemand fêtait ce jour-là son

vingt-neuvième anniversaire et deux des Hollandais avaient fait leurs études dans le même établissement scolaire, à La Haye, à des périodes différentes.

— Peu de choses, à vrai dire.

Joubert s'obstine.

— Peu de choses, mais quelque chose quand même. Plusieurs thèses ont été émises sur cette tuerie, quelle est celle qui vous semble la plus crédible ?

Il faut que je lui donne un os à ronger si je veux en être quitte.

— J'ai écarté celle du scientifique visé par une puissance étrangère. Les travaux de ce type n'avaient rien de secret ou de sensible. C'était la guerre froide, la paranoïa régnait.

La piste de la cible mal définie avancée par certains ne tenait pas plus la route. L'expédition avait été minutieusement préparée. Ils visaient un passager qui avait réservé son billet plusieurs jours à l'avance, voire plusieurs semaines.

Dominique Garnier regarde sa montre. Laclos dort à moitié. J'aurais dû refuser cette télé. Cette interview est un bide monumental.

Joubert écarte les bras.

— Sans vouloir dévoiler le contenu de votre livre, que pouvez-vous nous dire de plus ?

Le chantage est lancé. Soit j'en dis plus, soit il balance et torpille le bouquin.

Pierre grimace dans les coulisses.

J'improvise.

— La théorie du cadavre exquis me paraît plausible. Un des hommes était visé, les dommages collatéraux ne servaient qu'à brouiller les pistes. Ne me posez pas la question, je ne sais pas qui était l'homme visé.

— L'homme ? Pourquoi pas une femme ?

J'ai envie de lui dire qu'on en reste là.

Ceux qui sont encore devant leur écran attendent le porno de minuit. Ils se fichent éperdument de mon histoire et de ces vieux cadavres oubliés.

— La plupart accompagnaient leur mari.

— On peut en conclure que l'homme visé présentait un réel danger pour quelque chose ou quelqu'un, ou que c'était un acte de vengeance ou de représailles. C'est là qu'intervient le mystérieux Jacques Maquet.

— Une piste mène en effet à l'un des passagers, un certain Jacques Maquet. Il voyageait seul et avait réservé son billet depuis deux mois.

Son passé était confus, j'avais recueilli des versions différentes.

— Qu'avez-vous appris sur lui ?

— C'était un officier de la Légion étrangère. Il y était entré en 1939 et avait démissionné quelques semaines auparavant, après avoir été blessé à Diên Biên Phu. Il avait une quarantaine d'années.

Joubert relève la tête, fixe la caméra, fait papilloter ses yeux. La couverture de mon livre fait une brève apparition à l'écran.

Pierre doit être aux anges. Les éditeurs sont des marchands de soupe.

— Merci. *La victime oubliée*, de Stanislas Kervyn, paru aux éditions Balmont. Je vous donne rendez-vous samedi prochain pour de nouvelles *Rencontres Livresques*.

Le générique de fin d'émission défile sur l'écran. Les gens se lèvent, se congratulent, des dizaines de personnes montent sur le plateau.

Pierre se précipite.

— Tu t'en es pas mal sorti. Tu aurais pu sourire, mais ce n'est qu'un détail.

— À Noël, promis.

À son tour, Garnier vient me serrer la main et m'offre son livre.

— Vous vous en êtes bien tiré, monsieur Kervyn, pour une première fois en tout cas. Bonne chance pour votre bouquin.

Pierre sort un exemplaire de sa besace et le lui donne.

— Échange de bons procédés.

Garnier nous salue, s'éloigne et plonge sur Laclos.

Je lève les yeux au ciel.

— Quel connard, personne n'a rien compris à ce qu'il racontait.

Pierre sourit.

— Tu es dur, j'aime beaucoup ce qu'il fait. Va te démaquiller, on prend un verre en vitesse et je te laisse filer.

Je prends la direction des coulisses. Une femme vient à ma rencontre. Elle est fébrile, ce qui n'a rien de surprenant, dans ce milieu, tout le monde semble vivre dans un état d'extrême agitation permanent.

— Monsieur Kervyn, nous avons reçu un appel pour vous.

— Pour moi ?

— Un téléspectateur qui suivait l'émission, il prétend avoir des informations sur votre histoire. Nous avons essayé d'en savoir plus, mais il ne voulait parler qu'à vous. Venez avec moi.

Nous traversons un long couloir. L'écart entre l'aspect immaculé du plateau et le bordel qui règne dans les bureaux est saisissant.

Nous parvenons sur un plateau où s'activent une dizaine de personnes malgré l'heure tardive. Elles portent un casque sur les oreilles et un micro devant la bouche. Plusieurs parlent à mi-voix.

La femme s'arrête devant un bureau occupé par un homme corpulent d'une quarantaine d'années.

— Je vous présente Alex.

L'homme me tend une main flasque.

— Bonsoir, monsieur Kervyn. J'ai reçu un appel tout à l'heure, pendant l'émission. C'était un peu bizarre, le bonhomme avait l'air de chercher ses mots. Il m'a dit qu'il savait quelque chose sur l'histoire dont vous parliez. J'ai essayé de l'interroger, mais il ne voulait parler qu'à vous. Je ne sais pas si c'est du sérieux, ce genre de truc arrive assez souvent.

Pierre m'avait prévenu. Ce genre de bouquin est du pain bénit pour les paranos, les amateurs de complots et les conspirationnistes de toutes sortes.

— Il voulait que je lui donne votre numéro de portable. Je lui ai répondu qu'il me fallait son identité pour ça, il a refusé. Il appelait d'un numéro caché. Comme il insistait, je lui ai dit que j'allais demander votre accord et qu'il n'avait qu'à me rappeler plus tard, je suis de permanence cette nuit.

— Vous avez bien fait.

— À vous de décider. S'il me rappelle, est-ce que je lui donne votre numéro ?

Je n'ai pas la moindre envie de me farcir les délires d'un fêlé. En revanche, j'ai pris le pli de ne jamais négliger de pistes. J'ai traqué les plus petits indices, je me suis aventuré dans des dizaines de culs-de-sac, me suis embourbé dans des chemins de traverse. J'ai investi des heures pour chercher en vain une aiguille dans une botte de foin.

Mais c'était avant.

Avant que j'écrive ce bouquin pour me débarrasser de ce qui m'encombrait.

— S'il vous rappelle, essayez d'en savoir plus. Si vous estimez que ça en vaut la peine, appelez mon éditeur.

— D'accord.

Je prends la direction de la sortie.

Lorsque je suis dans le couloir, je fais demi-tour et reviens vers Alex.

Il m'interroge du regard.

Je lui tends une de mes cartes de visite.

— S'il insiste vraiment, donnez-lui mon numéro.

Il prend la carte et l'insère dans le pavé numérique de son clavier.

Je sors du bureau.

Je regrette déjà de lui avoir donné ma carte. J'avais pris la décision d'en finir, de mettre un point final à cette quête obsessionnelle, de chasser mes vieux démons, de recommencer à vivre.

Qu'importe, je connais ce genre de type, il flanquera ma carte à la poubelle dès que j'aurai le dos tourné.

3

Oublier que je souffre

Je me réveille en sursaut.

Il est six heures. Les muscles de ma nuque sont tendus comme les cordes d'un piano. Une douleur lancinante bat dans ma tempe droite, m'emprisonne l'œil, irradie à l'arrière de mon crâne. Les élancements se propagent jusque dans ma poitrine. Une sensation de picotement descend le long de mes bras, se disperse aux extrémités de mes doigts.

Je garde les yeux fermés. Je tends la main, cherche à tâtons la petite boîte métallique posée sur la table de nuit. Son seul contact me rassérène.

Je l'ai récupérée dans un hôtel, il y a des années, lors d'une conférence. Elle contenait des pastilles à la menthe. J'y ai mis mes Imitrex et je l'ai adoptée. Depuis, nous sommes unis par un lien viscéral. Sa présence m'apaise, sa disparition me terrifie.

Du pouce, j'exerce une pression sur le centre du couvercle. Je guette le son libérateur, le *plop* annonciateur de ma résurrection.

J'avale un comprimé et m'allonge sur le dos. J'inspire profondément et laisse l'air s'échapper de mes poumons.

Je bénis l'inventeur du Sumatriptan. Avant sa venue, je n'avais que les analgésiques, quelques anti-inflammatoires ou l'absorption massive d'ergotamine pour apaiser mes migraines.

Autant dire rien.

Il m'arrivait d'errer trois jours d'affilée dans un état comateux, les yeux rougis, les idées embrumées, l'élocution pâteuse, les tympans bourdonnants. Les nausées m'envahissaient à intervalles réguliers. La lumière et le bruit me forçaient à me terrer de longues minutes aux chiottes ou dans les coins sombres de ma maison.

Comme la plupart des migraineux, j'ai suivi le parcours du combattant ; neurologues, homéopathes, acupuncteurs, hypnotiseurs, guérisseurs occultes, marchands d'espoir. Ils m'ont pris un paquet de fric sans me procurer de soulagement.

Faute de remède, je me suis trouvé un palliatif. À l'instar de JFK, j'ai découvert que rien ne valait une bonne baise pour soulager mes maux de tête. Ce constat est à l'origine de mon addiction aux accouplements fréquents, brefs et intenses. Baiser est pour moi un acte thérapeutique, au même titre qu'une séance d'ostéopathie crânienne ou de réflexologie plantaire.

Le type de rapports que j'entretiens avec mes partenaires en est une conséquence. Les longs préliminaires et les caresses lascives sont exclus de mon mode opératoire. Les jouisseuses passives et les coincées de la vulve me gonflent. Les sentimentales en attente de mots doux me font débander.

Je les veux soumises, consentantes, insatiables, prêtes à se plier à mon bon vouloir. En chaque femme sommeille le désir d'assouvir des fantasmes inavoués. Je leur offre cette opportunité. Les derniers tabous levés, elles s'abandonnent. La force et l'intimidation ne les rebutent pas. Elles assument, aspirent à ce que j'investisse pleinement les orifices dont la nature les a pourvues. Nos étreintes sont violentes, nos échanges brutaux.

Elles ne tempèrent pas mes pulsions, elles les encouragent, les exacerbent du geste et de la voix : *lèche-moi, baise-moi, encule-moi, défonce-moi.*

Je les baise pour soigner le mal qui me ronge.

J'en perds en cours de route. Après le galop d'essai, elles se dérobent, me qualifient de monstre, de pervers ou de détraqué. Celles qui franchissent le pas se laissent aller à leur penchant, certaines le découvrent à la faveur des épreuves que je leur fais subir.

Lorsque l'aventure se poursuit hors du lit, notre climat relationnel se met au diapason. Le moindre sujet de discorde tourne en confrontation, dégénère en conflit. La tension est constante. Nous nous défions, nous poussons l'autre dans ses ultimes retranchements. La rupture est rapidement consommée.

Le désastre qu'a été mon mariage en atteste. Après huit ans de déchirement, ma femme est partie en abandonnant le fils qu'elle m'avait donné.

Il est marié à présent. Je le vois peu. Un contentieux nous oppose.

Après la trahison de ma femme, je me suis créé un portefeuille de maîtresses occasionnelles, frivoles, promptes à répondre à mes aspirations.

La plupart sont mariées et s'emmerdent avec leur mari asthénique ou leur amant désœuvré, oscillant dans le meilleur des cas entre la position du missionnaire et une levrette occasionnelle.

Elles ne sont pas en quête de tendresse, elles n'attendent ni fleurs ni compliments, n'escomptent ni empathie ni compassion. Elles veulent être bousculées, se sentir vivre. Elles veulent de la salive, du sperme et des larmes.

Je ne suis pas là pour les aimer et je ne veux pas qu'elles m'aiment. Je veux les baiser. Simplement les baiser. Les baiser pour oublier que je souffre.

4

New York l'avait adopté

Nathan Katz arriva à New York par une chaude matinée de l'été 1948, à quelques jours de son dix-huitième anniversaire.

Depuis que le Congrès américain avait adopté la loi sur les personnes déplacées, des milliers d'immigrants venus d'Europe débarquaient chaque semaine dans les grandes villes des États-Unis.

De nombreux rescapés des camps se trouvaient parmi eux, mais aussi des réfugiés d'Europe de l'Est transférés à la suite des bouleversements de frontières qui avaient eu lieu en 1945. Plusieurs milliers de Polonais, d'Ukrainiens, de Yougoslaves, de Roumains et de Hongrois avaient refusé de retourner dans leur région d'origine. Ils y avaient connu la dictature nazie, la mort de leurs proches et l'humiliation. En outre, la plupart craignaient le régime communiste.

En attendant que les autorités alliées se penchent sur leur sort et trouvent une issue à leur situation, ils avaient vécu dans des camps ou des centres urbains depuis la fin de la guerre. La plupart de ces sites étaient d'anciens camps de concentration nazis libérés, en Allemagne, en Italie ou en Autriche.

Les conditions de vie restaient précaires, mais beaucoup gardaient l'espoir de retrouver une partie de leur famille. Les émissions de la radio publique diffusaient régulièrement des listes de survivants ainsi que l'endroit où ils se trouvaient. Certains journaux publiaient les photos de personnes prises dans ces camps, une pancarte portant leur nom dans les mains.

Pour Nathan et son père, stationnés depuis 1945 dans le camp de Feldafing, près de Munich, l'attente avait été vaine et l'espoir déçu.

En mai 1948, à la suite de la reconnaissance d'Israël par les États-Unis et des nouvelles dispositions de la loi américaine, la chance leur avait enfin souri. Bernard Katz, le père de Nathan, avait reçu une lettre d'un parent éloigné établi à New York depuis la fin de la Première Guerre mondiale.

Comme la loi le prescrivait, son arrière-cousin, Alexandre Katz, garantissait qu'un logement et un travail les attendaient sur place. Bernard Katz avait aussitôt introduit une demande de visa.

Début juillet, ils avaient quitté le camp de Feldafing et pris le train vers Hambourg pour embarquer à bord du *MS Italia*, un paquebot sur lequel les autorités leur avaient trouvé des places sur l'entrepont.

Dix jours plus tard, ils avaient enfilé les plus beaux vêtements qu'ils possédaient pour saluer la statue de la Liberté et mettre pied sur Ellis Island.

Alexandre Katz tenait une boulangerie dans le quartier de Williamsburg. En attendant des jours meilleurs, il leur avait trouvé une chambre située au dernier étage d'un immeuble de briques rouges au coin de Rutledge Street et de Harrison Avenue. La pièce n'excédait pas trois mètres sur quatre, la seule fenêtre donnait sur l'arrière-cour et la lumière du jour y entrait à peine, mais ils s'y sentirent d'emblée chez eux.

Le père de Nathan se mit au travail dès la semaine suivante. Il reprit son métier de plombier pour le compte d'un ami d'Alexandre. Ce dernier lui offrit un salaire de quarante dollars par semaine, ce qui était insuffisant pour loger et nourrir deux personnes, mais la communauté entreprit de les aider en leur fournissant vêtements, victuailles et produits de première nécessité.

Dès la fin de l'année 1945, Nathan avait repris des études à Feldafing. Quatre mille personnes vivaient dans le camp et une école y avait été créée. Des professeurs étaient venus de Palestine et des États-Unis pour enseigner.

Au début du mois d'août, Nathan fit une visite au Brooklyn College et remplit la demande d'inscription. Sa bonne connaissance de l'anglais et sa vive intelligence lui permirent de répondre favorablement aux conditions d'admission.

La rentrée étant programmée pour la mi-septembre, Nathan mit à profit le temps qu'il lui restait pour aider Alexandre et rapporter quelques dollars supplémentaires.

Ce dernier le mit à l'ouvrage dans la boulangerie. Tôt le matin, il était chargé de placer les marchandises dans les présentoirs, d'effectuer quelques livraisons dans le quartier et de nettoyer l'officine.

Son travail terminé, il passait le reste de la journée à parcourir Brooklyn du nord au sud et d'est en ouest, à la découverte du sentiment de liberté qui lui était jusqu'alors inconnu.

Il flânait, le nez au vent, respirait l'air doux, laissait le soleil réchauffer sa peau. Il ne savait où porter son regard tant la vie new-yorkaise lui semblait trépidante.

Les gens qu'il croisait le dévisageaient, les filles pouffaient et se retournaient sur son passage, interpellées par ses vêtements rapiécés et ses yeux clairs.

Dès ses premiers émois, un soir d'orage, dans la bibliothèque de Feldafing, il avait pris conscience que les filles de son âge n'étaient pas insensibles à son charme. Après la belle et délurée Judith, d'autres filles avaient suivi, toutes s'étaient attachées à lui.

Faute de retrouvailles, de nombreux couples s'étaient formés dans le camp. Il ne se passait pas un mois sans qu'une naissance soit célébrée. Certaines femmes mûres, restées seules, cherchaient au travers de relations épisodiques un moyen de soulager leur détresse et ne s'étaient pas embarrassées de précautions pour lui faire des avances.

Nathan aimait déambuler dans South Brooklyn, un petit quartier situé entre la 14e Rue et la

5e Avenue, bordé d'une part par le quartier italien, sur la rue du Président, de l'autre par les premières boutiques du quartier scandinave.

Il appréciait Flatbush et son air tonique chargé d'une forte odeur de saumure. Il se plaisait à parcourir les rues bordées de sycomores qui longeaient Prospect Park pour y admirer les grandes demeures bourgeoises de stuc et de bois.

Dans les rues commerçantes, il faisait une halte aux échoppes, cherchait à entrer en contact avec le boutiquier, le questionnait sur ses origines, son histoire, les marchandises exposées, demandait à connaître le nom des ustensiles, des fruits ou des légumes dans la langue maternelle du marchand. Sa soif de découverte lui donna l'occasion d'apprendre quelques rudiments d'italien, de suédois et d'espagnol.

À l'heure du déjeuner, il achetait un sandwich au pastrami et cornichons ainsi que la première édition de l'après-midi du *Post* et les dévorait de concert sur les marches d'un immeuble ou allongé sur la pelouse d'un parc.

Lorsqu'il en avait la possibilité, il se joignait aux fêtes de quartier. Il restait en retrait et regardait les participants danser et chanter, observait les enfants qui jouaient avec la dernière nouveauté du marché, un cône dans lequel on soufflait pour produire de gigantesques bulles de savon multicolores. Il appréciait la joie de vivre de ces gens sans pourtant parvenir à s'immerger dans l'ambiance bon enfant qui régnait autour de lui.

En fin d'après-midi, il rejoignait son père.

L'arrière-boutique de la boulangerie était le point de ralliement de la famille et des amis. Quelquefois, ils étaient plus d'une vingtaine autour de la table pour partager le *tchaï* et les pâtisseries à la cannelle. Tour à tour, ils ressassaient leurs souvenirs et évoquaient les disparus. Ils échangeaient ensuite les dernières informations qu'ils avaient reçues sur la situation en Israël.

Certains soirs, le pessimisme l'emportait. Le cessez-le-feu était effectif depuis la mi-juillet, mais tous considéraient que la reprise des combats était inévitable. Plus d'une fois, Nathan avança l'idée de rallier Israël pour participer à l'effort de guerre comme des milliers de civils l'avaient fait.

Bon nombre l'encouragèrent dans ce projet, mais son père l'en dissuada.

D'autres soirs, l'euphorie s'emparait d'eux. La campagne des dix jours avait été un succès, des combattants venus des quatre coins du monde venaient chaque jour grossir les troupes et renforcer l'armée. Les livraisons d'armes lourdes et d'avions en provenance de Tchécoslovaquie se poursuivaient. Tsahal était désormais invincible et la victoire finale ne pouvait leur échapper.

Lorsque la fin de l'été arriva, Nathan éprouva le sentiment que sa vie avait changé.

Il savait que certaines images du passé resteraient à jamais gravées dans sa mémoire et continueraient à le hanter jusqu'au dernier jour de sa vie, mais ces quelques semaines de répit l'avaient amené à penser qu'un nouveau départ était possible.

Il avait adopté New York et New York l'avait adopté.

5

Ce jour-là

J'entrouvre les yeux, je jette un coup d'œil au réveil. Deux heures se sont écoulées, je me suis rendormi.

La douleur s'est estompée, mais des tensions emprisonnent encore ma nuque. Une douche chaude et un café fort en viendront à bout.

Il était plus de trois heures quand je suis rentré de Paris. Le manque de sommeil est un facteur déclencheur. L'excès de sommeil aussi. De même que le bruit, le froid, le chocolat, les poissons fumés, les nuits de pleine lune et un tas d'autres choses. Il serait plus court d'énumérer ce qui n'en provoque pas.

Je m'assieds au bord du lit.

Je me prends la tête entre les mains, me masse les yeux à travers les paupières. Des points multicolores explosent dans ma tête, disparaissent, resurgissent.

Je descends l'escalier, les yeux mi-clos, pénètre dans le salon. Le soleil illumine le jardin. Je franchis la porte-fenêtre, risque quelques pas sur la terrasse. J'inspire profondément et ouvre grand les yeux. L'éclat du soleil s'imprègne dans mes rétines.

J'attends quelques instants que la sensation de brûlure s'apaise.

Mon chat émerge d'un buisson. Il s'élance à ma rencontre et vient se frotter contre mes chevilles.

Mon dimanche se présente comme les autres. Ma migraine partie, j'irai au Sablon prendre le petit déjeuner. J'y croiserai les noceurs habituels qui émergeront de leur nuit de beuverie et se raconteront leurs exploits. Leur discours ne varie pas ; après avoir bouffé dans un restaurant hors de prix, ils ont bu jusqu'au bout de la nuit et ont baisé les plus belles filles de la capitale.

J'irai au vieux marché. J'écouterai les salades des marchands, j'achèterai un CD que je ne passerai jamais ou un livre que je ne lirai pas. Si je parviens à dégoter une place, j'avalerai une soupe à l'oignon dans l'un des bistrots qui entourent la place.

Cet après-midi, j'enfourcherai mon vélo et j'irai sillonner les allées du bois de la Cambre ou de la forêt de Soignes.

Je retourne dans la cuisine. Je me prépare un café en consultant mon iPhone.

Dix-sept mails m'attendent.

Je parcours rapidement les mails, les efface aussitôt. Pour l'essentiel, ce sont les copies de copies de copies de messages échangés par des participants à des réunions auxquelles je n'ai pas assisté. Me mettre en *cc* de leurs divagations les sécurise. Ils pensent que cette démarche leur garantit mon soutien ou les décharge de leurs responsabilités.

Il est vrai que côté boulot, je ne m'en suis pas mal sorti.

Mes études ont pourtant été un fiasco. Ma scolarité s'est étendue de septembre 1959 à juin 1971. Contrairement à mon frère aîné, je n'ai pas traversé les sixties un livre de maths à la main.

Dans la trilogie sexe, drogue et rock'n'roll, j'ai privilégié le premier. Les drogues me filaient la nausée et je préférais la musique classique au rock, ma mère écoutait Chopin à longueur de journée.

En 1960, le divorce n'était pas la formalité qu'il est à présent. Les enfants de divorcés se faisaient rares. Dans les écoles catholiques, les profs les considéraient comme des pestiférés, des gosses malsains qui sentent le soufre et la fornication.

Les enfants de veuves les inquiétaient davantage. Ces petits démons devaient avoir collectionné les péchés mortels pour que le Seigneur en arrive à rappeler à Lui leur paternel.

En général, je ne parlais pas de la mort de mon père, ni à la maison, ni à l'école, ni nulle part. Les enseignants connaissaient mon affaire, mais n'osaient l'évoquer, comme si c'était une maladie honteuse.

Quand quelqu'un parlait du métier de son père et me demandait ce que faisait le mien, j'éludais la question ou je mentais. La plupart ne remarquaient pas son absence, même quand ils venaient à la maison. Ils pensaient qu'il travaillait ou qu'il était en voyage.

De temps à autre, certains se montraient plus curieux. Ils m'interrogeaient, voulaient savoir pourquoi il n'était jamais là. Je ne répondais pas.

S'ils insistaient, ils recevaient mon poing dans la figure.

De fil en aiguille, la nouvelle a fini par se répandre. Je n'ai échappé ni à la compassion hypocrite ni aux rondes de décérébrés qui tournoyaient autour de moi en chantonnant « il a pas de père, Kervyn, il a pas de père » comme d'autres n'auraient pas eu de couilles.

Je restais stoïque, je faisais mine d'être ailleurs. Du coin de l'œil, je repérais le meneur. Lorsque la sonnerie retentissait et que les marionnettes s'éparpillaient dans la cour, je m'occupais de lui. Je l'attrapais par les cheveux, je le traînais dans les chiottes et lui réglais son compte à l'abri des témoins. Il récidivait rarement.

À force de passer ce genre d'abrutis à tabac, j'ai acquis une certaine dextérité au combat de rue. J'ai appris qu'il vaut mieux cogner en premier, fort et tout de suite, pour marquer les esprits. De préférence sur le nez, la vue du sang en désarçonne plus d'un.

Un bon coup de pied dans les couilles produit également un effet appréciable. Donné à titre préventif, il décourage les mauvaises intentions et assure les alliances.

Quand l'adversaire est coriace, il est préférable de le laisser s'essouffler et d'esquiver les coups en attendant qu'une ouverture se présente.

En plus d'être bagarreur, mes profs me reprochaient de ne pas me conformer aux règles établies, de sécher les cours, de tourner autour de l'école des filles et de ne pas produire de résultats satisfaisants.

Plus d'une fois, ils ont convoqué ma mère pour

se plaindre de mon comportement, mais elle n'allait jamais aux rendez-vous. En désespoir de cause, une partie des profs a estimé que je n'arriverais pas à grand-chose, les autres, que je n'arriverais à rien.

En 1972, comme j'avais arrêté mes études, j'ai tourné en rond pendant quelques mois avant d'accomplir mon service militaire à Düren, en Allemagne, où mon indiscipline m'a valu quelques jours au trou.

J'ai commencé à travailler dès mon retour. J'ai été garçon de café, peintre en bâtiment. J'ai livré du pain et vendu des bagnoles d'occasion.

J'ai continué à vivre dans la maison familiale, mon salaire n'étant pas suffisant pour être autonome. J'ai aménagé une garçonnière au dernier étage de la maison en annexant la chambre de mon frère. Il avait quitté la maison pour le Zaïre après s'être marié avec la pire connasse qu'il m'ait été donné de rencontrer.

En 1982, je me suis offert un Commodore 64 pour combler mes soirées sans sexe. J'ai d'abord passé plusieurs heures à ausculter le curseur qui clignotait sur l'écran monochrome sans savoir que faire.

Trois mois plus tard, je maîtrisais le Basic.

Je me suis ensuite familiarisé avec Forth, Pascal et Logo avant d'attaquer Fortran. Je ne me contentais pas de comprendre comment utiliser les programmes, je cherchais à percer la manière dont les concepteurs les avaient élaborés.

Je m'amusais à pirater les jeux vidéo. Quand les premiers PC sont arrivés, je me suis intéressé aux réseaux informatiques naissants. Mon grand plaisir était de chercher les lacunes en matière de sécurité.

En septembre 1984, j'ai débarqué dans une grande banque pour leur faire part des failles qui existaient dans leur système et leur proposer mes services. Le chef du personnel m'a ri au nez. Je n'avais aucune référence, aucun diplôme, aucune expérience hormis la vente de bagnoles pourries. En prime, leur réseau était inviolable.

Quelques semaines plus tard, je suis entré dans leur système et j'ai viré un quart de million de francs sur mon compte personnel. Le lendemain, je me suis présenté une nouvelle fois à la réception. J'ai annoncé que je m'appelais Stanislas Kervyn, que je leur avais volé deux cent cinquante mille balles et que je souhaitais parler au président.

Je n'ai pas attendu plus de dix minutes avant d'être reçu.

Comme je l'escomptais, ils n'ont pas porté plainte ; la réputation de leur banque en aurait pris un coup. Ils ont proposé de m'engager séance tenante. J'ai eu la présence d'esprit de refuser leur offre pour louer mes services en tant que consultant extérieur.

J'ai constitué une société en m'associant à quelqu'un dans ma lignée, Thierry, un surdoué en informatique complètement givré. Il ressemblait à Serge Gainsbourg, en moins bien élevé. Son look ne passait pas trop bien dans les milieux financiers, ce qui ne nous a pas empêchés de signer des contrats à tour de bras.

Deux ans plus tard, il s'est tué sur l'autoroute, le lendemain du réveillon, dans un accident de bagnole provoqué par un conducteur bourré. Pour tout dire, les deux conducteurs étaient bourrés.

À présent, je gère une entreprise qui occupe près de trois cents personnes éparpillées dans huit filiales en Europe, en Asie et aux États-Unis. Je n'arrive pas à suivre toutes les évolutions du marché, les nouvelles générations de geeks m'ont tué, je ne suis pas loin d'être largué.

Par chance, je me suis entouré des meilleurs spécialistes. Ils ne me voient pas beaucoup. À l'occasion, je donne une conférence, si je ne peux pas faire autrement. Mes interventions excèdent rarement dix minutes. Il m'arrive aussi de faire acte de présence pour enlever un gros contrat.

À part ça, je me contente de diriger la boîte à distance. Mon job se résume à gérer les ego démesurés des divas que j'emploie, à arbitrer des discussions de bac à sable et à effacer les mails qu'ils m'envoient.

Je repose le téléphone, avale mon café et monte prendre ma douche. Les derniers élancements ont fait place à l'éphémère bien-être qui suit la crise migraineuse.

J'entends la sonnerie lorsque je sors de la cabine de douche.

Mes collaborateurs me téléphonent rarement, ils savent que j'ai horreur de ça, surtout le dimanche. Les femmes que je fréquente ne m'appellent pas, au mieux, elles me laissent un message. Je noue une serviette autour de ma taille, redescends au salon.

Je consulte l'écran.

Numéro privé.

Je prends l'appel.

— Stanislas Kervyn.

Un léger souffle me répond.

J'insiste.

— Stanislas Kervyn, j'écoute.

Je perçois une respiration.

— Monsieur Kervyn ?

J'identifie la voix d'un vieil homme. Le ton est lent et monocorde.

— C'est moi.

— J'ai appelé hier soir, à la télévision.

Je décèle un soupçon d'accent étranger.

— On m'a dit ça.

— Il faut que je vous parle.

— Je vous écoute.

Il marque une pause, reprend son souffle.

— Pas au téléphone, j'aimerais vous rencontrer.

— De quoi s'agit-il ?

— J'ai vu l'émission. Je sais des choses sur la mort de votre père.

— Alors, dites-les-moi, que savez-vous ?

Il semble au bout du rouleau.

— J'étais présent au moment de l'attaque.

Je passe une main sur ma nuque.

— Dans ce cas, je vous connais, j'ai rencontré tous les témoins vivants présents au moment de l'attaque. Lequel êtes-vous ?

Un long silence suit ma question.

— Vous ne me connaissez pas. Venez me voir, je suis à Lyon.

Mon chat s'enroule autour de mes chevilles.

— À Lyon ? Je ne vais pas à Lyon, je suis occupé. Si vous savez quelque chose, dites-le-moi et qu'on en finisse.

Il se met à tousser.

Ce type n'en a plus pour longtemps.

— Je dois vous parler. Je faisais partie du commando qui est intervenu ce jour-là.

6

Je suis désolé

Chaque trajet que j'effectue en TGV me ramène à un après-midi de juin, quelque part au début des années 2000.

Je me rendais à Montchanin, un bled perdu dans une zone sinistrée, pour faire une courte intervention au congrès d'une association de banquiers.

L'organisateur, un stratège né, avait calculé que la gare de Montchanin était l'endroit le plus rapide d'accès pour les participants venus des quatre coins d'Europe.

Il n'avait pas prévu qu'ils allaient s'y emmerder comme des rats crevés.

Une femme était assise en face de moi. Le bon versant de la quarantaine, brune, lunettes d'écaille et air sérieux. Elle avait posé son ordinateur portable sur la tablette et tapait sur le clavier comme si sa vie était en jeu.

Je l'observais.

De temps à autre, elle relevait la tête.

Je ne baissais pas les yeux pour autant. Je continuais à la dévisager, impassible.

Ses tentatives d'intimidation restant vaines, elle a fermé le couvercle de son ordinateur et m'a interpellé avec une pointe d'agacement.

— Je peux faire quelque chose pour vous, monsieur ?

J'ai attendu quelques instants avant de répondre.

— J'ai bien une idée, mais vous risquez d'être choquée.

La perspective de recevoir une gifle ne m'a jamais découragé. Ce type de dénouement s'est rarement produit, mais je me suis mangé un nombre incalculable de râteaux sans que cela n'affecte mon opiniâtreté.

La majorité des hommes rêvent d'accouplements furtifs, de relations torrides ou d'histoires de cul sans lendemain, mais peu osent prendre l'initiative. La plupart des femmes aspirent aux mêmes choses, mais les hommes qu'elles côtoient sont des dégonflés, des défaitistes, incapables de lire dans leurs pensées, terrorisés à l'idée de subir un revers.

Pour baiser, il faut oser, et laisser son amour-propre au vestiaire.

Elle m'a examiné avec hostilité, tiraillée entre l'insulte et le mépris.

Ne sachant quelle option choisir, elle s'est levée.

— Je vais prendre un café.

D'autres auraient capitulé.

Je me suis levé à mon tour.

— C'est une bonne idée.

Nous sommes allés à la voiture-restaurant. Je lui ai offert un café et nous avons échangé quelques banalités. Elle était informatrice médicale pour un laboratoire pharmaceutique allemand et se rendait à Lyon pour suivre un séminaire sur les antibiotiques.

Les civilités terminées, je lui ai confié à mots à peine couverts que j'avais envie de la baiser.

Elle a avalé le reste de son café d'un trait.

— D'accord, mais avant, il faut que je fume une clope et que je boive un verre.

Il n'était pas encore interdit de fumer dans les trains. Elle a allumé une cigarette pendant que j'allais lui acheter une mignonnette de whisky.

Elle l'a avalée d'un coup.

Alors que nous retournions à nos places, elle s'est faufilée dans l'une des toilettes, m'a aspiré à l'intérieur et a refermé la porte.

Sans un mot, elle s'est agenouillée et m'a déboutonné, les doigts fiévreux. Elle a descendu mon froc d'un geste sec et m'a pris dans sa bouche avec avidité. Je l'ai empoignée par les cheveux pour lui dicter le rythme. Pendant qu'elle s'activait, elle a glissé une main entre ses jambes et a commencé à se caresser. Je n'étais pas loin de l'explosion quand elle s'est redressée et s'est retournée.

Elle a posé les mains de part et d'autre du lave-mains, les jambes écartées, la croupe offerte. Elle me défiait dans le miroir, le regard hautain, le menton relevé. D'un balayage du pied, j'ai accentué l'angle. J'ai relevé sa robe jusqu'à la taille. Je ne me suis pas soucié de lui ôter son slip, j'ai écarté le tissu pour dégager sa fente. J'ai plié les genoux et l'ai pénétrée d'une poussée.

Les mains accrochées à ses hanches, je lui ai assené de vigoureux coups de reins. Elle a poussé de petits gémissements puis s'est immobilisée, le souffle court, la bouche ouverte, les yeux fermés. J'ai accéléré le mouvement et je me suis vidé en elle dans un râle.

Nous nous sommes rajustés et avons rejoint nos places. Certains passagers avaient épié notre manège. Elle s'est assise et a continué à m'étudier, en silence, avec un sourire en coin.

À l'approche de Montchanin, elle s'est penchée, a approché sa bouche de mon oreille.

— Tu baises comme une brute.

Je n'ai pas répliqué.

Je me suis levé, j'ai pris ma valise et je suis descendu. Je ne l'ai jamais revue. J'ai oublié son nom, mais le souvenir reste vivace.

Une telle occasion ne s'est pas représentée et ne se représentera pas dans ce train-ci. Ma voisine doit friser les quatre-vingts berges, elle lit le dernier Musso en grommelant. Son mari dort sur le siège qui lui fait face.

Je débarque à Lyon Part-Dieu à seize heures. La chaleur est accablante. Je traverse la gare et fais irruption sur le parvis. En principe, il devrait m'appeler dans quinze minutes. Je déteste les jeux de piste.

Un crève-la-faim se jette sur moi pour me vendre un canard, un autre m'explique en larmoyant qu'il a besoin d'une petite pièce. Je les chasse d'un geste.

Je commence à croire au canular quand mon téléphone se manifeste.

Numéro masqué.

— Je vous écoute.

Je perçois une sorte de chuintement à l'arrière-plan.

— Vous êtes à Lyon ?

— Comme prévu. Où êtes-vous ?

Il reprend son souffle.

— Prenez un taxi, l'hôpital Saint-Joseph, quatrième étage, chambre dix-neuf.

— C'est noté.

Je consulte le plan de la ville sur mon téléphone portable. L'hôpital Saint-Joseph est situé sur le quai Claude-Bernard, inutile de prendre un taxi, j'en ai pour moins d'une demi-heure à pied.

Le soleil de juin est implacable.

Je suis trempé lorsque j'atteins le centre hospitalier, un grand bloc fait de verre et de béton. L'architecte qui l'a conçu devait être dépressif. La façade est composée d'une mosaïque de carreaux noirs, orange et gris d'un goût exécrable.

Je retrouve l'odeur de mort et de merde qui stagne dans les hôpitaux. Je monte au quatrième étage et me dirige vers le bureau des infirmières. J'interpelle l'une d'elles, une gamine qui consulte une fiche quelconque.

— Qui se trouve dans la chambre dix-neuf ?

Elle me regarde avec hauteur. Je ne lui ai pas dit bonjour, je ne suis pas navré de l'avoir dérangée, je n'ai pas motivé ma question.

Je les connais, j'en ai baisé plus d'une, la blouse blanche et le pouvoir de tuer leur procurent un sentiment d'impunité et d'omnipotence divine.

— Pardon. Monsieur ?

— Qui se trouve dans la chambre dix-neuf ?

— Le pasteur Orwell, pourquoi ? Vous êtes de la famille ?

Je crois avoir mal entendu.

Le pasteur Orwell ? C'est une farce ? Je me suis fait blouser par un évangéliste ? Il va me servir un sermon sur le pardon et tenter de me faire rentrer dans le droit chemin ?

— Je ne suis pas de la famille, qu'est-ce qu'il a votre pasteur ?

Mon aplomb la déstabilise. Elle pense que je suis médecin et remballe sa morgue.

— Cancer bronchique. Monsieur Orwell est en soins palliatifs depuis six semaines.

— Merci.

Je m'enfonce dans le couloir, repère la chambre dix-neuf et pousse la porte.

Les stores sont baissés, la chambre baigne dans la pénombre. Une odeur de désinfectant et de pisse froide me prend à la gorge.

J'avance d'un pas.

Un lit occupe la pièce, mais il est vide. Un homme d'une maigreur cadavérique est assis dans un fauteuil, près de la fenêtre. Son corps disparaît dans une robe de chambre sombre d'où émergent des bras et des jambes décharnés.

Mes yeux s'habituent progressivement à l'obscurité. Je distingue certains détails, la poche d'urine accrochée sur le côté du siège, le téléphone portable posé sur le bras du fauteuil, un vieux Nokia de première génération, à peine moins volumineux qu'une caisse enregistreuse.

Le visage de l'homme est osseux, ses yeux sortent de leurs orbites, quelques cheveux filasse agonisent sur son crâne.

Il lève un bras, indique la direction du lit.

— La table de nuit. Le tiroir.

Si j'y trouve une Bible, je la lui fais bouffer.

Un dictaphone d'un autre siècle se trouve dans le tiroir.

— Le bouton *play*.

Sa voix s'élève, chevrotante.

Je m'appelle Carol Orwell. Je suis né à Londres en 1932. Mon père était militaire. Je suis parti avec mes parents au Caire en 1946.

Un déclic marque chaque fin de phrase, le temps de reprendre son souffle pour continuer.

Au vu de son état, cette biographie a dû lui prendre des heures. Je comprends pourquoi il ne m'a fixé rendez-vous que trois jours après son appel.

Là-bas, j'ai subi des pressions, j'ai quitté l'école et j'ai erré quelque temps. J'ai mal tourné. J'ai fait quelques mauvaises actions. Je conduisais vite et bien. Je connaissais la ville. Je suis devenu driver… chauffeur. Je pilotais des casseurs, des braqueurs, des cambrioleurs.

J'espère qu'il m'épargnera la version longue.

Tout se faisait par téléphone. On me commandait le travail. Je choisissais la voiture. Quelqu'un volait celle dont j'avais besoin. Je prenais le team à l'endroit convenu. Je les déposais. J'attendais. Je les reprenais. C'est comme ça que ça s'est passé pour votre père. Les guys n'étaient pas du Caire. Ils étaient trois. Ils venaient de l'étranger. Je ne sais pas d'où. Un parlait anglais. Entre eux, ils parlaient allemand. Je pensais que c'était un braquage. Je ne savais pas. Après, ils ont essayé de me tuer. J'ai réussi à m'enfuir.

Il suit l'audition en hochant légèrement la tête, comme s'il approuvait ses propres dires. Ses lèvres tremblent. Il prie.

J'ai voulu me racheter. J'ai eu une expérience spirituelle, une nouvelle naissance, lors d'un rassemblement. Billy Graham était l'évangéliste. Après, je me suis fait baptiser. J'ai tout quitté et je suis parti trois ans dans une école biblique. J'ai fait une année d'apprentissage dans une église en Angleterre. J'ai été aumônier dans un hôpital psy. Pendant ces années, j'ai aussi fait des stages. Mécanique auto. Hygiène tropicale. Linguistique. Je me suis marié. J'ai suivi une année de stage dans une église à Genève. J'ai été missionnaire à Thonon. J'ai implanté une église. Au départ, nous avions deux fidèles. Après quatorze ans, je suis parti à Nantes. Treize ans de ministère. Ensuite, je suis venu à Lyon. Aujourd'hui, je suis en paix avec Dieu. Avant de partir, j'aimerais être en paix avec les hommes. Et avec moi-même.

Déclic final.

Je me retiens de l'empoigner, de le secouer jusqu'à ce qu'il crache ses débris de poumons. Je me fous de son parcours de saint homme. Je n'éprouve aucune pitié pour lui. S'il m'a fait venir pour s'apitoyer sur son sort et implorer ma clémence, il se fiche le doigt dans l'œil.

— Qui étaient ces types ?

Il passe sa langue sur ses lèvres.

— Je ne sais pas. J'ai reçu la commande par téléphone. Je suis allé les chercher dans le quartier copte. Je n'ai pas vu leurs visages. J'ai juste entendu leurs voix.

Je hausse le ton.

— Vous êtes allé les chercher, vous les avez attendus pendant qu'ils massacraient trente personnes et vous les avez ramenés à leur hôtel, tout ça sans savoir qui ils étaient ni ce qu'ils voulaient, c'est ça ?

Ses lèvres tremblent de plus belle.

— Il y a longtemps. Dieu m'a pardonné.

— Je me fous que Dieu t'ait pardonné. Ma mère ne t'aurait pas pardonné et je ne te pardonne pas non plus.

L'infirmière fait irruption dans la chambre.

L'homme l'apaise d'un geste.

— Tout va bien mademoiselle.

Elle me lance un regard chargé de reproches et referme la porte.

— Pourquoi m'as-tu fait venir si tu ne sais rien ?

— Je sais quelque chose.

— Dis-moi laquelle et dépêche-toi.

— Je sais qui était leur cible.

Des fourmis escaladent mon dos, s'éparpillent dans ma nuque.

— Qui était-ce ?

— Je ne connais pas son nom. Ils avaient sa photo dans la voiture. Ils mémorisaient son visage pendant le trajet.

J'attire mon sac à dos, sors mon ordinateur. J'ai numérisé l'ensemble des informations que j'ai recueillies pendant ces années.

— Tu pourrais le reconnaître ?

— Je pense.

J'ouvre le dossier *Caire*, cherche le sous-dossier *Victimes* dans lequel se trouvent plusieurs photos de chaque disparu. Je clique sur le fichier qui m'intéresse. Le portrait de Jacques Maquet, le légionnaire, apparaît.

Je tourne l'écran et le positionne devant son visage.

— C'est lui, n'est-ce pas ?

Il chausse une paire de lunettes, plisse les yeux.

— Non, ce n'est pas lui.

— Tu es sûr ? Regarde bien !

— Ce n'est pas lui.

Le second est Jan Verschuuren, l'un des Hollandais.

Il secoue la tête.

— Non, il était plus âgé.

Hans Werner Jung, l'Allemand, apparaît en plein écran.

— Non, ce n'est pas lui.

Je poursuis le défilé jusqu'au dernier.

Il n'en reconnaît aucun. L'espoir d'avoir enfin trouvé le début d'une piste s'évanouit. Il me reste à appeler la police pour qu'il passe les derniers jours de sa vie en taule à prier son Dieu qui lui a tout pardonné.

Je m'apprête à refermer l'ordinateur.

Il lève une main.

— Attendez. Remontrez-les-moi. Ce n'est pas facile. Sur la photo, il portait un chapeau.

Je lui repasse la série en y ajoutant les femmes et les blessés, sans plus de succès.

— Je suis désolé, je ne le reconnais pas.

— Je m'en doutais. Qu'est-ce que tu veux ? Pourquoi m'as-tu fait venir ?

Il balise, ses yeux partent dans tous les sens.

Je respire, je me déconnecte. Je glisse une main dans ma poche, cherche le contact de la boîte métallique. Inutile de le harceler davantage, je perds mon temps.

J'espère que je ne devrai pas loger à Lyon. Avec un peu de chance, je trouverai un train pour repartir ce soir, quitte à faire une halte à Paris. Cette ville m'étouffe et ce vieillard moribond m'insupporte.

Je ne sais si je dois le dénoncer ou le laisser crever. Son témoignage, s'il parvient à témoigner, ne changera rien. Plus personne n'ouvrira ce dossier. Ce qu'il m'a dit ne pourra servir qu'à enjoliver un éventuel retirage de mon bouquin.

Il lève une nouvelle fois sa main.

— Quand ils sont revenus dans la voiture, ils ont dit qu'ils l'avaient eu.

— N'insiste pas. Je t'ai montré toutes les photos.

— Il avait un signe distinctif. Son menton. Il avait une fossette au menton.

Je m'arrête net. Il n'a pas vu l'une des photos. L'idée de la lui montrer ne m'a pas effleuré.

Je rouvre l'ordinateur.

Je fouille dans un autre dossier. Je clique sur une photo de mon père, l'une des dernières que l'on a prises de lui. Il est en costume et cravate. C'était quelques jours avant son départ pour Le Caire, lors d'un banquet dans sa société. Il avait un peu trop bu. Il souriait, son regard était flou.

— C'est lui ?

Il plisse les yeux, approche son visage de l'écran, puis retire ses lunettes. Il inspire une longue goulée d'air et recule dans son fauteuil, les yeux exorbités.

Je crispe les poings.

— Ne me dis pas que c'est cet homme qu'ils venaient tuer, espèce de salopard, ce n'est pas possible, c'est mon père.

Il me dévisage, terrorisé.

Vaincu, je cherche une ultime parade.

— Mon père ne portait jamais de chapeau.

Ses lèvres frémissent.

— Je suis désolé.

7

Le coup de grâce

Je traverse le hall de l'hôpital, me dirige à grandes enjambées vers la sortie, une bretelle du sac à dos dans une main, mon ordinateur dans l'autre. Les gens s'écartent sur mon passage, l'inquiétude se lit sur leur visage.

Je n'ai rien appris de plus. Il s'est refermé comme une huître.

Un homme me bouscule au pied de l'escalier. Je suspends ma course, me retourne, cloue mon regard dans le sien. Il me toise avec défiance.

Je fais un pas dans sa direction. Il baisse aussitôt les yeux, marmonne une vague excuse.

Les infirmières ont débarqué, flanquées de deux armoires à glace. Ils m'ont prié de sortir. On s'est jaugés. J'étais à deux doigts de leur voler dans les plumes.

J'émerge sur le trottoir, traverse les voies du tramway, m'engage sur l'avenue. Une voiture passe à ma hauteur et klaxonne.

Je monte sur le trottoir qui longe le fleuve. Je jette mon sac au pied d'un arbre, ouvre ma bécane. La photo de mon père s'étale sur l'écran. Je le regarde dans les yeux.

Il sourit. Son regard est flou.

Aimait-il boire, rire, danser, baiser ?

M'aimait-il ?

Ma vie aurait-elle été différente s'il avait survécu ?

Des deux mains, je projette l'ordinateur contre le tronc de l'arbre. L'écran explose. Des fragments de verre, d'acier et de plastique se détachent de la carcasse et se répandent au sol. Une femme qui promène son clebs fait demi-tour et s'éloigne en pressant le pas.

Je me penche en avant. Mon Vaio agonise à mes pieds.

Du talon, je lui porte le coup de grâce.

8

À vive allure

Le mercredi 15 septembre 1948, Nathan enfourcha le vieux vélo de livraison qu'Alexandre lui avait vendu contre quelques dollars et prit le chemin du Brooklyn College pour la rentrée scolaire.

Une bruyante animation l'attendait sur Bedford Avenue. De nombreux étudiants s'étaient rassemblés devant l'entrée de la faculté. Ceux qui connaissaient les lieux avaient franchi le portail et déambulaient dans les allées du jardin qui menaient au bâtiment principal.

Le désordre et la confusion régnaient dans les couloirs. De nombreux adolescents entraient en première année et ne savaient où aller. Debout sur une chaise, le directeur de l'établissement donnait ses directives en hurlant pour tenter de couvrir le vacarme.

Nathan s'inscrivit au cours de sciences politiques donné par Moritz Neumann, un homme affable, réfugié d'Allemagne.

De nombreux élèves entreprirent la même démarche.

Le prédécesseur de Neumann, Gabriel Almond,

avait fait de ce cours le programme le plus couru de la faculté avant de partir à Yale, auréolé par le succès du livre qu'il venait de publier.

Le caractère cosmopolite de l'établissement permit à Nathan de se lier rapidement d'amitié avec plusieurs étudiants dont le vécu était proche du sien.

Il se découvrit des affinités avec trois autres Juifs qui suivaient comme lui le cours de Neumann. Bien que différents l'un de l'autre, chacun était doté d'une personnalité affirmée.

Joseph Turkel, un gamin filiforme d'une intelligence remarquable, plaisantait à propos de tout et riait de ses propres bons mots. Son rire était à ce point communicatif que les gens qui le côtoyaient partageaient son hilarité sans même savoir quel en était l'objet.

Raul Hilberg, un Autrichien à la mine renfrognée, chaussé d'épaisses lunettes, semblait en permanence absorbé dans de sombres pensées. Quand il interrompait sa méditation, il se lançait dans des sujets polémiques ou faisait des déclarations provocatrices pour associer ses proches à sa réflexion.

Le troisième, Michael Gutmann, un bon vivant au ventre rebondi et au sourire jovial, adorait la vie new-yorkaise et ne parlait que de jazz et de bonne chère.

Ils se retrouvaient le midi et à la fin des cours pour avaler un sandwich, se promener dans le parc, échanger les dernières nouvelles du monde ou se perdre dans de longues discussions philosophiques.

L'incident se produisit le dernier vendredi d'octobre, en fin d'après-midi, alors que Nathan sortait de la faculté en compagnie de ses amis.

Trois Italiens d'une vingtaine d'années attendaient la sortie des élèves, les fesses posées sur l'aile avant d'un coupé Hudson rouge vif. Ils portaient des jeans aux bords retroussés, des chaussures noires pointues et une chemise rouge sang, proche de la couleur de leur bolide.

Le meneur était de stature moyenne, il avait un cou puissant et de larges épaules qu'il remuait sans cesse. L'air sûr de lui, il toisait les élèves qui sortaient de l'établissement en mâchonnant une allumette.

Les étudiants plus âgés, connaissant leur réputation, les évitèrent. Plus d'un avaient eu affaire à ces voyous de Bensonhurst qui venaient se livrer au racket et cherchaient la bagarre.

Lorsque Nathan et ses amis passèrent à leur hauteur, le chef du trio cracha dans leur direction.

— Encore une fournée qu'ils ont loupée.

Michael Gutmann s'immobilisa, cloua son regard dans celui du voyou et l'interpella brutalement.

— Qu'est-ce que tu as dit ?

L'homme avança d'un pas en roulant des épaules.

— Tu veux une raclée, youpin ?

Nathan s'interposa et retint Gutmann.

— Laisse tomber, Michael !

Les autres voyous vinrent encadrer leur chef.

— C'est ça, laisse tomber, gros Juif !

L'un d'eux sortit un couteau à cran d'arrêt et fit jaillir la lame.

— Et barrez-vous, fils de putes, ou on vous fait la peau !

Gutmann était blême, mais refusait de capituler. Nathan le repoussa avec force.

— Laisse tomber, je te dis.

— Pas question ! Je ne peux pas laisser ces ordures dire des choses pareilles.

— On en reparlera plus tard, maintenant tais-toi et laisse tomber.

La mort dans l'âme, Gutmann s'éloigna.

Ils remontèrent Bedford Avenue jusqu'à l'arrêt de bus de Flatbush sans qu'aucun d'eux ne parvienne à prononcer le moindre mot.

Hilberg semblait le plus ébranlé par l'incident. Il secouait la tête de gauche à droite comme s'il refusait d'admettre ce qui venait de se passer. Gutmann était livide et marchait droit devant lui, comme un automate. Turkel levait le nez au ciel, l'air hébété. De temps en temps, il s'essuyait les yeux avec la manche de sa chemise.

Lorsque le bus arriva, Nathan leur fit signe de la main, monta sur son vélo et se mit à pédaler avec rage.

Les jours suivants, Nathan quittait son père et ses amis dès la fin du repas.

Pendant la soirée et une partie de la nuit, il explorait le quartier italien. Il parcourait chaque rue, chaque avenue, chaque boulevard de façon méthodique jusqu'aux environs de deux heures du matin. Lorsqu'il rentrait, il se mettait au lit sans un mot et refusait de répondre aux questions que son père lui posait.

Le quatrième soir, il repéra le coupé Hudson rouge vif qu'il recherchait. Il était garé devant une pizzeria sur Christoforo Colombo Boulevard.

Il se posta au coin de Bay Ridge Parkway, s'accroupit derrière sa bicyclette et épia les environs en faisant mine de remettre sa chaîne en place.

Vers minuit, l'homme qu'il attendait sortit du bar en titubant et monta dans sa voiture.

Nathan grimpa sur son vélo et entreprit de le suivre.

Par chance, les rues étaient encombrées et l'homme conduisait lentement. Il s'arrêta dans la 79e Rue, gara tant bien que mal son véhicule et entra dans une petite maison à deux étages.

Le lendemain matin, Nathan se leva à cinq heures.

Il prit l'équipement qu'il avait préparé, monta sur son vélo et parcourut les dix miles qui le séparaient de Bensonhurst.

Il arriva sur place peu avant sept heures. Il parcourut la rue à plusieurs reprises et examina les environs avec attention.

L'inspection terminée, il posa son vélo contre un arbre et s'approcha de la Hudson. Il se campa sur ses jambes, arma la batte de baseball qu'il avait emportée et l'abattit à toute volée sur le pare-brise de la voiture.

La vitre se fracassa dans un bruit de tonnerre. Une partie des débris se répandit sur les sièges de la voiture, le reste se dispersa sur le trottoir.

Nathan apprécia le résultat, s'assit sur l'aile avant de la voiture, face à la maison de l'Italien, et observa la façade. Il repéra un mouvement de rideau à l'étage. Des visages inquiets apparurent également aux fenêtres des maisons voisines.

Quelques instants plus tard, le voyou surgit de la maison en boutonnant sa chemise. Il était pieds nus, il avait les cheveux en bataille et le visage tordu dans un rictus de haine.

Il apostropha Nathan en traversant la rue.

— Tu es dingue, mec ! Tu veux mourir ?

Lorsqu'il arriva à deux mètres, il reconnut Nathan.

— Quoi ? C'est toi, sale youpin ! Tu vas me payer ça.

Nathan se tint immobile, les mains sur le manche de la batte posée entre ses pieds.

Au moment où l'homme s'apprêtait à l'empoigner, il souleva la batte et la laissa retomber sur les orteils de l'homme.

Ce dernier ouvrit la bouche, leva le pied, chercha à articuler quelques mots.

Nathan prit la batte à deux mains et la plongea dans son ventre. L'homme se plia en deux, mit un genou à terre et chercha à reprendre son souffle.

Une main posée à chaque extrémité de la batte, Nathan lui asséna un coup de bas en haut dans les mâchoires, suivi d'un second de haut en bas sur le nez. L'homme poussa un hurlement de douleur, s'effondra sur le côté et se mit à vomir.

Un voisin sortit de sa maison, armé d'une pelle.

Nathan comprit qu'il lui fallait quitter les lieux s'il ne voulait pas se faire lyncher.

Il jeta un dernier coup d'œil au voyou étendu à ses pieds. L'homme était recroquevillé sur lui-même, à demi inconscient, le visage couvert de sang.

Nathan s'agenouilla et s'approcha de son oreille.

— En mémoire de ma mère, de mes sœurs et de ceux qu'ils n'ont pas loupés.

Il se releva, grimpa sur son vélo et s'éloigna à vive allure.

9

À nous deux

Je débarque au bureau à dix heures, à l'improviste, comme j'ai pris l'habitude de le faire.

En règle générale, mes arrivées impromptues provoquent un vent de panique. Ils savent que si je déboule de cette manière, c'est que j'ai de bonnes raisons de le faire. Comme ils savent que dans ces cas-là, certains vont en prendre plein la tête. C'est ma façon de maintenir une pression salutaire au sein des équipes.

Je traverse le plateau au pas de course, passe devant mon assistante.

Elle voit que j'ai la tête des mauvais jours.

— Bonjour Stanislas.

— J'ai besoin de vous.

J'entre dans mon bureau, le seul bureau individuel de la société, et je claque la porte, la seule de l'étage, excepté celle des chiottes.

Au réveil, ma boîte de réception était inondée de messages.

Une attaque perpétrée par des hackers basés en Europe de l'Est avait été détectée. Plusieurs milliers de clients de grandes banques auraient été touchés. Selon les premières analyses, le logiciel malveillant était planqué dans une application de jeu sur Facebook.

L'attaque a été contrée par nos services et le préjudice devrait être négligeable, mais nos clients nous paient pour que de telles choses ne se produisent pas. Dans ce domaine, les succès s'oublient, mais les échecs ont la vie dure.

En mars, nous avions été les premiers à détecter un cheval de Troie qui s'installait dans les Mac via une fausse mise à jour d'Adobe. Un développeur d'antivirus avait quantifié l'attaque et estimé que plus d'un demi-million de bécanes avaient été infectées.

C'était une belle réussite de notre part. Aujourd'hui, plus personne n'en parle.

En revanche, les deux ou trois misérables millions d'euros détournés par cette attaque risquent de nous coller au cul pendant deux ans.

Clémence, mon assistante, entre dans le bureau, son carnet de notes à la main. Elle est aussi belle qu'efficace, aussi loyale que dévouée. Je ne l'ai jamais baisée, ceci explique sans doute cela.

— Asseyez-vous.

Pour des raisons inconnues, nous ne sommes jamais passés au tutoiement.

Elle s'exécute.

Je lui communique les instructions qui me viennent en tête sans ralentir le rythme, me reprendre ou m'assurer qu'elle a eu le temps de les enregistrer. Elle connaît mon mode de fonctionnement. S'il lui manque des éléments, elle prendra une voie détournée pour me poser des questions.

— C'est noté, Stanislas. Autre chose ?

— C'est tout.

Elle se lève.

Je l'interpelle avant qu'elle ne quitte le bureau.

— Non, ce n'est pas tout. J'ai besoin d'un nouveau portable, configuré selon mes paramètres et mis à jour avec ma dernière sauvegarde. Avant midi.

— Ce sera fait.

— Demandez à Jean-Charles de venir me voir.

— Je m'en occupe.

Jusqu'il y a cinq ans, j'engueulais moi-même le personnel. Depuis, j'ai engagé un directeur général. Aujourd'hui, je centralise mes coups de gueule et il se charge de la distribution.

De nombreuses sociétés développent des trésors de créativité pour fidéliser leur personnel. Leur prodigalité va du plan de pension à la voiture toutes options en passant par un salaire de présidentiable, des primes de fin d'année, des bonus, des assurances, des participations bénéficiaires, des voyages de motivation, des formations de toutes sortes, des chèques repas, une crèche pour les mouflets et un service de repassage. À quand la pute de service ou le gigolo de fonction ?

Malgré ces largesses, il suffit qu'un concurrent fasse de l'œil à l'un de leurs assistés et lui propose cent euros de mieux pour que le gaillard fasse sa valise dans l'heure. L'entreprise flouée réagit en augmentant l'enveloppe salariale de tout le personnel pour éviter que cela ne se reproduise. Ils se plaignent ensuite que leurs employés sont des enfants gâtés ou des fonctionnaires syndiqués.

Bande de cons.

Les rares sociétés performantes sont dirigées par des patrons tyranniques qui imposent un style de management directif.

Le salaire des gens qui travaillent pour moi est décent, sans plus, mais ils sont traités à la dure. Le succès de ma boîte est dû à la motivation des gens que j'emploie, pas au fric que je leur laisse. La passion les anime. Je n'engage que des passionnés.

Je me fiche de leur âge, de la couleur de leur peau, de leur look, de leurs préférences sexuelles, de leurs diplômes ou de leur niveau social, je sais d'où je viens. Ils bossent comme des dingues et ne comptent pas leurs heures.

Je n'ai jamais eu de suicide, de dépression, de grève ou de *burn out*, parce que mes collaborateurs prennent leur pied.

Quand nous recrutons quelqu'un, je ne lui pose pas les habituelles questions bateau : quels sont vos points forts ? vos faiblesses ? vos motivations ? et tout ce blabla. Le candidat les connaît et a préparé ses réponses. Je le reçois dans mon bureau, je l'installe à la table de réunion et je pose une bécane devant lui.

— Allez-y, cherchez.

La plupart soufflent, geignent, se découragent, abandonnent après une ou deux heures. Je les fous dehors sans autre forme de procès.

Si le postulant est encore occupé en fin d'après-midi, je l'informe qu'il y a une permanence de nuit, qu'il peut s'en aller s'il en a marre de chercher. Il a le droit de se servir un café, de prendre un verre d'eau ou de s'acheter une friandise à la machine. Il n'y a rien d'autre à bouffer, sauf si l'un des employés de garde accepte de partager son casse-croûte.

Le lendemain matin, s'il ne s'est pas barré, il a l'air déconfit.

— Je n'ai pas trouvé, je suis navré.

— Je ne t'ai pas demandé de trouver, je t'ai demandé de chercher.

Je lui annonce alors que la bécane est saine et qu'il est engagé. Le type n'en croit pas ses oreilles. Certains se mettent à chialer. Une salve d'applaudissements salue leur sortie du bureau.

Jean-Charles pousse la porte.

— Bonjour, Stan, tu voulais me voir ?

— Entre.

Il reste debout, la tête penchée sur le côté, le teint cireux. Il a l'air d'un vieux mormon, avec ses cheveux en brosse et son costume bleu marine.

Je continue à consulter mon écran sans daigner lui jeter un coup d'œil.

— Qu'est-ce que je raconte sur Facebook depuis trois ans ?

— Que les applications regorgent de virus en tout genre.

— D'où est venue l'attaque de cette nuit ?

— D'une application de jeu sur Facebook.

— Pourquoi je paie quelqu'un comme toi ?

— Pour éviter que ça n'arrive.

— Bien. Tu peux sortir.

Je n'ai pas besoin d'en dire plus, je sais qu'il procédera aux mises au point nécessaires.

Dès qu'il referme la porte, j'ouvre mon armoire et me mets à la recherche du dossier qui m'intéresse.

Le Caire K-L.

Mon armoire en contient une vingtaine.

Une vingtaine de classeurs bourrés de papiers, de photos, de documents, de fichiers, de photocopies et de coupures de presse relatant les faits ou évoquant les personnes liées de près ou de loin à l'affaire.

J'ai toujours refusé de les conserver chez moi. Au plus fort de la tempête, j'aurais été capable de passer une semaine à les éplucher, sans boire, sans manger, sans dormir.

J'ouvre le classeur et en extrais les papiers qui se rapportent à mon père.

Je déploie les éléments sur la table.

Sur l'une des photos, il semble me fixer droit dans les yeux.

Je lui rends son regard.

— À nous deux.

10

J'ai baisé pour la première fois

Mon père aurait fêté ses cent ans au printemps de l'année dernière. Il est né le 5 avril 1911. Il n'avait que quarante-trois ans quand il a été tué.

Fils unique, il a été élevé par sa mère, une femme sèche et autoritaire que je n'ai pas connue. Il ne voyait son père que de temps à autre, ce dernier s'était barré avec une femme plus jeune et plus malléable quand il avait cinq ou six ans. Lui aussi est mort avant ma naissance.

Ma grand-mère était propriétaire d'une maison de haute couture, quelque part au centre de Bruxelles, du côté de la place Flagey.

Pendant la guerre, mon père faisait partie de la Résistance. Leurs réunions se déroulaient dans le sous-sol de la maison de couture. Le choix de l'endroit n'était pas anodin, les femmes des schleus étaient les meilleures clientes de ma grand-mère.

À la fin de la guerre, les clientes sont retournées chez elles et la maison de couture a fait faillite. Ma grand-mère a sombré dans l'alcool et mon père, qui l'assistait dans la gestion, s'est retrouvé sans emploi.

Il avait fait des études d'ingénieur électromécanicien, ce qui lui a permis de trouver du boulot dans une entreprise wallonne qui fabriquait des fours industriels. Leurs principaux clients étaient des tréfileries situées en Europe de l'Ouest, en Afrique et dans certains pays du Moyen-Orient.

Son travail consistait à aller sur place pour faire une analyse des besoins et dresser le cahier des charges. Il retournait chez le client lors de l'installation de l'équipement ou quand un problème important survenait, ce qui le contraignait à faire de fréquents déplacements.

C'est à peu de choses près les seuls éléments qui m'ont été communiqués, au compte-gouttes, durant les premières années de ma vie.

Hormis ces quelques bribes de vie, le sujet était tabou. Ma mère ne parlait jamais de son passé ni de celui de mon père et il ne me serait pas venu à l'esprit de poser des questions ou de contester l'authenticité de la version qui nous avait été donnée.

Dans le même ordre d'idées, il nous était défendu, à mon frère et moi, de feuilleter les albums photos dans lesquels il apparaissait.

Certains soirs, je surprenais ma mère, assise dans le large fauteuil près du lampadaire, un album ouvert sur les genoux, un mouchoir à la main, en pleine séquence nostalgie. Quand elle remarquait ma présence, elle refermait l'album et se levait avec précipitation, comme si je l'avais prise en flagrant délit.

Petit à petit, j'ai eu le sentiment qu'il manquait des pièces dans le puzzle. J'avais l'impression de n'avoir reçu que les chapitres approuvés d'une biographie censurée.

Quand j'ai eu une dizaine d'années, j'ai eu l'insolence de poser certaines questions. Je le faisais quand nous étions à table, en prenant des chemins de traverse. Avant que ma mère ne me réponde, mon frangin intervenait en campant le rôle du frère-aîné-qui-sait-tout.

— Arrête d'ennuyer maman avec ça.

Il se penchait ensuite vers moi et me réprimandait à voix basse.

— Tu vois bien que ça la fait souffrir.

Il s'intéressait plus aux maths et à la course aux bonnes notes qu'aux cadavres qui pourrissaient dans le placard. Je ne l'ai plus associé à ma méditation. J'ai attendu mon heure.

Un mercredi après-midi, alors que ma mère faisait des courses et que mon frère était au cinéma avec sa bande de fayots, je me suis mis à la recherche de la clé du buffet rococo dans lequel se trouvait l'objet de ma convoitise : l'album photos.

J'ai commencé par passer au peigne fin la chambre de ma mère. J'ouvrais chaque tiroir, photographiais l'emplacement des objets avant de les soulever, de les inspecter et de les remettre en place.

Ensuite, je me suis attaqué aux armoires. Debout sur une chaise, j'ai exploré les étagères, glissé une main entre chaque vêtement, fouillé les poches des manteaux, sans succès. Je suis retourné dans le salon, piqué au vif par l'échec.

Je me suis arrêté à l'entrée et j'ai raisonné. Ma

mère ne sortait pas de la pièce lorsqu'elle regardait l'album, ni avant ni après. J'en ai déduit que la clé devait se trouver à portée de main. J'ai négligé le vaisselier, mon frère et moi étions chargés de mettre la table à tour de rôle.

Deux infâmes pots en faïence chargés de graffitis chinois se trouvaient à l'extrémité de la cheminée. Ils faisaient partie des quelques objets de valeur hérités de ma grand-mère paternelle, avec un masque d'Ensor qui trônait sur le mur du fond, au-dessus du canapé.

La clé se trouvait dans celui de droite.

Je tremblais. J'étais trempé de la tête aux pieds, en pleine crise de conscience. Je me suis rué sur le buffet, me suis emparé du premier album qui me tombait sous la main.

Je l'ai ouvert. Sur la première page, j'ai reconnu l'écriture de ma mère, soignée, tout en courbe, au crayon blanc sur fond noir.

Ascona 1949

Il contenait les photos prises lors d'un séjour au bord du lac Majeur, en août 1949. J'ai parcouru les pages à toute allure, à la recherche d'un indice qui justifierait le caractère secret de l'objet.

Ils logeaient au *Castello del Sole*, ma mère avait inséré une carte postale de l'endroit, en guise de préface. Sur la façade, le nom de l'hôtel était repris en allemand, *Hotel Sonnenhof*.

Les pages suivantes étaient chargées des habituels clichés de vacances d'un couple amoureux. Mon père et ma mère, la main dans la main, enlacés, collés l'un à l'autre, se promenant sur les bords du lac, assis à la table d'un restaurant, ma mère resplendissante, encore vivante, les mains sur un parapet, son abondante chevelure balayée par le vent, sa jupe déployée tel un éventail, les montagnes en arrière-plan, mon père accroupi au pied d'un arbre, un écureuil lui mangeant dans la main, des sourires, du bonheur.

Un malaise m'a envahi.

J'ai reposé l'album.

Je comprenais mieux le trouble que la vue de ces photos provoquait chez ma mère. Je l'apparentais à la perte d'un objet précieux, à un impossible retour en arrière, aux orages les soirs d'été, à ces fins de journées heureuses, quand je me retrouvais triste et seul entre les murs de ma chambre.

Au moment de refermer le buffet, mon regard a été attiré par un carton à chaussures jauni par les années.

Sur le couvercle, un seul mot, le prénom de mon père, écrit à l'encre noire par ma mère.

Robert

J'ai soulevé le couvercle. La boîte contenait une liasse de documents et une série de photos. Son passeport et un livret protégé par une couverture cartonnée noire étaient posés par-dessus.

Je me suis emparé du carton. Son poids ne correspondait pas au contenu. J'ai soulevé la liasse. Un objet de petite taille se trouvait au fond, dans une pochette de cuir. Je l'ai pris. C'était un petit pistolet qui tenait dans la paume de ma main. Il était plus petit que le revolver qui faisait partie de ma panoplie de cow-boy.

Je l'ai remis en place, terrifié. Mon cœur battait à trois cents pulsations minute. Avant de refermer la boîte, j'ai jeté un coup d'œil au passeport.

En voyant la photo de mon père, jeune, souriant, le regard fier, la fossette conquérante, j'ai réalisé qu'il avait eu, lui aussi, une enfance. Le passeport était rempli de cachets, certains comportaient une écriture et des sigles que je ne connaissais pas.

L'autre livret était un carnet de mariage, mais pas celui de son mariage avec ma mère. Le document évoquait une union qu'il avait contractée avec une dénommée Blanche Léonard en 1937.

Je ne savais pas ce que cela impliquait, mais je venais de mettre la main sur deux informations sensibles, deux éléments qui m'avaient été dissimulés jusqu'à présent et qui soulevaient de multiples interrogations.

Pourquoi mon père possédait-il cette arme ? L'avait-il avec lui lors de sa mort ? S'en était-il servi ou avait-il tenté de s'en servir ? Qui était cette femme ?

Le soir, j'ai évité de croiser le regard de ma mère, persuadé que mon forfait se lirait sur mon visage. Mes secrets étaient tellement lourds à porter que je mourais d'envie d'en parler à mon frère.

Avant de m'endormir, je me suis créé un scénario.

La crise de Cuba n'était pas loin de nous et le

spectre de la guerre menaçait. John Kennedy venait de déclarer qu'il était *ein Berliner*. Les journaux publiaient les photos des bonzes qui se faisaient griller à tour de bras au Vietnam. Dans ce climat, il ne m'en fallait pas plus pour fantasmer.

Mon père était un espion payé par les Américains. Blanche Léonard était sa complice, une tueuse au physique de catcheur qui l'accompagnait et lui servait d'alibi. Ils ratissaient le monde à la recherche des espions russes que mon père tuait sans pitié à l'aide de son pistolet dissimulé dans sa manche.

Après cette découverte et le bouleversement qu'elle a provoqué, je me suis tenu à carreau. D'une part, je craignais de me faire prendre, de l'autre, je redoutais de déterrer d'autres pans cachés de sa vie.

Ce cas de figure me convenait et me remplissait de fierté. J'admirais en cachette ce père que je n'avais pas connu, ce héros mort en service commandé.

Ce n'est que cinq ans plus tard que j'ai recueilli quelques bribes supplémentaires, le jour même où j'ai baisé pour la première fois.

11

Ni à vous ni à personne

Il est dix-neuf heures. J'ouvre la porte du bureau.

Clémence est fidèle au poste, le sourire discret, le tailleur à peine fripé. Il vaut mieux ne pas s'en tenir à l'horaire syndical quand je suis dans le coin.

— Regardez si Jeanne Dewitte se trouve toujours à la Fondation Jourdan.

Une secrétaire normale m'aurait dévisagé avec un air ahuri avant de m'assaillir de questions.

— Je me renseigne.

Je referme la porte.

L'idée me semble digne d'intérêt. Elle me permettra en peu de temps d'avoir la confirmation que le pasteur lyonnais m'a mené en bateau.

À la lueur de l'information qu'il m'a confiée, j'ai reparcouru l'intégralité des documents qui évoquaient mon père, page par page, ligne par ligne, mot par mot. J'ai visionné toutes les photos où il apparaissait en m'efforçant de détecter des indices qui m'auraient jusqu'alors échappé.

Rien ne m'a sauté aux yeux, rien ne m'a paru nouveau ou différent.

Malgré ce constat, je me rends compte à quel point j'ai fait preuve d'amateurisme durant la vingtaine d'années qu'a duré mon enquête. J'ai fouillé le passé de tous les hommes qui ont été tués ce jour-là sans consacrer suffisamment de temps à retracer le parcours de mon propre père.

Comme le dernier des dilettantes, j'ai négligé la piste que j'avais sous les yeux.

L'idée qu'il aurait pu être la cible des tueurs ne m'a jamais effleuré. Pourtant, il y avait le Browning Baby 6,35 mm, le pistolet miniature que l'on a retrouvé dans ses affaires.

Il m'a fallu quatre ans pour mettre la main sur l'inventaire des objets personnels des victimes. Le document en question m'a appris que mon père l'avait emporté lors de ce voyage. Le dossier contenait également une photo de l'arme.

Après le casse du buffet rococo de juin 1963, je n'ai plus revu ce pistolet ni les documents que j'avais découverts.

À la mort de ma mère, nous avons récupéré les albums photos, mais le carton à chaussures avait disparu. Elle l'avait sans doute caché autre part. Je n'ai rien dit à mon frère et j'ai entrepris une fouille minutieuse de la maison, sans succès. J'en ai déduit qu'elle l'avait jeté à la poubelle pour effacer les dernières traces de ce drame ou éviter que nous ne tombions dessus.

Durant plusieurs mois, j'ai tenté en vain de remonter la piste de ce petit calibre. Le Browning Baby est sorti en 1931 et a été fabriqué à un million d'exemplaires. À la base, il visait le public féminin. Celui que possédait mon père était une version standard, il n'était ni gravé, ni enjolivé, ni nickelé. Les plaquettes de la crosse n'étaient pas en nacre. Le *FN* dans l'ovale supérieur et l'inscription *Baby* dans le bas de la crosse indiquaient qu'il s'agissait d'une production réalisée en Belgique. Le numéro de série avait été effacé.

À midi, Clémence est venue me livrer le nouveau portable.

— Voilà, Stanislas, tout est en ordre. Je vous commande un sandwich ?

— Je n'ai pas faim. J'ai changé d'avis. Demandez à Régis de me configurer un MacBook avec écran Retina.

Ce n'était pas un caprice de patron mégalo. Je possède sur mon disque dur un tas de photos que j'ai scannées, d'autres qui ont été prises durant mes investigations pour préparer le livre. Avec la résolution du Mac, certains détails pourraient faire surface spontanément.

Deux heures plus tard, Clémence m'a apporté le Mac. Avant de sortir du bureau, elle a déposé une canette de Perrier et un sandwich jambon cru céleri sur la table.

Au total, j'ai passé huit heures à parcourir des dizaines de papiers que je connaissais par cœur.

J'en suis arrivé à la conclusion que le cancéreux m'a menti. Malgré les lacunes de mon enquête, rien ne laisse supposer que mon père était la cible des tueurs et qu'il méritait d'être abattu. Pour m'en assurer, il faut que je parle à Jeanne Dewitte.

Jeanne est l'une des rares femmes encore en vie à avoir côtoyé mon père. Elle travaillait au service du personnel de la société qui l'employait, entre 1952 et 1957. Elle l'appréciait. Elle a pris l'initiative de venir à ses funérailles.

J'ai eu l'occasion de la rencontrer dans les années 2000. Je lui ai parlé pour la dernière fois quand je préparais le bouquin, c'était il y a deux ans. Elle terminait gentiment sa vie dans une maison de repos à Etterbeek. Elle doit avoir plus de quatre-vingts ans aujourd'hui, si elle n'est pas morte entre-temps.

Clémence frappe à la porte, l'ouvre dans la foulée.

— Elle est encore là-bas. Vous voulez que je vous donne les heures de visite ?

— Qu'est-ce que j'en ferais ?

Elle referme la porte.

Je sors du parking peu avant vingt heures et prends la direction d'Etterbeek. Le centre est désert, la circulation est fluide, les tunnels sont dégagés.

Les Bruxellois sont affalés devant l'Euro, une bière à portée de main. Je tiens dans mon carnet d'adresses les coordonnées de quelques femmes de footeux qui organisent de prétendus dîners entre copines, les soirs de grand match.

Vingt minutes plus tard, je me gare devant la maison de repos, chaussée de Wavre, dans le quartier de la Chasse. La façade jaune sale est encore plus sinistre que celle de l'hôpital lyonnais. Au train où vont les choses, je vais m'offrir la tournée des mouroirs les plus glauques d'Europe. Je garde un mauvais souvenir de celui-ci. Le home accueille ce qu'ils appellent les moins valides. Dans les faits, ce sont des morts-vivants qui errent dans les couloirs, l'œil torve, la bouche ouverte, en balbutiant des phrases inintelligibles.

La porte d'entrée est verrouillée. Une caméra me guette. Les déments essaient sans cesse de s'évader.

Je sonne.

Une minute s'écoule avant que l'interphone ne grésille.

— Oui ?

— Je viens voir Jeanne Dewitte.

Une pause.

— Qui êtes-vous ?

— Stanislas Kervyn.

— Vous êtes médecin ?

— Non.

— Je ne comprends pas. Les visites aux résidents ont lieu de quinze heures à dix-sept heures. Il faut venir pendant ces heures-là. Il n'est pas possible de voir madame Dewitte maintenant.

— Si, vous allez voir, c'est possible.

Dix minutes plus tard, j'entre dans la chambre de Jeanne, accompagné du médecin de garde avec lequel j'ai négocié ; un gamin boutonneux à qui j'ai fait remarquer qu'il avait une tache de moutarde sur sa blouse.

Jeanne Dewitte est allongée sur le dos, dans la pénombre, la bouche ouverte. La télévision ronronne en sourdine. Le coup d'envoi de Portugal-Espagne vient d'être donné. Elle a perdu vingt kilos depuis ma dernière visite. Il ne lui reste que la peau sur les os. Selon le toubib, elle se porte plutôt bien.

Il s'adresse à elle.

— Madame Dewitte, quelqu'un est là pour vous. Monsieur Kervyn. Vous connaissez monsieur Kervyn ?

Elle ouvre les yeux, tourne faiblement la tête, scrute le médecin.

— Oui, je le connais.

Je m'adresse au gamin.

— Vous voyez.

Il fait une grimace.

— Allez-y, dix minutes.

Jeanne Dewitte s'inquiète.

— Stanislas, tu es là ?

Je m'avance.

— C'est moi, Jeanne. J'ai une question à vous poser.

Elle découvre ma présence.

— C'est toi, Stanislas ? Comment vas-tu ? J'ai vu à la télévision que tu as sorti ton livre. C'est fantastique.

— J'ai une question à vous poser.

— Et ton frère, comment va ton frère ?

— Il va bien. Écoutez, Jeanne, je ne peux pas rester, je reviendrai vous voir un autre jour. J'ai seulement une question à vous poser.

— Tu m'as déjà posé cent questions.

— Une seule.

— Je t'écoute.

— Pourquoi mon père allait-il au Caire ?

Elle soupire.

— Je te l'ai dit, il allait voir un client.

— Ce n'est pas vrai, Jeanne, j'ai vérifié. Il n'y avait aucune tréfilerie en Égypte en 1954.

J'aurais pu lui parler de ma visite à Lyon, mais elle se serait refermée comme une huître.

Elle me dévisage.

— Ah ?

Il y a deux ans, je ne serais pas parvenu à la déstabiliser aussi facilement.

— Que faisait-il au Caire, Jeanne ?

— Je te l'ai dit.

— Maintenant, je sais que ce n'est pas vrai.

— Qui te l'a dit ?

— Je le sais. Que faisait-il au Caire ?

Elle se met à sangloter.

— Je ne sais pas.

— Vous ne savez pas ce qu'il allait y faire, mais vous savez qu'il n'allait pas voir un client, c'est ça ?

Son visage est inondé de larmes. Le mangeur de hot-dog ne va pas tarder à se pointer.

— J'ai promis à ta mère.

Une décharge de mille volts traverse mon corps.

— Ma mère ? Vous avez promis à ma mère ? Qu'est-ce que vous avez promis à ma mère ?

— De ne jamais vous en parler. Ni à toi ni à ton frère. Elle me l'a fait jurer.

Je hache mes mots comme un abruti.

— Ma mère savait qu'il n'allait pas au Caire pour voir un client ?

— Oui, elle est venue nous trouver après sa mort. Elle nous a suppliés de ne jamais vous en parler, à toi et à ton frère. Ni à vous ni à personne.

12

Nous avons besoin de toi

L'acte de bravoure de Nathan fit rapidement le tour de la faculté. Après quelques jours, la majeure partie de la communauté avait appris que Nathan Katz avait infligé une correction à Tony Modiano, la terreur de Bensonhurst.

Hormis quelques Italiens blessés dans leur fibre patriotique par cette déroute, les étudiants se réjouissaient d'être débarrassés du voyou. Certains l'avaient vu errer dans les rues de son quartier, un pied dans le plâtre, le visage tuméfié, le nez et la mâchoire arrimés dans un appareillage complexe.

La solidarité s'était exprimée autour de Nathan. En plus de lui adresser des éloges pour son courage, les étudiants juifs l'avaient assuré de leur soutien. Ils se disaient prêts à lui prêter main-forte en cas d'expédition punitive contre lui ou sa famille. La rumeur se répandit jusqu'au corps enseignant.

Le lundi suivant, Nathan fut convoqué par la direction du Brooklyn College.

Il n'en menait pas large. Il craignait de se voir

exclu. Lorsqu'il entra dans le bureau du directeur, il fit un pas en avant, se mit au garde-à-vous et baissa la tête en signe de repentir.

Le directeur, Carl Pfaffman, un homme de haute stature au regard pénétrant et à la barbe taillée en pointe, l'accueillit avec froideur et s'abstint de lui serrer la main.

— Monsieur Katz, j'ai entendu parler de vous et de vos exploits. Si vous rencontrez des problèmes avec quelqu'un, vous êtes prié de vous adresser aux autorités compétentes. La loi du talion n'a cours ni dans cette faculté ni aux États-Unis. Je ne veux pas de violence dans mon établissement.

Nathan releva la tête.

— Je suis désolé, monsieur Pfaffman, il y a des choses que je ne peux pas laisser dire.

— Sur ce point, et seulement sur ce point, je suis d'accord avec vous, monsieur Katz. Je sais d'où vous venez et ce que vous avez vécu, mais le temps a passé, les choses ont changé et vous n'êtes plus en Europe. À présent, vous êtes aux États-Unis, vous vivez dans une démocratie et je crois en la justice. Nous avons récemment prouvé au monde que nous pouvons la faire respecter, même à l'autre bout de la planète.

Nathan comprit qu'il évoquait le procès de Nuremberg au cours duquel vingt-quatre hauts dignitaires nazis avaient été jugés. Douze d'entre eux avaient été condamnés à mort. Dix avaient été pendus.

— Vous parlez de justice ? Il n'y a pas eu de justice pour ceux qui ont tué ma famille.

Carl Pfaffman se leva, fit le tour du bureau, se planta devant lui et le dévisagea sans prononcer un mot.

Il lui tourna ensuite le dos et se dirigea vers la fenêtre.

— L'entretien est terminé, monsieur Katz.

Quelques jours plus tard, Nathan fut approché par Simon Kaufman, un étudiant de dernière année, amateur de musique. Il aimait parler des grandes œuvres avec lui, de temps à autre. Ce dernier l'invita à partager le repas de famille du vendredi soir.

— Mon père joue du piano, il y aura un violoniste. Ils joueront du Mendelssohn. Si je suis en forme, je jouerai de la trompette.

Kaufman habitait au sud de Brooklyn, à Brighton Beach, un quartier appelé Little Odessa, du fait de l'importante population juive qui s'y était installée après avoir fui les pogroms russes du début du siècle.

Lorsque Nathan arriva, une dizaine de personnes de tous âges se tenaient autour de la table. Les gens le saluèrent comme s'il était un invité de marque. Le maître de maison alluma les chandelles et la mère de Simon apporta le vin et les herbes.

Nathan se sentit d'emblée à l'aise parmi ces gens simples, proches des amis d'Alexandre dans leur façon de vivre et leur comportement.

Comme souvent, la discussion s'orienta sur la

situation en Israël. Ils discutèrent ensuite de l'Holocauste, évoquèrent les disparus, les victimes et les bourreaux. Nathan fut amené à parler de sa famille, de son enfance et de sa déportation à Mauthausen où il fut l'un des plus jeunes apprentis tailleurs de pierre. Il évoqua également la mémoire de sa mère et de ses deux sœurs, disparues à Bergen-Belsen.

À l'autre bout de la table, un homme suivait la conversation en silence. Âgé d'une cinquantaine d'années, il portait des cheveux blancs, coupés court et semblait examiner chaque convive.

Après le repas, le père de Simon se mit au piano et le violoniste exécuta plusieurs morceaux. Sa virtuosité fit grande impression sur l'assistance.

Quand il eut terminé, Simon sortit la trompette de son étui et joua le très beau *Yiddishe Mamme*. Son interprétation était poignante, certains invités étaient au bord des larmes.

Avant de quitter ses nouveaux amis, Nathan fut interpellé par l'homme qui l'avait observé durant toute la soirée.

Il le prit sur le côté et lui adressa la parole à voix basse.

— Bonsoir, Nathan. Tu sembles avoir apprécié la soirée et les hôtes ont apprécié ta présence. Carl Pfaffman est l'un de mes amis, il m'a parlé de toi. J'ai appris ce qui s'était passé. Cette histoire avec l'Italien, ce que tu as fait pour le retrouver, ce que tu lui as fait subir. C'est ça, pour toi, la *hutzpa*, le culot juif ?

Nathan se tint sur la défensive.

— Cela n'a rien à voir avec le culot. Pourquoi revenez-vous sur cette histoire ?

L'homme l'apaisa d'un geste.

— Calme-toi, Nathan, je ne suis pas là pour te sermonner.

— Je me suis expliqué avec monsieur Pfaffman.

— Je sais. J'aimerais te poser une question, une seule.

— Je vous écoute.

— Si c'était à refaire, que ferais-tu ?

Nathan répondit du tac au tac.

— La même chose, sans l'ombre d'une hésitation.

L'homme haussa les sourcils.

— La même chose ? Tu es sûr ? Au risque de te faire renvoyer du Brooklyn College ?

— Il y a d'autres universités.

— Sans doute. Il y a aussi d'autres salauds.

Nathan ne sut que répondre.

L'homme posa une main sur son épaule.

— Bonne nuit, Nathan. Je pense que nous allons nous revoir très bientôt.

La semaine suivante, Simon Kaufman apostropha Nathan et l'informa qu'Éric Braun, l'homme avec lequel il avait parlé à la fin de la soirée, souhaitait le rencontrer à nouveau. Il lui proposait un rendez-vous le lendemain soir, dans un restaurant, à Flatbush.

Nathan débarqua au restaurant à dix-neuf heures, quelque peu intrigué par cette invitation.

Éric Braun était déjà installé. Il était en conversation avec un homme d'une soixantaine d'années, à la carrure athlétique, à la chevelure noire et aux sourcils épais.

Braun accueillit Nathan et lui présenta l'homme.

— Nathan, je suis content que tu aies accepté de venir. Je te présente Franck Stern. Nous aimerions te poser quelques questions. Réponds-y honnêtement. Après cela, nous te dirons quels en sont les buts.

Stern avait une poigne de fer.

Ils commandèrent les plats et les boissons. Dès que le serveur fut parti, Stern entama l'interrogatoire.

Il posa de nombreuses questions à Nathan : son passé, sa famille, ses passions, les langues qu'il parlait, les sports qu'il pratiquait, son état de santé, ses expériences sexuelles, ses attentes.

Nathan eut le sentiment qu'il passait un entretien de recrutement.

Les dernières questions que lui posa Franck Stern le rendirent perplexe.

Il y répondit néanmoins sans détour.

— Serais-tu prêt à retourner en Europe ?

— Pourquoi pas ? Si je peux y poursuivre mes études, me développer ou apprendre un métier.

Stern marqua un silence avant de poser la question suivante.

— As-tu déjà tué un homme ?

— Non, bien sûr que non ! Quelle question !

— Serais-tu prêt à le faire si l'on touche à ce que tu as de plus précieux au monde ?

Nathan resta interloqué.

— Oui, sans aucun doute.

Braun et Stern échangèrent un regard entendu. Nathan eut l'impression qu'ils venaient de prendre une décision.

Éric Braun reprit la parole.

— Nathan, nous avons besoin de toi.

13

Donne-moi tout

Une horde d'insectes s'insinue dans mes cervicales, se fraie un chemin vers mon cerveau. Des taches multicolores s'agitent devant mes yeux. Autant de signes qui annoncent l'arrivée imminente d'une migraine.

Dans moins d'une heure, elle se déchaînera. Inutile d'avaler des Imitrex, ils ne font leur plein effet que si la crise est installée.

Je roule à cent à l'heure sur le boulevard Général-Jacques. J'espère que les flics sont devant leur télé. Dans le pire des cas, j'ajouterai la contredanse à la collection de rappels en attente de paiement.

Je compose le numéro de Laetitia.

Elle décroche à la deuxième sonnerie.

— Salut, Stan, ça fait un moment.

— Le boulot.

— Je t'ai vu à la télé l'autre soir. Ouah ! Je t'ai trouvé super sexy.

— Je peux être chez toi dans une demi-heure. Ça te va ou pas ?

— Une demi-heure ? Ça me va, je t'attends.

Je raccroche.

Vingt ans de recherches. Vingt ans à fouiller, à interroger, à me trimballer du nord au sud, d'est en ouest. Vingt ans pour en finir avec cette histoire et me revoilà au point de départ.

En l'espace d'une semaine, j'ai appris que mon père était la cible des tueurs, qu'il n'allait pas au Caire pour son boulot et que ma mère le savait.

Comment n'ai-je pas découvert cela plus tôt ?

En 2004, cinquante ans après les faits, bon nombre de documents confidentiels ont été déclassés. Je me suis porté partie civile pour y avoir accès. J'ai parcouru des centaines de pages en me faisant aider par un traducteur.

Quand un rapport évoquait mon père, il parlait d'un ingénieur belge ou d'un homme d'affaires belge. Les raisons de sa venue au Caire n'étaient pas précisées et je ne m'en suis jamais soucié, persuadé qu'il s'agissait d'un déplacement professionnel.

Apparemment, les flics américains, égyptiens, français, hollandais et britanniques s'en fichaient aussi. Ils se préoccupaient davantage du sort de leurs ressortissants que de celui des étrangers.

Comme moi, ils ont négligé cette piste.

Mais moi, je n'avais pas d'excuses.

Pourquoi ma mère ne voulait-elle pas que ses enfants sachent ce que faisait leur père en Égypte ? Quel secret partageait-elle avec lui ?

Longtemps, son passé m'a été aussi nébuleux que celui de mon père.

Elle avait quinze ans de moins que lui. Elle est née en Pologne, en 1926. Elle a quitté son pays avec ses parents et ses deux sœurs plus âgées pendant la guerre. Ils ont fui les Russes et se sont réfugiés en Allemagne.

Pour des raisons que j'ignore, elle ne se plaisait pas en Allemagne et a décidé de poursuivre sa route vers le nord. Elle a pris le train et est arrivée en Belgique.

Ma mère était très belle. Elle a d'abord participé à quelques concours de beauté sur la Côte pour récolter un peu d'argent, elle a ensuite trouvé du travail à Bruxelles, comme mannequin dans la maison de couture de ma grand-mère. C'est là qu'elle a rencontré mon père.

J'ai vécu avec ces maigres éléments pendant quinze ans. Ce n'est qu'en 1968 que j'en ai appris un peu plus sur elle et sur son parcours avec mon père.

Je sortais de Mai, j'avais vu les pavés voler à la télévision. Les jeunes avaient osé contester l'autorité. Je me sentais solidaire, fort et conquérant.

Cet été-là, je voulais devenir un homme. Je ne pensais qu'à fourrer ma langue dans la bouche d'une fille, à lui peloter les nichons et à mettre mes doigts dans sa chatte.

Tous les étés, nous passions le mois de juillet en Allemagne, chez mes grands-parents. Ils vivaient au cœur de la Bavière, dans un petit village appelé Zusmarshausen. L'une de mes tantes était restée avec eux, l'autre s'était mariée et s'était installée dans la banlieue d'Augsbourg.

À la fin du mois de juin, nous prenions un train de nuit à la gare du Nord et traversions l'Allemagne.

Je ne parvenais jamais à m'endormir, le voyage me paraissait interminable.

Nous arrivions à Augsbourg au petit matin. Ma tante venait nous chercher, nous montions tous les trois dans sa petite Daf et prenions la route de Zusmarshausen.

Ils habitaient en dehors du village, au fond d'un chemin de terre, dans une petite maison jaune entourée d'un jardin fleuri.

Mes grands-parents sont nés et ont vécu à Lwów. Ils appartenaient à l'aristocratie polonaise. Ils possédaient de vastes propriétés, des terres, des chevaux et du personnel de maison à n'en plus finir. Jusqu'en 1939, ils avaient vécu comme les gens de leur classe, dans l'opulence et l'insouciance.

Mon grand-père était pharmacien. Il s'appelait Stanislas, mais nous l'appelions *Tatuschku*, ce qui voulait dire petit papa ou quelque chose d'approchant. Il mesurait près de deux mètres et portait un bouc finement taillé. Il avait le regard fier et le port altier. Je l'ai toujours vu tiré à quatre épingles. Il lui arrivait de se changer plusieurs fois par jour. C'est à lui que je dois la bosse oblongue que je porte sur le nez.

Ma grand-mère, Maria, que nous appelions *Matenka*, passait sa vie dans la cuisine, à faire du *barszcz*, la soupe de betteraves traditionnelle, à laisser mijoter des plats en sauce ou à préparer des gâteaux dont l'odeur hantait la maison. C'était une femme avenante et sensible. Elle aimait nous prendre dans ses bras, nous serrer contre son opulente poitrine, nous inonder de baisers mouillés et de mots d'amour.

La sœur de ma mère s'appelait également Maria, mais nous l'appelions Marischa, ma mère l'appelait Marischinka. Elle était aussi disgracieuse que ma mère était belle. Elle travaillait comme chef de laboratoire dans la clinique du bled, la seule qui accueillait les accidentés de la route entre Ulm et Augsbourg.

Il lui arrivait de se lever en pleine nuit pour répondre au téléphone. Elle s'habillait en toute hâte et grimpait dans une ambulance qui revenait d'une scène de carnage, des restes d'êtres humains dans la cabine arrière.

Quelquefois, je lui rendais visite à la clinique. La plupart des lits étaient occupés par des mutilés, des amputés, des estropiés, des chauffards que l'on avait extirpés de la carcasse déchiquetée de leur voiture.

Je traverse le bois de la Cambre. Il est vingt-deux heures, le jour commence à décliner. Je passe le feu, m'engage dans la drève de Lorraine, enfonce l'accélérateur. Aucune voiture ne me précède. Je monte à cent cinquante dans la longue ligne droite.

Une nausée m'envahit.

Je glisse une main dans ma poche, à la recherche de la petite boîte métallique.

Mon grand-père avait arrêté de travailler. J'aimais me promener dans la forêt avec lui. J'étais fier d'être son petit-fils. Je le trouvais noble et majestueux dans sa tenue de chasse : pantalon d'équitation, bottes étincelantes, veste kaki, chapeau à plumes et fusil en bandoulière.

Parfois, quand nous rentrions de balade, nous croisions des colonnes de chars américains qui traversaient le village. Leurs chenilles laissaient de profondes marques dans le bitume. Les habitants sortaient à toute vitesse de leur maison et les saluaient en agitant leur mouchoir. Quand le convoi était hors de vue, certains brandissaient le poing ou crachaient par terre.

Mon frère passait ses journées à lire, allongé dans le jardin, sa radio portative relayant les nouvelles du Tour de France.

Pour ma part, je n'aimais ni lire ni écouter la radio. Je me suis lié d'amitié avec les fils de fermiers. Je les accompagnais dans les champs et les aidais dans leurs tâches. En fin d'après-midi, je rentrais à la maison, les chaussures crottées, les cheveux en bataille, en charriant une forte odeur de purin.

Ma mère me faisait les remontrances d'usage, mon grand-père me souriait dans son dos.

Le soir, nous prenions le repas en famille, tous les six.

Ma grand-mère sortait la vaisselle en faïence fendue de toutes parts et les couverts en argent sur lesquels étaient gravées les armoiries de la famille. C'étaient les seuls objets qu'ils avaient emportés dans leur fuite, en plus d'une imposante horloge à balancier qui sonnait tous les quarts d'heure.

Je passais le restant de la soirée dans la cuisine, à faire des réussites en les écoutant.

Je garde de ces moments le souvenir de leurs conversations. Ils se parlaient avec une infinie douceur. *Słodki* revenait souvent dans leur vocabulaire.

Je ne comprenais rien à ce qu'ils disaient, mais je me laissais bercer par leurs paroles. Ils ne parlaient pas le polonais que j'entends aujourd'hui. Leur langue était mélodieuse, gracieuse et chargée d'intonations chantantes.

Il leur arrivait de s'arrêter de parler, de se mettre à pleurer, de se prendre dans les bras. Ce n'était pas une marque de tristesse, mais un témoignage d'affection. Ces gens avaient l'âme à fleur de peau. Il leur arrivait de baisser le ton et de me guetter du coin de l'œil. Je savais alors qu'ils parlaient de mon père.

J'arrive à l'Espinette Centrale. Je prends à droite et me gare devant la maison. Je présume que les enfants sont chez leur père, sans quoi elle ne m'aurait pas demandé de venir.

Je remonte l'allée.

Elle m'attend à la porte.

— Salut, Stan.

— Salut.

Laetitia m'arrive au menton. Elle a de petits seins pointus, des yeux rieurs et un sourire désarmant. Je ne l'ai jamais vue autrement que de bonne humeur.

Elle s'enroule autour de moi, s'accroche à mon cou et passe sa langue sur mes lèvres.

— J'ai mis un plat au four, tu as faim ?

— Pas trop.

— Soif ? J'ai du Perrier.

— Ça ira.

En juillet 68, j'allais vers mes quinze ans. J'avais compris qu'ils ne m'avaient pas légué leur sensibilité, mais je m'en fichais. La seule chose qui m'importait était de rompre la monotonie de cet interminable mois de vacances.

Depuis mon arrivée, je ne pensais qu'à Annette, la sœur de Carl, le fils d'un fermier à qui je donnais un coup de main pour traire les vaches et donner à bouffer aux cochons.

Elle avait un an de plus que moi, de longs cheveux blonds et une paire de seins qui m'ensorcelait. Les coups d'œil que nous nous lancions à la dérobée en disaient long sur nos aspirations respectives.

Un jour, nous nous sommes débrouillés pour ne pas monter dans le tracteur et rentrer à pied. Il faisait chaud, le soleil était impitoyable.

Un petit cours d'eau traversait la campagne, quelque trois cents mètres avant l'entrée du village. L'un des points de passage longeait un moulin à eau. Il n'était plus en service depuis longtemps et tombait en ruine. Une petite pelouse ombragée s'étendait derrière le bâtiment.

Annette a prétexté avoir mal aux pieds. Elle s'est arrêtée, a ôté ses chaussures et a plongé ses jambes dans l'eau.

Je me suis assis à côté d'elle. J'étais tétanisé. Je savais qu'il fallait que je tente quelque chose et qu'une telle occasion ne se représenterait plus.

Je me suis penché vers elle, nos épaules se sont touchées. Elle n'a pas cherché à échapper au contact. J'ai posé une main sur sa cuisse.

Nous nous asseyons dans la cuisine.

Laetitia me sert un verre de Perrier, dépose une assiette devant moi.

— Poulet à la citronnelle, tu aimes ?

— Pas trop.

Elle ne me posera pas d'autres questions, elle sait que j'ai horreur de ça et que je n'y répondrai pas.

Pendant que je grignote son poulet, elle prend un ton enjoué et me raconte ses aventures, sa vie au bureau, ses tracas. Elle me parle de son boss, une couille molle, incapable de prendre ses responsabilités, qui hésite, tergiverse, pour finalement choisir la plus mauvaise option.

Je prends un comprimé et l'avale avec une gorgée d'eau.

Elle repère le geste.

— Migraine ?

— Oui.

— Tu veux baiser ?

— J'aimerais que tu me masses.

Elle se lève, me tend la main.

— D'accord, viens.

À son tour, Annette a posé une main sur ma jambe. Elle a tourné son visage vers le mien et m'a tendu ses lèvres. J'ai posé ma bouche sur sa bouche. Elle a passé ses bras autour de mon cou et a enfoncé sa langue au fond de ma gorge. Le contact était visqueux, sa salive amère.

L'une de mes mains a remonté le long de son ventre, s'est glissée sous sa blouse et a emprisonné l'un de ses seins. Le sang battait dans mes tempes.

Je suis à poil, allongé sur le ventre. Laetitia est assise à califourchon sur mon dos, à poil elle aussi. Ses doigts s'enfoncent dans ma chair, descendent le long de ma colonne vertébrale, remontent le long de mes omoplates. Elle traque les nœuds qui contractent ma nuque, les dénoue à l'aide de légers mouvements circulaires.

Les effets de l'Imitrex commencent à se faire sentir.

Elle s'est allongée sur l'herbe, le feu aux joues. Une lueur d'affolement brillait dans ses prunelles. Elle a regardé à gauche, à droite, a remonté sa jupe et a ôté sa culotte.

Mes yeux sortaient de leurs orbites. Elle avait une toison magnifique, épaisse, frisottante, blonde comme les blés, assortie à ses cheveux.

Je me suis redressé, j'ai ouvert mon froc et l'ai descendu à mi-cuisse. Je bandais tellement que ma bite sortait de mon caleçon.

Elle m'a interpellé.

— *Geh'rechtzeitig raus!*

J'ai compris qu'elle me priait de me retirer à temps.

Je me suis vautré sur elle. Elle m'a guidé et je l'ai pénétrée. C'était chaud, humide et merveilleusement bon.

— Mets-toi sur le dos.

Je m'exécute.

Elle siffle entre les dents.

— Tu bandes plutôt bien pour un mec qui n'a pas envie de baiser.

Elle s'assied sur mon ventre, pose une main sur ma poitrine et soulève ses fesses. De l'autre main, elle empoigne mon sexe, le fourre dans son vagin et entame des mouvements du bassin.

J'avais à peine exécuté deux va-et-vient que je n'en pouvais plus. C'était le sauve-qui-peut. Je me suis retiré dare-dare, au moment même où j'éjaculais, aspergeant le ventre et les cuisses d'Annette.

Laetitia se mord les lèvres, rejette la tête en arrière.

— Je viens.

Elle pousse un long gémissement, arrime son bassin contre mon pubis pour profiter au mieux de la pénétration.

La douleur se dissipe. Un halo lumineux se forme dans la pièce.

— Vas-y, Stan, donne-moi tout.

14

Des choses que ma conscience réprouvait

Malgré ce relatif fiasco, j'étais fier de moi. L'objectif que je m'étais fixé pour l'été était rempli. Il me restait à apprendre comment rester là-dedans plus de quinze secondes.

Je ne suis pas rentré tout de suite à la maison. J'avais besoin de me remettre les idées en place, de revivre la scène, de réaliser ce qui m'était arrivé. Je savais que je n'oublierais jamais cette première fois.

J'ai fait le détour par la clinique pour saluer ma tante.

Pour elle aussi, cette journée était particulière, mais je ne l'ai su qu'en arrivant.

Quelques mois auparavant, un fonctionnaire zélé du ministère de la Santé avait remarqué qu'elle ne possédait pas le diplôme requis pour exercer son métier. Elle avait été sommée de se rendre sans délai à Munich pour suivre les cours *ad hoc* et passer l'examen, faute de quoi elle ne pourrait plus assumer ses fonctions.

Le médecin-chef de la clinique était intervenu. Il avait rétorqué que l'absence de ma tante, même momentanée, équivaudrait à une paralysie générale de la clinique. D'échanges de lettres en prises de bec téléphoniques, l'affrontement avait duré plusieurs semaines.

En définitive, le toubib avait eu gain de cause. Elle venait de l'apprendre et fêtait cette victoire avec son équipe. Son sourire béat et son regard trouble indiquaient qu'elle avait un léger coup dans le nez. Elle a salué ses collègues et nous avons quitté la clinique.

Mon dépucelage récent et la fierté que j'en retirais m'ont poussé à lui poser des questions qui me brûlaient les lèvres. J'escomptais que son état d'ébriété la prédisposerait à y répondre.

L'une d'elles m'intriguait particulièrement. Elle me paraissait délicate à poser et je ne savais quelle réaction elle risquait de produire.

J'ai pris l'air dégagé, comme s'il s'agissait d'une simple information d'intérêt général, et je lui ai demandé pour quelles raisons sa famille s'était réfugiée en Allemagne, alors que j'avais appris à mon cours d'histoire que les nazis haïssaient les Slaves ?

Dans la foulée, je voulais également savoir pourquoi ma mère n'était pas restée avec eux, dans quelles circonstances elle avait traversé l'Europe en guerre, comment elle avait fait la connaissance de mon père et pourquoi elle ne nous parlait jamais de lui.

En mon for intérieur, j'espérais apprendre à cette occasion qui était la mystérieuse Blanche Léonard et recevoir la confirmation que mon père avait une double vie.

Elle s'est arrêtée, m'a regardé de travers et s'est rattrapée à mon bras. Nous avons ensuite repris la route comme un couple d'ivrognes.

Elle ne parlait pas très bien français et son vocabulaire était limité. Par mesure de précaution, je lui ai demandé de répéter certains passages pour m'assurer d'avoir bien compris.

Dès mon retour en Belgique, je me suis rendu à la bibliothèque de mon quartier pour compléter les informations qu'elle m'avait fournies. Je les ai recoupées en parcourant plusieurs ouvrages et les ai mémorisées.

Lwów, la ville où elle est née, a connu de nombreux bouleversements.

Jusqu'à la fin du XVIIIe siècle, Lwów était la capitale de la Galicie. Lors de la partition de la Pologne, en mille sept cents et des poussières, elle est devenue autrichienne et a été rebaptisée Lemberg.

En 1914, elle a été prise par les troupes russes et reprise un an plus tard par les troupes austro-allemandes.

À leur tour, les Polonais l'ont conquise en 1918. Le traité de Riga l'a reconnue terre polonaise, ce qu'elle est restée jusqu'en 1939.

Au début de la Seconde Guerre mondiale, deux semaines après que les Allemands ont eu envahi la Pologne par l'ouest, l'Armée rouge est entrée par l'est et a occupé Lwów.

Deux ans plus tard, en 1941, quand la lune de miel entre Hitler et Staline avait pris fin, les Allemands en ont repris le contrôle.

De par les aléas de l'Histoire, les mères de ses parents respectifs étaient nées autrichiennes, ce qui leur a permis d'être considérés comme *Volksdeutsche*, un statut censé les mettre à l'abri de la disgrâce, un statut que les Allemands accordaient aux personnes qui avaient du sang allemand dans les veines, mais qui vivaient hors des frontières, tels que les Alsaciens ou autres minorités germanophones de l'ancien empire d'Autriche.

L'étude de cet épisode m'a permis de comprendre pourquoi ma mère parlait couramment allemand, alors qu'elle n'avait vécu que peu de temps en Allemagne et qu'elle ne s'y rendait qu'une fois par an.

En juillet 1944, les Russes ont lancé une nouvelle offensive et ont repris la ville. C'est à ce moment que sa famille a fui.

Un membre de leur personnel était également *Volksdeutscher*. Lors de l'intervention russe, il leur a donné un coup de main pour préparer leur fuite et les a aidés à s'installer en Allemagne, à Gabelbach, un hameau voisin de Zusmarshausen, où vivait sa propre famille.

Quant à ma mère, elle ne s'est pas sentie chez elle en Allemagne et ne supportait plus l'autorité parentale. Elle n'avait alors que dix-huit ans. Elle était la plus jeune des trois filles, mais elle voulait voler de ses propres ailes.

Un soir, lors du dîner, elle a annoncé qu'elle les quittait. Le lendemain, elle a pris un train pour la Hollande. Elle y a vécu quelques semaines, puis est allée en Belgique.

Après avoir participé à quelques concours de beauté, elle a trouvé du travail à Bruxelles, chez une modiste, où elle confectionnait des chapeaux. La modiste, une certaine Blanche, était mariée à mon père, mais leur couple battait de l'aile.

L'arrivée de ma mère a bouleversé mon père. Il est tombé follement amoureux d'elle. Il voulait vivre avec elle et lui faire des enfants. Il lui a fait quitter l'atelier et lui a trouvé un job dans la maison de couture de sa mère. Peu après, il a divorcé et ils se sont mariés.

Elle m'avait lâché l'information comme s'il s'agissait du bulletin météo.

J'étais ravi d'en savoir plus. En même temps, j'étais déçu. Je pensais détenir une information-clé, mais il ne s'agissait que d'un tuyau crevé, un fait anodin que l'on nous avait caché pour la seule raison qu'il n'était pas bon d'être enfant de veuve et fils de divorcé.

J'ai pensé un moment lui parler du pistolet que j'avais trouvé, mais elle m'aurait servi une explication tout aussi banale et mon rêve aurait été anéanti.

Je me suis abstenu, je ne voulais pas qu'elle tue mon héros.

À proximité de la maison, je lui ai posé une dernière question.

Pourquoi ma mère ne parlait-elle jamais de mon père ?

Elle a continué à marcher et m'a répondu sans me regarder.

— Ton père allait au Caire pour son travail. Ce qui est arrivé est très triste. Ta mère en a beaucoup souffert et en souffre encore aujourd'hui. Il ne faut pas lui reparler de cela.

Elle avait changé de ton. Ses phrases sonnaient comme un message enregistré. J'ai eu le sentiment que cette réponse était préparée de longue date, qu'elle savait qu'un jour elle viendrait et s'était programmée pour l'affronter.

Je n'ai pas insisté.

Ces phrases sont restées gravées dans ma mémoire. La première me revient aujourd'hui, avec un éclairage nouveau.

Pourquoi a-t-elle mentionné d'entrée de jeu que mon père allait au Caire pour son travail ? Pourquoi était-il nécessaire de le préciser, puisque cela tombait sous le sens ?

Savait-elle, elle aussi, ce qu'il allait y faire ?

Sur le moment, je me suis senti mal à l'aise. Je ne voulais pas qu'elle parle de notre conversation à ma mère. Il fallait surtout qu'elle oublie cette dernière question. Pour noyer le poisson, je lui en ai posé une autre avant d'entrer dans la maison, la première qui me venait à l'esprit.

Comment avait-elle réussi à décrocher cette place de chef de laboratoire alors qu'elle n'avait pas le diplôme requis ?

À ma surprise, la question a semblé la perturber davantage que la précédente. Elle a blêmi, s'est mise à bafouiller. Dans le désordre, elle m'a dit qu'elle avait dû interrompre ses études pendant la guerre, que personne ne détenait ses compétences quand elle est arrivée dans le village, qu'elle avait saisi une opportunité.

Comme elle ne trouvait pas les mots justes, elle a déclaré qu'on en reparlerait plus tard.

Elle ne m'en a reparlé que quarante ans plus tard, sur son lit de mort. La réponse tenait en une phrase énigmatique.

J'ai dû faire des choses que ma conscience réprouvait.

15

Un chien aboie dans un jardin voisin

J'ouvre les yeux.

Il est quatre heures.

Je suis trempé des pieds à la tête. Le drap me colle à la peau.

La maison est calme. Laetitia me tourne le dos. Elle dort en chien de fusil, les jambes repliées contre le ventre, la respiration paisible.

Je me lève, m'habille à la hâte.

Mon rêve récurrent est revenu me hanter. Je n'ai jamais su si c'était un effet de mon imagination ou la résurgence d'un fait enfoui dans mon inconscient. La forme varie, le fond est immuable.

Je suis assis dans le salon, je joue avec mes cubes de bois. Le téléphone sonne. Ma mère entre dans la pièce, me regarde, sourit, décroche, écoute quelques instants, dit non, s'effondre.

Cette nuit, le rêve ne s'est pas arrêté à ce moment-là.

Ma mère a rouvert les yeux.

Elle a articulé quelques mots, mais aucun son n'est sorti de sa bouche. J'ai délaissé mes jouets et j'ai marché vers elle, à quatre pattes.

J'ai posé mon oreille contre sa bouche.

Les yeux dans le vide, elle répétait la même phrase, d'un ton monocorde, à l'infini.

Je regrette tellement.

Je descends l'escalier. Je prends mes clés, mon portefeuille et mon téléphone sur la commode du hall. Je sors de la maison et referme la porte sans bruit.

Le jour se lève.

Mes pas crissent sur le gravier de l'allée.

Un chien aboie dans un jardin voisin.

16

Un acte de vengeance personnelle

Le jeudi 4 mai 1950, l'agent de garde de la police de Neuhof, une petite ville de dix mille habitants située non loin de Fulda, reçut un appel téléphonique peu avant six heures du matin.

Un homme l'informa qu'un cadavre se trouvait sur le parvis de l'église Saint-Laurent. Il refusa de dévoiler son identité, ne donna aucun renseignement complémentaire et raccrocha.

Une voiture de patrouille fut aussitôt envoyée sur les lieux.

Les policiers découvrirent le corps d'Otto Kallweit, un bibliothécaire au chômage, âgé de cinquante ans, domicilié à Neuhof depuis quatre ans.

Le médecin légiste estima que Kallweit était mort vers vingt-deux heures, tué d'une balle dans la tête tirée à bout portant.

L'autopsie, réalisée plus tard dans la journée, permit de récupérer le projectile. Il s'agissait d'une balle de 9 mm, provenant vraisemblablement d'un Luger Parabellum, un pistolet très répandu en Allemagne.

Le rapport d'autopsie spécifia que Kallweit

n'avait pas bu, qu'il n'était pas sous l'emprise de drogues et qu'il n'avait subi aucune violence corporelle avant d'être exécuté. Il mentionnait en outre que l'homme avait eu recours à la chirurgie esthétique quelques années auparavant.

Interrogée par les policiers, la femme de la victime déclara que son mari avait quitté la maison vers vingt heures quarante-cinq pour promener son chien comme il avait coutume de le faire chaque soir.

À minuit, comme il n'était pas encore rentré, elle s'était inquiétée et avait appelé la police.

Le préposé avait noté l'information et lui avait conseillé de ne pas s'alarmer. Selon lui, ce genre de situation se produisait régulièrement. Il était fort probable que son mari ait été pris d'un malaise ou ait eu une perte de connaissance. Il se trouvait vraisemblablement au service de garde d'une clinique et lui donnerait signe de vie dans les heures qui suivraient.

Deux inspecteurs de la police criminelle de Francfort furent chargés de l'affaire et arrivèrent à Neuhof en fin de matinée.

Ils convoquèrent l'épouse de Kallweit et l'interrogèrent plus longuement. Elle précisa qu'elle n'avait pas trouvé son mari plus nerveux ou tourmenté que d'habitude et qu'elle ne lui connaissait pas d'ennemi.

Ils conclurent que le vol ne pouvait être le mobile du crime, Kallweit avait toujours ses papiers sur lui et son argent ne lui avait pas été dérobé.

Les voisins déclarèrent n'avoir rien vu ni entendu et aucun indice ne fut relevé sur la scène de crime. Les enquêteurs en déduisirent que le meurtre avait eu lieu à un autre endroit et que le corps avait été transporté par la suite.

Après quelques jours, ils se rendirent compte que les informations qu'ils avaient recueillies concernant le passé d'Otto Kallweit contenaient de nombreuses contradictions. Les explications concernant l'intervention chirurgicale qu'il avait subie ne les avaient pas plus convaincus.

Ils entreprirent des recherches approfondies et mirent la main sur l'acte de décès d'un certain Otto Kallweit, sergent de la Wehrmacht, né en mai 1900 à Cologne et tué dans un bombardement en 1945.

Ils poussèrent plus avant leurs investigations et découvrirent la véritable identité d'Otto Kallweit. Le paisible bibliothécaire de Neuhof n'était autre que Heinrich Müller, l'homme qui avait dirigé la Gestapo durant la Seconde Guerre mondiale.

Né à Munich en avril 1901, Heinrich Müller avait abandonné ses études à l'âge de seize ans et s'était engagé comme volontaire dans l'armée allemande en 1917. Il avait obtenu la Croix de fer pour sa bravoure.

À la fin de la guerre, il était entré dans la police bavaroise et s'était spécialisé dans la surveillance de membres du parti communiste.

Son opiniâtreté et son expérience du terrain avaient attiré l'attention de Reinhard Heydrich qui l'avait engagé au sein de la Gestapo pour mener la lutte anticommuniste.

En juillet 1936, il avait été nommé officiellement chef des opérations de la Gestapo, puis directeur en

1939. Il était resté à la tête de la *Geheime Staatspolizei* jusqu'en 1945.

Sous sa direction, la police secrète de l'État avait renforcé ses campagnes contre les Juifs, les communistes et les Églises catholiques et protestantes. En 1938, il avait créé la *Reichszentrale für jüdische Auswanderung*, le service aux Affaires juives, et en avait confié la direction à Adolf Eichmann.

Durant la Seconde Guerre mondiale, il avait été promu *SS-Brigadeführer* en 1940 et *SS-Gruppenführer* en 1941.

Heinrich Müller avait joué un rôle majeur dans l'Holocauste. Il était considéré par les Américains comme l'un des hauts responsables du plan d'extermination des Juifs en Europe.

En ce sens, il était plus impliqué dans la *Solution finale* que ses supérieurs directs, Reinhard Heydrich, Heinrich Himmler et Ernst Kaltenbrunner.

Il avait été vu pour la dernière fois le 29 avril 1945, à Berlin, dans le bunker d'Adolf Hitler, alors que l'Armée rouge encerclait la ville.

D'après Hans Baur, le pilote personnel d'Hitler, il aurait tenu les propos suivants : « Je connais mieux que personne les méthodes russes, je n'ai pas la moindre intention d'être fait prisonnier. »

De ce jour jusqu'au 4 mai 1950, il n'avait laissé aucune trace de lui.

À la lueur de ces informations, les responsables de la police criminelle de Francfort estimèrent que le meurtre d'Otto Kallweit était un acte de vengeance personnelle.

17

Autant être fixé sur la question

Le moteur de la Mercedes ronronne. Je file à plus de cent quatre-vingts sur la portion qui relie Coblence à Hockenheim.

La dernière fois que j'ai fait cette route, la neige tombait à gros flocons.

C'était en 2003, décembre approchait. J'y allais pour faire mes adieux à ma tante. Je l'ai également prise à l'occasion de ses soixante-cinq ans, une autre fois lors de son départ à la retraite, en avril 1987.

Tout était différent. Nous étions quatre dans la voiture ; ma femme, ma mère et mon fils m'accompagnaient.

Une Porsche me colle au cul, tous phares allumés. J'enfonce l'accélérateur. Elle serre à gauche, fait une brusque embardée et me passe par la droite. Le schleu au volant brandit son majeur au passage.

Je lui rends la pareille.

Danielle fredonnait *Joe le taxi*. Elle chantait faux. Ma mère me lançait des clins d'œil de connivence dans le rétroviseur. Sébastien me demandait sans cesse quand nous allions arriver.

J'écrase mon poing sur le volant.

Je déteste la nostalgie, les états d'âme et les élans de bons sentiments. Je laisse ça aux vieux, aux dépressifs et aux empathiques qui pensent changer le monde en publiant des statuts sur Facebook. Rien n'est plus hypocrite que de se donner bonne conscience en défendant des causes sur un réseau social ou en plastronnant dans un cocktail mondain, le summum de la sournoiserie étant de critiquer avec virulence ceux qui ne font rien pour ces mêmes causes.

À hauteur de Stuttgart, je suis ralenti par un accident.

Une Audi est sur le toit. La caravane qu'elle tractait est éventrée, les affaires que celle-ci contenait sont éparpillées sur plusieurs dizaines de mètres.

La famille est assise sur le talus, en rang d'oignons, le père, la mère, les deux mouflets. Ils sont blancs comme des linges et se tiennent serrés les uns contre les autres.

Pierre, mon éditeur, m'appelle alors qu'il me reste cinquante kilomètres à parcourir.

— Salut, Stan, tu vas bien ?

— Ça va.

— Aux premières nouvelles, les ventes démarrent bien.

J'ai de l'estime pour lui, je m'abstiens de lui dire que le titre est faux et le texte obsolète.

— Tant mieux.

— Tu as eu des nouvelles de la personne qui a téléphoné pendant l'émission ?

— Non, rien.

— Ne désespère pas, le livre vient de sortir.

Son optimisme me sidère.

Il est convaincu que la sortie du bouquin va amener de nouveaux indices, que des témoins vont émerger de la brume pour lever le voile sur des secrets d'État, que les flics vont rouvrir le dossier, partir en chasse, dépister les assassins et leur mobile.

Plus de deux mille bouquins ont été publiés sur l'assassinat de JFK et on ne connaît toujours pas le fin mot de l'histoire.

Je sors de l'autoroute peu avant dix-sept heures.

Un creux se forme dans mon estomac. Zusmarshausen a gagné en étendue. De nouvelles maisons ont envahi la campagne. La route a été élargie. Un centre sportif et une grande surface ont été implantés à l'entrée du village.

Peu à peu, je retrouve mes repères. Je remonte la rue principale. À gauche, le *Gasthof Zum Stern* et l'ancienne ferme des parents de Carl et Annette. Plus loin, la route qui part à droite, vers Ulm.

L'église est indemne. Elle se dresse en haut de la rue, avec sa tour jaune paille et son clocher à bulbe.

Au carrefour, l'hôtel *Die Post*.

Une photo de mes parents prise devant la façade de cet hôtel se trouve dans l'un des albums. Ils y logeaient lorsqu'ils partaient en vacances, à Ascona ou à Lugano, avant notre naissance. Ils ne voulaient pas déranger mes grands-parents. J'en ai déduit qu'ils avaient plutôt envie de baiser tout leur saoul.

Je gare ma voiture dans la cour de l'hôtel.

Je vais à la réception et lâche quelques mots

d'anglais. Par chance, il leur reste une chambre. Je la prends pour une nuit, peut-être deux, ça dépend.

La réceptionniste insiste, elle aimerait savoir si c'est pour une ou deux nuits. Je lui répète que je ne sais pas, que ça dépend. Elle me contemple avec étonnement durant quelques instants avant de battre en retraite.

La chambre est immense, équipée d'un lit à baldaquin.

La salle de bains est d'époque, la tuyauterie vétuste. Je n'ai emporté que quelques vêtements de rechange et mes affaires de toilette.

Que suis-je venu chercher dans ce trou ?

Je n'y connais plus personne. Tout le monde est mort.

Je ressors de l'hôtel et marche en direction du cimetière. Il se trouve en bas de la route qui part vers Augsbourg, à la sortie du village.

La grille est ouverte. Je parcours les allées. J'erre de gauche à droite avant de trouver le caveau de famille.

Je m'arrête devant la tombe.

Leurs noms sont alignés les uns en dessous des autres, par ordre de disparition.

Barbara, la deuxième sœur de ma mère, celle qui était mariée et habitait dans la banlieue d'Augsbourg l'a inaugurée en août 1968. Elle est morte alors qu'on l'opérait d'une simple appendicite. Son cœur n'a pas supporté l'anesthésie.

Mes grands-parents ont suivi, mon grand-père en 1972, ma grand-mère en 1983, quelques jours après la naissance de Sébastien.

Vient ma mère, le 19 octobre 1993.

J'inspire profondément.

Claudia, en 2000.

Barbara avait deux enfants, une fille et un garçon, Claudia et Roland. Claudia était l'aînée, elle avait l'âge de mon frère, Roland le mien. Claudia est morte d'un cancer du côlon, quand elle avait quarante-neuf ans. Je ne suis pas allé à son enterrement, j'en avais eu mon lot.

Mon frère se trouvait en Belgique à ce moment-là, il a fait le déplacement. Il a revu Roland à cette occasion, mais nous avons perdu le contact depuis. Je sais que Roland a continué à voir ma tante jusqu'à sa mort. Il faisait le déplacement de Munich pour lui rendre visite toutes les deux semaines.

Maria, 2004.

Elle a conservé son nom de jeune fille. Elle ne s'est jamais mariée. J'ai appris sur le tard qu'elle était la maîtresse d'un des chirurgiens de l'hôpital où elle travaillait, un homme marié qui était fou d'elle.

Je n'ai pas assisté à son enterrement et mon frère était en Afrique, sur un nouveau chantier.

Le dernier venu est Fred, le mari de Barbara, mort en 2007, à l'âge de quatre-vingt-neuf ans.

Une gerbe de fleurs dépérit au pied de la dalle funéraire.

Qui l'y a mise ? À quoi ça sert ?

Je n'ai jamais déposé de fleurs sur une tombe.

Lors d'un dîner mondain auquel un client m'avait convié, un hôte bien-pensant en quête de compassion racontait qu'il était allé se recueillir sur la tombe de son père le matin même et qu'il y avait déposé un bouquet de fleurs.

Je lui ai posé la question.

— À quoi ça sert ?

Il y a eu un blanc.

Les invités ont échangé des regards outrés. Quand l'ange a terminé sa course et que les conversations ont repris, j'ai reposé la question.

— Je vous le demande, à quoi ça sert de mettre des fleurs sur une tombe ?

Hormis quelques mimiques, je n'ai reçu aucune réponse. Mon client est resté mon client, mais il ne m'a plus invité à ces dîners à la con.

L'étiquette du fleuriste est accrochée à l'une des fleurs. Je me penche et la saisis.

Blumen Rosenblatt Thyssenstr. 1 86368 Gersthofen

Gersthofen se trouve dans la banlieue d'Augsbourg. C'est là que vivaient Barbara et son mari.

Il ne peut s'agir que de Roland. Aux dernières nouvelles, il vivait pourtant à Munich.

S'il avait passé une commande récurrente, il aurait choisi un fleuriste du coin. J'en déduis qu'il a fait un crochet par son ancienne adresse avant de venir déposer ces fleurs. Ou qu'il est retourné vivre là-bas.

Au point où j'en suis, autant être fixé sur la question.

18

Quelque part dans la maison

Gersthofen est au nord d'Augsbourg. J'y suis allé une ou deux fois quand je passais l'été chez mes grands-parents et que ma tante Barbara vivait encore.

Je garde le souvenir d'un quartier flambant neuf, de rues aérées, de maisons colorées, de jardins animés. Nous y croisions des couples à la mine épanouie, le sourire aux lèvres, un tas de mioches empêtrés dans les jambes.

J'entre dans Annastrasse.

Les rues ont rétréci, la végétation a envahi les jardins, les façades ont perdu leurs couleurs. Une vieille femme claudique sur le trottoir.

Je n'ai eu aucun mal à trouver l'adresse, elle se trouvait dans l'annuaire en ligne. J'ai composé le numéro. Roland a décroché à la quatrième sonnerie, alors que j'allais abandonner.

J'ai annoncé qui j'étais. Il y a eu un silence, il devait replacer mon nom dans sa biographie. Il a ensuite émis un *oh oh* affecté.

J'ai prononcé deux mots en allemand pour manifester ma bonne volonté et j'ai embrayé en anglais ;

j'étais de passage dans le coin, je n'étais là que pour un jour ou deux, je m'étais dit que ce serait bien si on se voyait.

La phrase sonnait faux. J'escomptais que la langue de Shakespeare travestirait mon manque d'entrain. À ma surprise, il m'a répondu en français. J'étais le bienvenu, ça faisait longtemps, il m'expliquerait tout.

Je me gare devant le 25. Je ne reconnais pas la maison, je ne la voyais pas aussi grande.

Mon oncle Fred était graphiste. Quand il ne travaillait pas, il peignait. Ses toiles étaient disséminées dans la maison. Certaines étaient achevées, d'autres en cours. Il y en avait dans chaque pièce.

Ma tante peignait également. Ses toiles s'ajoutaient à celles de mon oncle. Au final, la maison ressemblait à un musée en cours d'aménagement. Je n'ai jamais su s'ils avaient du talent, s'ils étaient reconnus ni si leur passion commune était rémunératrice.

Je parcours l'allée. Une enfilade de nains pâlissent dans le jardin.

Mon cousin m'attend sur le pas de la porte.

Il ouvre les bras.

— Stanislas, je me réjouis.

Je lui tends la main.

— Moi aussi.

J'ai mal dormi, ça joue sur mon humeur.

Je le remets sans peine. Il a gardé son look d'artiste inspiré ; il est aussi maigre qu'avant, ses longs cheveux noirs sont devenus de longs cheveux blancs. Il porte un bouc et un anneau dans l'oreille.

Son corps se perd dans une chemise blanche trop large et un pantalon de toile orange. Aux pieds, il traîne les traditionnelles Birkenstock.

— J'ai calculé le temps qu'on ne s'est pas vus. C'est dix-neuf années.

Une façon élégante de me dire qu'il a assisté aux funérailles de ma mère et que je lui ai fait faux-bond pour sa partie.

— Ça fait un bail.

Il incline la tête.

— Pardon ?

— Où as-tu appris le français ?

— Entre, je vais expliquer.

Il n'a jamais rien fait de ses dix doigts. À dix-huit ans, il s'est déclaré artiste, comme papa et maman. Il a arrêté ses études, s'est laissé pousser les cheveux et s'est mis à peindre.

Ses tableaux étaient confus. Mes grands-parents en avaient quelques-uns chez eux. Je ne cernais pas le rapport qu'il y avait entre le titre de l'œuvre et ce qui se trouvait sur la toile. La famille disait qu'il avait des dispositions.

Il passe devant moi, prend la direction du salon.

La bicoque est un capharnaüm indescriptible.

Des vêtements pendent dans la cage d'escalier, des chaussures encombrent les marches. Dans le salon, des toiles de grandes dimensions sont posées les unes sur les autres, contre les murs.

Des piles de journaux et de brochures publicitaires encombrent le sol, la table, les meubles. Elles sont organisées par titre, *Augsburger Allgemeine,*

Media Markt, Aldi, Lidl. Des canettes de bière vides sont alignées sur les appuis de fenêtres. L'ensemble respire la saleté, la poussière et le renfermé.

Il suit la direction de mon regard.

— Je sais, je dois faire un peu de rangement. Thé ou café ?

— Café.

Il me ménage une place dans l'un des fauteuils et quitte la pièce.

Il m'interpelle pendant qu'il s'affaire dans la cuisine.

— J'ai rencontré une Française, il y a dix ans, dans une exposition. Elle s'appelle Christine. Et toi ?

Pendant son adolescence, j'ai pensé qu'il pêchait de l'autre côté de la rivière. Il accompagnait son discours de gestes précieux et minaudait pour un rien. À trente ans, il s'est marié et a eu deux enfants. Son mariage a tenu quelques années.

— Je vis seul.

— Moi, je vis un peu ici et un peu chez Christine, à Colmar, ça dépend si elle a les enfants.

J'en déduis qu'il a hérité de la maison à la mort de son père et qu'il l'a réintégrée en la laissant dans l'état dans lequel il l'a trouvée.

Il revient, les bras chargés d'un plateau sur lequel tremblotent une cafetière à piston et deux tasses ébréchées.

Il s'assied, me sert un café translucide.

— Je n'ai pas de sucre et le lait n'est plus bon.

— Ça ira.

Il se met à parler de lui, me retrace les vingt années écoulées.

Quand sa femme est partie, elle l'a empêché de voir ses enfants. Un jour, quand ils étaient adolescents, ils ont réclamé leur père. Maintenant, il les voit régulièrement. Il va bientôt être grand-père. Il a un peu de cholestérol et doit faire attention. Il continue à faire de la voile. Ses tableaux marchent moyen. Le marché de l'art est saturé, les critiques sont des cons qui n'y connaissent rien, les galeries ne prennent aucun risque.

Il consacre un long chapitre à sa rencontre avec Christine. Elle a dix ans de moins que lui, elle est divorcée et a trois enfants. Il a appris le français pour pouvoir parler avec eux. C'est une femme merveilleuse.

Nos critères en la matière doivent être différents.

— Et toi ?

J'ai une vague idée de ce que je viens chercher, mais je ne sais pas comment l'aborder.

— La santé est bonne, les affaires marchent bien.

Il me tape sur la cuisse.

— J'ai vu ça, belle voiture.

— J'ai écrit un bouquin.

— Un quoi ?

— Un livre.

Il s'exclame.

— Tu as écrit un livre ? Félicitations ! Sur quel sujet ?

— La mort de mon père.

Il remballe son enthousiasme.

— Ah, oui. Triste histoire.

— Je voulais te poser une question, Roland.

— Je t'écoute.

— J'ai appris que mon père n'allait pas en Égypte pour son travail quand il a été tué. Ma mère le savait, Marischa aussi. Est-ce qu'elle t'en a parlé ?

À voir sa tête, je connais déjà la réponse.

— Non, pas du tout. Je la voyais une ou deux fois par mois. Elle me parlait de l'actualité, nous discutions sur beaucoup de divers sujets, mais elle ne m'a jamais parlé de ton père. Pourquoi il allait en Égypte ?

— Je ne sais pas. J'ai revu Marischa peu avant sa mort. Elle m'a dit que Fred lui téléphonait tous les jours, qu'ils restaient parfois une heure au téléphone. Il t'a parlé de quelque chose ?

— Non. J'habitais à Munich, je ne le voyais pas souvent. Il ne m'a jamais parlé de ça.

S'il n'était pas mon cousin, je me lèverais et je partirais sur-le-champ.

— Bien, laissons tomber.

— Tu veux encore un café, ou autre chose. Une bière ?

— Non, ça va. Je vais te laisser.

Je me lève.

Il est onze heures. Je peux être de retour à Zusmarshausen avant midi. Le temps de prendre mes affaires à l'hôtel et je file. Je devrais être à Bruxelles vers dix-huit heures, si tout va bien.

Il se lève à son tour.

— Tu ne veux pas qu'on aille manger ?

— Non, j'ai un rendez-vous à Bruxelles ce soir.

Ça semble le chagriner.

— Tu sais, Stanislas…

— Quoi ?

— Quand Tante Marischa est morte, je suis allé avec mon père pour vider son appartement. C'était un terrible chaos.

Il parle en connaissance de cause.

— J'imagine.

— Elle avait gardé toutes les affaires qu'il y avait dans la maison de Lerchenweg, tout ce qui avait appartenu à ses parents. Il y avait aussi quelques affaires qui venaient de ta mère. Je pense que ta mère lui a donné ces affaires quand elle est allée à Bruxelles pour la dernière fois.

Je m'immobilise.

— Et ?

— Il y avait aussi des affaires qui ont appartenu à ton père.

— Qu'est-ce que c'était ?

— Je ne sais pas. Mon père les a prises. Ça tenait dans une boîte pour les chaussures. Ta mère avait écrit le nom de ton père sur le couvercle. Ce n'était sûrement pas important.

— Elle est où, cette boîte ?

— S'il l'a gardée, elle est sans doute quelque part dans la maison.

19

Je pars maintenant

Ce n'est qu'au début du mois de novembre que Nathan reçut des nouvelles d'Éric Braun. Ce dernier lui proposait de planifier un nouveau rendez-vous, à Manhattan cette fois. Il précisa que ni Stern ni lui-même ne seraient présents lors de cet entretien et ajouta qu'il allait faire la connaissance d'un homme important dont il ne mentionna pas le nom.

La rencontre fut fixée au jeudi, à treize heures. Nathan dut manquer les cours pour pouvoir s'y rendre. Il prit le métro et débarqua à Times Square vers onze heures.

C'était la première fois qu'il se rendait à Manhattan depuis son arrivée à New York quatre mois plus tôt.

Il fut impressionné par les gratte-ciel, les publicités géantes, la densité de la circulation et le fourmillement des gens sur les trottoirs.

En regard de la ruche qu'était Manhattan, Brooklyn prenait des airs de village.

À midi trente, il se présenta à la réception d'un restaurant huppé de la 49e Rue, à quelques pas de Park Avenue. Le portier le toisa avant de le laisser entrer.

Nathan parcourut la salle en observant chaque table. Un homme était attablé au fond du restaurant. Comme convenu, la dernière édition du *Times* était posée sur la chaise qui lui faisait face.

Nathan s'approcha et l'homme se leva pour l'accueillir.

— Nathan ?

— Oui, c'est moi.

— Salut Nathan, *Shabbat shalom*. Je suis heureux de faire ta connaissance.

L'homme avait une quarantaine d'années, l'allure sportive, soigné et habillé avec élégance. Nathan estima qu'il devait occuper une position importante : homme d'affaires, banquier ou haut fonctionnaire d'une administration.

— Bonjour, monsieur.

— Appelle-moi John.

— Ravi de faire votre connaissance, John.

L'homme passa sa commande au serveur sans demander l'avis de Nathan.

Il fit ensuite disparaître son sourire et le fixa avec attention.

— Comme toi, Nathan, j'avais une famille avant la guerre.

Nathan comprit ce qui l'attendait.

John lui retraça le parcours de sa famille durant le conflit mondial. Des phrases, des mots que Nathan avait entendus de nombreuses fois, sortirent de sa bouche.

Nathan connaissait des dizaines, des centaines de récits de ce genre. Chaque fois, il les écoutait dans le plus grand silence, la tête penchée en avant, la rage au cœur. Il lui arrivait de fermer les yeux. Jamais il ne versait de larmes.

Lorsque John eut terminé, il raconta à son tour son histoire.

John l'observait, le visage fermé.

Le restaurant était complet, des conversations fusaient de toutes parts, mais rien ne vint troubler leur recueillement. Ils touchèrent à peine aux plats.

Lorsque la table fut débarrassée et que le café leur fut servi, John se pencha vers Nathan.

— Plus d'un million d'entre nous ont été massacrés à Auschwitz. Tout le monde le sait aujourd'hui. Ce que l'on sait moins, c'est qu'entre 1940 et 1945, plus de huit mille SS ont officié à Auschwitz. Le plus jeune avait seize ans, le plus vieux soixante-quatre. Tous sont coupables, du premier au dernier. Combien d'entre eux ont payé pour les crimes qu'ils ont commis ?

Nathan connaissait ces chiffres.

— Je sais, John, c'est affreux.

— Un douzième procès vient de se terminer à Nuremberg. Sur les quatorze inculpés, aucun n'a été condamné à mort. Les bourreaux de nos familles n'ont pas payé. À part les quelques pendus de Nuremberg, combien sont restés impunis ? Tu sais où ils se trouvent aujourd'hui ? Certains vivent à deux pas d'ici, dans ce pays. Des milliers de nazis, peut-être plus, vivent tranquillement aux États-Unis.

Les autres se sont réfugiés en Amérique du Sud, en Afrique, ou plus simplement en Autriche ou en Allemagne. Ils sont passés entre les mailles du filet. Certains se sont cachés dans les listes de réfugiés pris en charge par les organisations de secours à la fin de la guerre. Les hauts gradés ont été exfiltrés par des filières bien organisées.

— Pourquoi ont-ils laissé faire cela ?

— À la fin de la guerre, l'OSS, l'agence américaine, a récupéré des milliers d'anciens nazis. Ils les ont placés dans une organisation anticommuniste. À leur tête, ils ont placé Reinhard Gehlen, l'ancien responsable du service de renseignement de Hitler contre l'Union Soviétique. Plus de mille hommes travaillent pour lui, en Allemagne et ailleurs, tous d'anciens nazis.

— Et nous, pourquoi n'avons-nous rien fait ?

— Qui te dit que nous n'avons rien fait ?

— Je ne sais pas.

— Tu as entendu parler de Simon Wiesenthal ?

— Bien sûr. Il veut capturer, juger et condamner tous les criminels de guerre.

— Wiesenthal veut la justice. Il suit la ligne de Roosevelt qui voulait un procès pour chaque criminel pour mettre en garde les générations futures. Churchill, lui, voulait les fusiller, tous, sans attendre. Toi, Nathan, quelle aurait été ta position ?

Nathan marqua une pause et baissa la tête.

— Une histoire a circulé à Feldafing, le camp où je me trouvais après la guerre. Avant d'entrer dans le bunker, à Auschwitz, une femme s'est tournée vers les SS et a crié : « Nos frères dans le monde n'auront de cesse de venger notre sang innocent. » Je suivrais l'avis de Churchill.

— Nous aussi, nous suivons l'avis de Churchill.

— Nous ?

— Je fais partie d'une organisation, Nathan.

Le cœur de Nathan se mit à battre à toute vitesse. Il savait à présent ce que signifiaient les entrevues qu'il avait eues avec Braun et Stern.

— Une organisation de vengeurs ?

John acquiesça.

— Les membres de notre organisation sont tous juifs. Nous avons perdu une partie de notre famille dans les camps. Nous faisons ce que la justice refuse de faire en Amérique du Nord et du Sud. Les Américains chargés de traquer les nazis n'en font pas assez. Ils veulent simplement les destituer de la nationalité américaine et les renvoyer dans leurs pays.

— Qui fait partie de votre organisation ?

— De nombreuses personnes, tu n'en sauras pas plus. Aujourd'hui, il y a parmi nous des officiers du renseignement, des agents fédéraux, de hauts fonctionnaires du ministère de la Justice, des policiers, et des gens comme toi.

— Vous avez accès à un tas d'informations sensibles ?

— Bien sûr. Un de nos membres travaille au département de l'Immigration. Il a accès aux archives. Certains nazis ont obtenu la nationalité américaine et vivent ici, ce sont des résidents légitimes. D'autres membres sont au département du procureur général, en Allemagne et en Pologne. Ils ont accès à des fichiers qui proviennent des archives du NKVD. Nous avons les documents et les preuves suffisantes.

Nathan laissa son enthousiasme s'exprimer.

— J'aimerais vous rejoindre.

John sourit.

— Si nous te proposons quelque chose, tu devras abandonner tes études et garder le secret.

Bouleversé par ce qu'il venait d'apprendre, Nathan repensa à sa mère, à ses sœurs, à ces hommes, ces femmes, ces enfants, massacrés pendant l'Holocauste. Ce serait un honneur pour lui de les venger. Son existence prendrait une signification nouvelle.

Il se sentit inspiré d'une mission divine.

— Je suis prêt à partir dès demain. Que dois-je faire ?

— Tu ne seras pas payé, tu n'auras pas de salaire, mais tu n'auras pas de frais non plus.

— Comment fonctionnez-vous ?

— Notre organisation est cloisonnée. Nos commanditaires sont nombreux, ce sont des hommes qui ont réussi. Notre principal actionnaire est 6M, c'est comme cela que nous l'appelons. Il a mis six millions de dollars à la disposition de l'organisation, en hommage aux six millions de victimes. Quand le budget sera épuisé, il nous fera un nouveau versement de six millions de dollars, et ainsi de suite.

— Qui avez-vous déjà capturé ?

— Je ne répondrai pas à cette question. Les responsables de l'organisation choisissent une cible.

Une première équipe se met en chasse. Sa mission est de s'emparer de la cible en évitant de verser trop de sang. S'il faut tuer, on tue, si on peut éviter, on évite.

— Ensuite ?

— Une deuxième équipe l'amène devant un tribunal composé de survivants de l'Holocauste. Nous voulons que les Rats se retrouvent face à leurs victimes.

— Les Rats ?

— C'est ainsi que nous les appelons. Notre organisation a été baptisée le Chat, le chat est l'un des prédateurs du rat.

— Quand il est jugé, qu'en faites-vous ?

— Nous exécutons la sentence fixée par le tribunal.

Nathan comprit ce que cette phrase signifiait.

— Qu'est-ce que vous attendez de moi ?

— Nous avons quelques éléments en Europe, nous aimerions que tu les rejoignes pour poursuivre la traque là-bas.

— Si vous voulez, je pars maintenant.

20

Ce que tu cherches

Il est vingt heures.

Roland débarque dans la chambre, tout sourire.

Il brandit un sac en papier à l'effigie de McDonald.

— Arrête-toi quelques minutes, tu n'as encore rien mangé depuis ce matin. Tu dois être mort de faim et de soif. Je t'ai pris une hamburger et un Coke. Tu préfères une bière ?

— *Un* hamburger. Coca, ça ira.

Je me suis mis au travail sans tarder.

Roland m'a offert son aide, ce que j'ai aussitôt décliné.

Je n'ai pas de scrupule à lui faire bouger son cul, mais sa motivation n'est pas la même que la mienne, il aurait bâclé le boulot et serait passé à côté de ce que je cherche.

J'ai commencé par l'étage, cinq chambres, deux salles de bains, un bureau, un débarras, le tout bourré à craquer, du plancher au plafond.

Je ne savais pas que mon oncle était un amasseur compulsif. Tous les ustensiles, les objets et les papiers qui sont passés dans ses mains durant sa vie se trouvent dans cette maison.

Les garde-robes sont remplies de costumes bouffés aux mites, de chemises trouées, élimées, roussies aux aisselles, de cravates à gerber, de chaussures usées jusqu'à la corde. Dans d'autres armoires, il a entassé les affaires de Barbara : des manteaux qui sentent la naphtaline, des robes d'un autre siècle, des chemisiers délavés, des pulls, des jupes, des foulards, des godasses.

Les tiroirs sont pleins à ras bord d'un tas d'objets pourris, cassés, inutiles : des ressorts, des boules Quies, des mouchoirs en papier, des cartes de visite, des pinceaux, des crayons, des blocs de Post-it, des boutons de manchette.

Dans le débarras, j'ai trouvé une partie de sa collection personnelle : de grands bocaux remplis d'élastiques, de piles usagées, de trombones, de boutons, d'épingles, de pochettes d'allumettes, que sais-je encore.

Pour couronner le tout, il fumait. Les tentures, les tapis et les draps sont imprégnés d'une infâme odeur de nicotine. La maison entière pue le cendrier.

Roland s'assied sur le lit, déballe les victuailles.

— Alors, tu as trouvé quelque chose ?

— Pas ce que je cherche.

Je pensais approcher du but en explorant les rangements du bureau sur lequel traînaient trois ordinateurs des décennies écoulées, un IBM 386 préhistorique, un iMac avec écran translucide et un Sony portable.

Une grande boîte à biscuits métallique était coincée au bout d'une étagère chargée d'albums photos. J'ai rapidement parcouru les albums pour m'assurer de ne rien louper, mais ils ne contenaient que les clichés habituels : naissances, fêtes, vacances, mariages. En une quinzaine de minutes, j'ai parcouru un demi-siècle en Bavière.

Ma mère figurait sur certaines photos, du temps où Barbara était encore en vie. Je m'y trouvais également, en bonne place. Fred, mon oncle, a immortalisé le moment où j'ai flanqué une raclée au judo à Roland, dans leur jardin, en juillet 1962.

La boîte métallique contenait, elle aussi, des photos. Les clichés étaient plus anciens, de grand format, en noir et blanc ou en sépia sur un épais papier.

Je les voyais pour la première fois. Les photos avaient été prises en Pologne, avant la guerre. La plus grande représentait leur prestigieuse résidence d'été, à Radziechow.

Mes grands-parents et leurs trois filles posaient devant une calèche attelée de quatre chevaux, menée par un cocher en redingote, casquette et fouet. Toute l'aristocratie polonaise en une image.

Les filles se tenaient à l'avant-plan, par ordre de grandeur, comme les poupées russes. Mes grands-parents, en élégante tenue de promenade, se tenaient fièrement derrière elles. Les trois gamines avaient un indéniable air de famille. Ma mère devait avoir quatre ou cinq ans, elle était déjà la plus jolie.

Deux autres photos avaient été prises dans la pharmacie de mon grand-père, à Lwów. Le numéro et le nom de la rue où elle se trouvait étaient écrits sur le cliché, *81 Grodeckastrasse.*

Mon grand-père officiait derrière le comptoir, l'air professionnel, en blouse blanche immaculée.

Une autre série immortalisait les trois filles en tenue de soirée dans une salle spacieuse entourée de colonnes. Les femmes étaient en long, les hommes en costume strict. Ma mère était resplendissante dans une robe blanche, elle devait avoir seize ans.

Quelques-unes avaient été prises lors d'une chasse. Mon grand-père était sur son cheval, sérieux, impérial, l'allure d'un seigneur, une meute de clebs à ses bottes.

La dernière photo était étrange.

On y voyait mon grand-père, assis sur une chaise à haut dossier, probablement dans une église.

Elle avait été prise à l'improviste, il affichait un sourire ironique que je ne lui connaissais pas.

— Tu as remis ton rendez-vous de ce soir ?

— Ce n'était pas très important.

— Tu veux dormir ici ?

— Non, je vais continuer, je partirai plus tard dans la soirée.

— Tu ne veux pas que je t'aide ? Je sais à quoi ressemblait cette boîte.

— Moi aussi.

Il me dévisage, médusé.

— Tu la connaissais, la boîte ? Tu savais que ta mère l'avait donnée à Marischa ?

— Non, je ne le savais pas.

Ma mère est morte le 19 octobre 1993. Un sale cancer du pancréas l'a tuée à petit feu. Son calvaire a duré plus d'un an. Un an durant lequel elle n'a jamais émis la moindre plainte. Elle est restée digne, exemplaire, jusqu'à la fin.

Une semaine avant sa mort, elle m'a demandé de prévenir Marischa et mon frère. Elle savait qu'elle n'en avait plus pour longtemps.

Ce jour-là, elle m'a parlé de mon père.

C'était la première fois qu'elle m'en parlait depuis des années. Elle se trouvait à l'hôpital Saint-Jean, rue du Marais, elle rentrait d'une ponction. Les toubibs l'avaient gavée de morphine. Nous étions seuls dans la chambre. Elle m'a souri, tant bien que mal.

Ensuite, elle a fermé les yeux.

— Bientôt, je serai à nouveau auprès de ton père.

Je ne savais que répondre.

Elle a rouvert les yeux, m'a regardé, les a refermés. Son visage est devenu dur.

— Je regrette tellement.

J'étais tétanisé, je ne trouvais rien à répondre, je me sentais comme le dernier des cons.

Que voulait-elle me dire ?

J'ai passé et repassé cette phrase mille fois dans ma tête par la suite.

Que regrettait-elle tellement ?

De nous quitter ? De nous laisser seuls ? De ne pas s'être fait opérer plus tôt ?

Regrettait-elle que mon père soit parti ? Que nous ne l'ayons pas connu ? Qu'elle n'ait pu lui dire adieu ? Qu'elle n'ait pas fait quelque chose qu'elle aurait dû faire ou l'inverse ? Aurait-elle pu empêcher ce qui est arrivé ?

J'ai envisagé mille hypothèses, toutes sont restées sans réponse. Ces mots cachaient une douleur sourde, du chagrin, de l'amertume, du dépit, un constat d'échec.

Quelques jours plus tard, elle est partie. Le docteur qui la soignait nous a téléphoné pour nous dire que c'était la fin, qu'il serait bon que quelqu'un reste avec elle la nuit. Je n'ai pas eu ce courage, mon frère non plus. Marischa y est allée, elle l'a accompagnée jusqu'au bout.

Le lendemain après-midi, je suis retourné à l'hôpital pour dire adieu à ma mère avant qu'on ne referme le cercueil. Nous nous sommes retrouvés dans la morgue de l'hôpital, Marischa, mon frère et moi. Il faisait sombre. Le visage de ma mère était apaisé, serein, libéré. Elle était à nouveau belle, belle comme elle l'avait été toute sa vie. Je me suis penché et je l'ai embrassée sur le front. Je me suis figé. Le contact était dur et froid comme de la pierre. Je n'ai compris qu'à ce moment-là qu'elle m'avait abandonné.

Je me suis enfui de la chambre mortuaire. Les croque-morts se trouvaient derrière la porte, ils attendaient qu'on ait terminé nos salamalecs pour charger le corbillard.

Ils fumaient des clopes en se marrant. L'un d'eux, un petit crevé avec des oreilles décollées et un tatouage dans le cou, menait la danse.

Il n'a rien vu venir. Il s'est retrouvé à quatre pattes dans le caniveau, le nez en bouillie, la gueule en sang. Si les autres ne m'étaient pas tombés dessus, je le finissais à coups de pompes.

Je me lève.

— Je continue.

— Tu as fini l'étage ? Tu vas où maintenant ?

— Le grenier.

Il se contente de lever les sourcils.

Au cours de cette ultime semaine, Marischa a logé à la maison. Je présume que ma mère lui a révélé l'endroit où se trouvait la clé du buffet. Elle est retournée chez elle avec la fameuse boîte.

Pendant les jours qui ont suivi l'enterrement, j'ai été pris d'une frénésie sexuelle sans pareille. J'ai baisé six ou sept femmes dans la semaine. Je les ai pénétrées, bousculées, défoncées, sodomisées, sans parvenir à assouvir ma rage.

Je grimpe les escaliers.

J'ouvre la porte du grenier, j'actionne l'interrupteur. Une ampoule éclaire faiblement une surface qui doit avoisiner les cent cinquante mètres carrés.

Comme je le craignais, il a tiré profit de chaque centimètre. Des centaines de toiles sont empilées sous la charpente, des étagères courent le long des murs, chargées de livres, de classeurs, de pots de confiture vides, de cartons d'oranges qui débordent. Des dizaines de meubles sont empilés les uns sur les autres, jusqu'au toit, tous, je suppose, remplis de vestiges du passé.

Au centre, une vieille tondeuse à gazon et du matériel de jardinage entravent le passage.

J'en ai pour trois jours. Je devrai déplacer les meubles un par un pour pouvoir progresser dans le labyrinthe.

Je commence par le fond. J'escalade les meubles et me faufile jusqu'à l'extrémité du grenier. Il fait étouffant. Je m'attaque au premier meuble.

Une caisse remplie de bouchons de liège, une autre de barquettes de viande en polystyrène, une troisième remplie à ras bord de tickets de caisse dont l'encre s'est estompée.

Vers minuit, je commence à m'abrutir.

Une heure plus tard, j'entends Roland qui m'interpelle dans la cage d'escalier.

— Stanislas ?

— Quoi encore ?

Je n'ai ni faim ni soif, je ne veux pas de ta bière, je n'ai pas envie d'aller dormir, j'ai juste envie que tu me foutes la paix.

— Viens voir, je crois que j'ai trouvé ce que tu cherches.

21

Pourquoi as-tu fait ça ?

Je crois rêver.

Roland a dans les mains le carton à chaussures. Il est tel que je l'ai trouvé et remis en place dans le buffet rococo, il y a près de cinquante ans. L'un des coins du couvercle est déchiré et la couleur est plus foncée que dans mon souvenir. À part ces quelques détails, il est indemne.

— C'est ce que je cherche, en effet. Où était-il ?

Il est triomphant.

— Quand Marischa est morte, nous avons loué un camion pour vider l'appartement. Comme il y avait beaucoup de choses à prendre, nous avons deux voyages dû faire. Nous avons déposé toutes les affaires dans le garage et mon père a fait le tri plus tard. Il a monté les meubles au grenier. Il a mis les vêtements avec ceux de ma mère et rangé les albums photos. Tout le reste a été mis dans la cave. Le carton à chaussures était dans une caisse plus grande dans laquelle il y a d'autres papiers. Je m'en doutais, j'aurais dû t'aider, tu aurais gagné du temps.

Je lui prends le carton des mains.

— Tu permets ?

À regret, il le lâche.

— Je ne peux pas voir ce qu'il y a dedans ?

— Non.

Il s'offusque.

— Ah ? Et toi, tu ne veux pas regarder ?

— Pas maintenant.

Je ne fais jamais de cadeau et je n'aime pas en recevoir.

Par-dessus tout, j'ai horreur des gens qui m'en offrent et me somment illico de l'ouvrir, s'en emparent, l'exhibent, le palpent, m'énumèrent les caractéristiques, me racontent comment l'idée leur est venue et me disent qu'ils aimeraient recevoir le même.

Qu'ils reprennent leur cadeau et aillent au diable.

Il est dépité.

— Tu sais ce qu'il y a dedans ?

— Ce sont des affaires qui ont appartenu à mon père.

— Bon, dans ce cas, prends-les ! Elles sont à toi.

Je pose le carton sur mes genoux, soulève le couvercle en prenant soin de soustraire son contenu à la vue de Roland.

Rien ne semble avoir été déplacé. Le passeport et le carnet de mariage sont toujours là, au-dessus d'une liasse de documents, l'ensemble est relié à l'aide d'un élastique.

Je soupèse le colis. D'après le poids, je présume

que le pistolet est toujours dans le fond, à l'endroit où je l'ai découvert la première fois.

J'en déduis que Fred n'a jamais ouvert cette boîte.

— C'est bien ce que je cherche.

— Tant mieux. Tu as soif, tu veux une bière ?

— Non, je vais y aller, je suis déjà en retard.

— Et l'autre caisse, celle plus grande, dans laquelle il y a d'autres papiers, tu veux la prendre aussi ? Moi, je ne sais pas quoi en faire.

— Montre-la-moi.

Il sort de la pièce, revient quelques instants plus tard avec une caisse en carton qui a transporté des oranges ou des bananes dans sa première vie.

Elle contient quelques photos et des enveloppes de différentes tailles, jetées en vrac. Une épaisse enveloppe brune a été glissée sur l'un des côtés. Il s'agit vraisemblablement de papiers et de photos ayant appartenu à ma mère ou à Marischa.

— Je la prends.

Je jette un coup d'œil à ma montre, il est près de deux heures.

Je me lève.

Un voile se met à danser devant mes yeux. La pièce tangue légèrement. Je connais les signes avant-coureurs. Dans une heure, je serai en proie à une fulgurante migraine.

Je plonge une main dans ma poche, mes doigts cherchent le contact avec la boîte métallique.

Roland observe le manège.

— Tu veux dormir ici ?

— Non, je retourne à Zusmarshausen. Mes affaires

sont là-bas. Je reprendrai la route pour Bruxelles demain.

— Comme tu veux.

Il ouvre les bras.

— En tout cas, merci pour ta visite, j'espère qu'on se reverra avant vingt ans. J'aimerais que tu fasses connaissance avec Christine, c'est une femme merveilleuse. En plus, nous pourrons parler le français.

— Pourquoi pas ?

Je lui tends la main.

— Salut, Roland.

— Au revoir, Stanislas.

Je sors de la maison. L'air est doux, la nuit est étoilée.

Je monte dans la voiture. Les muscles de ma nuque se crispent. Un nœud se forme dans ma tempe droite.

Je fourre le carton à chaussures dans la caisse et pose l'ensemble sur le siège passager. Dans une demi-heure, je serai à l'hôtel, à temps pour avaler mon Imitrex, m'allonger et le laisser agir.

Aurai-je la patience d'attendre d'être de retour chez moi ou vais-je entamer l'examen de la caisse dès demain matin ?

Je parcours le chemin à l'envers et m'engage sur l'autoroute.

Hormis quelques camions, la voie est dégagée. Je prends la bretelle, enfonce le champignon. La Mercedes répond au doigt et à l'œil.

Que contient cette liasse de papiers ?

J'ai aperçu quelques photos, insérées dans le tas.

Le passeport va me permettre de remonter le temps et de tracer les voyages qu'il a accomplis.

Était-ce son premier voyage au Caire ? Y était-il allé auparavant ?

Le nœud enfle dans ma tempe, la douleur étend ses tentacules autour de l'œil.

Quelles autres villes a-t-il visitées ?

Jeanne Dewitte acceptera-t-elle de me dire quels sont les voyages qu'il a réalisés pour son compte personnel ? Le fait d'avoir le pistolet entre les mains me permettra-t-il d'en savoir plus sur son origine ?

Je me masse la tempe du bout des doigts.

Ces documents me permettront-ils de savoir ce qui lui a valu d'être tué ?

Sa mort justifiait-elle celles des autres victimes ?

Je passe une main dans mon cou, relève la tête.

Un camion roule au ralenti sur la bande de droite. Je jette un coup d'œil au compteur, je suis à plus de deux cents. Je me déporte vers la gauche pour le doubler. Je frôle le poids lourd, le passe de justesse.

À la fin de la manœuvre, je ressens un léger choc à l'arrière. Le cul de la voiture décroche. Je tente de contrebraquer, mais la direction ne répond pas. Je pars de travers et fonce droit sur la berme centrale. La Mercedes rebondit comme une boule de flipper sur les barrières métalliques. Je repars en crabe dans l'autre sens, vers le centre de la route. Le camion se rapproche à toute allure sur mon flanc droit. Le choc est sec, brutal. J'ai l'impression de m'encastrer dans la masse du semi-remorque. Le pare-brise vole en éclat. Les airbags explosent. L'habitacle se déforme autour de moi dans un grincement strident. Je revois la famille sur le bord de la route. La caravane éventrée. La Mercedes part en tonneau. Ma mère me sourit. Je regrette tellement. La calèche. Les trois filles. Sébastien. Danielle. Dany. Dany, pourquoi as-tu fait ça ?

DEUXIÈME PARTIE

« Je poursuis mes ennemis, je les atteins. Et je ne reviens pas avant de les avoir anéantis.

Je les brise, et ils ne peuvent se relever. Ils tombent sous mes pieds. »

PSAUME 18, VERSETS 38 ET 39

22

La mort

Vous avez eu beaucoup de chance.

Je déchiffre chaque mot. Je les connais, je les comprends, j'en connais la signification. Je pourrais en donner une définition.

Mis les uns à la suite des autres, je n'en saisis plus le sens.

Je suis conscient, je respire, mais je ne suis pas capable d'interagir avec le monde qui m'entoure.

Vous avez eu beaucoup de chance.

Peut-être est-ce cela, la mort.

23

Cent cinquante kilomètres de Francfort

Nathan quitta New York durant le mois de décembre 1948. Pour les étudiants du Brooklyn College et la communauté, il partait poursuivre ses études en Europe.

Seul son père en savait davantage. Nathan n'avait pu se résoudre à ne rien lui révéler sur le rôle qu'il allait être amené à jouer.

Une semaine avant la date fixée, il avait levé quelque peu le voile sur les raisons de son départ en exhortant son père à ne répéter à personne ce qu'il allait lui confier.

— J'ai une mission à remplir. C'est mon devoir et il me faut l'accomplir à la mémoire de notre famille. Je te demande de ne pas essayer de me retenir et de ne pas me poser de question.

Bernard Katz parut déchiffrer le message dissimulé derrière ces mots. Il ne posa aucune question et ne tenta pas de le dissuader de partir.

Le dernier soir, il prit son fils dans ses bras.

— Tu es le seul enfant qui me reste, prends garde

à toi et donne-moi de tes nouvelles de temps en temps.

— Je te le promets.

Éric Braun se chargea d'emmener Nathan vers une destination inconnue. Comme convenu, il l'attendait le samedi matin à quelques dizaines de mètres de la boulangerie d'Alexandre.

Il lui serra la main, chargea la valise et le sac de Nathan dans le coffre de sa Ford et prit la route sans prononcer un mot.

Ce n'est qu'à la sortie de la ville qu'il desserra les dents.

— C'est bien, Nathan, tu as tenu le coup, tu es courageux. Je sais combien c'est difficile.

Ils remontèrent la route 87 en direction du nord.

Trois heures plus tard, une dizaine de miles avant Albany, Éric prit une bretelle de sortie, s'élança sur de petites routes et emprunta un long chemin de terre qui menait à une grande ferme enfouie dans la forêt.

Éric sortit de la voiture, posa les bagages sur le sol et tendit la main à Nathan.

— Voilà, terminus, je retourne à New York. Je ne sais pas si nous nous reverrons. Je te souhaite bonne chance.

Il lui fit un clin d'œil.

— Et tu en auras besoin.

Il remonta dans sa Ford, fit demi-tour et s'en alla.

La ferme appartenait à l'organisation. Elle se trouvait non loin du mont Hunter et leur servait de centre d'entraînement et de préparation.

Un couple de Juifs d'une soixantaine d'années accueillit Nathan.

La femme s'appelait Rachel. Son embonpoint trahissait son attirance pour les plaisirs de la table. Jozef, son mari, s'occupait de l'intendance. Il soignait les bêtes et servait d'homme à tout faire. Taiseux et d'allure chétive, il était endurant et travaillait plus de douze heures par jour.

En plus du couple, cinq personnes occupaient également la ferme : deux instructeurs et trois recrues. Comme Nathan, les trois pensionnaires venaient d'être engagés. Moshe avait une vingtaine d'années et venait de Cologne. Daniel avait l'âge de Nathan et arrivait en droite ligne d'Israël.

La troisième recrue était une jeune femme qui répondait au nom d'Éva. Elle venait du Canada et faisait partie d'une famille de rescapés originaires d'Allemagne.

Tommy, l'un des instructeurs, un géant roux d'une quarantaine d'années, était chargé de l'entraînement mental et physique des engagés. Le second instructeur, Jim, un homme sec aux allures de professeur d'université, s'occupait des aspects didactiques.

La formation commença dès le lendemain.

Les premiers jours furent éprouvants pour Nathan. Son moral était ébranlé ; il se sentait orphelin, déraciné, arraché aux dernières bribes du passé qui le liaient à sa famille. De plus, sa condition physique était loin de répondre aux exigences du programme qui leur était imposé.

Malgré cela, il ne revint à aucun moment sur la décision qu'il avait prise.

Le matin, avant le petit-déjeuner, Tommy les lançait dans une course à pied sur les sentiers de montagne. Jour après jour, il modifiait l'itinéraire et rallongeait la distance.

Dès leur retour, un parcours d'obstacles composé d'un mur du combattant, d'une reptation sous barbelés et d'une longue escalade de rochers les attendait.

Ce n'est que vers dix heures qu'une première collation leur était servie.

Venaient ensuite les cours spécifiques. Ils changeaient selon le jour de la semaine.

Nathan et ses alter ego apprirent à manier le couteau, à se battre au corps à corps, à se servir d'un canoë-kayak, à glisser le long d'un câble, à pratiquer la plongée sous-marine et à piloter une voiture et une moto.

En fin de matinée, ils s'entraînaient au tir.

Différentes disciplines étaient développées, depuis le tir en position couchée jusqu'à la technique permettant de tirer en action de défense, en pleine course, à vélo, en moto ou sur un bateau à moteur.

Ils se familiarisèrent également au maniement de certaines armes moins conventionnelles, comme l'arc, l'arbalète, l'épée ou une longue sarbacane qui lançait des flèches imbibées de chloroforme.

Malgré cet entraînement éprouvant et le fait qu'elle ne bénéficiait d'aucun régime de faveur, Éva ne déméritait pas.

Jim entrait en scène l'après-midi.

Durant les deux premières heures, il leur proposait de parcourir l'histoire du Troisième Reich, depuis la naissance d'Adolf Hitler jusqu'à sa mort, en analysant les étapes importantes qui avaient conduit à l'Holocauste.

Une longue partie du cours était consacrée aux camps ; depuis la création, en 1933, des premiers camps de concentration destinés à isoler les opposants au nazisme, jusqu'aux camps d'extermination comme Auschwitz, Belzec ou Treblinka dont l'objectif était l'exécution massive d'êtres humains.

Des documents et des photos passaient de main en main, dans le plus grand silence. La plupart des photos avaient été prises par des gardes SS. Certaines étaient insoutenables. En plus des images, de nombreux chiffres, effrayants, leur étaient assenés durant ce chapitre.

Plus d'une fois, Nathan se demanda comment un être humain pouvait en arriver à se livrer à de tels actes et immortaliser de telles scènes. Chaque photo, chaque chiffre, chaque document renforçait sa volonté de venger les victimes.

Les trois heures qui suivaient étaient consacrées à l'inventaire et à la biographie des bourreaux et des criminels.

Pour chacun d'eux, ils recevaient une fiche signalétique et un dossier complet qui contenait plusieurs photos. Le parcours de l'individu était détaillé depuis sa naissance jusqu'à l'endroit présumé où il se trouvait actuellement.

Nathan ne put qu'admirer le travail de recherche que le Chat avait réalisé. Pour certains, la biographie comportait une cinquantaine de pages et précisait le cheminement de la cible semaine après semaine.

Plusieurs catégories avaient été créées, depuis les hauts dignitaires du régime jusqu'aux simples gardes, en passant par les médecins et les fournisseurs, tels Topf und Söhne, Kori ou Huta qui avaient feint d'ignorer la finalité de leurs interventions et dont les dirigeants poursuivaient leur activité en toute impunité.

Au total, ils parcoururent plus de trois mille fiches.

Chaque fois, Jim leur demandait de mémoriser le visage de la cible, d'être capable de l'associer à son nom et de connaître les faits marquants le concernant.

Après le dîner, ils étaient soumis à un questionnaire. À cet exercice, Nathan et Éva rivalisaient de vitesse et de précision.

Au fil des jours, Jim punaisait certaines photos sur le mur de la salle d'études. Les hommes qui s'y trouvaient étaient les cibles prioritaires du Chat.

En tête de liste, on trouvait les hauts dirigeants nazis, Adolf Eichmann, Franz Stangl, Aloïs Brunner, Heinrich Müller ou Martin Bormann. Des médecins tels Aribert Heim ou Josef Mengele en faisaient également partie.

Ces hommes avaient pour la plupart disparu, mais certains avaient été localisés par l'organisation.

Ils vivaient en Amérique du Sud, en Argentine, au Chili, au Paraguay, au Brésil ou en Uruguay.

Le Moyen-Orient était également une destination appréciée des Rats, l'Égypte et la Syrie ayant incorporé des nazis dans leurs services de propagande. D'autres cibles se trouvaient en Allemagne ou en Autriche.

Le Vatican était également impliqué dans l'affaire. Des documents prouvaient qu'ils avaient facilité l'obtention de visas pour certains officiers nazis. Un réseau que l'organisation avait baptisé Rat Line se chargeait de les aider dans leur fuite. François Genoud, le banquier suisse du Troisième Reich, finançait l'opération à l'aide de l'argent volé aux Juifs européens.

À vingt-deux heures, les cours se terminaient et les recrues allaient dormir.

L'extinction des feux avait lieu à vingt-deux heures trente.

Leur condition physique, leurs compétences et leur motivation se développèrent de jour en jour. Après quelques semaines de ce régime, Moshe, Daniel, Nathan et Éva devinrent les meilleurs amis de la terre.

Dans le même temps, Nathan et Éva tombèrent amoureux l'un de l'autre.

Dès leur première rencontre, Nathan avait ressenti une attirance pour elle. Il aimait son air rebelle, ses yeux clairs et son courage hors du commun. Il avait remarqué qu'elle l'observait à la dérobée et en avait conclu qu'elle n'était pas indifférente à son charme.

Au début du mois de février, ils furent réveillés en pleine nuit par Tommy.

Sans un mot d'explication, il leur intima l'ordre de s'habiller et de monter à l'arrière d'un camion. Ils roulèrent dans la nuit, sans la moindre idée de leur destination.

Après une bonne heure, le camion s'arrêta brusquement.

Tommy ordonna à Moshe et Daniel de descendre et de rentrer à la ferme au plus vite, par leurs propres moyens.

Le camion reprit la route. Tommy fit de même avec Nathan et Éva quelques kilomètres plus loin, en précisant qu'un jour de congé serait accordé à ceux qui atteindraient la ferme en premier.

Nathan et Éva se retrouvèrent au milieu de la forêt, dans le noir absolu. Ils n'avaient ni plan, ni boussole, ni vêtements de rechange.

Au lieu de s'inquiéter de la marche à suivre, ils plongèrent dans les bras l'un de l'autre. Leurs lèvres se cherchèrent, leurs mains partirent à la découverte du corps de l'autre.

Ils s'allongèrent et firent l'amour au pied d'un arbre, emportés par la fougue, insouciants du froid, des cris de la forêt et de l'objectif qui leur avait été fixé.

Avant de reprendre la route, ils convinrent que leur mission était prioritaire. Ils se promirent de garder le secret sur ce qui venait de se produire et espérèrent que l'avenir les réunirait.

Ils parvinrent à la ferme longtemps après les autres et ne remportèrent pas le jour de congé, ce qui leur valut les moqueries de Moshe et de Daniel et un clin d'œil complice de Rachel dont l'intuition féminine était aiguisée.

En avril 1949, après quatre mois passés dans la ferme, Nathan et ses trois amis furent déclarés aptes au service. Franck Stern vint leur annoncer la nouvelle, en même temps que leur prochaine destination.

Il les réunit en présence des instructeurs et prit un ton solennel.

— Le temps est venu pour vous de passer à l'action. Vous allez accomplir une *mitsva*, un bienfait pour notre communauté et pour l'humanité tout entière. L'existence du Chat devra être tue à jamais. Il en va de la sécurité de tous nos membres. Vous allez être intégrés dans la vie courante, vous aurez un métier, certains parmi vous se marieront et auront des enfants. La loi du silence doit vous guider. Même si cela entrave vos possibilités d'avenir, vous devrez rester fidèles à votre mission jusqu'à ce qu'on vous en décharge.

Les quatre compères acquiescèrent.

Franck leur révéla leur destination.

Moshe et Daniel partaient pour Berlin. Éva allait vivre à Francfort et travaillerait dans un restaurant. Nathan était engagé comme aide-comptable dans une entreprise de menuiserie à Karlsruhe.

Nathan et Éva se lancèrent un coup d'œil discret.

Karlsruhe se trouvait à moins de cent cinquante kilomètres de Francfort.

24

Aucun tact

— Vous avez eu beaucoup de chance.

J'ouvre les yeux.

Une femme et un homme en blanc sont plantés devant moi. La lumière m'aveugle. Je referme les yeux.

La femme reprend.

— Vous avez eu un accident de voiture sur l'*Autobahn*, à la sortie d'Augsbourg, il y a trois jours, monsieur. Vous êtes à la clinique centrale d'Augsbourg. Nous sommes mardi, le 3 juillet.

Les images me reviennent.

Le camion au ralenti. L'accrochage. L'habitacle qui se déforme, le hurlement des tôles, les pompiers qui me sortent de la voiture.

— Vous m'entendez, monsieur Kervyn ?

J'entends.

Ma langue est collée à mon palais.

Je remonte le temps. Je sortais de chez Roland. Le carton. Le passeport de mon père. Où sont mes affaires ? Ont-ils prévenu Sébastien ? Suis-je un légume ?

— Calmez-vous, monsieur Kervyn, nous allons vous expliquer.

Je fais un effort désespéré.

— Mon fils.

— Oui, nous avons prévenu votre fils. Il téléphone tous les jours pour avoir des nouvelles.

Trois jours.

Il n'est pas venu. Il tient sa revanche.

— Nous avons aussi prévenu votre frère, au Mali. Votre cousin Roland est passé encore ce matin.

Elle parle français avec un fort accent allemand, c'est la raison pour laquelle je n'ai rien compris à ce qu'elle me racontait jusqu'à présent. Au peu que j'en ai vu, elle est imbaisable.

— Votre cousin Roland a téléphoné à votre société pour leur expliquer ce qui s'est passé. Il est très gentil.

Ont-ils trouvé ma petite boîte métallique ?

Elle était dans ma poche. S'ils ont cru qu'elle ne contenait que des pastilles à la menthe, ils l'ont jetée. J'espère qu'ils auront des Imitrex.

— Vous avez une commotion cérébrale. On vous a mis sous sédatifs et on vous a posé une minerve. Vous étiez fort agité, mais maintenant vous allez vous sentir mieux.

Une commotion cérébrale ?

J'ai percuté un poids lourd à deux cents kilomètres-heure et je n'ai qu'une simple commotion cérébrale ? Soit elle se fiche de moi, soit elle n'ose pas m'avouer la vérité.

— Vous avez quelques lésions au visage, mais vous n'avez aucune fracture. Vous avez eu beaucoup de chance.

— Mes affaires ?

Depuis le début, elle hurle dans mes oreilles comme si j'étais sourdingue.

— Les affaires qui étaient dans votre voiture ont été récupérées par la police. Votre cousin est allé reprendre celles que vous aviez laissées à votre hôtel, à Zusmarshausen.

Je rouvre les yeux.

Elle est penchée sur moi. Son visage est à quelques centimètres du mien.

L'homme qui l'accompagne n'a pas bronché, il est au garde-à-vous derrière elle, monolithique. C'est certainement un toubib, il porte une blouse blanche sur une chemise bleue et une cravate rouge.

Je referme les yeux.

Je tente un mouvement. Mes muscles sont douloureux, ma nuque est bloquée. Je ne suis qu'élancements, des épaules aux chevilles.

— Quand ?

— Quand pourrez-vous sortir, c'est ça que vous voulez savoir ? Dans deux ou trois jours, en principe, si tout se passe bien. La police est venue, ils vont revenir cet après-midi pour vous interroger sur l'accident. Le chauffeur du camion a été blessé.

Les flics ont récupéré mes affaires. Fouille-merde comme je les connais, ils ont dû s'en donner à cœur joie. Les ont-ils ramenées ici ? S'ils ont trouvé le pistolet, ils vont me mener une vie infernale ; d'où vient-il, où est votre port d'arme, pourquoi vous promenez-vous en République fédérale d'Allemagne avec un flingue sans numéro de série ?

Le toubib prononce quelques mots.

Elle lui répond en allemand et revient vers moi.

— Vous comprenez ce que je dis, monsieur ?

— Oui.

— Le docteur Kösztler aimerait vous parler. Je vais traduire ce qu'il va dire.

Le toubib lance une longue tirade. Elle écoute en hochant la tête.

Je l'interromps avant qu'elle ne commence à restituer.

— Ne criez pas.

Elle baisse le ton.

— D'accord, monsieur. Voilà, nous avons fait quelques analyses, de votre sang, entre autres, cela fait partie de la procédure normale.

— Et ?

— Votre taux de PSA est supérieur à 10.

Suis-je censé savoir ce que cela veut dire ?

— Et après ?

— Le PSA est l'antigène de la prostate. Un taux de PSA élevé peut indiquer que vous avez un cancer de la prostate.

Le schleu acquiesce dans son dos.

Un cancer de la prostate ?

Pas de quoi paniquer. Mitterrand a dirigé la France pendant quatorze ans avec un cancer de la prostate. Si j'en crois les ouï-dire, sa prostate défaillante ne l'a pas empêché de baiser comme un lapin.

L'infirmière reprend.

— Vous le saviez ?

— Non.

— Vous n'aviez pas de douleurs ? Des difficultés à uriner ou des mictions fréquentes ? Une difficulté à vous retenir ? Du sang dans vos urines ?

— Non.

— Des douleurs quand vous éjaculez ?

— Non.

— Le docteur Kösztler propose de faire d'autres examens dans notre service d'urologie, pour établir un diagnostic plus précis.

— Je ferai ça chez moi.

Elle traduit.

Le toubib lâche quelques phrases. Il n'a pas l'air satisfait de ma réponse.

Elle revient à la charge.

— Dans ce cas, le docteur Kösztler vous conseille de ne pas tarder. Le cancer de la prostate peut être bien traité. Plus tôt il est soigné, plus de chances vous avez de guérir.

— D'accord.

Ils sortent, l'un derrière l'autre.

Quel enfoiré ce Kösztler ! Il aurait pu attendre que je sorte du cirage pour m'annoncer cette nouvelle. Certains types n'ont aucun tact.

25

L'uniforme noir des SS

Je tente de me lever dès que la porte est refermée. J'ai surestimé mes forces. Tous les muscles de mon corps sont contusionnés. Le seul mouvement de ma respiration provoque des élancements qui irradient de mon thorax jusque dans le dos. J'ai l'impression d'avoir les côtes fracturées et les poumons perforés.

Vous avez eu beaucoup de chance.

J'essaie de basculer pour me mettre sur le flanc. Je tends un bras, à la recherche de la poignée de mobilisation qui équipe certains lits. Pas le mien. Je parviens à agripper l'un des montants et à me hisser quelque peu. Chaque centimètre se gagne au prix de geignements plaintifs.

L'opération me prend une dizaine de minutes.

Vous avez eu beaucoup de chance, vous avez un cancer de la prostate.

Je remarque à présent que je ne suis pas seul dans la chambre. Un individu est allongé dans le lit contigu. Des tuyaux lui sortent de tous les côtés. Il est cramoisi. Ses cheveux lui collent au front, ses yeux roulent dans ses orbites. À mon avis, il n'en a plus pour longtemps.

Il m'observe et cherche à accrocher mon regard. Il ouvre la bouche, prononce quelques mots que je suis bien en mal de comprendre.

À bout de souffle, il suffoque et se met à tousser.

Qu'est-ce qu'ils lui ont raconté ? Qu'il a eu beaucoup de chance ? Qu'ils ne lui ont enlevé qu'un poumon ?

Il me faut quelques minutes de plus pour parvenir à m'asseoir dans le lit. La tête me tourne, un vertige me prend.

Vaincu, je me recouche et appelle l'infirmière. Une jeunette débarque. Je lui demande en anglais de faire venir sa collègue qui parle français.

Il lui faut une demi-heure pour arriver.

— Oui, monsieur ?

— J'aimerais changer de chambre.

Elle écarquille les yeux.

— Changer de chambre ? Pourquoi ?

— Je veux aller dans une chambre individuelle.

Elle secoue la tête.

— Ce n'est pas possible. Nous avons peu de chambres individuelles et elles sont réservées à certains patients. Je ne suis pas sûre que vous remplissiez les conditions.

— Renseignez-vous.

Elle tourne les talons.

À midi, deux infirmiers débarquent pour me transférer dans une chambre individuelle. Tout bien pesé, je répondais aux exigences. Comme partout, tout est question de pognon.

Les deux gaillards ouvrent l'armoire et posent mes affaires sur le lit.

Je repère les vêtements que je portais lors de l'accident. Ils sont dans un sale état. Ils y joignent le sac que Roland est allé chercher à Zusmarshausen. En revanche, je ne vois ni carton ni téléphone. Plus inquiétant, il n'y a pas de trace de mon Mac, resté à l'hôtel *Die Post*.

Les gardes-malades manœuvrent et emportent le lit hors de la chambre, sous l'œil interrogateur de mon voisin.

Nous parcourons un long couloir. Le moindre écart me fait souffrir. Au passage, je croise mon regard dans l'une des vitres. J'entrevois les lésions dont l'infirmière parlait. J'ai le front écorché et l'œil gauche à moitié fermé.

Le court trajet en ascenseur est éprouvant. Mes sbires s'en contrefichent. Ils me poussent dans un nouveau couloir, franchissent une porte et immobilisent le lit. Ils prononcent ensuite quelques syllabes gutturales et ressortent de la pièce.

La chambre est identique à celle que je viens de quitter. Un second lit occupe la pièce, vide cette fois.

Au prix d'un effort douloureux, je m'empare de la télécommande et allume la télé. La plupart des chaînes diffusent des séries américaines.

— Monsieur ?

J'ouvre les yeux, j'ai dû m'endormir.

La porte est ouverte.

Deux flics en uniforme font leur apparition. Mon infirmière traductrice les a précédés. L'un d'eux tient le carton dans les mains. Leurs voix résonnent dans la chambre.

L'infirmière me fait un bref topo.

— Ces messieurs sont de la police.

— Je vois.

— Ils aimeraient vous poser des questions sur l'accident.

— D'accord.

Elle écoute ce que dit l'un des flics et entame la traduction.

— Votre voiture a été détruite. Vous avez embouti un camion, le camion est sorti de la route et le chauffeur a été blessé. Il y a aussi des dégâts sur l'*Autobahn*, des barrières de sécurité sont abîmées et un arbre a été déraciné.

— Dites-leur que je suis assuré.

Avant qu'elle ne traduise mes propos, le flic se lance dans un mauvais français.

— Quelle vitesse rouliez-vous ?

— Je ne sais pas.

— Sur cette section, la vitesse est limitée à cent trente kilomètres-heure.

— C'est possible.

— Vous aviez bu ?

Je ne comprends pas pourquoi il me pose cette question. Ils connaissent mieux que moi les résultats des analyses de sang, cela fait sûrement partie de la procédure. J'ai un PSA au-dessus de 10, mais pas un milligramme d'alcool.

— Non.

— Il va y avoir une action en justice, il y a un blessé.

— Je paierai la contravention.

Il traduit à son collègue qui ne semble pas apprécier mon sens des réalités. Qu'est-ce qu'il attend ? Que j'aille replanter l'arbre ?

Ils m'indiquent le carton.

— Vous reconnaissez ces affaires ?

— Elles étaient dans ma voiture.

— D'où viennent-elles ?

— Ce sont des affaires de famille, je suis allé les récupérer chez mon cousin.

— À qui appartiennent-elles ?

— Ce sont des photos et de vieilles lettres qui viennent de ma tante et de ma mère, elles sont toutes deux décédées.

— Vous connaissez le contenu de ce carton ?

— J'ai jeté un coup d'œil chez mon cousin, mais je ne suis pas entré dans le détail.

Le deuxième flic sourit avec bonhomie, comme ils le font habituellement avec les suspects avant d'exhiber des preuves accablantes.

— Que comptiez-vous faire avec le contenu de ce carton ?

La plaisanterie a assez duré.

— Je suis citoyen belge, dois-je justifier mes actes et mes déplacements auprès de la police ?

Ils se regardent, échangent quelques mots.

— C'est votre tante ou votre mère qui tirait au pistolet ?

Il ne peut s'empêcher de sourire en coin, fier de sa sortie.

— Quel pistolet ?

— Il y avait un pistolet dans ce carton.

— C'était celui de mon père.

— Celui de votre père ?

— Il a été tué au Caire, en 1954, dans la tuerie du même nom. Vous allez me foutre la paix maintenant ?

Il plonge une main dans le carton et en ressort un sachet en plastique qui contient les restes de mon téléphone portable.

— Votre téléphone a été détruite.

— Détruit. Où se trouve mon ordinateur ?

— Nous vous l'apporterons demain.

— Pourquoi l'avez-vous pris ?

De toute façon, ils seraient bien incapables de craquer le mot de passe. Et quand bien même, il n'y a rien à y trouver.

Je répète la question.

— Pourquoi l'avez-vous pris ?

Pour toute réponse, il tire une enveloppe A4 du carton et en extirpe une photo de belles dimensions.

— Pourriez-vous nous dire qui est cet homme et ce que fait cette photo dans les affaires de votre famille ?

La photo est en noir et blanc. Elle représente le portrait en pied d'un homme d'une trentaine d'années. Il semble content de lui et porte un regard hautain sur la ligne d'horizon.

Je ne suis pas féru d'histoire, mais je peux sans peine reconnaître l'uniforme noir des SS.

26

Le dernier jour du mois de septembre

Nathan débarqua à la fin du mois d'avril 1949 dans une ville en pleine reconstruction.

Karlsruhe avait été en grande partie détruite par les raids aériens alliés d'avril 1945 et de nombreux chantiers étaient encore ouverts aux quatre coins de la ville.

L'homme de contact de Nathan était désormais un dénommé Aaron. Ils s'étaient brièvement parlé au téléphone à son arrivée pour mettre au point leur mode de fonctionnement.

Nathan recevrait ses instructions par courrier. Une fois par semaine, il devrait faire parvenir un rapport sur l'état d'avancement de ses travaux, toujours par courrier, à une adresse à Francfort.

Aucune rencontre n'était envisageable et seule une situation d'urgence justifiait un appel téléphonique.

Un logement lui avait été attribué au quatrième étage d'une vieille maison, au cœur de la Kaiserallee, non loin des ruines du Hoftheater.

L'entreprise de menuiserie dans laquelle l'organisation lui avait trouvé un emploi était dirigée par un couple de Juifs polonais aidé de leurs deux fils. Ils ne connaissaient pas en détail la mission de Nathan, mais ils savaient qu'ils devaient la considérer comme prioritaire.

Pour eux, Nathan était chargé de mener une enquête sur certains criminels de guerre nazis dans le but de préparer un dossier à charge contre eux.

Aaron lui avait assuré qu'il s'agissait de personnes de confiance et qu'il pouvait compter sur leur discrétion.

Andrzej, le père de famille, l'avait par ailleurs informé que son rôle d'aide-comptable ne l'occuperait que deux à trois heures par jour, mais qu'il lui verserait un salaire plein.

Nathan apprit plus tard qu'il avait perdu ses deux frères et sa sœur dans les camps.

Durant les premières semaines, le rôle de Nathan se limita à lire des transcriptions de conversations téléphoniques, à consulter des monceaux de fiches et à examiner des centaines de photos.

De temps à autre, il était chargé de vérifier certaines données, de contrôler l'exactitude de dates de naissance ou de décès, de chercher des failles dans des biographies, de comparer des dates, des lieux ou de parcourir le compte-rendu de certains témoignages.

Malgré le caractère rébarbatif de ces tâches, Nathan s'en acquittait avec sérieux et dévouement, conscient que le résultat de ses recherches servait la cause et permettait de préparer le travail des équipes d'intervention.

Il savait qu'il devait faire ses preuves et démontrer sa détermination. Son tour viendrait, il en était sûr. L'organisation ne lui avait pas fait suivre une telle formation pour le confiner dans un rôle de rond-de-cuir.

Comme le lui avait enjoint Aaron, il continuait à pratiquer de nombreuses activités physiques pour rester au mieux de sa forme. Il courait tous les jours, faisait du judo et s'était inscrit dans un club de tir.

Quand venait la fin de la semaine, il empruntait la VW Käfer d'Andrzej et allait rejoindre Éva à Francfort. À chacune de leurs rencontres, il se sentait davantage amoureux d'elle.

Ils s'étaient trouvé un hôtel discret en face de la gare où ils passaient la majeure partie de la journée à faire l'amour, à plaisanter et à échanger des anecdotes sur leur travail.

Comme Nathan, elle passait ses journées à gratter du papier sans pour autant se lamenter sur son sort ou se décourager.

En juin, ils envisagèrent de fonder une union à long terme et prirent la décision d'en informer Aaron qui était également le contact d'Éva.

À aucun moment, il ne leur avait été mentionné qu'il leur était interdit de fréquenter d'autres membres du Chat, mais ils ne voulaient pas que Aaron l'apprenne par une voie détournée.

Dès le lendemain, Nathan prit son courage à deux mains et composa le numéro de téléphone d'urgence.

— Aaron, c'est Nathan.

— Je t'ai reconnu, que se passe-t-il ?

— Je dois t'annoncer quelque chose.

— Je t'écoute.

— Cela n'a rien à voir avec le travail. Éva et moi avons une liaison. Nous nous voyons toutes les semaines, nous nous aimons et nous envisageons de faire notre vie ensemble.

Aaron soupira.

— Je sais tout ça, Nathan, pour qui nous prends-tu ?

Nathan en resta bouche bée.

— Tu le savais ?

— Nous en reparlerons plus tard. Je t'avais dit de ne faire ce numéro qu'en cas d'urgence.

— Bien, Aaron, excuse-moi.

Avant de raccrocher, Aaron prit le ton de la confidence.

— Tu fais du bon boulot, Nathan, et Éva également, nous le voyons. Vous passerez bientôt à l'action.

À la mi-juillet, Nathan reçut son premier ordre de mission sur le terrain.

Selon les renseignements, la ville de Baden-Baden, distante d'une cinquantaine de kilomètres, était un véritable nid de Rats. La ville avait volontairement été épargnée par les bombardements alliés et il faisait bon y vivre. Ses palaces et ses établissements thermaux étaient courus par une riche clientèle européenne et américaine.

Certains ex-nazis y vivaient sous le couvert d'une nouvelle identité, d'autres ne s'étaient pas encombrés de telles précautions et s'exhibaient au grand jour, tel Aribert Heim, surnommé le Docteur Mort par les prisonniers de Mauthausen, qui officiait à visage découvert dans son cabinet de gynécologie, au centre de la ville.

Aaron avait promis à Nathan que le Chat se chargerait de lui dans les mois qui suivraient.

En attendant, Nathan était chargé de prendre en filature un homme soupçonné d'être Georg Sommerer, le *SS-Obersturm-bannführer* qui avait dirigé la section III au camp d'Auschwitz.

L'homme travaillait comme portier dans un hôtel luxueux sous le nom de Gustav Sommer. Un rescapé qui avait fait un bref séjour dans le palace était persuadé de l'avoir reconnu.

Le 17 juillet, Nathan arriva à Baden-Baden et s'installa dans une chambre de bonne louée pour lui à proximité du palace en question.

La mission de Nathan s'étala sur trois semaines.

D'après les documents qu'il avait présentés à l'hôtel lors de son engagement, Gustav Sommer était né à Walldorf en 1909. Il vivait seul au dernier étage d'un immeuble de six étages situé sur la Ludwig Wilhelm Platz, en face de l'église. Il travaillait six jours sur sept et faisait de longues journées.

Dès le lendemain de son arrivée, Nathan se mit sur ses pas. L'homme était trapu, large d'épaules et arborait une dent en or sur le devant. Durant la journée, Nathan l'observait depuis le parc situé en face de l'hôtel. Sommer souriait, ouvrait la porte avec déférence, faisait des courbettes, s'empressait de porter les valises des clients et aidait les femmes accompagnées d'enfants.

Il prenait une pause d'une heure à quinze heures et faisait des courses dans le quartier. Une bouteille de schnaps faisait partie de ses achats quotidiens. Il quittait l'hôtel vers vingt et une heures trente et rentrait chez lui.

Le mardi et le samedi soir, il retrouvait trois hommes de son âge dans un bar sur Augusta Platz. Ils jouaient aux cartes jusqu'à minuit, heure à laquelle les cafés étaient tenus de fermer.

Le mercredi était son jour de congé. Il sortait de chez lui vers dix heures, se promenait dans les parcs de la ville, prenait son déjeuner dans un restaurant italien, allait au cinéma et retournait à son domicile vers dix-neuf heures pour n'en ressortir que le lendemain matin.

Ce programme réglé comme du papier à musique se répéta durant les trois semaines. Gustav Sommer était ancré dans ses habitudes.

Nathan nota avec précision les horaires, les trajets et les activités de Sommer et fit parvenir le tout à Aaron.

Il leur restait à s'assurer que l'homme était bien Georg Sommerer. Hormis la dent en or, il ressemblait trait pour trait au SS. Les photos que Nathan avait en sa possession le démontraient, mais cela ne suffisait pas pour signer son arrêt de mort.

À plusieurs reprises, Nathan avait tenté de vérifier s'il portait la *Kainsmal*, la lettre tatouée que les SS portaient sur la face intérieure de leur biceps gauche pour indiquer leur groupe sanguin.

L'absence de ce tatouage ne signifiait pas pour autant que Sommer n'était pas l'homme qu'il recherchait. De nombreux SS se l'étaient fait enlever à la fin de la guerre et, contrairement à la rumeur, la *Kainsmal* n'avait pas été généralisée. Bon nombre de SS n'arboraient pas le signe de Caïn.

Au début de la quatrième semaine, Aaron lui fit parvenir un message.

Jeudi, entre 16 et 17, visite de l'appartement. Moshe viendra t'épauler. Rendez-vous chez toi à 15.

Moshe débarqua chez Nathan à l'heure fixée.

Ils furent heureux de se retrouver. Malgré cela, ils ne prirent pas le temps de discuter et entrèrent dans le vif du sujet. Dès son arrivée à Berlin, Moshe avait intégré une équipe de cambrioleurs et avait été formé aux différentes techniques d'effraction.

— Aucune serrure ne me résiste, j'entre où je veux en moins d'une minute. Le mois prochain, je m'attaque aux coffres-forts.

— On va voir ça, cher ami.

Ils avaient une heure pour pénétrer dans l'appartement de Sommer, trouver les preuves qu'il était à Auschwitz en 1944 et quitter les lieux sans laisser de trace.

Ils se rendirent à la Ludwig Wilhelm Platz par des chemins séparés et se retrouvèrent au bas de l'immeuble. Il ne fallut que dix secondes à Moshe pour ouvrir la porte d'entrée, à peine quelques-unes de plus pour fracturer celle de l'appartement.

Moshe freina l'empressement de Nathan qui se ruait dans le couloir.

— Attends, Nathan. Avant d'entrer dans une pièce, photographie l'emplacement de chaque meuble, de chaque tableau, de chaque objet, même les plus petits, tout doit être remis en place, au millimètre près. Si cet homme est Sommerer, il y a de fortes chances qu'il y ait des pièges dans l'appartement, des indices lui permettant de voir s'il a reçu de la visite. J'ai vérifié la porte, il n'y a ni cheveu ni allumette, mais ça ne veut pas dire qu'il ne se méfie pas.

— D'accord.

— Et fais attention où tu marches, c'est un vieux parquet et les locataires du dessous sont peut-être présents.

Ils entreprirent une fouille rapide du logement. Plus d'une fois, Nathan ressentit une montée d'adrénaline lorsqu'il entendait des pas dans l'escalier ou quand l'ascenseur se mettait en marche.

À force de tâtonnements, ils finirent par trouver une cache derrière l'un des meubles. Elle contenait une carte d'officier SS, un Lüger, une longue dague et des photos de Sommer inspectant un rang de prisonniers à Auschwitz.

Ils se serrèrent la main. Ils avaient la confirmation qu'ils étaient venus chercher.

Gustav Sommer était bien Georg Sommerer.

Le surlendemain, Nathan fit le chemin de retour vers Karlsruhe où un message d'Aaron l'attendait. Il le félicitait pour le travail accompli, l'informait que le Chat montait une opération contre Sommerer et qu'il serait amené à y participer, en tant que témoin dans un premier temps.

Quelques jours plus tard, il reçut un nouveau message. La capture et l'exécution de Georg Sommerer auraient lieu le dernier jour du mois de septembre.

27

Deux mois avant sa mort

J'ai l'impression de ne pas avoir fermé l'œil de la nuit. Pourtant, je me sens mieux.

Sébastien a appelé hier soir. L'infirmière de garde lui a annoncé que j'étais réveillé et que j'allais mieux. Il n'a pas voulu me parler. Ils ont retrouvé ma boîte métallique, elle se trouve en bonne place sur la table de nuit.

La photo du SS m'a hanté durant la nuit.

Qui est-ce ?

Les flics ne le savaient pas, ou ont fait semblant de ne pas le savoir. Il y a eu des milliers de SS durant la guerre. Ils ne le reconnaissaient pas.

Pour qu'ils me fichent la paix, j'ai raconté que j'écrivais des bouquins, que ces affaires faisaient partie de la documentation que je réunissais pour mon prochain opus. Comme ils insistaient, j'ai menacé de prendre contact avec le consulat de Belgique.

Finalement, ils m'ont lâché. Ils vont revenir cet après-midi pour me rendre le Mac.

D'où venait cette photo ?

Provenait-elle des affaires de mon père ou de celles de ma mère ?

Quel lien reliait cet homme à l'un de mes parents ?

Deux heures après le départ des flics, un journaliste du *Augsburger Allgemeine* m'a téléphoné dans un français poussif. Par un heureux hasard, il savait qui j'étais et ce que j'avais écrit. Il voulait connaître le sujet de mon prochain bouquin. J'ai raccroché.

Dans la foulée, j'ai appelé Clémence.

Roland lui avait appris que j'avais eu beaucoup de chance et que je serais bientôt de retour. Elle m'a souhaité un bon rétablissement.

Je lui ai demandé de m'envoyer une voiture avec chauffeur pour me ramener à Bruxelles. Je l'ai aussi chargée de contacter notre assureur et notre avocat pour avoir leurs conseils sur la marche à suivre avec les autorités du coin.

Pour terminer, je lui ai demandé de me commander une nouvelle voiture, même modèle, n'importe quelle couleur, sauf blanc ou noir, et un téléphone portable.

Elle n'a posé aucune question.

L'infirmière retire le plateau du petit-déjeuner.

— *Sie haben fast nichts gegessen.*

Elle agite un index sous mon nez comme si j'étais un gamin désobéissant.

C'est la première fois que je la vois. Grande, brune, le regard aguicheur. Un peu large de bassin, mais équipée d'une somptueuse paire de seins.

— Pas faim.

Elle sort en dodelinant du cul.

Dès qu'elle a refermé la porte, je m'assieds au

bord du lit et pose les pieds au sol. Je fais lentement basculer le poids de mon corps.

Mes jambes vacillent, un rideau sombre passe devant mes yeux. J'agrippe le montant du lit. J'attends quelques secondes que le roulis se stabilise.

Je progresse ensuite pas à pas vers l'armoire. Je l'ouvre et tente de m'emparer de la caisse. Mes bras ne parviennent pas à la soulever. Je la pose sur le sol et la pousse à l'aide de mon pied. Je me rassieds sur le lit, épuisé.

Je jette un coup d'œil au carton à mes pieds. Le contenu est sens dessus dessous. Les pompiers ont dû attraper ce qu'ils trouvaient çà et là et le balancer dans la caisse. Sans compter les flics qui l'ont fouillée de fond en comble. Avec l'obscurité et le vent, je suis certain qu'une partie des documents est restée dans la carcasse ou s'est envolée dans la nature.

À première vue, des dizaines de photos et de documents sont empilés dans le plus grand désordre. Plus épineux, je ne sais pas ce qui appartient à mon père et ce qui provient de ma mère.

Au contraire de nombreuses situations, ce genre de casse-tête me laisse froid. Des puzzles de mon enfance à la reconstitution minutieuse des événements du 21 août 1954 en passant par l'apprentissage de programmes informatiques, je peux faire preuve d'une patience hors du commun pour dénouer des embrouillaminis de ce type.

Au prix d'un nouvel effort, je soulève la caisse et

la retourne sur le lit adjacent. Le contenu dégringole sur le matelas et forme un monticule poussiéreux.

Je procède par étapes. Je commence par former des tas qui regroupent des documents de même type. Les documents officiels, les photos, les lettres, les passeports et cartes d'identité, les objets, les carnets, les cartes géographiques, les dépliants et les papiers inclassables. Plus deux enveloppes complètes.

Pas de pistolet.

Les flics m'ont dit qu'il se trouvait dans la caisse. Pourquoi l'ont-ils gardé ?

Je suppose qu'ils me le rendront avec le Mac.

J'ouvre la première enveloppe complète, la plus épaisse des deux. Elle semble récente, à l'inverse des documents qu'elle contient. Ce sont des papiers de grandes dimensions, jaunis par les années. Ils sont dactylographiés, truffés de timbres et de cachets. Certains tombent en décomposition.

Les plus grands documents portent un titre, écrit en gras.

Arkusz posiadłości gruntowej

Ils sont datés. Les plus anciens de 1912, les plus récents de 1931. Les premiers exemplaires comprennent une traduction en russe sous chaque ligne. L'intérieur du document est rempli de colonnes. Un texte calligraphié les traverse sur la largeur. Il englobe de nombreux chiffres. Je saisis le mot *hektar* à plusieurs reprises.

Une série d'autres documents sont entièrement écrits à la main, y compris l'intitulé.

Wyciag hipoteczny

Ils ressemblent en tous points à des actes notariés. Le solde de l'enveloppe est fait de protocoles, de plans et de lettres émanant de la Krajobank à Lwów.

J'en conclus qu'il s'agit de titres de propriétés, en grande partie situées dans la région de Radziechow, la province où se trouvait la maison d'été de mes grands-parents. Si j'en crois les chiffres, je possède au bas mot la moitié de la Pologne.

La seconde enveloppe contient une liasse de lettres. L'encre s'est effacée avec le temps, nombre d'entre elles sont illisibles.

La brunette aux gros seins entre dans la chambre avec le plateau du déjeuner, un bol de soupe, deux tranches de pain, un peu de jambon.

Je jette un coup d'œil au réveil, je ne peux imaginer qu'il y a trois heures que je suis occupé.

Elle ouvre de grands yeux en voyant le chaos étalé sur le lit.

— *Mein Gott, was machen Sie ?*

— Je range des papiers.

Elle semble plus amusée que contrariée.

— *Hier liegen ja überall Papiere !*

— *Ja.* Vous parlez français ?

Elle secoue la tête.

— *Nein, nicht* français.

— Dommage, je t'aurais bien baisée.

Elle pose le plateau sur le lit, jette un dernier coup d'œil aux papiers avant de sortir.

— *Guten Appetit!*

Je m'attaque au deuxième tas, les cartes d'identité et les passeports. Je mets de côté celui de mon père. Je le garde pour la fine bouche.

Les cartes d'identité appartiennent à mon grand-père. La première est une *Karta myśliwska*, sa carte militaire, elle a été émise le 2 janvier 1914. Un cachet de cire est apposé sur sa photo. Il a vingt-six ans, il est polonais et semble fier de l'être.

La deuxième est un carnet à la couverture bleu foncé. Les titres sont en russe, en lettres dorées. Sa photo y est collée, tamponnée par un cachet qui affiche l'étoile rouge caractéristique. Le document date de 1940. L'ensemble des textes est en caractères cyrilliques.

La troisième est une *Kennkarte für deutsche Volkszugehörige*. Un aigle, les ailes déployées, les serres refermées sur une croix gammée, trône au centre de la carte. Elle a été délivrée le 11 avril 1942, à Lemberg.

La quatrième est une *Deutsche Kennkarte*, elle est légèrement plus grande que la précédente, de couleur gris-bleu. Elle a été émise à Göggingen, le 15 septembre 1946. Les mentions sont reprises en anglais, français et russe. En regard de la nationalité, il est écrit *Deutsch*.

La dernière, plus petite, de couleur orangée, est titrée *Personalausweis* et date de janvier 1953. Une fenêtre découpée dans la couverture permet de contrôler le numéro. Je naissais cette année-là, mon grand-père avait soixante-cinq ans.

Les bouleversements de toute une vie en cinq documents.

Le troisième tas est un amoncellement de photos. Il doit y en avoir plus d'une centaine. Je les parcours rapidement. J'en reconnais certaines. Elles ont été prises à différentes époques, depuis la fin du XIXe siècle jusqu'au début du XXIe.

La plupart sont en noir et blanc, quelques-unes dans un format ridiculement petit. Comment pouvait-on tirer d'aussi petites photos ?

J'y retrouve également des photos de la naissance de Sébastien, des portraits de membres de la famille de ma mère, mais aussi des personnages qui me sont totalement inconnus : des bébés grimaçants, une sorte de hussard à la moustache raide, le poitrail couvert de décorations, des femmes en robe longue, un rang d'élèves en uniforme, une famille entière regroupée autour d'une statue, des militaires, des chiens, mon frère, moi.

Parmi elles, je tombe sur deux photos prises lors du mariage de mes parents. Elles sont insérées dans un encart en papier parcheminé portant le nom du photographe.

Sur la première, ils sont tous les deux. Ma mère sourit, elle est gracieuse et élégante, elle a vingt-trois ans. Elle porte un tailleur clair et un large chapeau à voilette. Mon père la tient par le bras. Il a gardé son sérieux, il flotte un peu dans son costume à larges revers.

Sur le second cliché, ils sont encadrés par mes grands-parents paternels, réunis pour l'occasion, et un couple que j'imagine être les témoins.

Nulle trace de mes grands-parents maternels, ni de Barbara ou de Marischa. Pourquoi ne sont-ils pas venus ? Ils habitaient en Allemagne de l'Ouest, ils auraient pu faire le déplacement sans problème.

Ma mère a écrit quelques mots à l'intérieur de l'encart.

Bruxelles, 6. VIII 1949.
Dla nasrej nojchoisrej

Leurs deux signatures figurent sous la phrase.

L'empilage qui suit me paraît sans intérêt. Ce sont des cartes géographiques, des dépliants touristiques, des prospectus, des cartes postales de Wilanów, Cracovie, Berlin, Caprino Veronese, Ascona, Isola Bella. Je n'ai pas la moindre idée d'où provient cet amas, pas de ma mère en tout cas.

Le monticule de documents officiels me pose problème. Ils sont nombreux, écrits en langue allemande, russe, polonaise. Certains comportent des tampons, des timbres, des signatures.

Aux noms qu'ils contiennent, j'en conclus qu'ils concernent mes grands-parents, mes tantes, ma mère.

Un seul est en français. Il s'agit d'une photocopie, plutôt du stencil d'un document qui n'a pas été rempli.

Je reste dubitatif en lisant l'en-tête, tant sur le fond que sur la forme.

`Service international de recherches, d'investigations et d'expertises historiques, d'archives et généalogiques`
`P.O. Box 379/7 K.U.H.A.R.`
`Kyiv – 03146, Ukraine`

`Demande sur la recherche des informations sur une personne (une demande est à remplir pour chaque personne, aux lettres moulées, s'il vous plaît)`

Toutes proportions gardées, le document semble récent.

Lwów se trouve à présent en Ukraine. Marischa recherchait peut-être un parent éloigné. C'est la seule piste que j'entrevois.

Les autres documents m'en apprendront vraisemblablement davantage.

Je prends le téléphone et compose le numéro de Clémence.

— Oui, Stanislas.

— J'ai besoin d'un traducteur, quelqu'un qui maîtrise le polonais, l'allemand et le russe, engagez-le à partir de lundi prochain. Je passerai au bureau vers onze heures.

— Je m'en occupe.

Restent les papiers que j'ai baptisés inclassables.

Ce sont des lettres en polonais, faites d'enchevêtrements de pattes de mouche, des faire-part de mariage, des annonces de baptêmes ou de décès, des articles de journaux présentant une exposition de Fred, le carnet de poésie de ma grand-mère, des dessins d'enfants, des enveloppes vides, des menus de restaurant.

Côté objets, j'ai deux éventails ringards, une fine chaîne en or, une perle montée en pendentif, un chapelet, rien de valeur à première vue.

Je tire un premier bilan.

Je n'ai rien. Rien me permettant de tisser un lien entre ces monticules de vieux papiers et la mort de mon père. S'il est vrai que ma mère et Marischa savaient que mon père n'allait pas au Caire pour son travail, rien dans ces vieilleries ne m'apporte d'éclaircissements.

Avant de remballer le tout, je me penche sur le passeport de mon père.

Je me revois à dix ans, le cœur battant, cambriolant le buffet rococo, découvrant la photo de mon père, jeune.

Je feuillette les pages. Elles sont chargées de tampons. Certains sont nets, d'autres sont en partie ou en totalité effacés ou illisibles.

Ce sera ma prochaine tâche, établir la chronologie des voyages de mon père. Quelle a été sa première destination ? Dans quelles villes, dans quels pays s'est-il rendu avant son dernier voyage au Caire ?

Je fouille les dernières pages du passeport. Je repère le cachet du Caire.

Il est rectangulaire, l'encre est rouge.

21 AUG 1954

La date est entourée de mots écrits en arabe. Un seul est en anglais.

Entry

Je regarde les dates des tampons précédents. Certains ont été apposés à l'envers. Je tourne et retourne le passeport.

Finalement, je trouve celui qui m'intéresse.

Le 22 juin 1954, mon père s'est rendu en Allemagne, à Tempelhof, l'aéroport de Berlin-Ouest.

C'était deux mois avant sa mort.

28

En douceur

Baden-Baden perdait de sa superbe sous la pluie. Les rues étaient désertes et les façades des palaces revêtaient une allure sinistre.

La voiture était garée à cinquante mètres de l'immeuble où habitait Sommerer. Le silence régnait dans l'habitacle. Nathan était assis à l'avant, l'estomac noué. Il ne connaissait ni le chauffeur ni les deux autres. Ils s'étaient brièvement présentés en arrivant. Tous trois étaient à peine plus âgés que lui.

Le chauffeur, Tomasz, était hongrois. Il avait le visage couvert de cicatrices et fumait cigarette sur cigarette.

Les deux autres étaient silencieux, tassés sur la banquette arrière. Le premier s'appelait Nicolas, un géant barbu à la carrure de lutteur. L'autre était Samuel, le chef d'équipe, un Allemand taciturne au regard fixe, perdu dans des pensées obsédantes.

À l'heure prévue, Sommerer sortit de l'immeuble, ouvrit un parapluie et prit le chemin de l'hôtel, le dos courbé pour affronter le vent et la pluie.

Nathan brisa le silence.

— C'est lui.

Samuel se manifesta.

— Tu es sûr ?

— Certain.

— Plus ils sont prévisibles, plus ils sont vulnérables.

Le chauffeur mit le contact. Nicolas descendit de la voiture et lui emboîta le pas.

La voiture avança à faible allure. Lorsqu'elle arriva à la hauteur du nazi, Samuel ouvrit la fenêtre et l'interpella.

— Monsieur, s'il vous plaît.

L'homme s'arrêta et grimaça un sourire.

— Oui ?

— Je cherche la Leopoldsplatz.

Sommerer hésita un moment.

Son instinct l'avertit du danger. Il tourna la tête à gauche, puis à droite, l'air méfiant.

Au moment où il allait se retourner, Nicolas fondit sur lui. Il le ceintura, le souleva du sol et l'amena vers la voiture. Samuel ouvrit la porte alors que l'homme se mettait à crier.

Le géant le jeta à l'intérieur où il fut accueilli par un violent coup de matraque sur le sommet du crâne. Nicolas monta à son tour, poussa le corps inerte et referma la portière.

Comme il l'avait appris, Tomasz garda son calme. Il écrasa sa cigarette, passa la première et démarra en douceur.

29

Le meurtrier n'avait jamais été identifié

Il est dix heures, je sonne à la porte.

Axelle l'ouvre à la seconde.

— Entre.

— Tu attendais derrière la porte ?

Pour toute réponse, elle accroche ma ceinture et referme la porte à la hâte. Elle me déboutonne, passe une main dans l'échancrure de ma chemise et me triture le bout d'un sein.

— Salaud.

Elle enfonce sa langue dans ma bouche tout en s'attaquant à la fermeture Éclair de mon froc. Elle glisse une main dans mon caleçon.

— Tu bandes comme un âne. Tu crèves d'envie de me baiser.

Elle s'agenouille, fait tomber le pantalon sur mes chevilles et me prend dans sa bouche avec empressement.

Elle s'affaire pendant quelques minutes avant de s'octroyer une pause.

— Sale type.

Elle me lâche, se relève, ôte sa jupe et prend la direction du salon en tortillant des hanches.

Je la regarde s'éloigner. Elle a mis un string à ouverture.

Elle se retourne.

— Tu as envie de me sauter ou tu préfères te branler dans le hall ?

Je défais mes chaussures, me débarrasse de mon pantalon et retire ma chemise.

Je la rejoins dans le salon. Elle est debout et fait mine de lire le journal, les mains posées sur la table, les jambes écartées.

— Tu es là ? Alors, baise-moi vite avant que je ne change d'avis.

J'avance à grands pas, plaque mon bassin contre le sien, enfonce mes dents dans sa nuque tout en lui malaxant les seins.

— Salaud, tu me fais mal.

Je plie les genoux, cherche à la pénétrer.

— Débrouille-toi tout seul et dépêche-toi.

Je glisse deux doigts dans ma bouche, les humecte, les introduis entre ses fesses. Ils trouvent chacun leur place.

— Lequel ?

— Où tu veux, je m'en fous, mais dépêche-toi, il va arriver d'une minute à l'autre.

Je la pénètre sans ménagement. D'un mouvement du bassin, elle recule les fesses pour que je l'envahisse jusqu'à la garde.

Elle siffle entre les dents.

— C'est tout ce que tu as à m'offrir ?

Je la prends par la taille, pèse de tout mon poids, la forçant à s'allonger sur la table.

— Salaud.

J'entame de rapides va-et-vient. Elle gémit.

J'accélère le rythme. Ses gémissements deviennent des plaintes.

Elle m'exhorte à redoubler d'ardeur.

— Plus fort, je ne sens rien.

Ses plaintes deviennent des cris.

— Oui. Dis-le-moi.

Je m'allonge sur elle, approche ma bouche de son oreille.

— J'ai entendu sa voiture, ton mari est là.

— Continue.

À bout de souffle, je prends mon plaisir sans me préoccuper du sien.

Je reprends vie.

Je me libère, retourne dans le hall et me rajuste.

Elle fait irruption quelques instants plus tard, en titubant, une main dans les cheveux.

— Salaud. Ne me laisse plus jamais quatre semaines sans nouvelles de toi.

Je sors de la maison, monte dans la Renault de location.

Il est 10 h 22. Nos ébats excèdent rarement la demi-heure.

Je complète le bilan.

Je n'ai pas mal quand j'éjacule. Je ne me suis levé qu'une fois pour aller pisser ces deux dernières nuits. Je suis capable de me retenir. Je n'ai ni mictions douloureuses ni blocages.

Kösztler m'a pris pour un pigeon.

Je prends la direction du bureau.

Ce week-end, je ne me suis pas préoccupé de ma prostate, j'en ai profité pour faire un point sur mes découvertes et poursuivre mes investigations.

J'ai analysé la photo du SS. Selon Internet, cet homme est un officier de la Waffen-SS. Les trois points sur l'insigne de son col indiquent qu'il a le grade d'*Untersturmführer*, ce qui le situe du côté de lieutenant, pas très haut dans la hiérarchie. J'ai par ailleurs appris que ces jolis costumes ont été dessinés par un certain Hugo Boss.

À part cela, j'ai une nouvelle fois parcouru les photos, une par une, et j'ai repassé chaque document en revue en tentant d'isoler les affaires de mon père.

Une chose est sûre, le carnet de son premier mariage a disparu. Lorsque j'ai jeté un coup d'œil dans le carton, chez Roland, il y était encore. À l'heure qu'il est, il doit se trouver dans la carcasse de la bagnole ou quelque part sur l'autoroute entre Augsbourg et Zusmarshausen. Sans ce chauffard, je saurais où j'en suis.

Hormis son passeport, le choix était aléatoire. Je n'ai trouvé aucun document le concernant directement, ni acte de naissance ni acte de mariage ni acte de décès. À tout hasard, j'ai ajouté la photo de son mariage avec ma mère.

Je me gare dans le parking souterrain et jette un coup d'œil aux voitures présentes. Je prends l'ascenseur et fais irruption sur le plateau que je traverse au pas de course. Les gens relèvent la tête, certains me saluent d'un hochement de tête. Claudine, l'une des comptables, évite mon regard et plonge le nez dans son écran.

Je passe devant le bureau de Clémence.

— Venez.

Elle me suit, entre dans le bureau, se tient au garde-à-vous à proximité de la porte.

— Bonjour Stanislas, vous allez mieux ?

— J'ai eu beaucoup de chance.

— C'est ce que votre cousin m'a dit.

— Vous m'avez trouvé un traducteur ?

— Nous sommes début juillet, ce n'est pas évident, les vacances scolaires ont débuté.

— Vous m'en avez trouvé un, oui ou non ?

— En quelque sorte, je lui ai fixé rendez-vous à 11 h 30.

— La voiture ?

— J'en ai trouvé une en stock, vous pouvez en prendre livraison mercredi.

— Quelle couleur ?

— Bordeaux métallisé, ce n'est pas mal.

— Pas mal ? Je déteste le rouge, trouvez-en une autre. Ni noir, ni blanc, ni rouge. Prenez un gris métallisé, pas le plus clair, le gris moyen. S'ils vous disent qu'ils n'en trouvent pas, dites-leur que je passe à la concurrence, pour la mienne et celles de la société.

— Bien Stanislas.

— Et faites venir Jean-Charles.

— Je l'appelle.

Restait à savoir ce qui constituait la pile de papiers qui se trouvait sous le passeport et le livret. L'enveloppe qui contenait la correspondance entre les Allemands ou celle bourrée d'actes de propriété pouvait en faire partie. Leurs dimensions leur permettaient d'entrer dans le carton à chaussures. Comme la photo du SS.

J'ai réexaminé les destinations et les dates des voyages de mon père dans le passeport. Bien souvent, il se rendait deux ou trois fois au même endroit dans un laps de temps de six mois, ce qui suivait la logique de son boulot : analyse des besoins, cahier des charges, suivi de l'installation.

Seules deux destinations sont ponctuelles. En plus de Berlin, le 22 juin 1954, son dernier voyage avant Le Caire, j'ai remarqué qu'il s'était rendu à Milan le 23 avril 1954 et y était resté deux jours.

J'ai repris mes recherches. En 1954, deux tréfileries étaient actives à Berlin-Ouest, mais aucune à Milan, ni dans la région proche.

Dans le tas de cartes postales, il y en avait une de Caprino Veronese, un petit village situé à une centaine de kilomètres de Milan, proche du lac de Garde. Comme les autres, elle était vierge, hormis une courte annotation au dos.

NAT K 22963

Les lettres étaient écrites en majuscules, à l'encre noire, les chiffres à l'encre bleue. Il m'était difficile de déterminer si l'écriture était celle de mon père, celle de ma mère, celle de Marischa ou si les lettres et les chiffres avaient été écrits par des personnes différentes. J'ai cherché une signification à ces caractères sur le Web, sans succès.

Il y avait aussi deux cartes routières de la région. Je les ai ajoutées au tas.

J'aurais pu en rester là.

Jean-Charles entre dans le bureau.

— Bonjour Stanislas.

— J'ai passé trois jours à l'hosto. À ton avis, combien de mails m'attendaient quand j'ai récupéré ma bécane ?

Les flics ont ramené le Mac, comme prévu. En revanche, ils ont gardé le Browning Baby. Je suis autorisé à le récupérer si je leur présente le permis de port d'arme qui lui est dédié. Autant dire que je ne le reverrai jamais.

Jean-Charles fait la grimace.

— Je ne sais pas.

— Un chiffre ?

— Trois cents ?

— Quatre cent soixante-sept. À ton avis, combien de ces quatre cent soixante-sept mails méritaient d'être envoyés ?

— Je ne sais pas, une trentaine.

— Un.

Celui d'Axelle me disant que son mari partait en voyage d'affaires et que je pouvais venir la baiser lundi à dix heures.

— Merde !

— Tu l'as dit, merde. Ponds-moi une note de service générale interdisant qu'on m'envoie dorénavant des copies de mails dont je n'ai rien à foutre. C'est pour ça que tu es là. Fais le tri et transfère-moi ce qui vaut la peine d'être lu.

— D'accord.

— Autre chose.

— Oui ?

— Qu'est-ce qui se passe avec Claudine ?

La question l'embarrasse, il esquisse un rictus qu'il efface aussitôt. Il sait qu'il vaut mieux éviter de tourner autour du pot.

— Elle est enceinte, je l'ai appris la semaine passée.

— Tu sais ce que j'en pense.

— Oui, je vais faire le nécessaire.

Travailler ou enfanter, il faut choisir.

Jusqu'à l'accouchement, ça se passe plus ou moins bien. C'est au retour que les choses se gâtent. Elles sont déphasées. Leurs priorités ont changé. Elles parlent layettes, biberons et téléphonent à la nounou trois fois par jour.

— Tu peux y aller.

Il ressort du bureau, la queue entre les jambes.

Je le rappelle avant qu'il ne referme la porte.

— Encore une chose.

— Oui ?

— Je vais te céder trois pour cent des parts, en fin d'année.

Son visage s'illumine.

— Merci, Stanislas.

La carotte et le bâton, la méthode fonctionne depuis la nuit des temps.

J'ai continué à chercher.

Finalement, j'ai déterré quelque chose d'intéressant, un vieux fait divers dans les archives d'un quotidien.

En avril 1954, un homme qui habitait à Caprino Veronese avait été assassiné. Un homme à première vue sans histoires qui vivait là depuis plusieurs années avec sa femme et leur fille. Il travaillait à la scierie du bled. D'après son patron, c'était un travailleur modèle.

L'homme avait été enlevé et séquestré. Le 27 avril, après trois jours de recherches, la police avait retrouvé son corps calciné dans un champ non loin de là. Selon le légiste, il avait été pendu et son cadavre brûlé par la suite. Il estimait que la victime avait été tuée trois jours auparavant, dans la nuit du 23 au 24 avril 1954.

L'article précisait que le meurtrier n'avait jamais été identifié.

30

Une poignée d'allumettes

La voiture sortit de Baden-Baden en respectant le code de la route à la lettre et prit la bretelle d'accès à l'autoroute en direction de Karlsruhe.

Sommerer avait perdu connaissance. Son corps était affalé sur le côté, sa tête reposait sur l'épaule de Nicolas. Ce dernier ausculta le crâne de l'homme. La plaie saignait légèrement.

Samuel s'adressa à Nathan.

— Il ne faut pas te faire d'illusions, Nathan, les captures ne se déroulent pas toujours aussi facilement.

— Je m'en doute.

— Certains sont sur le qui-vive, d'autres ont une armée de gardes du corps à leur disposition. Ne pense pas que cela dépend de la position qu'ils occupaient dans le passé, cela dépend de la fortune qu'ils ont amassée.

— Tu veux dire qu'il y en a que nous laisserons tranquilles ? Les plus riches et les mieux protégés seront négligés ?

— Non, pour ceux-là, la phase de préparation

peut prendre plusieurs mois, mais nous les traquerons et nous les aurons, tous, jusqu'au dernier.

Tomasz jeta un coup d'œil dans le rétroviseur, alluma une cigarette avec le mégot de la précédente et sortit à hauteur de Rastatt.

— Couchez-le, on approche.

Ils traversèrent la localité et poursuivirent la route jusqu'à Wintersdorf. À la sortie du village, ils empruntèrent un chemin de terre qui s'enfonçait dans les bois. Ils roulèrent durant une dizaine de minutes, sortirent de la forêt et aboutirent au bord du Rhin. Ils longèrent la rive sur trois kilomètres et stoppèrent devant une petite maison de pêcheurs qui semblait abandonnée.

Trois hommes et une femme en sortirent aussitôt. La pluie continuait de battre, mais ils n'avaient pas l'air de s'en soucier. Les hommes avaient entre quarante et cinquante ans, la femme était plus âgée. Ils scrutèrent l'intérieur de la voiture, les traits tendus. Ils échangèrent ensuite quelques mots.

Samuel sortit de la voiture, leva ma main et fit le V de la victoire.

— Nous l'avons.

Le soulagement se lut sur leurs visages.

Dans la voiture, Sommerer reprenait peu à peu ses esprits et commençait à grommeler. Nicolas se chargea de l'extraire du véhicule. Pendant qu'il le maintenait, Samuel lui mit les mains dans le dos et lui passa une paire de menottes. Il se saisit ensuite d'une corde et lui ligota les chevilles.

L'opération terminée, Nicolas le renversa sur son

épaule et prit la direction de la maison. À l'exception de Tomasz qui assurait le guet, tout le monde entra à sa suite.

La maison sentait le moisi et l'humidité. Le plancher était glissant. Des toiles d'araignées couvraient les vitres et filtraient la lumière. Une table faite d'une longue planche posée sur des tréteaux et quatre chaises dépareillées occupaient la pièce. Une cinquième chaise était placée au centre, face à la table.

Les trois hommes et la femme prirent place d'un côté de la table pendant que Samuel immobilisait le nazi sur la chaise en enroulant une corde autour de son torse. Il retroussa ensuite la manche gauche de l'homme et repéra la lettre *O* tatouée sur son biceps, camouflée sous une cicatrice.

Il se tourna vers les membres du tribunal.

— Confirmation.

Il rejoignit Nathan et Nicolas, postés derrière le nazi.

La femme prit la parole.

— *Obersturmbannführer* Georg Sommerer, l'heure est venue de répondre de vos actes.

Nathan trouva la phrase théâtrale.

L'homme resta silencieux, le regard absent, la bouche ouverte. Sa dent en or jetait de faibles reflets dans la pénombre.

La femme s'empara de plusieurs feuillets et entama la lecture de l'acte d'accusation.

Sommerer l'interrompit après quelques minutes.

— Je m'appelle Gustav Sommer, je ne comprends rien à ce que vous racontez. Vous faites erreur. Vous n'avez pas le droit de me retenir prisonnier. Libérez-moi sur-le-champ.

Elle attendit qu'il ait terminé et reprit la lecture.

La femme énonçait les faits d'une voix neutre, sans émotion apparente. Elle citait des noms, des dates, détaillait les actes dont l'homme s'était rendu coupable sans faiblir, comme si elle dressait le compte-rendu d'une situation à laquelle elle était étrangère.

La manière froide et analytique qu'elle avait de décrire tant d'horreurs fit frissonner Nathan.

Sommerer se mit à hurler.

— Arrêtez, nom de Dieu ! Je m'appelle Sommer. Vous vous trompez, ce n'est pas moi !

Il poussa un long cri pour couvrir la suite de la lecture.

La femme attendit qu'il se taise et reprit, imperturbable.

Elle fut à nouveau interrompue par les cris de Sommerer.

— Non, arrêtez ! Ce n'est pas moi, je le jure !

À bout de souffle, il se mit à pleurer, les épaules secouées par les sanglots.

Les muscles de Nathan se crispèrent contre sa volonté. Ses mâchoires, ses mains et ses jambes se mirent à trembler. La tension qui régnait dans la pièce était palpable.

La lecture se poursuivit durant une vingtaine de minutes.

La tête de Sommerer pendait à présent sur sa poitrine, ses sanglots avaient fait place à un long gémissement plaintif.

Nathan était partagé entre plusieurs sentiments contradictoires. Il ressentait de la haine et du dégoût, mais également de la pitié et une vive excitation, une sorte d'étrange exaltation qui le faisait trembler.

Par moments, il lui venait l'envie de fuir ; à d'autres, le besoin impérieux d'aller au bout de la torture et d'assister à la mise à mort.

Lorsque la femme eut terminé la lecture, elle se rassit et l'un des hommes se leva.

— *Obersturmbannführer* Georg Sommerer, en fonction de ce qui précède, nous vous condamnons à mort. La sentence sera exécutée immédiatement.

Les cris que poussa Sommerer glacèrent Nathan.

— Pitié, je vous demande pitié. Je n'étais qu'un soldat, je n'ai fait qu'obéir aux ordres.

Le juge resta impassible.

Les plaintes de Sommerer redoublèrent, entrecoupées de sanglots.

— Pitié ! Je ne voulais pas faire ça, je n'ai fait que répondre aux ordres. Je vous demande pardon, pardon, pardon.

Le plus jeune des hommes se leva à son tour et contourna la table.

Selon Nathan, il avait moins de quarante ans. Il se planta devant Sommerer, s'agenouilla et attendit que le nazi le regarde dans les yeux.

Il parla posément, sans élever la voix.

— Personne ne t'a donné l'ordre de tuer mon fils.

Il se releva et sortit de la pièce, suivi par les trois autres membres du tribunal.

Les cris de Sommerer déchirèrent le silence.

— Attendez ! Je vous en supplie, attendez.

La porte se referma.

Samuel se tourna vers Nathan.

— Tu veux rester jusqu'à la fin ?

Nathan acquiesça.

Nicolas approcha de Samuel et lui tendit un Lüger.

Sommerer entendit le bruit de l'arme que Samuel actionnait. Il fut pris de panique, se mit à gesticuler, tenta de renverser la chaise. Nicolas intervint et la maintint au sol en pesant sur le dossier.

Le nazi poussa une suite de cris rauques, inhumains, entrecoupés de sanglots.

Samuel posa le canon sur sa nuque.

Sommerer enfonça sa tête dans ses épaules, ses yeux sortaient de leurs orbites.

Un rictus tordit sa bouche.

— Salauds ! Pourritures de Juifs ! Nous aurions dû tous vous crever.

Samuel pressa la détente.

La déflagration secoua la maison. Le corps de Sommerer sursauta, une gerbe de sang gicla de sa bouche.

Nicolas coupa les cordes, ôta les menottes. Il saisit ensuite le corps du nazi sous les aisselles pendant que Samuel le prenait par les pieds.

Nathan les suivit et sortit de la maison.

La femme et les trois hommes les attendaient à l'extérieur. La femme pleurait. L'homme qui avait parlé à Sommerer dissimulait son visage dans ses mains.

Nicolas et Samuel chargèrent le cadavre dans la barque que Tomasz avait préparée près de la berge. Ce dernier prit un jerrican d'essence et en arrosa le corps.

Il continuait à pleuvoir. De l'autre côté du fleuve, la France disparaissait dans la brume.

Ils mirent la barque à l'eau.

Du pied, Samuel la poussa vers le courant pendant que Nicolas craquait une poignée d'allumettes.

31

Caractère de merde

Kevin entre dans le bureau en se grattant le cul, sa manière à lui d'exprimer que je l'impressionne et qu'il a du respect pour moi.

Du look gothique aux horaires décalés, c'est un pur produit de la génération Y. J'en ai des flopées qui travaillent ici. On les dit indisciplinés, rebelles, infidèles, prêts à piétiner les valeurs de la boîte qui les paie.

Ceux qui affirment cela sont des managers largués qui sentent la poussière et sont incapables de les gérer.

— Bonjour Stanislas.

— Photoshop, tu connais ?

Il hausse les épaules avec désinvolture.

— Comme si je l'avais écrit.

Je lui tends la photo de l'officier SS.

— Tu serais capable de lui mettre un costard décent ?

Il prend la photo, la retourne dans tous les sens.

— C'est un vrai ?

— C'est un vrai. C'est possible, le costard ?

— Fastoche.

— Pour quand ?

— Demain. Peut-être ce soir.

— Comme tu veux.

— Bon, ce soir.

— Tu peux m'en faire des tirages papier en respectant les dimensions d'origine ?

— Je m'en charge.

— Enlève aussi le drapeau qui est à l'arrière. Et ne salope pas l'original.

Il jette un nouveau coup d'œil à la photo.

— Ben, oui, le drapeau, je comprends.

J'ai surfé sur Internet à la recherche d'un dignitaire nazi qui lui ressemblerait. La plupart ont, comme lui, une sale gueule, mais je ne l'ai pas reconnu dans le tas. De plus, rien ne dit que cette photo était dans les affaires de mon père.

Qu'y ferait-elle ?

Et que ferait-elle dans celles de ma mère ?

Le seul indice que je retire de mes investigations du week-end est le fait que mon père se trouvait en Italie au moment où un type s'est fait tuer dans ce village et qu'il y avait une carte postale de ce bled dans le carton.

C'est maigre.

Clémence frappe à la porte.

— Oui.

Elle passe la tête.

— Votre rendez-vous est arrivé ; le traducteur.

— D'accord.

Elle s'efface et laisse entrer une femme d'une quarantaine d'années qui arbore un large sourire commercial.

J'ai demandé un traducteur pas une call-girl de luxe.

— Bonjour. Laura Bellini, enchantée.

Elle est vêtue avec l'élégance classique des *businesswomen* : jupe noire, veste ajustée, col strict.

— Stanislas Kervyn, prenez place.

Yeux sombres, bouche pulpeuse, cheveux noirs coupés court. De l'or ruisselle à son cou et à ses poignets.

Les latines sont de redoutables baiseuses.

— Votre assistante m'a dit que vous cherchiez quelqu'un pour traduire des textes en allemand, polonais et russe.

— Vous parlez ces trois langues ?

— Oui, je parle aussi néerlandais. Et italien, bien sûr.

— Bien sûr.

— Italien, parce que je suis italienne.

— J'avais compris. Je n'ai besoin ni de l'italien ni du néerlandais.

J'ai à peine prononcé la phrase qu'une idée me vient.

— Pas dans un premier temps, en tout cas.

Elle ne se départit pas de son sourire.

— Ce sont des documents techniques ? Des papiers juridiques ? Des lettres ?

— Un peu de ça.

— Vous pouvez me les montrer ?

— Plus tard. Quels sont vos honoraires ?

— Cent cinquante euros de l'heure, hors taxes.

— Cent cinquante euros de l'heure ? Pour quelques traductions ?

— C'est le prix du marché.

— Je ne pense pas que nous pourrons nous entendre. J'ai besoin de quelqu'un disponible vingt-quatre heures sur vingt-quatre. Je dois pouvoir lui téléphoner quand j'ai une question, il doit pouvoir me répondre à toute heure du jour ou de la nuit, m'accompagner si c'est nécessaire.

— Il ? Vous parlez au masculin, vous pensez qu'une femme n'est pas capable de faire cela ?

— Il se peut que je doive me déplacer à l'étranger. Je dois pouvoir compter sur sa présence. Je ne veux pas d'excuse bidon.

Son sourire décline.

— Par « excuse bidon », vous entendez pour des questions d'enfants malades ou de règles douloureuses ?

— Par exemple.

— Je vois. Je n'ai ni l'un ni l'autre. Par contre, si vous voulez que je sois à votre disposition vingt-quatre heures sur vingt-quatre, il faudra me payer vingt-quatre heures sur vingt-quatre, ce qui représente trois mille six cents euros par jour, sans les frais, bien entendu.

— Trois mille six cents euros par jour ? C'est tout ? La baise est comprise dans le prix, au moins ?

Le sourire disparaît, les yeux deviennent assassins.

— La baise ?

— Je plaisantais.

Elle se lève.

— Non, monsieur Kervyn, la baise n'est pas comprise dans le prix. Si vous voulez que j'accepte vos conditions, vous devez accepter les miennes. Mes honoraires pour une journée complète sont de trois mille six cents euros, à prendre ou à laisser.

— Je vais réfléchir.

— Ce n'est pas tout, monsieur Kervyn.

— Je vous écoute.

— Si vous voulez que je travaille pour vous, j'attends de vous un acompte correspondant à trois jours de travail, soit dix mille huit cents euros. Et je romps le contrat unilatéralement à la prochaine plaisanterie déplacée.

— C'est tout ?

— Non, j'attends que vous me disiez *bonjour*, *s'il vous plaît*, *merci* et *au revoir*, quatre mots qui semblent absents de votre vocabulaire.

Elle tourne les talons et sort du bureau sans refermer la porte.

Redoutables baiseuses et caractère de merde.

32

Mes cubes de bois ont disparu

Ses pas résonnent dans le couloir. Elle entre dans la pièce, me sourit. La sonnerie du téléphone m'empêche de me concentrer. Elle décroche. Je perçois le marmonnement nasillard, à l'autre bout du fil.

Elle s'immobilise.

Dans quelques instants, elle va dire *non*. Elle le répétera plusieurs fois avant de s'effondrer lentement.

Je ferme les yeux, je me concentre.

Elle prononce le mot.

Le répète.

Lâche le combiné.

Cette fois, je l'ai perçu distinctement. Le mot n'est pas *non*, elle dit *nein*.

J'ouvre les yeux.

Mes cubes de bois ont disparu.

33

C'est très exagéré

Laura Bellini m'attend à l'heure fixée devant l'entrée de l'aéroport

Je descends du taxi en pointant la monumentale Samsonite qui gît à ses pieds.

— Vous auriez dû prendre un bagage à main, ce genre de malle doit aller dans la soute. Nous allons perdre une heure pour la récupérer à Bologne.

Elle répond du tac au tac.

— Vous auriez dû m'envoyer un programme des festivités, j'aurais fait un tri dans mes affaires et j'aurais pris un bagage à main.

J'en reste là.

Il me faut composer avec elle. J'ai besoin de ses compétences, elle a besoin de mon fric. Clémence m'a laissé peu de chances de lui trouver un remplaçant en cette période.

J'entre dans l'aéroport pendant qu'elle se démène avec sa valise.

Je suis parvenu à apaiser les tensions.

Comme nous l'avions convenu, elle m'a téléphoné

hier en fin de matinée pour faire un point sur l'état d'avancement de son travail.

— Laura Bellini.

— Qu'est-ce que ça donne ?

— Ce sont des titres de propriété, des actes notariés, des échanges de lettres entre l'acquéreur et une banque, des protocoles de ventes. Les actes notariés m'ont posé le plus de problèmes, ils sont rédigés à la main dans un jargon administratif désuet.

C'étaient les seuls documents que je lui avais fait parvenir.

Je voulais tester son expertise et son temps de réponse. Il lui avait fallu quarante-huit heures pour déchiffrer le contenu de l'enveloppe.

Compte tenu de la quantité de papiers, j'estimais que le délai était acceptable.

— Vous m'envoyez ça par mail ?

— C'est ce que je comptais faire. Pour la suite ?

— Nous partons demain matin à Bologne, rendez-vous à l'aéroport à huit heures. Mon assistante s'occupe de votre billet. Vous le recevrez dans la journée.

— Quand prévoyez-vous le retour ?

— Après-demain. En principe.

— Bien, à demain.

La tension était palpable, elle s'est dépêchée de raccrocher.

Nous faisons l'enregistrement de son bagage et passons le contrôle de sécurité sans échanger un mot. Arrivés dans le terminal, elle m'apostrophe avant de filer dans l'autre direction.

— Je vais faire quelques emplettes, je vous retrouve dans l'avion.

Je la regarde s'éloigner en pressant le pas.

Belles jambes. Joli cul.

Un homme se retourne sur son passage.

Je fais quelques achats et me dirige vers la porte d'embarquement. Je m'installe dans l'avion, déplie un journal.

Elle me rejoint au moment de la fermeture des portes. Elle remonte le couloir, s'assied à mes côtés, déplie un journal.

Les vols sur Milan étaient complets. J'ai réservé une voiture de location pour parcourir les cent quatre-vingts kilomètres qui séparent Bologne de Caprino Veronese.

Le patelin ne compte pas d'hôtel. Clémence nous a trouvé deux chambres dans un *agriturismo*, une sorte de *bed and breakfast* à l'italienne.

J'attends que nous ayons atteint l'altitude de croisière pour lui tendre la lettre que j'ai préparée.

— Vous pouvez me la traduire ?

Elle s'empare du papier sans un mot.

C'est la seule lettre dans laquelle j'ai reconnu l'écriture de ma mère. Elle est courte, moins d'une page, adressée à un certain Rudi. Elle ne comporte pas de date. Elle est écrite en allemand, ce qui m'a surpris dans un premier temps, mais je me suis rappelé que Marischa m'avait expliqué qu'elles avaient appris l'allemand à l'école.

Elle relève la tête après quelques minutes.

— Vous voulez une traduction mot à mot ou un résumé ?

— Un résumé.

— La lettre est en allemand. Elle est adressée à un certain Rudi. En allemand, les adjectifs sont invariables, mais d'après la tournure des phrases et le style d'écriture, je dirais que c'est une femme qui l'a rédigée. C'est écrit à la forme de politesse, l'équivalent du vouvoiement.

— Elle est datée ?

Elle examine le document.

— Non, elle n'est pas datée.

— De quoi parle-t-elle ?

— De tissus. La femme explique qu'elle a cherché le tissu que le Rudi en question lui a demandé pour son costume, mais qu'il est de plus en plus difficile de trouver du tissu anglais à Lemberg parce qu'il y a de moins en moins de stock et que les Juifs ne font plus de marché noir parce qu'ils sont dans les ghettos. Le seul tissu que son couturier lui a trouvé est de couleur brun foncé et coûte six cent cinquante reichsmark. Avec les accessoires, cela risque de monter à mille cinq cents reichsmark. Elle lui demande ce qu'elle doit faire, mais trouve que c'est de la folie de dépenser autant d'argent pour un costume.

Quelques lignes qui ne veulent rien dire, mais me laissent un goût amer dans la bouche.

Si elle parle de Lemberg et non de Lwów, qu'elle écrit en allemand, que les Juifs sont dans les ghettos et que les prix mentionnés sont en reichsmark, j'en déduis que cette lettre a été écrite entre 1941 et 1944, pendant l'occupation allemande.

Ma mère devait avoir entre quinze et dix-huit ans.

Que signifie cette histoire de tissus ?

Qui est ce Rudi ?

— OK.

Elle me rend la lettre.

— Ça vous aide ?

— Non.

— Dites-moi, monsieur Kervyn, vous comptez me décrire le contexte global de mon travail ou continuer à me distribuer les éléments au compte-gouttes ?

— Je vous expliquerai ce soir.

— Ça m'aiderait, merci.

Kevin m'a remis une photo du SS. Du bon boulot. Dans son costume, il a presque l'air humain.

Nous atterrissons à Bologne à onze heures. La température est de trente-six degrés. Nous sommes priés de rester assis et de patienter jusqu'à l'arrivée du bus.

La chaleur s'engouffre dans l'appareil. Un môme se met à brailler derrière moi. Il est rouge de colère et hurle dans mes oreilles.

Après quinze minutes, le bus ne s'étant pas présenté, nous nous rendons à pied à l'aérogare. Nous traversons le tarmac, escortés par une hôtesse et un homme en salopette.

Nous entrons dans le bâtiment. Il est en pleins travaux. Il fait sombre, l'air conditionné est déficient.

Bellini marque ses premiers signes d'impatience.

Je lui indique le hall d'arrivée des bagages.

— Allez récupérer votre bagage et rejoignez-moi au comptoir Hertz.

Elle arrive une demi-heure plus tard, quelque peu essoufflée.

— Vous avez la voiture ?

Je lui montre la clé.

— Parking 2, au sous-sol.

Nous traversons le terre-plein sous un soleil de plomb. Ma chemise me colle à la peau. Bellini me suit de près. Sa Samsonite tressaute sur les pavés dans un bruit assourdissant.

Je prends possession d'une Fiat Bravo cabossée à plusieurs endroits. Elle a plus de quarante mille kilomètres, le siège conducteur est défoncé, l'habitacle pue le tabac. Une facture que je contesterai.

J'ouvre les quatre portes et pousse l'air conditionné au maximum pour rafraîchir l'habitacle.

Nous montons dans la voiture, sortons de l'aéroport et arrivons à un vaste rond-point.

Je tente de localiser la direction de Vérone parmi les dizaines de panneaux indicateurs disposés dans la plus grande confusion.

— La créativité italienne.

Elle ôte ses lunettes de soleil.

— Ce serait trop vous demander de me faire savoir où nous allons.

— Caprino Veronese, c'est près de Garde.

— Je vois. Prenez vers Vérone.

Elle reste silencieuse durant les deux heures que prend le trajet. Lorsque nous passons l'entrée du village, elle toussote pour s'éclaircir la voix.

— Les journalistes racontent n'importe quoi.

— Pardon ?

— Sur Internet, j'ai lu qu'un chroniqueur vous a qualifié de taiseux, solitaire, introverti, asocial et misanthrope.

— Et ?

— Franchement, c'est très exagéré.

34

Un criminel nazi

Le village est immobile. Aucun souffle ne fait frémir les feuilles des arbres. Seules quelques mouches bourdonnent dans la fournaise. Les rues sont désertes, les volets clos. Ni touristes ni autochtones. Caprino Veronese n'a rien à vendre, rien à vanter, rien à offrir.

La maison des *carabinieri* se trouve à l'angle d'une avenue bordée d'arbres et d'une rue sans issue. Elle est protégée par de hautes grilles. Les visiteurs sont priés de s'annoncer à l'interphone.

Nous sommes accueillis par deux jeunes flics en uniforme qui semblent surpris de notre visite. À leur mine, ils ne doivent pas crouler sous le boulot.

Laura se tourne vers moi.

— Alors, qu'est-ce que je leur dis ?

— Dites-leur que j'aimerais obtenir des informations sur le meurtre qui a eu lieu ici en avril 1954.

Elle me dévisage avec stupeur.

— C'est tout ? Un meurtre qui a été commis dans ce bled, il y a soixante ans ?

— Commencez avec ça.

Elle soupire.

— Comme vous voulez.

Elle se tourne vers les flics et leur sert un discours fleuve en s'accompagnant de gestes volubiles.

Les flics l'écoutent poliment en lorgnant son décolleté.

Quand elle a terminé, ils sourient de concert. L'un d'eux se lance dans un monologue interminable. La faculté de paraphraser des Italiens me surprendra toujours.

Elle opine.

Ils échangent encore deux trois phrases, se serrent la main sans se soucier de ma présence.

Elle prend la direction de la sortie.

— Venez.

Nous faisons une halte sur le trottoir.

— Alors ?

— Ils changent d'équipes régulièrement. Ils ne sont ici que depuis un an. Ils ont vaguement entendu parler de cette histoire, mais il n'y a plus rien ici. L'affaire doit être classée depuis longtemps. Le dossier, s'il existe encore, est à Vérone ou plus vraisemblablement à Milan, puisque c'est une affaire criminelle. Ils nous conseillent d'interroger les gens du village. Avec un peu de chance, quelqu'un pourra nous en dire plus.

— Allons-y.

— Qu'est-ce que vous voulez savoir au juste ?

— Je ne sais pas.

— C'est pratique.

Nous reprenons la voiture et nous garons près de l'église.

Nous décidons de faire le tour du village en commençant par le petit *Migros* situé en haut de la place, près du *municipio*, la mairie de l'endroit.

Il est quinze heures trente. Les portes viennent d'ouvrir. Pas une âme ne parcourt les allées. Un climatiseur ronronne au plafond. Un haut-parleur crachote de la pop italienne. La caissière est affalée sur sa chaise.

Laura l'entreprend.

Elle est trop jeune, elle ne travaille dans le village que depuis trois ans.

Le boulanger nous donne une réponse approchante. Sa boutique n'est ouverte que depuis 1984.

Le pharmacien a autre chose à faire.

Le tenancier du bistrot nous conseille d'interroger les vieillards.

Laura trouve que c'est une bonne idée. À force de tourner en rond, nous en trouvons ; des hommes édentés, des femmes endeuillées. Ils fuient quand nous tentons de les aborder, détournent la tête, ne veulent pas répondre aux questions.

Après deux heures de ce manège, Bellini déclare forfait.

— Je crois que nous n'apprendrons rien.

Je suis trempé de la tête aux pieds.

— L'omerta. C'est ça ?

— En quelque sorte. Ils se méfient des étrangers.

— Vous êtes italienne.

— Travaillant pour le compte d'un étranger. Vous me suivez à la trace, vous ne comprenez rien à ce qui se dit, vous regardez les gens de manière hostile, vous leur faites peur.

— Vous avez raison, continuez sans moi, vous aurez plus de chance.

Elle cherche une objection, n'en trouve pas.

— Si vous voulez.

Je lui tends les clés de la voiture.

— Je rentre à pied.

Je parcours le chemin du retour sous le soleil brûlant.

L'endroit que nous a trouvé Clémence est confortable. Je prends une douche tiède et m'installe sous un parasol, au bord de la piscine.

Encore une fausse piste, une de plus qui ne mènera nulle part.

Mon intuition me susurre pourtant qu'il y a un lien entre ce vieux meurtre et la présence de mon père en Italie à cette période-là. Le passeport, la carte postale, la date, le meurtre, trop de coïncidences. Je pressens également qu'il y a un rapport entre la mort de mon père et le passé de ma mère.

J'élabore des scénarios, mais aucun ne me satisfait. Il me manque le chaînon manquant, la pièce qui donnera du relief à l'ensemble.

Ma mère, mon père, la guerre, la Résistance, les titres de propriété, la pile de documents administratifs que je dois faire traduire, les voyages de mon père, en tout cas ceux qui apparaissent sur son passeport.

Milan. Berlin. Le Caire. Le silence de ma tante. La photo du SS. Cette lettre à ce Rudi.

Tout est lié, je le sens.

Je regarde ma montre. Il est dix-neuf heures.

Bellini doit en baver.

Voilà plus de trois heures que je l'ai larguée. Trois heures qu'elle erre dans ce village fantôme. Trois heures de babillage stérile financé par mes soins.

Je ferme les yeux.

Cettc fcmmc m'exaspère. Son verbiage me saoule, son assurance me fatigue, ses manières me mettent hors de moi. Elle m'insupporte, mais je la baiserais bien. Elle exhale le sexe par tous les pores de la peau.

Je ne sais si elle est mariée, je n'ai pas vu d'alliance dans la quincaillerie qu'elle trimballe.

La dernière Italienne que j'ai baisée s'appelait Léa.

Je me souviens du cadeau d'anniversaire qu'elle m'avait préparé.

Je revenais d'une semaine en Égypte où j'avais effectué quelques recherches pour mon bouquin, c'était il y a trois ou quatre ans. J'étais crevé, je m'étais engueulé avec les fonctionnaires égyptiens qui rechignaient à répondre à mes questions pourtant légitimes.

Nous nous étions donné rendez-vous chez elle. Elle m'avait proposé de manger un morceau avant de se faire baiser.

Quand je suis arrivé, la table était mise, quatre couverts joliment apprêtés, quelques bougies pour l'ambiance.

Un couple était installé dans le canapé, un homme d'une quarantaine d'années à l'allure managériale, accompagné d'une blonde de petit calibre figée dans une pose suggestive. Léa me les a présentés comme étant *des amis*.

Au moment où Léa nous servait l'apéritif, la femme a posé une main sur ma cuisse, comme s'il s'agissait d'un geste naturel. Léa guettait ma réaction. Le type me dévisageait, le regard pervers, le sourire en coin.

J'ai pris la main de la femme, l'ai dégagée de ma cuisse et me suis adressé au gars.

— Il y a deux options, soit tu te barres avec ta pouffiasse sans faire d'histoires, soit tu te barres avec ta pouffiasse en jouant au fier-à-bras. Dans les deux cas, tu te barres.

Il a choisi la deuxième option.

Il s'en est sorti avec le nez cassé, un coquard à l'œil droit et son costume en lambeaux. Rien ne me répugne plus que les échangistes et les partouzards.

Après cela, nous sommes allés au restaurant, Léa et moi. Elle était désolée, elle s'était trompée. Son salon était dans un triste état, mais la baston l'avait excitée. Cette nuit-là, elle s'est laissé baiser à satiété.

— Je ne vous dérange pas ?

J'ouvre les yeux.

Bellini se tient devant moi, les mains sur les hanches.

Le soleil m'éblouit, je ne parviens pas à lire les traits de son visage. Un septuagénaire se tient à ses côtés. Il lui arrive aux épaules. Il porte une chemise blanche et un pantalon gris.

Je ne peux m'empêcher de fixer la bosse phénoménale qui lui déforme le dos.

— Qui est-ce ?

— Giuseppe. Je ne connais pas son nom de famille.

— C'est tout ce que vous avez trouvé ?

— Oui. Vous saviez que l'homme qui a été tué ici en 1954 était un criminel nazi ?

35

Un chapeau sur la tête

Nous descendons vers le lac de Garde à faible allure.

Giuseppe est recroquevillé sur le siège passager, dos à la fenêtre. Il a fallu un moment à Laura pour le faire entrer dans la Fiat, quelques minutes de plus pour parvenir à boucler la ceinture de sécurité autour de son impressionnante difformité.

Chaque phrase qu'il prononce lui demande des efforts considérables. Il parle lentement, d'une voix enrouée. Ce n'est pas pour autant qu'il a moins de choses à dire.

Laura est assise à l'arrière, au milieu de la banquette. Elle se penche de temps en temps en avant pour traduire le récit de l'Italien.

— Il est né à Caprino Veronese pendant la guerre. Il avait deux frères et deux sœurs. Il ne lui reste aujourd'hui qu'une sœur. Elle a deux ans de moins que lui. Ses frères sont morts, l'un à soixante-quatre ans, l'autre l'année passée, d'un infarctus. Son autre sœur est morte d'un cancer quand elle avait trente-trois ans.

— Il peut en venir aux faits ?

Elle baisse le ton.

— Giuseppe comprend un peu le français.

Dans le même temps, l'Italien pointe un panneau routier et nous gratifie d'un commentaire.

Je l'interromps.

— Je roule trop vite ?

— Non, Giuseppe a le sens de l'humour. Il dit qu'en France, on dit radar quand ici on dit *controllo elettronico della velocità*, les Italiens ont besoin de plus de mots pour dire les choses.

— Demandez-lui d'aller à l'essentiel.

— Laissons-le parler, je ne vous traduirai que les éléments susceptibles de vous intéresser.

— OK.

Nous entrons dans Costermano.

— Son père travaillait à la scierie. Elle a fermé depuis. Ils en ont ouvert une plus grande à Pisena, en 1963. Je sais, vous vous en foutez.

— Complètement. Qu'il aille au but.

— Il y arrive. L'homme qui a été assassiné travaillait également à la scierie. Un matin, il ne s'est pas présenté au boulot. On a tout d'abord cru qu'il était malade, mais sa femme a déclaré qu'il avait disparu.

Giuseppe s'anime, remue les mains.

— Trois jours plus tard, on a retrouvé son cadavre calciné dans un champ près d'ici. C'est là qu'il nous emmène.

— L'endroit où il a été retrouvé a une importance ?

— Oui, vous allez voir.

À la sortie du village, il indique une route étroite qui part à gauche en longeant une grande surface.

Après deux kilomètres, nous parvenons à l'entrée d'un cimetière.

Giuseppe s'enfièvre de plus belle, se tord sur son siège, pointe un champ situé en face du cimetière.

— C'est là qu'ils l'ont trouvé.

Un vaste parking est aménagé devant le cimetière. Hormis une vieille camionnette blanche, il est désert. Nous descendons de voiture. Une chape de plomb nous tombe sur les épaules. Je me dirige vers le cimetière pendant que Laura aide Giuseppe à s'extraire de la Fiat.

Une stèle de granit est érigée à l'entrée.

DEUTSCHER SOLDATENTFRIEDHOF
1939 — COSTERMANO — 1945
CIMITERO MILITARE TEDESCO

Laura et Giuseppe me rejoignent en clopinant. Il ne semble pas importuné par la chaleur, sa chemise est immaculée, aucune goutte de sueur ne perle à son front. Il pointe sa canne sur la stèle et lâche quelques phrases.

Laura embraie aussitôt.

— C'est un cimetière militaire. Plus de vingt-deux mille soldats allemands y sont enterrés. Au moment du meurtre, il était en construction. Ils collectaient les cercueils qui venaient d'une quarantaine de provinces du nord du pays. Beaucoup d'entre eux contenaient des soldats non identifiés. D'après lui, ce n'est pas par hasard que les assassins l'ont déposé ici.

— Pourquoi ? Les gens savaient que c'était un nazi ?

Giuseppe tousse longuement, sort un mouchoir, crache dedans avant de poursuivre.

— Tout le monde savait qu'il était né en Allemagne et qu'il avait fait la guerre. Il ne s'en cachait pas. De très nombreux soldats allemands se sont installés dans la région après la guerre, surtout au Tyrol du Sud où l'on parle allemand. En revanche, personne ne savait que c'était un criminel de guerre.

— À quel moment l'a-t-on appris ?

Pour toute réponse, Giuseppe marmonne quelques mots et entre dans le cimetière.

— Venez.

Nous montons quelques marches, ce qui se révèle un exercice périlleux pour le bossu. Nous nous arrêtons durant quelques instants au sommet de l'escalier avant de franchir un porche qui s'ouvre sur de vastes pelouses traversées par de longues allées semi-circulaires. Un panneau explicatif est exposé sur l'un des murs.

Le texte est en allemand, en italien et en anglais.

Laura traduit.

— Dans ce cimetière reposent plus de vingt mille soldats et autres victimes de la guerre. Ce site a été érigé entre 1954 et 1967 à la demande de la République fédérale d'Allemagne, et ce, pour une durée indéterminée. Lors de l'achèvement du site, il a été constaté que certains ossements appartenaient à des personnes qui se sont rendues coupables de crimes de guerre ou de crimes contre l'humanité. De plus, on ne peut exclure que certaines personnes enterrées en ce lieu aient commis des crimes contre des civils italiens. Que cela puisse mettre les générations futures en garde.

Elle lève les yeux au ciel.

— Je vous l'ai traduit de l'allemand. C'est écrit de manière pompeuse, dans un jargon moyenâgeux. J'ai l'impression que ce texte cherche à ménager certaines susceptibilités, mais ce n'est qu'une interprétation personnelle dont vous ne devez pas tenir compte.

Giuseppe agite la main.

— *Porca miseria.*

Je m'adresse à lui.

— Comment sait-on que c'était un criminel nazi ?

Laura s'apprête à traduire, mais il l'arrête d'un geste, lui dit qu'il a compris et se lance dans un long discours.

Elle l'écoute attentivement avant de me faire le résumé.

— On a d'abord cru que c'était un règlement de comptes ou des représailles, parce que l'homme devait de l'argent à beaucoup de monde, mais la police n'a rien trouvé. C'est quand ils ont recherché son acte de naissance qu'ils ont constaté que ça ne correspondait pas. La police s'en fichait, mais un journaliste de Milan s'est intéressé à l'affaire et a découvert que l'homme était un ancien officier SS déclaré mort au combat en 1944.

Je prends mon iPhone, affiche la photo du SS en uniforme et la mets sous les yeux de Giuseppe.

— C'est lui ?

Il secoue la tête.

Laura jette un coup d'œil par-dessus mon épaule et fait la moue.

— Tiens, tiens. J'ai hâte que vous m'expliquiez ce que vous venez chercher.

— Demandez-lui qui était ce type.

Elle dialogue quelques instants avec lui avant de restituer ses propos.

— Il se faisait appeler Wilhelm Simon. Selon le journaliste, il s'appelait Wilhelm Göecke.

— Göecke ?

— Oui, avec un tréma sur le « o ».

Je m'éloigne de quelques pas et me connecte à Internet. Le moteur de recherche me propose un tas d'individus qui n'ont pas grand-chose à voir avec la Seconde Guerre mondiale.

Je longe une allée en poursuivant ma recherche.

Les tombes sont couvertes d'une végétation dense, parfaitement entretenue. Une dalle carrée est posée au pied de chacune d'elle. Deux noms y sont gravés. Sur nombre d'entre elles, l'un des noms est remplacé par les mots *Ein deutscher Soldat*.

J'ajoute les lettres « SS » à Wilhelm Göecke. Google me dirige vers plusieurs pages.

Je remonte l'allée jusqu'à son extrémité, rebrousse chemin en prenant la parallèle. Un bouquet de fleurs a été déposé sur l'une des tombes. Il se voit à cent mètres.

Une page en anglais parle du personnage. Wilhelm Göecke était *SS Oberführer*, ce qui correspond au grade de colonel. Il a été commandant du camp de concentration de Varsovie. Après cela, il a été envoyé sur le front italien où il a été tué le 17 octobre 1944. L'article se termine en précisant qu'il a été fait *Standartenführer* à titre posthume. Nulle trace d'un supposé assassinat en 1954.

J'arrive au pied de la tombe. Les fleurs sont fraîches. Elles semblent avoir été déposées il y a peu.

L'occupant s'appelait Max Prinz, né en mars 1926, mort en avril 1945. Il est né la même année que ma mère, elle aurait quatre-vingt-six ans.

Qui peut parcourir mille ou deux mille kilomètres pour déposer un bouquet de fleurs sur la tombe d'un type mort depuis soixante-sept ans ? Qui plus est, un gamin de dix-neuf ans.

Je jette un coup d'œil aux tombes contiguës et fais de rapides calculs. Dix-huit ans, vingt ans, dix-neuf ans. Des gamins. De la chair à canon. De jeunes gars qui avaient la vie devant eux et sont morts avant même d'avoir baisé leur première femme.

J'ai une pensée pour Sébastien. J'aimerais lui dire ce que je ressens en cet instant.

Je reviens vers Laura et Giuseppe.

Il a continué de parler pendant que je consultais le Web.

— Giuseppe dit que personne n'a voulu croire le journaliste.

— Bien sûr.

— Il dit aussi que personne n'a voulu écouter ce qu'il avait à dire.

Je relève la tête.

— Qu'est-ce qu'il avait à dire ?

Il répond à la question avec moult gestes.

Laura l'apaise.

— Il avait douze ans en 1954. La veille du jour où l'homme a disparu, il se promenait à vélo près de la route qui va à Vérone. À l'entrée du village, il a aperçu deux voitures stationnées dans un chemin de terre, entre les champs. L'une venait de Milan, l'autre avait des plaques autrichiennes. Quatre hommes discutaient près des voitures. Il trouvait ça bizarre. Il s'est caché dans le champ et s'est approché en rampant. Les hommes parlaient anglais. Ils n'étaient pas d'accord et s'engueulaient. Ça a duré un moment. Finalement, ils ont eu l'air de tomber d'accord et ils se sont serré la main. Trois des hommes sont montés dans la voiture autrichienne et sont repartis vers Vérone. Le quatrième est resté encore quelques minutes. Il regardait un papier qu'un des hommes lui avait donné et a noté quelque chose dessus. Giuseppe a fait un mouvement et l'homme l'a vu. Il n'a pas eu l'air surpris ou fâché d'avoir été espionné. Il lui a fait un clin d'œil. Il est ensuite remonté dans sa voiture.

— Comment était ce type ?

Laura traduit ma question.

— Il ne pourrait pas le reconnaître, c'était il y a trop longtemps. Tout ce dont il se souvient, c'est que l'homme était grand, qu'il avait une fossette au menton et un chapeau sur la tête.

36

Simple et judicieuse

Les images de l'exécution à laquelle Nathan avait assisté à Baden-Baden le hantèrent durant de longues nuits. Les cris que Sommerer avait poussés et les insultes qu'il avait proférées avant de mourir résonnaient dès qu'il fermait les yeux. Il lui arrivait de se réveiller au milieu de la nuit, revivant la scène, écœuré par le jet de sang qui avait jailli de la bouche du nazi quand la balle avait traversé son crâne.

Plus d'une fois, il s'était interrogé sur la légitimité de son rôle.

Il se repassait alors des images plus anciennes, les scènes d'horreur dont il avait été témoin à Mauthausen. Il revoyait la carrière de granit, les cent-quatre-vingt-six marches de la mort, l'endroit surnommé « le saut en parachute » d'où les SS précipitaient les détenus, les pendaisons publiques dans la cour intérieure et les bastonnades mortelles, seule punition officiellement prévue par le règlement.

Sa détermination et sa soif de vengeance reprenaient aussitôt le dessus.

Deux semaines après les événements de Baden-Baden, Éva avait à son tour participé à une expédition en tant que témoin.

Elle en était revenue bouleversée.

Quelques semaines auparavant, le Chat avait débusqué Erwin Weinmann, un homme de quarante et un ans, ancien *SS-Obersturmbannführer*.

Il avait été commandant de la police de Sécurité à Prague et avait dirigé un commando des *Einsatzgruppen*, les unités de police politique chargées de l'assassinat des opposants au régime nazi, et en particulier des Juifs. Officiellement, l'homme avait été déclaré mort en 1949. Dans les faits, il tenait un restaurant dans le centre de Mannheim.

La capture de la cible s'était mal passée. L'homme s'était débattu, était parvenu à s'échapper et avait dû être abattu en pleine rue. L'équipe que Éva avait accompagnée avait dû prendre la fuite et avait échappé de justesse à l'arrivée de la police.

Le dimanche qui avait suivi, Nathan l'avait retrouvée en larmes à Francfort.

Elle lui avait confié ses états d'âme.

— Ils lui ont tiré quatre ou cinq balles dans le corps. Quand nous nous sommes enfuis, il bougeait encore. Nous avons appris qu'il n'est mort que deux heures plus tard, à l'hôpital. Ils l'ont tué sans prononcer le moindre mot, sans lui faire de procès. Des gens et des enfants passaient dans la rue, ils ont tout vu, c'était atroce. Cet homme était un salaud, mais peut-être ne savait-il même pas qui nous étions et pourquoi nous voulions le tuer.

— Il savait qui vous étiez. Je suis triste pour les enfants qui étaient là, mais toi et moi avons assisté à des scènes plus monstrueuses encore. Nous étions aussi des enfants et les victimes étaient des innocents.

— Je sais, mais ne reproduisons-nous pas le même schéma ? La violence pour venger la violence ?

— Il faut qu'ils paient, Éva. Si nous ne faisons rien, leurs crimes resteront impunis. Les informations vont circuler. Ils vont savoir que nous existons. À leur tour, ils vont connaître la peur. Chaque jour, ils se demanderont si nous n'avons pas retrouvé leurs traces, s'ils sont suivis, si nous préparons leur exécution, si leur heure est venue, si ce jour n'est pas leur dernier jour. Rien que pour cela, il faut poursuivre la mission. Nous devons leur faire connaître cette peur qui nous collait aux tripes chaque minute.

— Pas de cette manière. Ils doivent payer, mais ils doivent d'abord être jugés.

Nathan était troublé par ce revirement.

Durant la formation, Éva avait fait preuve d'un engagement et d'une détermination sans mesure. Il s'interrogeait sur les raisons de ce brusque changement d'attitude. Il ne pouvait imaginer que le mauvais déroulement de l'opération puisse en être le seul responsable.

Sur le moment, il mit la réaction d'Éva sur le compte de l'émotion et décida de ne plus en parler.

Le lendemain, Éva fit part à Aaron de son souhait de poursuivre sa mission, mais sans intervenir sur le terrain. Elle proposait de traiter les informations, de s'occuper des questions d'intendance et de traquer les cibles de manière administrative.

Pour elle, le seul fait que les nazis connaissent l'existence du Chat justifiait la continuation de sa tâche. Selon elle, il fallait poursuivre cette stratégie et les informer qu'ils étaient démasqués. Elle estimait que cette épée de Damoclès était un châtiment pire que la mort ; les Rats vivraient dans la peur jusqu'au dernier jour de leur vie.

Aaron lui demanda un temps de réflexion avant de se prononcer.

Dans le même temps, Nathan passa deux semaines à Berlin. Il y retrouva Moshe et Daniel, ses camarades de formation, et fit la connaissance des personnes qui travaillaient à la cellule centrale du Chat en Europe.

Pendant cette quinzaine, il apprit à planifier et à organiser une mission, de sa conception jusqu'à sa réalisation.

En moyenne, il fallait entre deux et trois mois pour mettre une opération sur pied.

En plus de la liste des cibles prioritaires établie par les dirigeants de l'organisation, les membres du service de recherche communiquaient régulièrement des noms de suspects issus de leurs investigations. Leur rôle était de passer au crible les documents concernant les personnes visées, de recouper des informations d'origines diverses et de rechercher d'éventuels témoignages.

Cette étape franchie, une équipe se chargeait d'identifier la cible de manière formelle. Pour ce faire, ils prenaient des photos du suspect, accumulaient les preuves, recherchaient des indices dans son entourage, observaient ses comportements, organisaient des filatures et analysaient ses habitudes.

Après cela, ils établissaient un rapport et évaluaient les opportunités d'intervention.

La mise au point et la validation du plan se faisaient à Berlin après concertation au plus haut niveau. Un dirigeant choisissait alors le chef d'équipe et les membres qui allaient le seconder.

Ils devaient préparer la capture et repérer un lieu pour tenir le procès. Même si cela semblait une formalité, le recrutement des membres du tribunal était essentiel. La plupart des rescapés acceptaient d'en faire partie, mais seuls des témoins ayant eu affaire à la cible étaient retenus. Il fallait à tout prix éviter des revirements d'attitude face aux réactions de détresse du condamné, comme celles auxquelles Nathan avait assisté à Baden-Baden.

Nathan comprit que ce périple berlinois n'était pas anodin et qu'il serait bientôt amené à agir sur le terrain.

En décembre, il mit la main sur une information de la plus haute importance. En compulsant des actes de naissance et de décès, il découvrit une faille dans des documents concernant un homme appelé Otto Kallweit, domicilié à Neuhof. Les dates inscrites ne correspondaient pas. Pour lui, l'homme avait vraisemblablement usurpé une identité.

De plus, un rapport médical daté de décembre 1945 indiquait qu'il avait subi une intervention dans une clinique bavaroise spécialisée en chirurgie esthétique.

Il approfondit ses recherches et découvrit que certains documents photographiques présentaient des points de ressemblance entre Otto Kallweit et Heinrich Müller, l'ex-chef de la Gestapo.

Il transmit avec fébrilité ces informations à Aaron.

Ce dernier lui confirma qu'il était plausible qu'Otto Kallweit et Heinrich Müller ne soient qu'une seule personne, même si la présence d'un homme de sa stature dans une petite ville allemande paraissait à première vue improbable.

La plupart des nazis avaient opté pour l'exil et la sécurité dans un endroit retranché au bout du monde, mais certains, dont quelques dignitaires de haut rang, nostalgiques de leur patrie, avaient préféré l'anonymat et une vie retirée.

Durant la semaine qui précéda Noël, Nathan reçut coup sur coup trois nouvelles qui allaient bousculer le cours de sa vie.

Lors de leur rencontre dominicale, Éva lui annonça qu'elle était enceinte. Elle lui fit part de cette nouvelle avec ménagement, s'attendant à ce que Nathan l'accable de reproches.

À sa surprise, il ne réagit pas d'entrée de jeu. Il resta un moment songeur, comme s'il voulait analyser la portée de ce qu'il venait d'apprendre. Il la prit ensuite dans ses bras, la serra longuement contre son cœur, lui déclara qu'il était l'homme le plus heureux du monde et qu'il aimerait qu'elle devienne sa femme.

Le lendemain, Aaron prit contact avec lui par téléphone.

Il le félicita pour le travail qu'il accomplissait et l'autorisa à passer les deux dernières semaines de l'année chez son père, pour fêter *Hanoukka* à New York. L'organisation se chargerait de lui procurer une place sur un bateau et les documents nécessaires.

Il lui confia ensuite la tâche de confirmer l'identité de Kallweit et de mettre sur pied sa première opération. Au regard de l'importance de la cible, il précisa que cette mission représentait un témoignage de la confiance que le Chat plaçait en lui.

— Profite de ton retour à New York, prends du repos et de l'énergie. Je suis au courant pour la grossesse d'Éva, nous verrons comment aborder cet aspect à ton retour.

— J'allais t'en parler, Aaron. Je suis fier de la confiance que tu m'accordes.

— Dans cette mission, tu dois être attentif à un aspect, Nathan. Si la présence d'un observateur passe inaperçue dans une ville comme Baden-Baden, il n'en sera pas de même dans une petite ville comme Neuhof. Dans certains cas, nous utilisons un camion bâché avec un guetteur, mais j'ai peur qu'il soit rapidement repéré. Nous ne pouvons prendre aucun risque. Tu vas devoir trouver une autre solution.

— J'y ai déjà réfléchi et j'ai une proposition à te faire.

— Je suis curieux d'entendre ce que tu as imaginé.

Aaron l'écouta avec attention.

L'idée n'était pas sans danger, mais elle avait l'avantage d'être simple et judicieuse.

37

Ce que vous cherchez réellement

La *trattoria* du village est miteuse. Malgré l'heure tardive, il fait lourd. Des ventilateurs tournoient au plafond sans produire d'effet. Notre table est bancale, couverte à la hâte d'une nappe constellée de taches.

Laura Bellini s'est apprêtée pour assister à un dîner mondain dans un restaurant étoilé : robe noire, hauts talons, pléthore de bijoux.

Elle a chaussé une paire de lunettes de lecture et passe en revue la carte des vins.

— Ils n'ont rien de fameux. Rouge ou blanc ?

— Ni l'un ni l'autre, de l'eau.

Elle fait glisser ses lunettes et me regarde par-dessus.

— De l'eau ?

— Gazeuse.

— Épicurien ?

— Migraineux.

Elle jette un regard circulaire.

— Nous aurions dû descendre à Garde, comme la femme de l'*agriturismo* nous l'a conseillé, mais vous allez me dire que vous n'aimez ni les touristes ni le bruit ni les lacs.

— Vous êtes mariée ?

— Non, je ne suis pas mariée. Quel rapport y a-t-il entre des titres de propriété en Pologne, la lettre d'une femme qui parle d'un costume brun et la mort d'un ancien nazi dans un village italien ?

— C'est ce que je cherche à savoir.

Le serveur s'approche, épuisé, les épaules tombantes. Il est criblé de piercings.

Bellini lui passe commande de deux pizzas, d'un verre de Bardolino et d'une bouteille d'eau gazeuse.

Un couple d'une soixantaine d'années occupe une table proche. À part nous deux, ce sont les seuls clients du restaurant. La femme est un moulin à paroles. Elle parle sans relâche, sans faire la moindre pause dans sa logorrhée. L'homme mange ses pâtes et se contente de hocher la tête de temps à autre.

Bellini revient à la charge.

— Pourquoi cherchez-vous à savoir cela ?

— Mon père a été tué quand j'avais un an, j'aimerais savoir pourquoi.

— J'ai appris ça.

— Comment ?

— J'ai lu votre bouquin. Pas pendant mes heures de travail, rassurez-vous. Mon libraire me l'a conseillé à sa sortie. Il m'a dit que ce n'était pas bien écrit, mais que le sujet était intéressant.

— Dans ce cas, vous connaissez l'histoire.

— Je pensais que vous aviez conclu que la cible et les assassins ne seraient jamais identifiés.

— Ce qu'il y a dans le bouquin est inexact. J'ai fait fausse route.

— Quelle humilité, je vous reconnais bien là ! Vous préparez une suite ?

— Pas du tout. Vous êtes divorcée ?

— Non plus. Que s'est-il passé entre la sortie du livre et aujourd'hui ?

— Pourquoi voulez-vous le savoir ?

— Pour que le travail pour lequel vous me payez serve à quelque chose. Si besoin est, je vous rappelle que je suis liée par des clauses de confidentialité drastiques.

— Je vous demande de traduire des papiers et de me dire ce que les gens racontent, je n'attends rien de plus.

— Si c'est ce que vous attendez de moi, je traduirai les papiers que vous me donnerez et je vous dirai ce que les gens racontent, rien de plus.

Le serveur revient, les bras chargés de pizzas.

À l'autre table, le couple s'anime. L'homme est entré dans la danse. Il parle à voix basse en frappant sur la table du plat de la main. Des images de certaines soirées avec Dany me reviennent.

Aurais-je pu changer le cours des choses ?

Laura interrompt le fil de mes pensées.

— L'homme dit qu'ils ont besoin d'une nouvelle voiture, la femme estime que ce n'est pas nécessaire.

— Je m'en fous.

— À votre avis, quelle différence y a-t-il entre un traducteur-interprète bas de gamme et un professionnel expérimenté ?

— Le prix ?

— Pas que le prix.

— Vous êtes séparée ?

— En quelque sorte.

— En quelque sorte ? Dites-moi que ça ne me regarde pas.

— Ça ne vous regarde pas. Un traducteur bas de gamme traduit comme je viens de le faire ou comme je l'ai fait tout à l'heure, quand vous m'avez demandé de traduire votre lettre. Il transpose le texte dans une autre langue. Vous noterez que je suis allée un pas plus loin en précisant qu'il s'agissait d'une femme.

— Ce n'était pas utile, je le savais.

— Et vous savez à présent que cette lettre parle de tissus et de costume brun, ce qui n'a, je suppose, aucun intérêt à vos yeux.

— De fait.

— Un traducteur expérimenté va au-delà des considérations factuelles. Il connaît les subtilités de la langue et la culture du pays. Il est fin psychologue, il est capable de lire entre les lignes, il *sent* les choses. Il observe, il écoute. Un traducteur expérimenté pourrait vous apprendre une infinité de choses qu'un traducteur quelconque serait incapable de faire.

— Par exemple ? Le cours du reichsmark ?

— C'est votre mère qui a écrit cette lettre, non ? Comment le sait-elle ?

— Oui.

— Je m'en doutais.

— À quoi ?

— À votre communication non verbale.

— C'est tout ?

— Non, je pourrais aussi vous dire que l'allemand n'est pas sa langue maternelle. L'allemand qu'elle utilise est un allemand scolaire, académique, figé, qui manque de naturel. Je pourrais vous dire que la forme qu'elle utilise pour s'adresser à ce Rudi me fait dire qu'elle est proche de cet homme, mais qu'elle garde vis-à-vis de lui une distance respectueuse, comme lorsque vous vous adressez à une belle-mère que vous ne pouvez pas encadrer, mais avec laquelle il faut composer. Je pourrais vous dire que cette histoire de prix et de folie masque le fait qu'elle n'a pas envie de s'occuper de ce costume. Je pourrais enfin vous dire que la manière dont elle évoque les Juifs est très particulière. Elle dit qu'il n'y a pas de stock parce qu'ils sont dans les ghettos. C'est comme si je vous disais que ce vin coûte six euros. Il est possible de l'interpréter de différentes manières. Ça peut vouloir dire qu'il est bon pour un prix aussi bas, comme ça peut vouloir dire qu'il est hors de prix pour une qualité médiocre. Il y a dans cette phrase une connotation de reproche, voilée, qu'elle n'a pas voulu y mettre, mais qui transpire entre les lignes. Votre mère n'aime pas l'homme à qui elle écrit, mais elle le respecte parce qu'elle a peur de lui. Elle réprouve le fait que les Juifs soient dans les ghettos et lui en tient rigueur en quelque sorte. Pour terminer, je pourrais vous dire qu'il n'y avait qu'un pli dans cette lettre, ce qui veut dire qu'elle a été expédiée dans une enveloppe de grandes dimensions, ou, plus vraisemblablement, qu'elle n'a jamais été expédiée. À présent, vous pouvez continuer à me faire traduire des textes et à me demander ce que les gens racontent ou vous pouvez décider de m'utiliser de manière plus intelligente. Dans ce cas, il faudra me dire ce que vous cherchez réellement.

38

Laisse tomber

— Autant te prévenir, il y a des choses plus agréables.

D'un geste assuré, il plonge son doigt entre mes fesses.

J'étouffe un juron. Des gerbes rouge sang déferlent devant mes yeux.

— J'ai presque terminé, encore un peu de patience.

Il pousse son index plus avant, sonde mes tripes.

Une douleur fulgurante traverse mes entrailles. Je bloque ma respiration. La pièce bascule autour de moi.

— C'est bon, tu peux te rasseoir.

Je reste allongé, groggy, le souffle coupé, la tête vide.

Il me tape sur l'épaule.

— Prends ton temps.

Je me rassois en procédant par étapes, comme un vieillard.

Thierry me soigne depuis près de quarante ans. Je lui rends visite de temps à autre, quand il me téléphone pour me proposer un nouveau traitement miracle contre la migraine. Je lui sers de cobaye.

Il ôte le gant en latex, le jette à la poubelle.

Le diagnostic est écrit sur son visage.

— Alors ?

— Ce n'est pas bon, Stan.

Nous avons lié connaissance lors de notre service militaire à Düren, en Allemagne. Nous étions tous deux sous-officiers de réserve au 1er régiment de lanciers.

En principe, il aurait dû suivre la formation d'officier, il avait bouclé ses études et décroché un diplôme de médecine. Il a décliné. Il était amoureux et n'avait pas envie de se taper quinze mois loin de sa moitié.

Plus tard, j'ai appris que sa moitié avait chaud au derrière et qu'il tenait à la surveiller de près.

— Je t'écoute.

— Il y a une augmentation anormale du volume, la paroi est durcie et il y a des irrégularités à la surface.

Notre rang nous permettait de bénéficier d'un relatif régime de faveur. Nous disposions de chambres individuelles dans un bâtiment séparé, à proximité du mess.

Des sous-officiers du *Wing Missiles* logeaient au même endroit. Un contentieux opposait les lanceurs aux lanciers, un antagonisme séculaire aux origines obscures comme il en existe au sein de certains corps d'armée.

La rivalité se limitait à quelques joutes verbales. Quelquefois, les sarcasmes laissaient place à l'insulte.

Plus rarement, l'affrontement verbal dégénérait en pugilat.

— Ce qui signifie ?

— Je ne veux pas m'avancer. Il faudrait que tu fasses une échographie pour voir ça en détail, mais ça ne se présente pas trop bien.

Une nuit, cinq lanceurs sont rentrés de virée dans un état d'ébriété avancé. Excités par l'abus d'alcool, ils avaient envie d'en découdre avec les lanciers. Ils ont débarqué dans le bloc, se sont arrêtés devant ma chambre et ont pissé à tour de rôle contre la porte en me traitant de lopette.

— D'après toi ?

— Il pourrait s'agir d'une tumeur, un cancer de la prostate. C'est un cancer fréquent, les traitements sont nombreux. Il n'y a pas de raison de paniquer. Il faut d'abord voir les résultats de l'écho.

— OK.

La pisse s'écoulait sous la porte et envahissait la chambre. C'était un mélange d'urine et de whisky, l'odeur était pestilentielle et prenait à la gorge. Je me suis levé. La porte était fermée à clé. Ils savaient que j'étais là, mais ils étaient persuadés que leur supériorité numérique refrénerait ma combativité.

Je me suis habillé en silence. J'ai passé ma tenue de combat, accroché mon ceinturon, enfilé mes chaussures hautes-tiges, mis mes gants et coiffé mon casque.

Une fois prêt, j'ai saisi la pelle pliante qui faisait partie de l'équipement standard.

— Tu aurais dû venir plus tôt. À partir de cinquante ans, il faut faire une analyse de sang chaque année, passer un contrôle de la prostate tous les deux ans et faire une coloscopie tous les trois ans.

— Je sais, tu me l'as déjà dit.

J'ai attendu qu'ils aient terminé leur œuvre. Au moment où ils rebroussaient chemin, j'ai ouvert la porte à toute volée et je suis rentré dans le tas. À cinq contre un, j'avais peu de chances de m'en sortir. Je comptais sur l'effet de surprise et les effets soporifiques de l'alcool.

D'un violent coup de pelle sur le crâne, j'ai allongé le premier. Il s'est effondré comme une masse. L'un d'eux a aussitôt pris ses jambes à son cou. J'ai éliminé le suivant d'un coup de pied dans les couilles. Il s'est plié en deux et a vomi l'alcool qui n'était pas encore dans sa vessie.

— Tu sais, j'ai un tas de patients chez qui je diagnostique un cancer de la prostate à soixante ans et qui meurent d'autre chose à quatre-vingt-cinq.

— Ils ont de la chance.

Les deux derniers se sont montrés plus retors. L'échange de coups s'est poursuivi durant plusieurs minutes. Le vacarme a réveillé la bâtisse. Les types sont sortis de leur piaule pour nous séparer.

Les maîtres-pisseurs étaient dans un triste état. Des traînées de sang maculaient les murs et le sol. Je les avais tabassés avec le plat de la pelle. Si je m'étais servi du tranchant, j'en aurais décapité un.

J'étais également bien amoché. Une de mes pommettes avait explosé, j'avais le nez en bouillie et la lèvre fendue.

Thierry est arrivé avec sa trousse et m'a recousu. À

vif. J'en ai bavé. Les lanciers ont passé le reste de la nuit à effacer les traces du carnage, ce genre de débordements nous aurait valu quelques jours d'arrêt en chambre et l'annulation de nos permissions.

Lors du rassemblement matinal, nous avons raconté qu'un crétin avait savonné l'escalier pour faire une blague. Nous nous étions viandés tour à tour sur une marche récalcitrante. Les adjudants ont fait mine de croire à l'histoire.

— Je te fais une ordonnance pour l'échographie. Prends rapidement rendez-vous, autant agir le plus vite possible.

— Je peux continuer à baiser ?

— Bien sûr, tu peux continuer à vivre normalement.

Deux semaines plus tard, nous devions réaliser une marche forcée. Il nous fallait monter dans un camion qui parcourait une dizaine de kilomètres et nous larguait dans la nature avec tout notre barda. Nous devions ensuite rentrer à la caserne par nos propres moyens, en moins de deux heures.

Thierry avait la condition physique d'un tuberculeux. Il était petit et malingre et n'avait aucune envie de mourir pour la patrie. Une fois largué, il est allé sur la route, a levé son pouce et s'est fait déposer à quelques centaines de mètres de la caserne. Il est entré dans un bistrot, a avalé un verre ou deux avant de se présenter au poste de garde.

L'officier qui supervisait l'opération avait vu l'un d'entre nous faire du stop et monter dans une bagnole, mais n'avait pu l'identifier.

Nous avons eu un appel de nuit. Nous étions une trentaine, à moitié endormis, rassemblés sur le terre-plein, dans la pluie.

L'adjudant-chef s'est mis à beugler. Il voulait que l'auto-stoppeur se dénonce.

Thierry n'en menait pas large. Il savait que cela signifiait au bas mot trois semaines d'arrêt et sa feuille de perme à la poubelle. Trois semaines sans rentrer chez lui. Trois semaines sans baiser sa petite amie avec des hordes d'aspirants qui tournaient autour d'elle, prêts à lui faire sa fête.

La gamelle a hurlé de plus belle. Si le responsable ne levait pas la main, tout le monde y passait.

Thierry a commencé à sangloter. J'ai levé la main.

— Voilà, je te rappelle dès que j'ai les résultats.

— OK.

Je sors mon portefeuille.

— Qu'est-ce que je te dois ?

Comme je m'y attendais, il balaie ma question d'un geste.

— Laisse tomber.

39

En Syrie et en Égypte

Lorsque le taxi s'arrêta devant la boulangerie de Brooklyn, Nathan ressentit la curieuse impression de ne savoir s'il était parti depuis plusieurs années ou s'il avait quitté New York la veille.

Le quartier semblait inchangé, il s'y sentait pourtant vaguement étranger. La neige qui était tombée depuis plusieurs jours et qui envahissait les rues accentuait sans doute cette sensation.

Son père guettait son arrivée dans la boulangerie. Il sortit et traversa la rue en courant pour venir à sa rencontre. Il ouvrit les bras et serra longuement son fils contre sa poitrine, indifférent à la morsure du froid.

Il le contempla ensuite des pieds à la tête avec des larmes dans les yeux.

— Je suis tellement heureux de te revoir, Nathan ! C'est incroyable, quand tu es parti il y a un an, tu n'étais qu'un enfant, aujourd'hui, tu es un homme.

— Je suis toujours ton enfant, mais j'ai changé.

— Tu sembles plus grand, plus fort, tellement sûr de toi. Ta voix n'est plus la même.

Il voulut prendre la valise de Nathan, mais ce dernier l'en empêcha.

Il ne fut pas le seul à s'étonner de la métamorphose qui s'était opérée chez son fils. L'ensemble de la communauté fut impressionné par la stature et la maturité qu'il avait acquises en douze mois.

Cette année-là, *Hanoukka* se déroulait du vendredi 16 décembre au vendredi suivant. Nathan fut troublé et ému de retrouver l'ambiance particulière de cette fête qu'il n'avait pas eu l'occasion de célébrer depuis plusieurs années. Elle lui rappela les années heureuses de son enfance, quand ils étaient réunis.

Chaque soir, une vingtaine de personnes se retrouvaient dans l'arrière-salle de la boulangerie. Après avoir fait la prière de *min'ha*, les participants se regroupaient autour de la *hanoukkia*, le chandelier à huit branches, et l'un des hommes procédait à l'allumage des bougies.

La première nuit, on allumait une seule bougie. Les nuits suivantes, on rajoutait une bougie jusqu'à ce que le chandelier soit complet. On chantait ensuite l'hymne *Hanérot Halalou*.

Comme le voulait la coutume, chaque personne échangeait alors un cadeau avec les autres convives. Les enfants recevaient des pièces de monnaie ou la traditionnelle toupie marquée de quatre initiales hébraïques.

En cette année 1949, la fête revêtait un éclat particulier. L'avant-veille, le président Ben Gourion avait déclaré que Jérusalem serait désormais la capitale de l'État d'Israël, concrétisant en cela les paroles d'espoir que les Juifs prononçaient depuis des siècles durant la *Pessah*, la Pâque juive : *l'an prochain à Jérusalem.*

Après le repas, les discussions allaient bon train, les sujets étaient nombreux et variés. Lorsque Nathan prenait la parole, le silence se faisait et l'assemblée l'écoutait avec considération. Cette attitude respectueuse lui permit de prendre conscience du charisme qu'il avait acquis.

Dès le lendemain, Nathan confia à son père qu'il avait rencontré une femme, qu'il allait se marier et avoir un enfant.

Dans un premier temps, son père marqua sa surprise.

— Tu ne penses pas que tu es trop jeune pour cela ? Tu as à peine vingt ans. Tu as toute la vie devant toi. Et les femmes ne manquent pas. Tu as vu l'effet que tu leur fais ?

Nathan sourit.

— Je ne veux pas d'autre femme. Éva est la femme de ma vie. Si Dieu nous prête vie, nous serons encore amoureux dans cent ans. Nous aurons quatre ou cinq enfants et nos enfants nous donneront des petits-enfants.

Son père sourit.

— Dans ce cas, j'ai hâte de rencontrer cette femme.

Le lendemain, Nathan téléphona à Éva. Elle passait cette quinzaine dans sa famille au Canada. Il lui annonça avec fierté que son père était au courant de leur union et avait donné son accord.

Elle semblait préoccupée.

— Je me réjouis de l'apprendre, Nathan, mais nous allons devoir parler à Aaron. Je lui ai annoncé la nouvelle avant de partir, mais je ne suis pas sûre qu'il s'en réjouisse.

— Il m'a dit qu'il était au courant. Je m'arrangerai avec lui à mon retour.

— Nathan, je t'aime et je veux être ta femme. S'il n'accepte pas l'arrangement que tu lui proposes, je suis prête à abandonner la mission. Je me consacrerai à notre famille et je trouverai un métier.

— Laisse-moi d'abord lui parler.

— Tu sembles sûr de toi. Et s'il te dit que tu dois, toi aussi, abandonner le Chat ? S'il te dit qu'ils ne veulent pas avoir ta mort sur la conscience et se retrouver avec une veuve et un orphelin sur les bras, quel sera ton choix ?

Nathan coupa court.

— Je les convaincrai.

Quelques jours avant son départ, Nathan reçut un appel téléphonique d'Éric Braun. Ils se retrouvèrent dans le restaurant de Flatbush où il avait fait connaissance avec Franck Stern.

Quand il le vit, Éric émit un long sifflement admiratif.

— Où est le freluquet que j'ai déposé au mont Hunter, il y a un an ?

Nathan bomba le torse.

— J'ai bu mon bol d'Ovaltine tous les matins, comme tu me l'avais conseillé.

Ils prirent place et Éric changea de ton.

— J'ai entendu parler du travail que tu as effectué, Nathan. Tu es opiniâtre, précis, intelligent. Tu t'accroches, tu es un bon pisteur, c'est bien. Mais il faut que tu saches que le vrai travail ne fait que commencer.

— Je le sais.

— Comment as-tu vécu ta première expérience ?

— Elle n'a fait que renforcer ma détermination.

— Tu dois savoir qu'il y a une nouvelle donne.

— Laquelle ?

Il se pencha en avant, murmura presque.

— Les Rats savent que nous existons. Ils ne savent pas qui nous sommes, mais ils sont sur leurs gardes. Nous avons failli perdre l'un des nôtres lors d'une opération qui semblait banale, à quelques kilomètres d'ici. Après six semaines d'observation, tout était prêt, rien ne laissait prévoir de problèmes. Au moment de la capture, quatre hommes sont sortis de l'ombre, armés jusqu'aux dents. Comme nous ne voulons pas de morts inutiles, nous avons évité l'affrontement en prenant la fuite. Tu devras désormais tenir compte de ce paramètre. Il ne suffira plus de cerner la cible.

— Je m'en souviendrai.

— Aucun de nos frères ne doit mourir sous leurs balles. Nous ne voulons pas d'héroïsme ou d'acte de bravoure inutile. Chaque mission risque de devenir plus dangereuse. Nous devons nous attendre à ce qu'ils tentent de nous anéantir, à ce qu'ils attaquent plutôt que de se défendre.

— Tu peux me faire confiance.

— Tu es sur la piste de Müller ?

— Oui, tu penses qu'il est protégé ?

— Je ne pourrais pas te répondre. Il n'y a pas que le rang ou la position qu'ils occupaient. Il y a aussi l'argent. Il en faut beaucoup pour se payer une garde personnelle. En plus, ça ne passe pas inaperçu dans une petite ville ou dans un village. Nous avons constaté que certains d'entre eux, pourtant de haut rang, sont tombés en disgrâce à la fin de la guerre. Ils ne s'entendaient pas comme les cinq doigts de la main. Il y avait des luttes de pouvoir, des clans. Certains se détestaient. Il y a eu des règlements de comptes entre eux.

— Je m'en doute, les rats se bouffent entre eux, c'est connu.

— Nous allons aussi créer un point de chute au Moyen-Orient. Bon nombre de nazis sont terrés là-bas. La plupart ont été accueillis à bras ouverts, certains travaillent pour le gouvernement. C'est le cas en Syrie et en Égypte.

40

Le chemin s'assombrit

Laura Bellini.

Son nom clignote sur l'écran.

Je laisse passer quelques sonneries avant de décrocher en marquant mon agacement.

— Oui, quoi ?

— Bonjour, monsieur Kervyn, c'est Laura Bellini.

— N'avions-nous pas convenu que nous nous contacterions par mail ?

— Vous m'avez confié que vous ne lisiez jamais vos mails parce que vos collaborateurs ne vous envoyaient que des monceaux de conneries.

— Je vous ai dit ça ?

— Oui, entre « c'est cher pour deux pizzas » et « ça vous dirait de baiser avec moi ? ».

Elle faisait allusion à l'échange que nous avions eu en fin de soirée, à Caprino Veronese.

Je l'avais raccompagnée à sa chambre. Son pas n'était pas très assuré, elle tanguait légèrement. Le vin lui était monté à la tête et ses défenses semblaient fragilisées. J'avais décidé de tenter le coup.

Arrivé devant sa porte, j'ai joué ma chance.

— Ça vous dirait de baiser avec moi ?

Elle m'a dévisagé pendant un long moment en fronçant les sourcils, comme si elle était confrontée à un dilemme cornélien.

— C'est une bonne question, je vais y réfléchir.

Elle est entrée dans la chambre et m'a claqué la porte au nez.

Soit. Mais que pouvait-elle me reprocher ?

Les hommes qui veulent baiser font généralement preuve d'hypocrisie et trichent avec eux-mêmes. Ils se font charmeurs, attentionnés, drôles ou cultivés pour arriver à leurs fins. Les efforts que cette comédie leur demande tiennent rarement la distance. Après quelques jours, ils s'essoufflent. Leur éclat pâlit, ils oublient d'ouvrir la porte, trouvent les fleurs inutiles, les restos ruineux. Leur humour s'alourdit, leur culture se tarit.

Quand j'ai envie de baiser une femme, je le lui dis et lui épargne ces sournoiseries. Je joue cartes sur table. Elle sait à quoi s'attendre, je ne la trompe pas sur la marchandise. Je suis égal à moi-même, du premier au dernier jour.

— À ce propos, avez-vous réfléchi ?

— Je préfère mourir noyée sous une coulée de boue.

— Dans ce cas, pourquoi téléphonez-vous ?

— Pour vous dire que j'ai avancé. J'ai classé les documents en tenant compte de leur chronologie et des personnes concernées. L'ensemble permet de suivre une logique et de recouper les événements.

Son numéro de voyante à la *trattoria* m'avait intrigué.

Je lui ai rappelé ses clauses de confidentialité avant de lui faire un résumé de mon enquête. Elle a pris de nombreuses notes.

À mon retour, je lui ai fait parvenir tout ce que j'avais en ma possession, y compris les cartes postales, les objets et les photos.

— Vous auriez pu me communiquer cela par mail.

— En effet, dans quelques minutes, je vais vous envoyer un mail. Je tenais à anticiper son arrivée.

— De quoi parle-t-il ?

— Dans le tas de lettres, j'en ai trouvé une qui était adressée à votre père.

— À mon père, vous êtes sûre ?

— Vous verrez. Elle est écrite en polonais, certains mots ou certaines phrases sont illisibles, quelques expressions sont bizarres, mais ces détails n'empêchent pas de saisir le sens général. J'ai pensé que vous seriez intéressé de l'apprendre.

— Vous avez bien fait.

— Tant que vous êtes devant votre écran, je vous conseille de parcourir l'actualité, si ce n'est déjà fait. Un sujet ne devrait pas manquer de vous interpeller. Je vous suggère aussi de rencontrer Karl Susfeld, vous comprendrez. Bonne journée.

Elle s'empresse de raccrocher.

J'ouvre mon navigateur, parcours *Le Soir* en ligne à la recherche du titre censé attirer mon attention. Il se trouve à la une.

Laszlo Csatary, le criminel nazi, arrêté

Laszlo Csatary était le chef de la police du ghetto juif de la ville slovaque de Kosice (Kassa en hongrois, Kaschau en allemand), où 15 700 Juifs ont été pour certains assassinés et pour l'immense majorité déportés vers le camp d'extermination d'Auschwitz, en Pologne, pendant l'occupation par l'Allemagne nazie de ce qui était alors la Tchécoslovaquie.

Laszlo Csatary, âgé de 97 ans, coulait des jours tranquilles à Budapest depuis dix-sept ans, sous sa véritable identité et en dépit des informations sur son passé transmises à la justice hongroise depuis plus de dix mois par le Centre Simon-Wiesenthal de Jérusalem.

Un autre quotidien précise que l'homme était le nazi le plus recherché de la planète.

En avril, le Centre Simon-Wiesenthal, du nom du célèbre chasseur de nazis, juif autrichien décédé en 2005 et dont les enquêtes dans le monde entier ont permis de retrouver des dizaines de criminels nazis, avait placé Laszlo Csatary en tête de sa liste des criminels de guerre nazis les plus recherchés au monde.

Un troisième titre donne la parole au type dont Bellini m'a parlé, Karl Susfeld, un avocat parisien, autre chasseur de nazis renommé, qui déclare ne pas connaître ce Csatary et estime que s'il est en tête de la liste du Centre Simon-Wiesenthal, c'est pour la seule raison qu'il est un des rares nazis encore en vie. Selon lui, il aurait été entre la trois millième et la quatre millième place il y a trente ans.

J'ouvre ma messagerie. Une trentaine de mails dégringolent dans ma boîte de réception. Celui de Bellini est le plus récent.

Il contient la traduction de la lettre en question, sans autre forme de commentaires.

Cher monsieur,

*Je ne sais si je puis vous appeler Robert, permettez-moi de ne pas prendre cette liberté sans votre assentiment, mais vos mots m'ont profondément touché et m'ont fait me sentir (?) (*illisible*) (proche?) de vous.*

Dans un premier temps, j'ai été très surpris de recevoir une lettre venant d'un pays où je ne suis jamais allé (vous avez de jolis timbres), écrite par quelqu'un que je n'ai jamais rencontré et dont le nom m'est inconnu.

*J'ai parcouru vos lignes (*deux mots illisibles*) et les larmes me sont venues aux yeux. La joie et la tristesse se sont mêlées et mon cœur a saigné (*approximatif*).*

J'aimerais tout d'abord exprimer la joie et le bonheur que j'ai éprouvés en apprenant que monsieur Stanislas, son épouse et leurs trois filles étaient toujours en vie. C'était une famille unie, sensible, aimante, qui vivait en harmonie et respirait la paix et la bonté. Ils ont été d'une grande humanité envers moi et je garde d'eux un souvenir ému au fond de mon âme. J'ai essayé de les *retrouver à la fin de la guerre, mais je n'ai pas trouvé de signes d'eux et je craignais pour leur vie. Avant l'arrivée de votre lettre (*fin de phrase illisible*). En vous lisant, je me suis (*illisible*) dans les années (*illisible*) (merveilleuses ?) que j'ai vécues avec eux à Lwów et l'envie de les revoir m'est venue spontanément, un bonheur que, je l'espère du fond du cœur, le futur me réservera.*

Je revois votre femme, encore toute jeune, dans sa tenue blanche d'écolière. Elle avait cinq ans de moins que moi et c'est étrange de l'imaginer aujourd'hui mariée. Je garde d'elle le souvenir d'une splendide jeune fille aux cheveux blonds, au rire joyeux et aux yeux d'un bleu profond.

Je suis heureux d'apprendre qu'elle vous a donné un enfant et que vous aurez bientôt le bonheur d'en avoir un second. Je suis également marié et j'ai une fille qui s'appelle Helena et a quatre ans.

J'en viens à présent à l'objet de votre lettre. Hélas, je ne puis répondre à votre question et croyez que je le regrette sincèrement. Je sais ce qui s'est passé dans la famille de votre femme durant les premières semaines de la guerre, mais je n'ai pas connu l'occupation allemande.

*La guerre a commencé pour moi à la fin du mois d'août 1939. Je prenais une semaine de vacances chez ma tante à Zakopane, dans les Tatras, au sud de la Pologne, et mon père m'a envoyé un télégramme pour me demander de rentrer (*illisible*) (immédiatement ?) à Lwów. Ce jour-là, à Moscou, Ribbentrop et Molotov avaient signé le fameux pacte de non-agression et pour* *mon père, cet accord signifiait la guerre, car cela laissait aux Allemands le champ libre.*

Je suis rentré à Lwów comme il me l'avait demandé. Les premiers jours, j'ai cru qu'il s'était trompé. J'ai recommencé à travailler dans la pharmacie. J'avais dix-huit ans et je n'étais qu'un petit apprenti, mais monsieur Stanislas était un magicien (?*). Il avait une patience infinie et prenait le temps qu'il fallait pour m'expliquer ce que je devais faire, ce qui m'a permis d'apprendre sérieusement mon métier avec la passion identique qui m'anime encore aujourd'hui.*

*Au début du mois de septembre, les Allemands ont envahi l'ouest du pays et des milliers de réfugiés ont envahi la ville. Ils espéraient que notre armée (*illisible*) (parviendrait ?) à les arrêter. Les magasins étaient vides et il n'y avait presque plus de nourriture ni d'approvisionnement. Il fallait faire une file interminable pour acheter des légumes, du pain ou du sucre. Il y avait moyen d'acheter des vivres au marché noir, mais il fallait payer quatre ou cinq fois le prix.*

*Les réfugiés étaient juifs pour la plupart. Ils n'avaient plus d'argent et dormaient dans la rue. Le (*ou *la) (*illisible*) (une maladie ?) est venue et tout le personnel de la pharmacie a été mobilisé pour apporter de l'aide aux malades. Les journées étaient très éprouvantes et nous devions aussi travailler une partie de la nuit. Les enfants me fendaient le cœur et j'étais désespéré de ne pouvoir les soigner. Après quelques jours, nous n'avions plus de médicaments dans l'officine et monsieur Stanislas a confectionné des pom-*

*mades et des remèdes de substitution avec (*illisible*) pour pouvoir répondre au nombre de malades.*

Le 17 septembre, les Russes sont entrés dans le pays par l'est. Ils sont arrivés à Lwów quelques jours plus tard. Sur leur passage, ils ont pillé les magasins, ils ont incendié des villages, ils ont tué des hommes et violé des femmes.

La plus âgée des filles, Maria, avait dû arrêter ses études de médecine et travaillait à la pharmacie. Votre femme et sa sœur étaient dans un pensionnat tenu par des religieuses, en dehors de la ville. Les Russes ont forcé l'entrée et ont tout saccagé. J'ai appris plus tard ce qu'ils ont fait subir à ces pauvres jeunes filles. Je suis affreusement désolé de ce qui est arrivé à votre femme et à sa sœur.

Le 28 septembre, nous avons dû assister à la parade de la cavalerie russe dans les rues de la ville. Tous les soldats étaient sur des chevaux blancs et étaient fiers et hautains. D'autres soldats passaient dans la foule et frappaient ceux qui ne saluaient pas. Ce jour-là, j'ai compris qu'ils nous haïssaient autant que les Allemands.

Mes parents ont craint pour le futur. Nous avons préparé notre fuite. Pendant la nuit, nous sommes partis vers le sud et nous avons réussi à rejoindre la Bulgarie. Nous sommes arrivés jusqu'à la mer Noire où nous avons pu prendre un bateau vers la Turquie, puis un autre vers la Palestine.

À compter de ce jour, je n'ai plus eu de nouvelles de la famille de votre femme. Je ne sais pas ce qui leur est arrivé. Par des gens qui sont restés, la seule chose que je sais, c'est que la pharmacie a été fermée et que les deux années qui ont suivi ont été très dures pour les Polonais.

Lwów et sa région sont devenues l'Ukraine occidentale. Les Russes ont soviétisé tous les habitants des territoires. Les entreprises ont été mises sous le contrôle de l'État et l'agriculture a été collectivisée. Les religieux et les intellectuels ont été persécutés.

Quelques semaines après la défaite de notre armée, les Russes ont organisé des élections pour diriger le pays. Les administrations ont été rouvertes avec des Russes ou des Ukrainiens à leur tête. Ils ont également rouvert les écoles en obligeant les élèves à apprendre le russe et à se conformer au marxisme-léninisme. Seul le parti communiste a été autorisé et tous les habitants ont acquis la citoyenneté soviétique.

Les prisonniers de guerre polonais qui avaient été capturés pendant l'invasion ont été envoyés dans des camps en Sibérie. On a appris après la guerre que quinze mille prisonniers ont été tués d'une balle dans la nuque et enterrés dans des fosses communes. Les civils qui avaient travaillé pour l'État polonais ont été accusés de crimes contre la Révolution et ont été arrêtés. Pour la Pologne, ces années ont été les pires que le pays a connues.

Quand les Allemands ont repris la ville, en 1941, la population les a accueillis comme des libérateurs. Je sais qu'une telle chose paraît inimaginable avec le recul des années.

Je ne peux rien vous dire de plus sur cette sombre période.

Je vous remercie des efforts que vous avez accomplis pour trouver mon adresse et j'espère avoir de vos nouvelles très bientôt.

Je respecterai votre demande et je ne prendrai aucune initiative envers votre épouse ou sa famille avant d'avoir reçu votre accord.

Que L'Éternel Dieu vous bénisse.

Samuel Feldmann
Tel-Aviv
15 mars 1953

Je ferme les yeux. Des images m'assaillent. Cette lettre me donne des informations qui éclairent certains aspects de l'affaire, mais en obscurcissent d'autres.

Ma mère violée par des soldats russes ? Jamais je n'ai entendu parler d'une telle histoire. Comment a-t-elle pu taire cette horreur ? Comment l'a-t-elle surmontée ? Elle avait treize ans. Mon père le savait-il ou l'a-t-il appris seulement en recevant cette lettre ?

Je revois le voile de tristesse qui passait de temps à autre dans ses yeux. Revivait-elle cette scène ? Quelles séquelles en a-t-elle gardé ?

Par ailleurs, cette lettre démontre qu'il existe un lien entre le passé de ma mère et la mort de mon père. Je sais à présent qu'il recherchait des informations relatives à un événement qui s'est produit durant l'occupation allemande.

Quelles questions posait-il à cet apprenti pharmacien ? Que s'est-il passé à Lwów entre 1941 et 1944 ? En quoi ma mère était-elle concernée ? Cela valait-il la mort de mon père ?

Plus curieux, cette lettre prouve que mon père faisait cette recherche à l'insu de ma mère. Si ma mère ne savait pas que mon père fouillait dans son passé, elle ne savait pas non plus ce qu'il allait faire au Caire.

J'entends les paroles de Jeanne Dewitte.

Elle est venue après sa mort pour nous supplier.

J'ai mal interprété le message. Ma mère n'a su ce qu'il allait y faire qu'après sa mort.

Qu'avait-elle à cacher ? Y a-t-il un rapport entre ce qu'elle aurait commis et le nazi de la photo, un lien entre cet acte et la mort de cet autre nazi en 1954 ?

Ses derniers mots me reviennent et prennent de nouvelles acceptions.

Je regrette tellement.

Qu'avait-elle à regretter ?

Regrettait-elle que mon père ne lui ait pas parlé de ses recherches ? Regrettait-elle ce qu'elle avait fait ? Regrettait-elle de ne pas lui en avoir parlé ?

Les questions se télescopent.

Jusqu'à ce matin, j'avais le sentiment d'avancer.

À présent, j'ai le sentiment que le chemin s'assombrit.

41

Ma petite Hannah

Dès son retour à Karlsruhe, à la mi-janvier, Nathan s'attela à la préparation de la mission qui lui avait été confiée.

Dans un premier temps, il lui fallait prouver à Aaron que la proposition qu'il avait faite était réaliste, même si elle présentait certains risques. En outre, sa mise en œuvre prendrait du temps et nécessiterait un suivi régulier.

La phase préalable fut confiée à Moshe. Il pénétra de nuit dans la mairie de Neuhof et y subtilisa les registres de la population.

Muni de ces documents, il rejoignit Nathan dans un hôtel situé à Fulda, à quelques kilomètres de là. Ils se mirent immédiatement au travail et prirent plus de quatre heures pour photographier toutes les pages des répertoires.

L'opération terminée, Moshe fit le chemin inverse, s'infiltra une nouvelle fois dans la mairie et remit les registres en place en veillant à ne laisser aucune trace de son passage.

Durant les deux semaines qui suivirent, Nathan parcourut avec minutie les dix mille entrées en cherchant à identifier les noms d'origine juive.

La tâche s'avéra plus ardue qu'il ne le pensait. Certains noms courants en Allemagne tels Klein, Gross, Schwarz, Weiss ou Roth, apparemment de provenance juive, se révélaient portés par des non-juifs. Ce recensement laborieux lui permit de dresser une liste de cent dix habitants juifs, parmi lesquels vingt-quatre chefs de famille.

Il compulsa ensuite les biographies et les documents en sa possession pour identifier les personnes qui avaient connu les camps ou dont un membre de la famille avait été déporté pendant la guerre.

Chaque nom exigeait des recherches approfondies en vue d'établir les liens de parenté éventuels. Il recoupa les dates, les lieux de naissance, les mariages et les décès pour cerner les familles qui avaient été victimes de l'Holocauste.

Au final, tous les hommes de Neuhof avaient été de près ou de loin touchés par le génocide. Pour éviter de commettre une erreur, il limita sa liste à cinq noms.

La particularité de la tâche qu'il envisageait de confier à l'un de ces cinq chefs de famille le poussa à donner priorité à un homme âgé de quarante à soixante ans. De même, il devait s'assurer que l'homme qu'il choisirait n'avait pas eu affaire à la cible personnellement.

En aucun cas, il ne devait courir le risque que la mission ne tourne en vengeance personnelle.

Après trois semaines de travail acharné, à raison de douze heures par jour, deux noms arrivèrent en tête de liste.

Le premier était Léonard Appelbaum. Il avait quarante-sept ans, était marié et avait deux enfants. Son frère avait été déporté à Auschwitz et n'en était pas revenu.

Le second était David Birenbaum, un veuf de soixante-six ans qui avait été déporté à Sachsenhausen et dont la plus jeune fille avait disparu à Ravensbrück.

Après réflexion, il opta pour ce dernier. L'homme ne travaillait plus, il semblait en bonne santé et disposait de plus de temps qu'Appelbaum.

Nathan téléphona à David Birenbaum en prétextant qu'il se documentait sur les camps nazis en vue de rédiger un article pour un journal américain.

La rencontre eut lieu dans un restaurant de Fulda à la fin du mois de février.

David Birenbaum s'était apprêté pour cette rencontre, ce qui amusa Nathan. Il portait un costume trop large, une chemise neuve et semblait sortir de chez le coiffeur. Durant les premières minutes, il fit un effort pour se montrer enjoué, mais son visage trahissait une profonde tristesse.

Nathan lui raconta ce qu'il avait vécu pendant la guerre et lui proposa d'en faire autant.

Le récit qu'il apporta fut poignant. Plus d'une fois, Nathan hésita à aborder l'objet réel de l'entretien.

À la fin du repas, il prit néanmoins l'initiative de lui dévoiler l'objectif du rendez-vous.

— Monsieur Birenbaum, je dois vous avouer la vérité. Je ne suis pas journaliste, j'œuvre pour une association qui veut que ces crimes ne restent pas impunis. Nous recherchons les responsables de la mort de nos frères ainsi que leurs complices. Nous voulons les confronter à leurs victimes et leur faire payer leurs crimes. Accepteriez-vous de nous aider ?

L'homme se leva sous le coup de l'émotion, hésita quelques instants avant de se rasseoir, visiblement troublé.

— Qui êtes-vous ?

— Je vous l'ai dit, monsieur Birenbaum, je suis une de leurs victimes, comme vous. Tous ceux qui travaillent pour notre organisation ont connu les abominations nazies. Vous n'êtes pas obligé de me donner votre réponse aujourd'hui. Réfléchissez. Je vous demande néanmoins de garder le silence sur cette conversation.

Les yeux de Birenbaum s'embrumèrent.

— S'il ne me restait qu'une chose à accomplir dans ma vie, ce serait de vous offrir mon aide pour leur faire expier leurs crimes. J'attends ce moment depuis qu'ils m'ont pris ma petite Hannah.

42

La patrie et le Führer

Le cabinet de *Bellini & Partners*' est situé au sixième étage d'un vieil immeuble au cœur de l'avenue Louise. Le pluriel me semble abusif, seuls deux bureaux occupent le niveau. L'un est vacant, l'autre est le sien. Il est au diapason du personnage, surchargé de babioles inutiles et imprégné d'eau de toilette.

Elle me tend la main, me gratifie de son large sourire.

— Bonjour, monsieur Kervyn.

— Vous avez du neuf ?

— Voulez-vous un café ?

— Je suis pressé, où en êtes-vous ?

— Avez-vous pris contact avec Karl Susfeld ?

— Je verrai ça en temps utile.

— Il connaît peut-être le SS qui est sur la photo.

— Je sais ce que j'ai à faire.

Elle ouvre les mains en signe de reddition.

— Comme vous voulez.

— Alors ?

Elle indique la table de réunion sur laquelle sont posées des piles de documents.

— Je vais vous montrer.

D'un doigt, elle pointe le plus petit tas.

— Commençons par votre grand-père. Je n'ai pas beaucoup d'éléments le concernant. J'ai rassemblé les documents officiels que j'ai trouvés, cela m'a permis de retracer les grandes lignes de son parcours, mais il y a de nombreux blancs.

— C'est la période d'avant 1954 qui m'intéresse.

— Je le sais. Stanislas est né en 1888, il avait un frère plus âgé que lui, Wladyslaw, né en 1886. Ils ont fait leurs études à l'université de Lemberg et sont tous deux devenus pharmaciens. En 1939, Wladyslaw était officier dans l'armée polonaise. Il a été arrêté par les Russes et déporté au camp de Starobielsk d'où il n'est jamais revenu. Ce n'est qu'en 1980 que votre famille a appris par la Croix-Rouge dans quelles conditions Wladyslaw est mort. Stanislas a épousé votre grand-mère en 1919. Elle avait onze ans de moins que lui. Je n'ai presque rien sur elle, à part une carte d'identité qui date de 1951.

— Ensuite ?

— Votre grand-père a ouvert sa pharmacie à Lemberg en 1920. Quand les Russes ont envahi la ville en 1939, il a dû fermer son officine. Il n'a pu la rouvrir qu'en 1941, grâce au statut de *Volksdeutscher* que les Allemands lui ont accordé, dû au fait que sa propre mère ainsi que celle de son épouse étaient nées autrichiennes. Votre famille vivait la plupart du temps à Lemberg, mais ils possédaient une propriété à Radziechow où ils passaient une partie de l'été et les fêtes de fin d'année.

Elle s'arrête, triomphante, pose les mains sur ses hanches.

— Voilà.

La posture qu'elle adopte met ses seins en valeur et souligne la finesse de sa taille. J'aimerais la baiser comme elle le mérite pour lui faire payer son arrogance.

Je prends l'air indifférent.

— Et après ?

— C'est tout pour lui.

— Rien de marquant.

— À vous de juger. J'ai également trouvé ses différentes cartes d'identité, sa carte de milice et son permis de port d'armes datant de 1913. Plus original, j'ai trouvé un certificat émis en 1932, dûment cacheté par les instances religieuses, attestant qu'il est de religion catholique romaine et qu'il a été baptisé. À quelles fins ? Je ne sais pas. Je peux enfin vous dire qu'il a recommencé à travailler entre 1946 et 1953 dans une pharmacie en Allemagne.

— Vous ne m'apprenez rien. Ensuite ?

Elle pointe le tas le plus fourni.

— Votre tante, Maria. À son sujet, j'ai plus de choses intéressantes à vous raconter.

— C'est logique, ces papiers provenaient de ses affaires.

Elle s'empare de la feuille qui coiffe la pile.

— J'ai fait un résumé chronologique. Maria est née en février 1921. Elle a fait ses études primaires à Lemberg, ses secondaires dans une école privée tenue par des ursulines. À mon avis, il s'agit du pensionnat dont Feldmann parle dans sa lettre. J'ai trouvé son diplôme de fin d'études secondaires daté de 1937. C'était une élève brillante. À part en géographie, elle collectionnait les notes maximales. En 1938, elle a entamé des études de médecine à l'Université jagellonne de Cracovie, prestigieux établissement soit dit en passant. Un an plus tard, la guerre l'a obligée à arrêter ses études et à rentrer à Lemberg-Lwów. Elle a travaillé avec son père jusqu'à ce que la pharmacie soit fermée, fin 1939. Elle est alors entrée à la faculté de médecine de Lwów que les Russes ont pompeusement rebaptisée Institut Majestueux de Médecine de Lviv ou quelque chose du genre. J'ai retrouvé son carnet d'étudiante sur trois fins de périodes, juin 1940, décembre 1940, juin 1941. Il n'y avait pas de notes comme chez nous, mais l'appréciation des professeurs sur la partie théorique et sur la partie pratique. Elle excelle en chimie, biologie, anatomie, physique. C'est un peu moins bon en langue russe et en langue ukrainienne. En revanche, l'éducation physique n'était pas son point fort. La pharmacie de votre grand-père a rouvert en septembre 1941, quand les Allemands ont chassé les Russes de la ville.

Elle marque une pause pour me faire comprendre qu'elle va me lâcher une information clé.

— Nous arrivons en 1942. Le 14 avril, Maria reçoit un ordre de marche : *Arbeitsdienst*. Elle est réquisitionnée par les nazis et sommée de travailler dans un centre de recherche sur la fièvre et les virus.

Elle arrête la lecture, me dévisage.

— Ça va, monsieur Kervyn ?

Je reprends le dessus.

— Ça va. Continuez.

— Je savais que cette information risquait de vous heurter. J'ai fait des recherches sur le sujet. Votre tante a travaillé avec Rudolf Weigl. Vous avez déjà entendu ce nom ?

— Non.

— Rudolf Weigl était un biologiste polonais. Comme votre tante, il avait des origines autrichiennes. Il travaillait à Lwów où il menait des recherches sur les virus. C'est lui qui a inventé le premier vaccin contre le typhus. Quand les nazis sont entrés à Lwów, ils lui sont tombés dessus et ont exigé qu'il produise son vaccin en grandes quantités.

— Pourquoi ?

— Le typhus était la hantise des nazis. Il a fait des ravages dans les camps de concentration où il a tué des centaines de milliers de personnes. Tant que cela ne touchait que les prisonniers, les nazis s'en fichaient, mais le typhus ne faisait pas la différence. En août 1942, il y a eu une épidémie de typhus à Auschwitz. Ils ont massacré dix mille personnes en une seule nuit par peur d'être infectés.

Une zone d'ombre s'éclaircit.

J'ai tourné et retourné les mots que Marischa m'avait soufflés avant sa mort sans en saisir le sens. Qu'avait-elle fait que sa conscience réprouvait ? Je comprends à présent. Elle avait aidé les assassins. J'imagine la honte qu'elle a dû éprouver d'avoir participé à l'effort de guerre nazi, même si c'était contre sa volonté. Une honte qui l'a poursuivie jusque dans sa tombe.

— Continuez.

— Ce que les nazis ne savaient pas, c'est que Weigl fabriquait des doses de vaccins supplémentaires pour les acheminer dans les ghettos de Lwów et de Varsovie, ce qui a permis de sauver de nombreuses vies. Dans son institut, il employait des Juifs, des intellectuels et des membres de la Résistance, au péril de sa vie. Il est mort en 1957. Au début des années deux mille, il a été décoré à titre posthume par l'État d'Israël.

Elle a bien bossé.

Au prix où je la paie, je n'en attendais pas moins d'elle.

— Ensuite ?

— En juillet 1944, devant l'offensive russe, les nazis ont dû déménager le laboratoire et l'installer à Cracovie. Votre tante a été obligée de suivre le mouvement. Le 17 janvier 1945, elle a été mise en congé pour une durée indéterminée, en restant à la disposition des autorités. Elle est allée en Autriche, à Wiener-Neustadt, une ville située à cinquante kilomètres de Vienne. De là, elle a pris un autre train et s'est rendue à Innsbruck où elle a retrouvé le reste de sa famille qui avait quitté Lwów et avait été hébergée chez une cousine.

— Je n'ai jamais entendu parler de cet épisode.

— Ce n'est pas terminé. Le laboratoire de Cracovie a déménagé une nouvelle fois pour rouvrir à Roth, près de Nuremberg. Le 15 mars 1945, elle a reçu une lettre de Weigl lui demandant de rejoindre Roth pour se remettre au travail dès le 3 avril. Il précise dans sa lettre que les affaires qu'elle a laissées à Cracovie sont bien arrivées à Roth. La lettre est accompagnée d'un laissez-passer officiel et d'un billet de train de troisième classe.

Une nausée m'envahit, mes pensées s'embrouillent.

— C'est quelques semaines avant la fin de la guerre.

— Un mois avant le suicide d'Hitler. Je continue. Le 15 mai 1945, une semaine après la capitulation, Weigl lui a adressé un certificat rédigé sur son papier à lettres personnel. Il y loue sa compétence, son professionnalisme et ses qualités humaines. À la fin du mois de mai, elle a rejoint sa famille en Bavière et est entrée comme laborantine à la clinique régionale de Zusmarshausen.

La boucle est bouclée.

Ce Weigl est devenu une star en l'espace d'une semaine et ce papier valait de l'or. Grâce à ce certificat, elle a obtenu cette place à la clinique de Zusmarshausen sans avoir le diplôme requis.

Je me masse les tempes.

— Vous avez un verre d'eau ?

— Bien sûr.

Elle sort du bureau. Ses pas s'éloignent dans le couloir. Je sors la boîte métallique de ma poche et avale un Imitrex.

La pluie a fait son apparition. Des photos sont alignées sur l'appui de fenêtre. Elles représentent une gamine blonde, à des âges différents.

Elle refait son apparition, un verre d'eau à la main.

— S'il vous plaît.

J'indique les photos.

— C'est votre fille ?

— Oui, elle a dix-huit ans.

— Qu'avez-vous fait de son père ?

Son visage s'assombrit.

— Il est mort, cancer du foie, il y a onze ans. Vous avez d'autres questions personnelles ?

— Je ne pouvais pas le savoir.

— Bien sûr, vous ne pouviez pas le savoir. Pour cela, il faudrait que vous vous intéressiez aux gens.

— Les femmes confondent empathie et curiosité.

— Les hommes confondent indifférence et égocentrisme.

— Vous m'emmerdez.

Ses joues se sont empourprées, le mépris que je lui inspire se lit dans ses prunelles.

Elle bouillonne.

— L'agressivité est le refuge de vos émotions. Vous n'avez jamais essayé de les exprimer autrement ?

— Occupez-vous de mes traductions, ne jouez pas à la psy.

Ce n'était pas le moment de me parler de cancer. Après le doigt de Thierry, je me suis tapé tout un appareillage. J'aurai les résultats demain, mais la tête du toubib était explicite.

Bellini baisse le ton. Elle aimerait poursuivre le combat, mais elle pense à sa facture.

— Soit. Laissons tomber. J'ai encore quelques informations sur cette période.

— J'écoute.

— Deux mois plus tard, en juillet 1945, Rudolf Weigl lui a envoyé une lettre. Je l'ai trouvée belle et très émouvante, mais vous allez dire que c'est de la basse sensiblerie féminine.

— Je n'ai rien dit. Que raconte cette lettre ?

Elle fouille dans le tas, extirpe une lettre jaunie à laquelle est jointe sa feuille de traduction. Elle la lit en prenant des intonations mécaniques.

— Il la remercie pour ce qu'elle a fait pour lui durant les mois passés ensemble. Il se réjouit d'apprendre qu'elle a rejoint sa famille et trouvé du travail. Il dit qu'elle ne doit pas avoir honte de ce qu'elle a fait. Lutter ou se révolter aurait signifié la mort. Il lui propose de garder en mémoire le fait que leur travail a fait progresser la médecine et a permis de sauver de nombreuses vies. Il l'invite à oublier le reste. Selon lui, c'est ce que l'humanité retiendra de leur passage. Il lui envoie sa tendresse et espère la revoir un jour.

Lu de cette manière, je n'y perçois aucune émotion.

Elle repose la lettre.

— Ils étaient proches. C'est comme cela que je le ressens, en tout cas.

Elle attend une réaction de ma part.

Je la fixe droit dans les yeux. Elle se met à tanguer. Des élancements parcourent ma nuque.

— Je dois y aller.

— Vous voulez un autre verre d'eau ?

— Non, ça va aller.

— Je vous parle des dernières lettres ou vous préférez que nous arrangions un autre rendez-vous ?

— C'est bon, mais dépêchez-vous.

— Dans le tas de lettres, j'en ai trouvé deux qui lui étaient adressées et provenaient du même expéditeur. Elles étaient signées d'un seul prénom. Rudi.

Je relève la tête.

— Rudi ?

— Oui, probablement le même Rudi à qui s'adressait votre mère.

— Qu'est-ce qu'il disait ?

— Les lettres sont à peu près illisibles. Son écriture est nerveuse, empressée, imprécise. À cela s'ajoutent le temps, l'usure et l'effacement de l'encre. J'ai interprété les espaces blancs comme j'ai pu.

— Allez-y.

— La première date du 2 juillet 1942, elle vient de Berlin. Elle est plutôt aimable. Il confirme sa venue à Lemberg pour le 16. Il aimerait avoir un costume pour l'occasion. Il parle de son uniforme. Il dit qu'il est content pour son frère. Il parle de la patrie et du Führer en des termes éloquents. C'est tout.

La migraine s'accroche, s'enroule autour de l'œil.

— La seconde ?

— Elle est très courte. Elle est datée du 15 juillet 1944 et a été expédiée d'Alexandrie. Le ton est sec, autoritaire, c'est une lettre de reproches. Il dit qu'il n'est pas à Berlin, qu'il ne peut rien faire pour elle, qu'il a déjà assez fait pour elle et sa famille. Il trouve qu'elle devrait être fière d'œuvrer pour la victoire au lieu de se plaindre de son sort. Comme dans la première, il termine en glorifiant la patrie et le Führer.

43

La fin de sa phrase

Le travail que réalisa David Birenbaum dépassa les attentes de Nathan.

Dès le lendemain de leur rencontre, il commença à flâner dans le quartier de Kallweit en guettant les allées et venues autour de la maison.

Par mesure de précaution, Nathan s'était abstenu de lui révéler la véritable identité de la cible. Il s'était limité à lui déclarer que Kallweit était un nazi qui avait été reconnu coupable de crimes de guerre, sans apporter de précision.

Après une dizaine de jours, Birenbaum lui envoya un premier compte-rendu.

Kallweit habitait une maison modeste entourée d'une clôture grillagée et de haies compactes. Un chien montait la garde et aboyait dès que quelqu'un passait dans la rue.

Le samedi, Kallweit était sorti de chez lui vers dix heures. Il avait balayé le trottoir et était rentré dès le travail terminé. À cette exception près, Birenbaum ne l'avait jamais vu mettre le nez dehors durant la journée.

Le couple ne possédait pas de voiture. La femme de Kallweit sortait le matin vers neuf heures, faisait des courses dans le quartier et rentrait une heure plus tard. Il lui arrivait de ressortir dans l'après-midi pour aller chez une amie à quelques rues de là.

À part cela, le couple ne recevait pas de visite régulière et ne semblait pas entretenir de contact avec le voisinage.

Birenbaum avait également noté que le facteur déposait peu de courrier dans leur boîte aux lettres, mais glissait chaque matin un lot de journaux et de magazines dans le manchon prévu à cet effet.

Après le coucher du soleil, Kallweit faisait une promenade d'une heure avec son chien, un puissant doberman qu'il tenait en laisse et auquel il mettait une muselière. Il effectuait un trajet différent chaque soir, semblait privilégier les espaces dégagés et changeait de direction lorsqu'un passant venait vers lui.

À la mi-mars, Birenbaum se rendit dans un élevage canin et fit l'acquisition d'un jeune doberman. Nathan salua son esprit d'initiative. Il lui assura qu'il lui rembourserait cet achat et prendrait l'animal en charge dès sa mission terminée.

Durant les jours qui suivirent, Birenbaum poursuivit sa surveillance, escorté par son nouveau compagnon. Au fil des jours, il se rendit compte que Kallweit sélectionnait le parcours de sa promenade en fonction du jour de la semaine. Fort de ce constat, il chercha à croiser Kallweit de manière fortuite.

Chaque fois, ce dernier l'évita et poursuivit son chemin sans lui adresser la parole.

Un soir, Birenbaum surmonta sa peur et l'interpella en prétextant que son chien se comportait de manière étrange. Il lui demanda conseil sur l'alimentation et les soins à lui donner.

L'homme le scruta avec méfiance, lui donna quelques réponses évasives et s'éloigna.

De ce bref échange, Birenbaum retint que Kallweit était sur ses gardes et qu'il fallait éviter d'attirer son attention.

Dans le même temps, Nathan sillonna les environs à la recherche du lieu où se déroulerait le procès. Une cimenterie exploitait une carrière de calcaire à deux kilomètres de la ville. Un entrepôt qui servait de bureau, de débarras et de rangement se trouvait à l'entrée du chantier.

Durant plusieurs jours, Nathan épia les va-et-vient des camions et nota qu'aucun trafic n'avait lieu entre dix-sept heures et sept heures le lendemain. En fin de semaine, il décida que l'endroit ferait l'affaire.

Le 15 avril, Birenbaum lui remit son rapport définitif. Nathan étudia les habitudes de Kallweit ainsi que les trajets qu'il effectuait. Il en conclut que le mercredi était le jour le plus favorable.

Ce soir-là, il empruntait un itinéraire qui l'obligeait à franchir un chemin étroit longeant la voie ferrée. De plus, l'endroit était désert et le trafic ferroviaire réduit à cette heure-là.

Il prit contact avec Aaron et fixa la date d'intervention au mercredi 3 mai. Aaron se chargea de sélectionner les membres du tribunal et d'enrôler les hommes qui épauleraient Nathan.

Une réunion eut lieu à Karlsruhe le dimanche 30 avril en vue d'élaborer le plan d'attaque. L'équipe que dirigerait Nathan était composée de Nicolas, de Maximilian et de Serge.

Nicolas était le géant barbu qui était intervenu à Baden-Baden et que Nathan connaissait déjà. Maximilian était un Berlinois d'une quarantaine d'années, affligé d'une profonde balafre à la joue. Il avait en outre perdu un œil dans une bagarre au couteau, un an après la guerre, alors qu'il réglait un compte personnel avec un ancien gardien d'Auschwitz.

Serge était le chauffeur, un homme corpulent d'une trentaine d'années qui venait de Munich.

Le mercredi 3 mai, à vingt heures, la Mercedes qui transportait les quatre hommes pénétra dans Neuhof, remonta la Hanauerstrasse à faible allure et se gara dans une allée qui jouxtait le terrain de football.

Nicolas et Maximilian sortirent du véhicule et prirent une direction différente. Nicolas se dirigea vers le centre tandis que Maximilian prit la Frankfurter Strasse qui menait à la gare.

Nathan ordonna à Serge de couper le moteur. Pour eux, l'attente commençait.

Vers vingt heures quarante-cinq, David Birenbaum apparut au bout de la rue, accompagné par son chiot qui faisait des bonds pour attraper la laisse. Il passa devant la Mercedes, fit un discret signe de la main et poursuivit sa balade.

Nathan sentit son cœur s'emballer. Le signal était donné, Kallweit était en route.

La Mercedes démarra et se dirigea vers la gare. Elle dépassa la station, sortit du village et parcourut trois cents mètres en rase campagne. Elle emprunta ensuite un chemin en pente et stoppa au milieu d'un étroit passage sous la voie ferrée.

Nathan descendit du véhicule et marcha sans bruit jusqu'à la sortie du souterrain.

Si le plan se déroulait comme prévu, Otto Kallweit apparaîtrait dans une dizaine de minutes. Nicolas serait sur ses pas pour lui couper toute retraite. Lorsqu'il arriverait à sa hauteur, Nathan sortirait du souterrain et Maximilian le prendrait à revers.

Il s'accroupit et consulta sa montre. Il était vingt et une heures passées. La crispation de ses muscles trahissait sa nervosité.

Après quelques minutes qui lui parurent interminables, des bruits de pas et la respiration saccadée d'un chien se rapprochèrent.

Nathan inspira et expira à plusieurs reprises. L'air était bloqué dans ses poumons. Son cœur battait à tout rompre.

Il sortit son arme.

Malgré l'entraînement qu'il avait suivi, la réalité lui semblait bien différente des simulations auxquelles il avait été confronté.

Lorsque Kallweit arriva à l'entrée du passage, il émergea et le mit en joue.

— Ne bougez pas ! Retenez votre chien !

Maximilian déboula par la droite, un pistolet à la main.

— Ne tentez rien ! Vous n'avez aucune chance.

Kallweit réagit à une vitesse surprenante.

D'un geste, il ôta la muselière de son chien et lui lança un ordre. Le chien se mit à grogner, retroussa les babines et se jeta sur Maximilian. Kallweit fit volte-face et tomba nez à nez avec Nicolas qui venait à sa rencontre. Le nazi glissa une main dans la poche de son manteau et en sortit un Lüger.

Nicolas fut plus rapide que lui. Il lui saisit le poignet, lui fit une clé de bras et le força à s'agenouiller. Il le saisit ensuite à bras le corps et fonça vers la Mercedes.

— À la voiture, Nathan, en vitesse !

Pendant que Nathan s'exécutait, Maximilian tentait de se débarrasser du chien.

Le doberman avait plongé ses crocs dans son avant-bras et ne lâchait pas prise. De sa main valide, il parvint à s'emparer d'un poignard et l'enfonça dans la poitrine de l'animal.

Il dut porter plusieurs coups pour que le chien desserre les mâchoires, lâche prise et retombe sur le dos.

Malgré le sang qui jaillissait de la plaie, l'animal se releva, tituba et se prépara à une nouvelle attaque. Maximilian prit les devants et lui enfonça le couteau dans la gorge.

Arrivé à la voiture, Nicolas jeta le nazi à l'arrière. Nathan entra du côté opposé et posa le canon de son arme sur sa tempe.

— Ne bougez pas ou je vous abats !

Nicolas s'engouffra à son tour, referma son bras autour de la nuque de l'homme et le plaqua contre sa poitrine. Maximilian les rejoignit en maugréant. La manche de sa veste était déchiquetée et du sang coulait le long de son bras.

Il s'assit à l'avant et grommela.

— Saleté de bestiole, il faudra me recoudre.

Serge enclencha la marche arrière et sortit à reculons du souterrain. Il prit le chemin en sens inverse et se dirigea vers Hanau.

Nathan transpirait malgré la fraîcheur nocturne. La première partie du plan ne s'était pas déroulée comme prévu. La capture de Kallweit avait failli mal tourner. Il avait évité de peu l'hécatombe. Il rentrait avec un blessé et s'en voulait de ne pas avoir anticipé l'incident. Il aurait dû prévoir que le chien de Kallweit était dressé au combat et programmer son élimination.

De même, le fait que Kallweit était armé l'avait pris de court.

La Mercedes parvint à la carrière après une dizaine de minutes. Les quatre hommes en sortirent et conduisirent Kallweit dans l'entrepôt. Une chaise l'attendait au milieu du hangar.

Les membres du tribunal accueillirent Nathan et son équipe d'un hochement de la tête. Ils se tenaient debout, en demi-cercle autour de la chaise. Des lampes-tempête étaient posées sur le sol, la lumière vacillante leur donnait une allure fantomatique.

Nathan reconnut dans la pénombre le visage de deux des hommes qu'il avait rencontrés lors de sa première intervention.

Il fit asseoir Kallweit et le menotta dans le dos. L'homme resta impassible, ne chercha pas à résister et ne prononça pas le moindre mot. Nathan se pencha sur lui et le dévisagea. Un rictus tordait sa bouche. Contrairement à Sommerer, son visage n'exprimait pas la peur, mais un profond dégoût.

L'un des membres du tribunal lui posa une question, mais il n'y répondit pas. L'homme qui présidait la séance entama la lecture de l'acte d'accusation. Kallweit ne semblait pas concerné par les faits qui lui étaient reprochés. Il fixait ses juges d'un air hautain, comme s'il toisait des gamins commettant une bêtise.

La lecture prit plus d'une demi-heure. À l'issue de celle-ci, l'un des juges l'interpella.

— Heinrich Müller, avez-vous des objections à formuler ?

Müller fit mine de n'avoir rien entendu.

L'homme haussa le ton.

— Heinrich Müller, avez-vous quelque chose à déclarer pour votre défense ?

Le nazi ne broncha pas.

— Dans ce cas, nous poursuivons.

L'homme prononça le verdict.

— Gestapo-Müller, vous êtes condamné à mort. Vous serez exécuté d'une balle dans la nuque. La sentence sera rendue séance tenante.

Müller détourna les yeux pendant que les membres du tribunal sortaient de la pièce.

Nathan prit le Lüger de Müller, s'assura qu'il était chargé et passa derrière la chaise. Il avança le canon et le posa sur la nuque du condamné.

Il tenta de presser la détente, mais une force intérieure l'en empêcha. Le Lüger se fit plus lourd dans sa main.

Il ressentit un trouble et crut que l'arme allait lui échapper.

La voix de Müller résonna.

— J'ai une requête à vous faire, jeune homme.

Le ton était froid, détaché.

Nathan se sentit glacé de la tête aux pieds.

— Je vous écoute.

— Je ne suis pas un lâche. Et si vous n'en êtes pas un, abattez-moi d'une balle dans le front, j'aimerais voir les yeux de mon assassin.

Nathan fit le tour de la chaise, pointa l'arme entre les yeux de Müller.

Il serra la crosse et voulut appuyer sur la détente, mais ses muscles n'obéirent pas à l'ordre que son cerveau leur donnait.

Müller le fixait dans les yeux avec dédain.

Nathan se remémora le visage de sa mère, la détresse de son père, il pensa à ses sœurs, revit les scènes d'horreur auxquelles il avait assisté.

Nicolas avança d'un pas.

— Nathan, tu veux que…

Nathan hocha la tête en signe de dénégation. Ses

lèvres se mirent à trembler. Des larmes inondèrent son visage. Müller l'interpella.

— Le courage, c'est ce qui vous a toujours manqué, à vous autres, sales…

Le bruit de la détonation couvrit la fin de sa phrase.

44

La clé de l'énigme

Je pose les deux feuillets au milieu du garage, le numéro 47 à la gauche du numéro 1.

En vingt ans, j'ai testé un tas de logiciels censés m'aider à y voir plus clair dans mon enquête, depuis de simples programmes de gestion de projets jusqu'à des applications sophistiquées de *mind mapping*.

Je me suis posé les sept questions d'Aristote : quoi, qui, quand, où, comment, pourquoi, avec qui ? J'ai élaboré des topogrammes, dessiné des cartes mentales, développé des diagrammes d'Ishikawa, pondu des schémas heuristiques.

Perte de temps.

Au final, je suis revenu au papier, au crayon et à ma méthode personnelle.

Je prends une feuille A4 par personne. Je la numérote et j'y inscris les informations que j'ai obtenues grâce à mes recherches, mes entrevues ou mes échanges épistolaires.

Entre parenthèses, je note les hypothèses que j'ai envisagées.

Je tire ensuite des flèches qui partent vers les bords supérieurs ou inférieurs du document. À l'extrémité de celles-ci, j'inscris le numéro des personnes avec lesquelles j'ai établi un lien. Les flèches qui partent vers le haut indiquent les liens directs, celles vers le bas les rapports plus éloignés.

Lors de mon enquête, j'ai créé trois cent quarante-six fiches de ce type. Il m'est arrivé de les étaler dans mon garage. Mises bord à bord, elles forment un puzzle de vingt-quatre mètres carrés.

J'ai passé des heures à genoux, à les déplacer, à en retirer, à en rajouter, à en empiler pour composer un mystérieux domino géant.

La méthode marque rapidement ses limites. Bon nombre de flèches pointent vers plus d'une personne et m'obligent à former des tas ou à les disposer en éventail. Les manipulations sont longues et répétitives, mais le sociogramme qui s'en dégage me permet de visualiser les relations et les interactions entre les protagonistes.

Je fais un pas en arrière, considère les feuilles.

Je me suis réveillé au milieu de la nuit. Je suis monté dans ma voiture et je suis allé au bureau. J'étais à poil sous mon manteau.

Ce 21 juillet est jour de fête nationale, les employés qui faisaient la permanence ont cru que leur dernière heure était venue. J'ai traversé le plateau, pris le classeur qui contenait les trois cent quarante-six fiches et je suis reparti.

J'aurais pu recommencer à zéro et créer de nouvelles fiches, mais j'ai préféré réutiliser les pages que j'avais compulsées des centaines de fois.

Rentré chez moi, je suis descendu au garage, j'ai débarrassé le fourbi qui y traînait et j'ai installé deux lampadaires halogènes.

Le 1 est mon père.

Une cinquantaine de flèches pointent vers d'autres individus. Pour la plupart, le lien qui les unit est la mort ou les dommages corporels qu'ils ont subis le 21 août 1954 au Caire.

Le 47 est ma mère.

J'avais écrit épouse, et l'initiale de son prénom, *I.* Aucune flèche ne conduit vers d'autres feuillets. Plus d'une fois, je me suis demandé pourquoi j'avais créé cette fiche.

Comment ai-je pu me tromper à ce point ?

En l'espace de quatre semaines, elle est devenue le personnage central de l'affaire.

Je contemple un instant mon père et ma mère, allongés côte à côte sur le sol en béton, unis pour le meilleur et pour le pire. Je ne les ai jamais vus ensemble de mon vivant. Je repense à la photo de leur mariage. Ils avaient l'air de s'aimer.

J'ai préparé quelques nouvelles fiches en vue de l'exercice : mon grand-père, son frère Wladyslaw, ma grand-mère, Barbara, Marischa, Weigl, Feldmann, Rudi.

Je relie ma mère à ses parents et à ses deux sœurs. J'établis un pont entre Marischa et Rudolf Weigl, le biologiste avec lequel elle a travaillé. Je relie Samuel Feldmann, l'apprenti pharmacien, à mon grand-père. Je le raccorde également à mon père et note la date de la lettre qu'il lui a envoyée : 15 mars 1953.

Vient le personnage énigmatique de l'histoire, Rudi. Je lui ai attribué le numéro 354.

Rudi a un rapport avec Marischa. Il lui a envoyé une lettre en juillet 1942. Il était à Berlin. Il parle allemand. Il glorifie la patrie et le Führer. Il a un frère. Il parle de venir à Lemberg le 16.

Le 16 juillet 1942 ?

Quel événement a eu lieu ce jour-là à Lemberg ?

Je note à voir.

Je retire l'ensemble des feuilles pour ne laisser que Marischa et Rudi.

Deux ans plus tard, en juillet 1944, elle reçoit une autre lettre de sa part. Il se trouve à Alexandrie. Il lui reproche quelque chose. Il ne peut rien faire pour elle. Il a déjà assez fait pour sa famille.

En juillet 1944, les Russes reprenaient pied en Pologne, sa famille quittait Lwów, elle devait rejoindre Cracovie pour poursuivre son travail.

Quelle demande lui a-t-elle faite ? De la dispenser de son travail ? Cela correspondrait à la réponse qu'il lui a donnée.

Qu'avait-il déjà fait pour eux ?

Je prends l'enveloppe, en sors la photo du nazi et la pose sur la fiche de Rudi.

Berlin, la patrie, le Führer.

Je suis convaincu que Rudi et l'officier SS ne font qu'un.

Alexandrie est la deuxième ville d'Égypte. Elle se trouve à deux cents kilomètres du Caire.

Je retire la fiche de Marischa, la remplace par celle de ma mère. Un lien ténu la relie à ce Rudi, une lettre qu'elle lui a écrite et ne lui a pas envoyée. Une lettre anodine qui parle de tissus et de costume. Est-ce le costume dont il parle dans sa première lettre, celui qu'il voulait porter lors de l'événement du 16 juillet 1942, à Lemberg ?

Selon Bellini, ma mère ne l'aimait pas, mais le craignait.

Pourquoi avait-elle peur de lui ?

Qu'y a-t-il eu entre eux ?

La réponse à ces questions me donnera à coup sûr la clé de l'énigme.

45

Dans le couloir

Fin de non-recevoir, une porte se ferme, la semaine commence mal.

Karl Susfeld est un homme très occupé, il ne reçoit pas les journalistes, il n'a pas le temps de discuter avec un pseudo-auteur de récits historiques et a autre chose à faire que d'écouter un inconnu qui a un service à lui demander.

Sa secrétaire est formelle.

Je lui dis ce que je pense de la chaleur de son accueil et je raccroche.

Je prends une douche et avale quelques cafés.

La journée s'annonce chaude. Mon chat miaule devant son bol vide.

Je parcours les nouvelles en ligne et relève mon courrier.

La note de Jean-Charles commence à produire ses effets. Le nombre de mails a diminué, je ne suis en copie que d'une dizaine de messages. L'un de ceux-ci est adressé à la responsable des ressources humaines. L'expéditeur m'a mis en copie, en plus de Jean-Charles.

Le justicier prend parti pour Claudine. Il trouve que c'est indigne de l'avoir foutue dehors. Il déclare que personne n'est dupe, que tout le monde sait qu'elle a été virée parce qu'elle est enceinte. Il déclare que c'est une atteinte aux droits des travailleurs et aux valeurs humaines, que cette affaire porte préjudice à l'image de l'entreprise et que sais-je encore.

Je vois qui est l'indigné en question. Christian, un analyste d'une trentaine d'années, discret, professionnel, motivé. Il travaille chez moi depuis quatre ans. Jusqu'à présent, il faisait ce qu'on lui demandait. Je pensais à lui pour ouvrir une filiale dans les pays de l'Est.

Je rédige ma réponse à Jean-Charles.

Vire-moi ce con.

Les types dans son genre ont la faiblesse de penser que la réalisation de leurs objectifs les autorise à taper sur le ventre de leur boss. Si on laisse passer de tels écarts, ils récidivent à la première occasion, aveuglés par ce qu'ils pensent être une victoire. Il ne faut pas attendre longtemps pour qu'ils deviennent revendicateurs, rebelles ou syndicalistes. Après quelques semaines, ils passent plus de temps à militer qu'à travailler.

J'ajoute un mot et ma signature.

Aujourd'hui.

StK.

Un mail de Clémence m'annonce que je peux prendre livraison de ma voiture — gris métallisé moyen — mercredi, en début d'après-midi.

Le troisième message est de Laura Bellini.

Elle a trouvé une carte postale dans le livret de poésie de ma grand-mère. Tout bien examiné, il s'agit d'une photo au dos de laquelle ma grand-mère a écrit quelques lignes à Marischa. Elle l'a scannée et l'a jointe à sa traduction.

J'ouvre la pièce jointe. La photo représente une imposante bâtisse flanquée d'une tour circulaire surmontée d'une toiture en forme d'oignon. Des cimes enneigées s'étirent à l'arrière-plan.

Bellini précise que la lettre est écrite à moitié en allemand et à moitié en polonais. Elle suppose que l'objectif était d'éviter qu'elle ne soit détruite lors d'un éventuel contrôle.

Marischinka, ma petite colombe (expression familière polonaise)

Ta lettre nous est parvenue hier grâce à Wojtek qui nous a rejoints.

Nous avons quitté Lwów trois jours après ton départ. Les Russes sont entrés dans la ville quelques jours plus tard et ont semé la désolation. Je suis triste de devoir t'annoncer que tes amis Bruno et Anna ont été tués.

Werner a réussi à nous trouver des places dans un convoi militaire, mais nous avons été contraints de voyager dans un wagon frigorifique. Nous avons laissé la porte ouverte et nous nous sommes blottis au fond du wagon pour nous protéger du vent et du froid. Un couple et leurs deux enfants partageaient notre misérable sort.

*Nous sommes arrivés à Munich après un pénible et long voyage de trois jours et trois nuits, marqué par de nombreux arrêts. Les soldats étaient très nerveux et Tatuschku a dû souvent parlementer (*dans le sens : négocier*) pour qu'ils nous laissent poursuivre notre route.*

Nous sommes restés dans la gare de Munich pendant deux jours, sans manger et sans dormir, avant de trouver des places pour Innsbruck.

Béni soit Dieu, nous sommes tous les quatre en vie et toi aussi. Je souffre beaucoup d'avoir quitté notre port (bercail) bien-aimé. Nous laissons derrière beaucoup de tristesse et d'amertume.

Mon âme est déchirée, mes yeux pleurent, la guerre et les hommes sont sans pitié. J'espère qu'une nouvelle vie nous attendra bientôt et que nous pourrons retourner dans notre mère patrie, retrouver nos amis et notre maison.

Tes sœurs se remettent (sortir d'une situation) tout comme nous, elles pensent beaucoup à toi. Nous n'avons pas encore de nouvelles de Reinhard, mais nous pensons que c'est dû au courrier qui ne suit plus.

Tante Annusia nous a accueillis chez elle avec cordialité. Je t'écris sur une photo de leur demeure. Il n'y a presque plus rien à manger, mais nous nous débrouillons. Les seuls objets qu'il nous reste sont la pendule du salon, la vaisselle et les couverts. Nous l'utilisons tous les soirs en souvenir des temps heureux, pour ne pas perdre l'espoir.

Nous t'embrassons tendrement et attendons de tes nouvelles.

Ta maman

Absam, 31 juillet 1944

De nouveaux noms. Wojtek, Bruno, Anna, Annusia, Werner, Reinhard. Qui sont-ils ?

J'ouvre une recherche sur Google. Absam est une commune du district d'Innsbruck-Land, dans le Tyrol autrichien, au nord-est d'Innsbruck.

J'appelle Bellini dans la foulée.

— Stanislas Kervyn.

— Bonjour, monsieur Kervyn, comment allez-vous ? Je pensais que nous ne devions communiquer que par mail.

— Je viens de recevoir le vôtre. Vous comptez m'envoyer vos trouvailles au compte-gouttes ?

— Tant que je vous ai, j'ai trouvé un tas de trésors, la recette du *barszcz* et du bœuf Stroganov, par exemple. J'ai aussi une lettre d'une certaine Janka, datée de 1983, qui explique à votre tante, sur deux pages et en détail, qu'elle souffre de nodosités dans la zone de l'after, en d'autres mots d'hémorroïdes. Je me suis contentée de vous envoyer ce qui touche de près ou de loin à ce qui vous intéresse. Je suis presque arrivée à la fin, mais il n'est pas exclu que je trouve encore l'un ou l'autre élément. Tout est en désordre.

— Vous soignez votre facture.

— Je ne peux savoir ce que contient une lettre que si je la traduis.

— Ça ne me fait pas avancer.

— Vous allez dire que j'insiste, mais si vous voulez avancer, vous devriez essayer de rencontrer Karl Susfeld, il est passé à la télé hier soir au sujet du vieux nazi qu'ils ont arrêté. Il connaît peut-être votre SS.

— J'ai essayé.

— Ah bon ? Et alors ?

— Impossible de le rencontrer. Je me suis heurté au barrage de sa secrétaire.

— C'est étonnant, vous qui savez parler aux femmes.

— Vous avez d'autres banalités à me débiter ?

— Je suis intriguée par la perle qui se trouve parmi les objets. C'est une perle noire de Tahiti, vous connaissez son histoire ?

— Si vous espérez acheter cette perle au rabais, c'est hors de question. Tenez-vous-en à ce qui m'intéresse.

— Vous vous égarez. Quand nous nous verrons la prochaine fois, je vous montrerai quelque chose d'intéressant au sujet de cette perle.

— Si nous nous revoyons.

— Bien sûr, si nous nous revoyons.

Je raccroche.

Que puis-je retirer de cette lettre de ma grand-mère ?

Mes grands-parents et leurs deux filles ont fait une halte en Autriche avant d'aller à Gabelbach.

S'est-il produit quelque chose durant les jours ou les semaines qu'ils ont passés là-bas ? Ma mère estelle restée avec eux ou les a-t-elle quittés à ce moment-là ?

Et si c'était le cas, qu'est-ce que ça changerait ?

J'en suis là de mes interrogations lorsque la sonnerie de mon téléphone retentit.

Bellini.

— Oui, quoi ?

— Nous avons rendez-vous avec maître Karl Susfeld, à Paris, après-demain, à dix-huit heures.

— Nous ?

— Nous. Moi et vous. C'est avec moi qu'il a rendez-vous, je dois encore vous trouver un rôle.

— Dix-huit heures ? Pourquoi si tard ? Je vais devoir loger à Paris, ça va me faire perdre une demi-journée.

— Dix-huit heures, parce que l'assistante de Karl Susfeld, que vous avez, avec l'élégance qui vous caractérise, taxée de connasse mal baisée, préfère éviter de vous croiser dans le couloir.

46

Ni oubli ni pardon

Aaron prit contact avec Nathan dès son retour de Neuhof.

À la surprise de Nathan, il lui proposa un déjeuner et convint d'un rendez-vous à Francfort. Il l'informa qu'il allait également prier Éva de se joindre à eux.

La rencontre eut lieu le 15 mai 1950, dans un restaurant situé sur la Lange Strasse, non loin de l'hôpital du Saint-Esprit.

Nathan avait rejoint Francfort la veille et saisi cette opportunité pour passer une partie de la journée et la nuit avec Éva, privilège qui leur était rarement accordé.

Éva entrait dans son septième mois de grossesse. Elle était resplendissante et épanouie. À plusieurs reprises, elle avait saisi la main de Nathan et l'avait posée sur son ventre pour lui faire sentir les mouvements de leur enfant.

À l'heure fixée, ils se rendirent au restaurant, quelque peu préoccupés par cette invitation inhabituelle.

Nathan dissimula son étonnement lorsqu'il découvrit Aaron.

Au travers de sa voix et des conversations qu'il avait eues avec lui, il s'était forgé une image du personnage. Il le voyait grand, charismatique, costaud, dans la fleur de l'âge.

Aaron avait une cinquantaine d'années. Il était replet et affichait un visage bouffi. Son corps était prisonnier d'un fauteuil roulant.

Il leur fit un signe de la main dès qu'ils entrèrent et les invita à s'asseoir.

— *Shalom alekhem*, vous m'imaginiez autrement, n'est-ce pas ?

Nathan prit l'initiative.

— *Alekhem shalom*, ne dit-on pas que les apparences sont trompeuses, Aaron ?

Ils passèrent les premières minutes à débattre de l'actualité en mettant l'accent sur la déclaration de Robert Schumann qui avait appelé la France, l'Allemagne et certains pays européens à mettre en commun leur production de charbon et d'acier pour jeter les bases d'une fédération européenne.

Nathan donna son avis sur la question.

— Si l'on en croit les journaux, nos ennemis d'hier seront nos alliés de demain.

Aaron leva la main.

— C'est possible, mais les assassins qui sont parmi eux resteront nos ennemis jusqu'à ce qu'ils aient payé pour leurs crimes.

Dans la foulée, il leur raconta son histoire.

— J'étais à Treblinka, vous en avez entendu parler, n'est-ce pas ?

Tous deux acquiescèrent.

Aaron soupira.

— En 1943, j'étais dans le camp 1. En tant que Juif, j'aurais dû être envoyé au camp 2, mais j'étais coiffeur et ils en recherchaient pour les SS et les gardiens. Ils m'ont mis avec les Polonais, c'est la première chance que Dieu m'a offerte. Le 23 juillet 1944, nous avons été réveillés par l'artillerie soviétique qui grondait au loin. Pour les *Wachmänner* et les gardes, une longue journée de travail commençait. Ils ont avalé de grandes rasades de schnaps et ont procédé à la liquidation du camp. Le soir, tous les détenus avaient été tués, sauf deux, Maks Lewit, un menuisier de Varsovie, et moi. J'ai reçu sept balles dans le corps. C'est Preifi, celui qu'on appelait le Vieux, qui m'a donné le coup de grâce. Il était tellement saoul qu'il m'a raté. C'était ma deuxième chance. Je suis resté plusieurs heures dans la fosse, sous les cadavres, écrasé par leur poids. C'est Maks Lewit qui m'a retrouvé. Il m'a pris sur ses épaules et m'a porté jusqu'à la forêt. Il m'a donné à boire et m'a emmené à Wolka, le village le plus proche. Les habitants nous ont cachés et nous ont soignés, au péril de leur vie. La première chose que j'ai faite, bien plus tard, quand j'ai pu réutiliser mes mains, a été d'écrire le nom des bourreaux de Treblinka, pour être sûr de ne jamais les oublier. Van Eypen, Franz, Schmidt, Preifi, le petit Stumpf, dit la Mort qui rit, Swiderski, le champion du marteau, Schwarz, Ledecke, tous sont sur nos listes. Le plus féroce, le pire monstre se trouvait dans le camp 2, il s'appelait Zepf, mais tout le monde l'appelait le Tueur d'enfants.

Il fit une pause, jeta un coup d'œil au ventre arrondi d'Éva.

— Par respect pour toi, je n'en dirai pas plus.

Le silence qui suivit ses mots parut interminable. Éva et Nathan étaient impressionnés par l'aura qui entourait Aaron. Il dégageait une énergie, une force et une autorité qui inspiraient le respect.

Aaron laissa le silence planer quelques instants et avala une gorgée d'eau.

— J'ai demandé à vous voir pour plusieurs raisons.

Il se tourna vers Nathan.

— Avant tout, Nathan, je dois t'avouer que ta mission à Neuhof a été supervisée par une seconde équipe venue des États-Unis. Ne le prends pas mal, nous agissons toujours de cette manière lors d'une première intervention. Müller était une cible prioritaire, nous ne pouvions pas échouer. Le plus important est qu'ils n'ont pas eu à intervenir. Retiens que tu as accompli la mission et que tu as acquis notre confiance.

Malgré cet encouragement, Nathan éprouva une déception à l'annonce de cette nouvelle.

Des questions le tourmentaient. Aaron était-il au courant de sa défaillance lors de l'exécution ? Lui faisait-il réellement confiance ?

Il prit le parti de lui confier ses états d'âme.

— Je comprends, Aaron. J'ai à peine vingt ans et j'ai encore tout à prouver. Pour être honnête avec toi, je dois t'avouer que la dernière partie de la mission a été pénible, j'ai failli abandonner.

Aaron le considéra avec attention.

— S'il n'en avait pas été ainsi, nous aurions été inquiets. Tuer un homme de sang-froid n'est ni une formalité ni une partie de plaisir. Le blocage que tu as eu nous prouve que tu sais faire la part des choses et que nous pouvons te faire confiance.

Il s'arrêta, avala une nouvelle gorgée d'eau.

— Ce n'est pas une question d'âge ni d'expérience. Nous avons pris cette décision après une intervention qui a mal tourné. L'affaire a eu lieu il y a deux ans. Nous avions localisé l'une des surveillantes en chef de Ravensbrück. La capture s'était bien déroulée, mais au moment de l'exécution, les hommes chargés de la mission ont perdu la tête. Au lieu de l'abattre, ils se sont acharnés sur elle pendant toute la nuit. Nous ne voulons pas qu'un tel drame se reproduise. Nous sommes des vengeurs, pas des bourreaux. Ta prochaine mission est déjà fixée, elle se déroulera en Belgique, je t'en parlerai très bientôt, mais avant cela, je dois parler à Éva.

Nathan eut un pincement au cœur, il se doutait à présent de ce qu'Aaron allait lui annoncer.

Éva se pencha en avant, les mains posées sur son ventre.

— Je t'écoute, Aaron.

— Tu dois quitter l'organisation, Éva. Je suis désolé de devoir te l'apprendre. Tu as changé depuis que tu es enceinte. Nous ne t'en tenons pas rigueur. Le travail que nous effectuons n'est pas une tâche pour une jeune mère de famille.

Il se tourna vers Nathan.

— Qu'elle devienne ta femme, qu'elle vienne vivre avec toi à Karlsruhe et élève tes enfants, nous pouvons vous fournir un logement et lui trouver un travail, si tu le souhaites.

Nathan masqua son trouble.

Il ne faisait aucun doute que la décision était irrévocable et qu'Éva n'avait pas droit à la parole. La décision d'Aaron avait du sens, mais il ne pensait pas que l'état d'esprit d'Éva s'était manifesté aussi clairement et que son éviction surviendrait aussi rapidement.

Nathan se tourna vers sa compagne.

Elle était songeuse. L'annonce de cette décision l'avait prise au dépourvu, mais elle paraissait soulagée.

Après un moment, elle sortit de son mutisme et exprima le fond de sa pensée.

— Après tout, c'est mieux ainsi. Je préfère donner la vie plutôt que d'infliger la mort.

La phrase était ambiguë.

Aaron tiqua.

— Que veux-tu dire, Éva ?

Ses yeux s'embrumèrent.

— Ces derniers temps, je me suis demandé plus d'une fois si nous ne faisions pas fausse route. Le sang de nos bourreaux, c'est du sang d'homme. Nous nous arrogeons un droit qui ne nous appartient pas. Seul Dieu a le droit de juger et de prendre une telle décision.

Nathan voulut intervenir, mais Aaron l'arrêta d'un geste.

— J'ai senti que ta conviction était ébranlée, mais ne t'égare pas. Tu sais où se trouvent à présent la plupart des SS dont j'ai cité le nom ? Tu sais ce que font aujourd'hui les assassins qui ont massacré nos enfants ? Tu sais ce que fait en cet instant Zepf, l'homme qui attrapait les enfants par une jambe, les brandissait comme une hache et leur fracassait la tête contre le sol ?

Sa voix s'était mise à trembler.

Éva se leva.

— Je suis désolée, Aaron, mais je ne veux plus entendre ce genre de récits. Comme vous, j'ai perdu des parents et des amis dans les camps. J'en souffre tous les jours et j'en souffrirai encore longtemps, peut-être jusqu'au dernier jour de ma vie. Mais j'estime que la grandeur de l'homme, ce qui le différencie de l'animal, se mesure à sa capacité à oublier et pardonner.

Aaron frappa du poing sur la table.

— Non, Éva, tais-toi ! Pour ces monstres, il n'y aura ni oubli ni pardon.

47

Un rôle dans votre affaire

— Elle sent le brûlé, votre voiture.

— J'en ai pris livraison il y a deux heures.

— Je ne savais pas qu'il était recommandé de rôder ce type de véhicule à plus de cent soixante.

— Je conduis depuis plus de trente ans, je sais ce que je fais.

— Je n'en doute pas, mais je me suis laissé dire que vous aviez plié votre précédent bolide dans des circonstances similaires. Vous seriez aimable de ralentir ou de me déposer à la gare la plus proche.

Je lève le pied.

— On vous a déjà dit que vous étiez une emmerdeuse ?

Elle réprime un sourire.

— Jamais, mais je ne fréquente que des gens bien élevés. Si vous étiez pressé, il fallait opter pour le train. Nous serions déjà à Paris si nous avions pris le Thalys.

— Je déteste le métro, la populace et les taxis hors de prix.

Elle lève les yeux au ciel.

— J'avais oublié, agoraphobe et radin.

Un adage dit qu'une journée de merde commence dès le matin. Il ne précise pas s'il en est de même pour une semaine.

Lundi, peu après avoir envoyé mes instructions à Jean-Charles, il m'a appelé pour m'informer que Claudine avait mis un avocat sur l'affaire. Il en a profité pour me suggérer d'attendre quelques jours avant de virer Christian.

À mon tour, je lui ai suggéré de clarifier sa position.

— Qui commande dans cette boîte, toi ou l'avocat de Claudine ?

Le soir, je suis allé chez Thierry. Il avait reçu les résultats de l'échographie.

Il a pris l'air embarrassé en consultant les documents.

— Je viens de les recevoir.

— Ne tourne pas autour du pot, tu connais ces résultats par cœur, crache le morceau.

Il a ôté ses lunettes.

— Tu as une tumeur cancéreuse dans une forme agressive, elle a touché les vésicules séminales. Tu dois subir une intervention chirurgicale.

Ce n'était qu'une demi-surprise.

— Sinon ?

— Il n'y a pas de sinon, Stanislas, ne joue pas au héros. Si tu ne te fais pas opérer, ta tumeur va atteindre d'autres organes, la vessie, les intestins, sans compter les métastases osseuses. Je vais t'envoyer chez un chirurgien, c'est lui qui décidera quel type de prostatectomie il faut faire.

— Et après ?

— Commençons par l'intervention, on verra pour la suite. Autant te le dire franchement, il ne faut pas tarder.

— Que disent les statistiques ?

Il a soupiré.

— En règle générale, quatre-vingts pour cent de chance de guérison quand la tumeur est isolée. Trente pour cent quand elle s'est étendue.

— Et après ? Pour la baise ?

Il a grimacé.

— Ce genre d'intervention est bien maîtrisée, les complications sont plutôt rares, mais je ne te cache pas que ça peut entraîner des problèmes d'incontinence ou une impuissance définitive.

Je me suis levé.

— Je vais réfléchir.

Il était dépité.

Bellini indique un panneau routier.

— Vous pourriez vous arrêter là quelques minutes ? J'ai soif et j'aimerais passer aux toilettes.

Je consulte l'heure.

— Comme vous voulez, mais nous risquons d'arriver en retard, surtout à l'allure que vous m'imposez.

— S'il le faut, j'appellerai l'assistante de Karl Susfeld pour l'informer que nous aurons un peu de retard. À moins que vous ne préfériez vous en charger vous-même.

Je ne relève pas.

Hier matin, je suis passé au bureau.

Clémence s'est levée dès qu'elle m'a vu arriver. J'ai

tout de suite compris que quelque chose ne tournait pas rond.

— Je peux vous parler, Stanislas ?

— Dans dix minutes.

Quinze minutes plus tard, elle a frappé à la porte, ce qu'elle n'aurait jamais fait en temps normal.

— Je peux vous parler maintenant ?

— Allez-y.

Elle est restée debout, près de la porte, avec le même air crispé que Thierry.

— Voilà, Stanislas, je voulais vous dire que j'ai pris la décision de vous remettre ma démission.

Dans ce sens-là, c'est plutôt rare.

Après l'assignation de l'avocat et l'annonce de mon cancer, le déroulement de ma semaine obéissait à la loi qui prétend qu'un événement désastreux en entraîne inéluctablement d'autres à sa suite.

Je prends la bretelle, passe la station-service et me gare au parking. Laura sort de la voiture et se précipite à l'intérieur. Je la suis de près et prends deux cafés au distributeur.

Elle me rejoint quelques minutes plus tard, recoiffée, remaquillée, nappée dans un nuage d'eau de toilette.

Elle regarde le gobelet de café d'un air pincé.

— C'est gentil, mais à cette heure-ci, je préfère un jus de fruits ou un verre d'eau, le café m'empêche de dormir.

Je me contente de soupirer.

— Je vais vous chercher ça.

Clémence est de loin la meilleure assistante que j'ai eue dans ma carrière.

Elle semblait désemparée de m'annoncer cette décision. Je l'ai observée un moment. Elle se balançait d'un pied sur l'autre en se tortillant les mains.

— C'est noté, Clémence. Pourquoi démissionnez-vous ?

Elle était au bord des larmes.

— Certaines choses ont changé dans ma vie. J'ai rencontré quelqu'un il y a six mois. Nous comptons vivre ensemble.

Je savais qu'elle avait été mariée et qu'elle était divorcée, mais je ne savais pas qu'elle avait rencontré quelqu'un d'autre.

J'aurais dû la baiser.

J'ai complété sa phrase.

— Et avoir des enfants. Ce qui est arrivé à Claudine a joué dans votre décision ?

— Pas seulement. J'ai adoré travailler avec vous, Stanislas. J'ai beaucoup appris à votre contact. Maintenant, j'ai envie de faire autre chose, de prendre du temps pour moi et d'investir dans ma relation.

J'aurais pu lui proposer un horaire à temps partiel, elle aurait accepté.

— Comme vous voulez.

Elle a tourné les talons.

Avant qu'elle ne sorte, je l'ai rappelée.

— Vous allez me manquer, Clémence.

Elle s'est mise à chialer.

Elle est revenue dans le bureau et s'est assise. Petit à petit, elle s'est calmée. Ensuite, elle m'a regardé, a hésité quelques instants avant de me poignarder.

— Stanislas, je suis au courant de ce qui est arrivé à votre père et je sais ce que vous avez enduré après la mort de votre femme, mais arrêtez d'en vouloir à la terre entière, ne cherchez pas à punir ceux qui vous entourent et réconciliez-vous avec vous-même.

Elle est sortie, a refermé doucement la porte.

Bellini avale une gorgée d'eau, me tire de mes pensées.

— Si vous comptez loger à Paris, vous devrez me déposer à la gare, je n'ai rien avec moi et je compte rentrer à Bruxelles ce soir.

— Vous n'avez pas besoin de grand-chose.

Elle prend l'air faussement intrigué.

— Ah bon, pourquoi ?

— Nous pourrions aller à l'hôtel et nous offrir un peu de bon temps. Ça vous dirait de baiser avec moi ?

Elle éclate de rire.

— Vous me faites rire. Bon, soyons sérieux, regardez ça.

Elle fouille dans son sac, en sort une photo.

Je néglige d'y prêter attention.

— Comment faites-vous quand vous avez envie de baiser ?

— Je n'ai jamais envie de *baiser*, comme vous dites si joliment. Il m'arrive d'avoir envie de faire l'amour. Dans ce cas, il faut que l'homme me plaise et qu'il soit compatible.

— Qu'entendez-vous par compatible ?

— Compatible. Différent de la plupart des hommes, ni prévisible ni basique.

— Prévisible ?

— Je savais que vous alliez me proposer de baiser avant même que vous ne me posiez la question.

— Vous trouvez que les hommes sont prévisibles et basiques ?

— Prévisibles, basiques et puérils. Regardez cette photo.

Je jette un coup d'œil à la photo.

Je la reconnais sans peine. Elle représente les trois fillettes, alignées par ordre d'arrivée. Marischa, Barbara, ma mère.

Ma mère doit avoir deux ou trois ans. Elle porte une robe claire à petites fleurs et un grand nœud dans les cheveux. Les deux aînées sont en tenue d'écolière, jupette plissée blanche, blouse blanche et col marin. Marischa et Barbara tiennent un chat dans les bras, ma mère son ours en peluche.

— Et après ?

— Regardez. Elles portent toutes trois le même pendentif, cette perle noire dont je vous ai parlé. Ce devait être un cadeau de naissance. La lettre « M » est gravée sur le fermoir de celui qu'il y avait dans les affaires. C'est sans doute celui de votre tante.

— Je n'ai jamais vu ce bijou. Ma mère a dû perdre le sien.

Elle me dévisage.

— Une autre différence entre les hommes et les femmes est la fulgurante intuition féminine dont la nature m'a généreusement pourvue. Ne me demandez pas comment ni pourquoi, mais mon intuition me dit que ce bijou tient un rôle dans votre affaire.

48

La veille

Le cabinet de Karl Susfeld est situé dans une rue à sens unique qui débouche sur les Champs-Élysées. L'élégance de l'immeuble est occultée par la boutique de prêt-à-porter qui squatte le rez-de-chaussée.

Un stagiaire nous accueille, nous pilote dans les couloirs et nous fait entrer dans un bureau.

La pièce est spacieuse. Le mobilier semble sortir d'un château du XIXe siècle : table de travail en acajou, tapis d'Orient, fauteuils aux pieds filiformes. Un portrait du président de la République occupe l'un des murs.

Susfeld flirte avec les quatre-vingts berges, mais en paraît vingt de moins. Il affiche l'embonpoint et la mine radieuse du bon vivant décontracté. Les touffes de cheveux blancs qui encadrent son front hâlé ajoutent à son allure de vieux séducteur.

Il s'empare de la main de Laura, y appose un baisemain.

— Madame Bellini, je suis très heureux de faire votre connaissance.

Le regard qu'il promène sur ses courbes confirme mes *a priori*.

Laura minaude et me présente avec sobriété.

— Je vous présente Stanislas Kervyn.

Il incline la tête.

— Très honoré, monsieur Kervyn. Mon assistante m'a parlé de vous.

— J'étais de mauvaise humeur.

Bellini renchérit.

— Ça lui arrive de temps en temps.

Il fait une grimace.

— Moi aussi, ça m'arrive de temps en temps.

D'un geste théâtral, il nous indique les fauteuils.

— Prenez place. Que puis-je faire pour vous ?

Laura me devance et entame le compte-rendu de mes tribulations. Elle évoque la mort de mon père dans la Tuerie du Caire, mon enquête, le bouquin qui a suivi, l'émission de télévision et le témoin de dernière minute.

Susfeld pose son menton dans ses mains, l'écoute avec recueillement, le regard conquérant, le sourire enjôleur.

Lorsqu'elle retrace l'histoire de Marischa, le travail obligatoire, la ville de Lwów, Rudolf Weigl et la photo du SS, son sourire s'estompe et ses prunelles s'enflamment.

L'instinct du chasseur prend le dessus.

Il attend qu'elle ait terminé avant d'intervenir.

— Vous avez la photo de cet homme ?

Je la sors du porte-documents posé à mes pieds.

Il la prend, chausse une paire de lunettes et l'ausculte sous toutes les coutures.

— Ça ne me dit pas grand-chose.

— Et celle-ci ?

Je lui présente la seconde, celle où Kevin lui a mis un costume.

Il analyse le cliché.

Lorsque l'examen est terminé, il se lève.

— Suivez-moi.

Il sort du bureau, le nez sur la photo.

Laura lui emboîte le pas, je ferme la marche. Il parcourt le couloir à grands pas, franchit une porte dérobée située au fond de celui-ci.

Nous empruntons un escalier de service et gagnons l'étage supérieur. Un couloir s'ouvre devant nous. Susfeld s'arrête devant la seconde porte, extrait un trousseau de clés de sa poche et nous ouvre le passage.

Les stores sont baissés, la pièce est plongée dans la pénombre. Nous entrons à l'aveuglette.

Susfeld actionne l'interrupteur.

De puissants luminaires éclairent les lieux. La pièce est aussi vaste que son bureau. Une rangée d'armoires métalliques longe l'un des murs. Trois plans de travail équipés de Mac dernier cri sont disposés en triangle au centre de la surface. Des centaines de photos sont affichées de toutes parts. Des fiches signalétiques sont épinglées sous chaque cliché.

À première vue, il s'agit de portraits de dignitaires nazis, certains en uniforme, d'autres en civil. Plusieurs esquissent le salut hitlérien.

La photo toujours en main, Susfeld réveille l'un des Mac.

— J'ai l'impression d'avoir déjà vu cette tête-là.

Bellini devient fiévreuse.

Pendant que l'avocat s'active, elle fait un geste pour attirer mon attention, écarquille les yeux, articule des mots muets.

Le souffle de l'aventure est un puissant aphrodisiaque.

Des photos défilent sur l'écran. Susfeld ouvre des dossiers, les referme, en ouvre d'autres.

— En tout cas, c'est un second couteau. Il n'a jamais fait partie de la liste des criminels les plus recherchés, mais il œuvrait dans l'ombre de l'un d'eux.

Il continue à manipuler sa souris pendant quelques minutes.

— Voilà, je crois que je l'ai.

Je me penche vers l'écran.

La photo représente deux personnages qui se serrent la main. Celui de droite arbore un uniforme allemand et un brassard frappé de la croix gammée. L'autre est engoncé dans une sorte de long manteau noir, il porte une barbe taillée en pointe et une coiffe blanche d'inspiration arabe.

Mon homme se tient en retrait. Il les observe comme les gardes du corps observent les personnalités en déplacement, le visage fermé, l'œil attentif.

Susfeld pose son index sur le barbu et m'apostrophe.

— Vous le reconnaissez ?

Bellini me brûle la politesse.

— Le grand mufti ?

Susfeld acquiesce, admiratif.

— Exactement, madame, Amin El-Husseini, le grand mufti de Jérusalem, l'un des membres fondateurs du mouvement islamique radical, grand admirateur d'Adolf Hitler qui lui a remis la décoration d'Aryen d'honneur. En 1942, il a créé dans les Balkans une division SS de musulmans bosniaques pour combattre aux côtés des *Waffen-SS*. On leur doit la mort de deux cent mille Serbes, de quarante mille Tziganes et de vingt-deux mille Juifs bosniaques.

Je pointe l'homme à qui il serre la main, un nabot avec une tête de fouine.

— Et lui ?

— Johann von Leers, un adjoint de Joseph Goebbels, chargé de la propagande antisémite. C'était le protégé d'Alfred Rosenberg, l'idéologue nazi. Déjà avant la guerre, von Leers préconisait l'extermination physique des Juifs.

J'indique l'homme en arrière-plan.

— Quel rôle joue-t-il dans cette pièce ?

— Cette photo date de début 1943. C'était l'un des hommes de main de von Leers, son secrétaire ou son intendant. Je ne connais pas son nom, mais je devrais le retrouver dans d'autres photos.

Il se lève, ouvre l'une des armoires. Des dizaines de dossiers suspendus sont alignés, classés avec soin, identifiés par une série de chiffres. Il en prend un, y prélève quelques photos, consulte les annotations consignées au dos.

— Voilà. *Untersturmführer* Rudolf Volker, un obscur gratte-papier. Les nazis étaient les spécialistes de la paperasserie inutile. Ils ne pouvaient rien entreprendre sans permission écrite, ce qui les obligeait à remplir des dizaines de formulaires à longueur de journée. C'était l'un des boulots de Volker.

Il me tend trois photos.

Sur les deux premières, von Leers occupe le devant de la scène, Volker se trouve en arrière-plan. Je passe à la troisième et m'arrête net.

C'est la première fois que je vois cette photo, pourtant je ressens une curieuse impression de déjà-vu. Volker est en costume, l'angle de vue et le décor sont différents de celle que je possède.

Susfeld intervient.

— Beaucoup de gens pensent que les SS portaient en permanence un uniforme noir, ce qui est faux. L'uniforme journalier des SS était *feldgrau*, comme celui des militaires. La tenue noire ne se portait que lors de cérémonies. Regardez la veste qu'il porte sur votre photo, il n'y a qu'une épaulette du côté droit. Elle a été prise lors d'un événement officiel, la présence du drapeau en atteste. Sur celle-ci, Volker est en civil, c'est plus rare.

— Vous avez une idée de l'endroit où elle a été prise ?

Il secoue la tête.

— Aucune idée. La majorité des photos en notre possession nous ont été données par des témoins, souvent anonymes, ou ont été récoltées à gauche et à droite. Nous les avons identifiées et classées, une par une.

J'examine à nouveau la photo.

Volker pose, une coupe de champagne à la main. S'il n'y avait ce verre, je dirais qu'il est dans une église.

— J'ai l'impression d'avoir déjà vu cette photo.

Laura jette un coup d'œil par-dessus mon épaule.

— En tout cas, elle ne se trouvait pas dans le tas que vous m'avez donné.

Je m'adresse à Susfeld.

— Qu'est-il devenu ?

— Il a été tué au Caire, en novembre 1955.

Une sensation de fourmillement envahit mes mains.

— En novembre 1955 ? Dans quelles conditions ?

Il s'empare d'un document, le parcourt en silence pendant quelques instants.

— Après la guerre, von Leers s'est caché pendant quelques années en Italie avant de partir pour l'Argentine. Il est ensuite allé en Égypte où il a été accueilli par son ancien ami, le grand mufti en personne. Johann von Leers a organisé la propagande antisémite égyptienne pour le compte de Nasser, sous son nom de converti à l'islam, Omar Amin. Le 11 novembre 1955, il a été la cible d'une attaque dans sa propriété du Caire. Il a survécu, mais plusieurs de ses hommes ont été tués, dont ce Volker.

— Qui a organisé cette attaque ?

Il prend l'air énigmatique.

— Un groupe de tueurs juifs.

— De tueurs ?

— Oui, monsieur Kervyn, j'ai bien dit de tueurs. Je ne parle pas de chasseurs, tels que Tuviah Friedman, Ephraïm Zuroff ou moi-même. À la fin de la guerre, il y a eu de nombreux règlements de comptes. On a assisté à des lynchages publics et à des assassinats programmés, mais c'étaient généralement des actes isolés, bien souvent perpétrés par les victimes directes. Ces gens-là sont différents. Ce sont des Juifs qui font partie d'une organisation secrète appelée le Chat. Elle a été créée aux États-Unis, juste après la guerre. À la base, elle était financée par un homme d'affaires, un certain 6M, on n'a jamais su qui il était. De nombreux donateurs ont suivi, principalement des rescapés ou des membres de familles de rescapés des camps qui voulaient que les responsables et les bourreaux soient punis.

— Quand ont-ils arrêté leurs activités ?

— À ce qu'il paraît, ils sont encore actifs aujourd'hui. Si vous jetez un coup d'œil à la liste des principaux criminels de guerre recherchés par l'organisation de Simon Wiesenthal, vous verrez qu'Aribert Heim et Alois Brunner se trouvent en tête de liste. Pourtant, il semble que tous deux aient été exécutés il y a plusieurs années par le Chat. De même, on leur attribuerait la mort de Heinrich Müller, de Jozef Mengele et d'un tas d'autres.

— Vous les connaissez ?

Il force un sourire.

— Personne ne les connaît. La seule chose que l'on sait, c'est qu'ils existent. L'organisation est dirigée depuis près de trente ans par un certain Nathan Katz, un rescapé des camps qui a été recruté à la fin des années quarante. On ne sait pas où il se trouve ni à quoi il ressemble. Il a échappé à plusieurs attentats organisés par un réseau d'exfiltration nazi.

Bellini joue la bonne élève.

— Le réseau ODESSA ?

Susfeld lui adresse un sourire complice.

— Si on veut. En fait, ce réseau n'a jamais vraiment existé, d'ailleurs, ce nom est tiré d'un roman. Mais il y a eu une filière, nous l'appelons la Piste des Rats, d'où le nom que ces vengeurs se sont donné, le chat traque le rat. À plusieurs moments, des anciens nazis ont formé des commandos pour neutraliser le Chat, mais ils n'ont jamais réussi à les arrêter. Je n'approuve pas leurs méthodes, mais je dois avouer qu'ils nous ont débarrassés de plusieurs centaines de criminels qui avaient disparu dans la nature.

Une idée me vient.

— Le nom de Wilhelm Göecke vous dit-il quelque chose ?

Il semble surpris par ma question.

— Oui, ce nom me dit vaguement quelque chose.

Il retourne au Mac, tripote la souris.

— Voilà. Wilhelm Göecke était le premier commandant du camp de concentration de Varsovie. Il s'est occupé de la liquidation du ghetto de Kaunas. Il a été tué au combat en octobre 44.

La dernière phrase sonne faux.

Je le dévisage.

— En octobre 44 ? Vous en êtes sûr ?

— Oui. Officiellement.

Il regrette d'avoir prononcé le dernier mot.

— Pourquoi dites-vous « officiellement » ?

Il tente de retomber sur ses pattes.

— Par habitude, rien n'est sûr dans ce domaine.

Bellini observe notre face à face, décontenancée.

Je vrille mon regard dans celui de Susfeld.

— Pour ma part, je pense que Wilhelm Göecke a été exécuté par cette organisation, en avril 1954, à Caprino Veronese, un village situé près du lac de Garde.

Il cligne des yeux, me dévisage.

— Ah bon ? Qu'est-ce qui vous fait dire ça ?

— Rien n'est sûr dans ce domaine, comme vous dites, mais je suis persuadé que mon père a rencontré Nathan Katz la veille.

49

Dans le sang

Il est minuit passé. Je sors de l'autoroute, prends la bretelle d'accès au Ring.

Laura s'est assoupie.

Je l'observe du coin de l'œil. Elle a incliné le dossier du siège et roulé son pull autour de ses épaules pour immobiliser sa nuque. Elle a bougé dans son sommeil, sa jupe dévoile une partie de ses cuisses. Sa poitrine se soulève au rythme de sa respiration.

Nous avons quitté le cabinet de Susfeld vers vingt heures. Avant de reprendre la route, nous avons avalé un plat dans le restaurant chinois situé en face de son cabinet. Nous en avons profité pour revenir sur l'entrevue. Nous sommes d'accord sur un point : Karl Susfeld en sait plus sur le Chat qu'il ne le laisse entendre.

Je passe à hauteur de Braine-l'Alleud.

Argenteuil est au bout de la ligne droite.

Nous nous sommes penchés sur une équation à plusieurs inconnues. Marischa connaissait Rudolf Volker. Il est à coup sûr le Rudi qui lui a envoyé les lettres. Ma mère le connaissait et le craignait. Il devait se rendre à Lwów le 16 juillet 1942. Il a écrit à

Marischa deux ans plus tard pour lui dire qu'il avait déjà assez fait pour sa famille.

En août 1954, il se trouvait au Caire, au moment où mon père a été assassiné. L'organisation de Nathan Katz l'a éliminé en novembre 1955, toujours au Caire.

Mon père a rencontré Nathan Katz en avril 1954, à Caprino Veronese. La carte postale avec les annotations NAT K 22963 tend à le prouver.

Je tourne en rond avec l'impression diffuse d'approcher de la solution tout en m'en éloignant.

Quel lien unissait Volker à la famille de ma mère ?

C'est l'élément qui me manque. Je revois la photo de Volker en costume, le sourire mielleux, une coupe de champagne à la main.

Pourquoi ai-je le sentiment de l'avoir déjà vue ?

Susfeld me l'a scannée et me l'a envoyée par mail. Je lui ai promis de lui faire parvenir la carte postale en retour.

J'amorce la longue courbe.

Je jette un coup d'œil au compteur. Je suis à cent quarante.

Le titre du journal repasse devant mes yeux.

Une courbe trompeuse
et mortelle sur le Ring

Les mots du commandant des pompiers me reviennent.

— Ce virage ne pose pas de problème s'il est pris à vitesse normale, mais à une vitesse plus élevée, de surcroît par quelqu'un qui ne connaît pas bien l'endroit, il devient dangereux parce qu'il se resserre sur sa seconde moitié.

J'étais au bureau quand c'est arrivé. Il était 11 h 35, c'était le jeudi 14 décembre 1989, le jour de la mort de Sakharov.

Le téléphone a sonné. Mon assistante m'a dit qu'elle avait un appel urgent, que je devais prendre la ligne. Un flic m'a annoncé que ma femme avait été victime d'un accident de la circulation sur le Ring Est, à hauteur de Waterloo.

Je suis monté dans ma voiture et j'ai foncé.

Laura se réveille, remue la tête.

— Où sommes-nous ?

— À Waterloo, nous serons chez vous dans vingt minutes.

Ils avaient fermé le Ring.

J'ai jeté ma voiture sur le bas-côté. Les gyrophares des bagnoles de flics tournoyaient au loin. Des pompiers et des ambulanciers s'agitaient. Je me suis mis à courir.

À une centaine de mètres, j'ai entrevu la carcasse de la voiture. Elle était coupée en deux. Un tas de débris jonchaient la chaussée. Ils avaient tendu une bâche sur l'un des côtés de l'habitacle, pour cacher l'hécatombe.

J'ai dit qui j'étais.

Ils m'ont annoncé qu'elle était décédée, qu'ils étaient désolés.

J'ai repensé aux tensions des derniers jours, à l'engueulade du matin.

Nous nous étions quittés sur un claquement de porte.

Laura baisse le pare-soleil, allume le plafonnier, se recoiffe dans le miroir de courtoisie.

Elle tourne la tête.

— Pourquoi me regardez-vous comme ça ?

— Vous êtes très belle.

Elle lève les sourcils.

— Merci. Maintenant, regardez où vous roulez.

J'avale la fin de la courbe.

Ils ont modifié le tracé en 1995, après que le pianiste russe Andreï Nikolsky, l'un des lauréats du Concours Reine Élisabeth, y avait trouvé la mort dans des circonstances identiques.

Le reste est venu par bribes, dans les heures qui ont suivi.

Elle roulait à cent soixante, aucun autre véhicule n'était impliqué dans l'accident.

Ils ont mis quarante minutes pour l'extraire de la voiture. La route était sèche, ils n'ont pas remarqué de traces de freinage. Elle est morte sur le coup.

J'ai fouillé partout, elle n'avait laissé aucun message.

Le coup de grâce est venu le surlendemain.

Elle avait deux grammes d'alcool dans le sang.

TROISIÈME PARTIE

Au-delà de ce qui peut être pardonné par l'homme s'étendent les plaines du mal radical, mal qui dépasse aussi tout châtiment humain. Et pourtant, face à des actes tels que le génocide, l'homme ne peut pas, tout simplement, succomber à la résignation ou à la volonté de revanche. Que faire alors ? Peut-on envisager de punir ou de pardonner la volonté qui incarne le mal radical ? Peut-on véritablement rendre justice ?

JORGE VIÑUALES

50

Où il ne nous attend pas

Nathan se rendit à Bruxelles le dimanche 4 juin 1950.

Élie Kamensky, un membre de l'organisation, l'attendait sur le quai de la gare. Il avait deux ans de plus que Nathan, mais revêtait l'apparence d'un adolescent timide et effacé. Le sourire gêné dont il ne se départissait pas donnait l'impression qu'il était plongé dans un profond embarras.

— Sois le bienvenu en Belgique, Nathan. Si tu as envie de te moquer de mon accent ou de ma manière de parler, n'hésite pas, j'ai l'habitude.

Il s'exprimait avec difficulté en anglais et était affecté d'un fort bégaiement.

Sa spontanéité et sa simplicité plurent d'emblée à Nathan.

— Tu as déjà essayé de t'exprimer en chantant ? Il paraît que ça marche.

— Oui, sans doute, mais je chante faux.

Ils éclatèrent de rire. La glace était rompue, une amitié venait de naître.

Ils sortirent de la gare, montèrent dans la petite

Renault 4 CV d'Élie et prirent la direction d'Ixelles. Il habitait une maison unifamiliale louée par le Chat à proximité de l'université, dans un quartier fréquenté par de nombreux étudiants.

Ils s'installèrent dans le salon, prirent le thé et entamèrent le récit de leur parcours comme il était de coutume de le faire entre membres du Chat.

Lorsque Nathan eut retracé le sien, Élie s'essuya les yeux et eut une phrase qui dérouta Nathan.

— Tu sais, Nathan, je me sens coupable d'avoir survécu.

À son tour, il lui raconta ce qu'il avait vécu.

— Tu as entendu parler du vingtième convoi ?

Nathan secoua la tête.

— Non, je suis désolé.

— Ne sois pas désolé. Tellement d'histoires incroyables se sont déroulées, on ne peut pas toutes les connaître.

— Raconte-moi.

— Ça s'est passé en 1943. J'avais quinze ans à l'époque. J'étais dans un camp de rassemblement avec mes parents et ma sœur, à Malines, à une trentaine de kilomètres d'ici. Le soir du 19 avril, ils nous ont fait monter dans des wagons à bestiaux, vers une destination inconnue. La destination inconnue était Auschwitz. Nous étions près de deux mille, dont quatre cents enfants. Dans l'un des wagons, un bébé avait à peine un mois. Après une demi-heure, le convoi a été arrêté par des résistants belges. Ils ont réussi à ouvrir le wagon dans lequel je me trouvais. Personne n'a osé sortir de peur de se faire tirer dessus, mais ma mère m'a jeté dehors avant que les soldats ne commencent à tirer. Sur les deux mille que nous étions, dix-sept ont réussi à s'évader.

Il fit une pause. L'émotion lui nouait la gorge, il butait sur de nombreux mots.

Il prit une longue respiration avant de poursuivre.

— Dix-sept. Dix-sept misérables survivants sur deux mille. Les résistants se sont occupés de moi. Je pensais qu'ils étaient une centaine, ils n'étaient que quatre. Pour tout équipement, ils avaient un revolver, quelques cartouches et une lampe-torche sur laquelle ils avaient collé une toile rouge.

Il marqua un temps d'arrêt, grimaça un sourire et baissa les yeux.

— Mes parents, ma sœur et des milliers d'autres ne sont jamais revenus d'Auschwitz. Je ne suis qu'un simple d'esprit, je le sais. En plus des femmes et des enfants, ce convoi transportait des médecins, des avocats, des scientifiques, des professeurs ; des hommes qui méritaient cent fois plus que moi de vivre.

Nathan savait que cet obscur sentiment de culpabilité avait poussé de nombreux rescapés à se donner la mort à la sortie des camps.

Un long silence suivit les derniers mots d'Élie, à peine troublé par le grondement de la circulation et les rires des étudiants qui passaient dans la rue.

Il se leva d'un bond et frappa dans ses mains.

— Viens, je vais te préparer à manger. Tu vas voir, je suis un bon cuistot.

Ils furent rejoints pour le repas par Dany Weinberg, un Belge d'une trentaine d'années qui préparait la mission avec lui. Il avait un corps massif, des oreilles décollées et s'exprimait avec un accent rocailleux.

Le contraste physique entre les deux hommes et le caractère faussement ombrageux de Weinberg fit sourire Nathan. Dany se faisait un malin plaisir de tourner en dérision chaque argument d'Élie. Ce dernier s'amusait à surenchérir et à passer pour plus stupide qu'il n'était. Il ne put s'empêcher d'établir un parallèle avec Laurel et Hardy, le célèbre duo américain.

Les plaisanteries terminées, ils passèrent le reste de la soirée à envisager les moyens d'approcher leur cible.

L'homme qu'ils traquaient était Rick De Bodt, un garde qui avait officié à Breendonk, un camp situé à une vingtaine de kilomètres d'Anvers. Aux côtés d'un autre SS flamand, Fernand Wyss, un ex-boxeur, il s'était rendu coupable de près de deux cents assassinats.

À la fin de la guerre, il avait réussi à s'enfuir et avait disparu dans la nature.

En 1947, il avait été condamné à mort par contumace par un tribunal militaire. Douze autres tortionnaires de Breendonk avaient également été jugés ce jour-là. Ses acolytes avaient été fusillés dans le dos quelques jours après le procès.

Au début de l'année, il avait été localisé par Élie et Dany.

Rick De Bodt vivait en solitaire dans sa maison de Schaerbeek, dans l'agglomération bruxelloise. Il n'avait pas de travail et vivait d'une rente que ses parents lui avaient laissée à leur mort.

Élie et Dany avaient opéré une surveillance durant plusieurs semaines. L'affaire ne se présentait pas sous des auspices favorables.

De Bodt était méfiant. Il ne sortait que rarement et prenait de nombreuses précautions lorsque cela lui arrivait. Un fusil était dissimulé dans le coffre de sa voiture, un autre sous la banquette arrière, dans l'habitacle. Il cachait un revolver dans la ceinture de son pantalon quand il se promenait dans le quartier et avait une grenade dans la doublure de sa veste.

De plus, il n'était lié à aucun horaire fixe. Il ne recevait personne à l'exception d'une prostituée qui lui rendait visite deux fois par mois, jamais le même jour.

Deux ou trois soirs par semaine, sans jour établi, il s'offrait quelques verres de bière dans un bistrot situé au coin de la rue. Il quittait son domicile vers vingt et une heures et rentrait une ou deux heures plus tard, en prenant soin de s'assurer que l'allumette qu'il avait logée dans le chambranle de sa porte était toujours en place.

Pour compléter le tableau, il habitait une rue passante et une capture à cet endroit risquait de se transformer en bain de sang.

Nathan parut dubitatif après avoir écouté les différentes options qu'envisageaient Élie et Dany.

— Ce que vous proposez me semble trop risqué. Il est sur ses gardes. Dès qu'il nous verra, il dégainera et nous serons obligés de le liquider. Sans compter le décrochage qui risque de mal tourner. Où se trouve l'endroit prévu pour l'exécution ?

Élie prit l'air penaud.

— Nous avons trouvé une maison isolée à Willebroek, il faut sortir de la ville. Le soir, ça nous prendra une demi-heure, en journée plus d'une heure.

— Et votre voiture n'est pas une étoile filante.

— On peut en trouver une autre, s'il le faut.

Nathan prit sa décision.

— Non, nous allons changer les règles du jeu.

Ils posèrent la question à l'unisson.

— Qu'est-ce que tu veux dire ?

— Que nous allons l'attendre là où il ne nous attend pas.

51

Où elle a été prise

Le téléphone sonne.

Elle apparaît dans la pièce, me regarde, me sourit.

La pieuvre s'infiltre dans ma nuque, déploie ses tentacules, emprisonne mes tempes. La douleur irradie mon côté droit, pénètre dans les sinuosités de mon cerveau. J'oppose une résistance acharnée.

Je garde les yeux fermés, rivés sur la scène.

Elle décroche le téléphone.

La voix.

Elle secoue la tête.

Les images s'estompent, les couleurs pâlissent. Je resserre les paupières. Je me cramponne aux dernières bribes du rêve pour le mener à son terme.

Elle s'adosse au mur.

Je la détaille avant qu'elle ne s'effondre et disparaisse.

Elle porte une longue robe blanche.

Les pulsations de mon cœur résonnent dans ma tête.

J'ouvre les yeux. La lumière me transperce de part en part.

La photo de Rudolf Volker.

Je sais où elle a été prise.

52

Sans le quitter des yeux

L'assaut eut lieu dans la soirée du dimanche 18 juin 1950, alors qu'un violent orage s'abattait sur Bruxelles.

Après avoir soumis son idée à Aaron, qui l'avait d'emblée approuvée, Nathan s'était occupé des préparatifs de l'opération. Les équipiers qu'il avait choisis étaient prêts et attendaient son feu vert.

Chaque soir, Élie se postait à proximité du domicile de la cible, tapi à l'arrière d'une camionnette, priant Dieu pour que l'homme se décide à aller prendre un verre au bistrot situé au coin de la rue.

Depuis le dimanche précédent, Nathan se rendait vers vingt heures dans l'établissement et y passait une partie de la soirée, assis près de la fenêtre, au fond de la salle, un livre à la main, indifférent aux conversations animées qui s'engageaient autour du bar.

La majorité des clients s'exprimaient en flamand. Sa connaissance de l'allemand lui permettait néanmoins de suivre les débats. Les échanges étaient vifs et se perdaient souvent dans un brouhaha assourdissant. Un soir, ils dégénérèrent et donnèrent lieu à un échange de coups.

Élie lui avait donné un aperçu de la situation politique de la Belgique pour lui expliquer les raisons de la tension qui régnait.

Un référendum avait été organisé en mars et des élections avaient eu lieu le jour de son arrivée, mais les Belges restaient divisés sur la question royale.

Leur roi avait eu une attitude équivoque pendant la guerre. Après l'invasion allemande, en 1940, il avait signé la capitulation sans l'accord des membres du gouvernement et avait refusé de les rejoindre en exil. Il avait ensuite rencontré Hitler pour composer avec lui.

Pendant l'Occupation, il avait fermé les yeux sur la collaboration de l'administration et avait mené la belle vie dans son château de Laeken. Vers la fin de la guerre, il avait été déporté en Allemagne de son plein gré et libéré par les Américains un peu plus tard.

À présent, il souhaitait remonter sur le trône. Une moitié de la population était pour, l'autre contre. Des grèves éclataient aux quatre coins du pays et la moindre discussion sur le sujet tournait en pugilat.

Nathan avait tourné le thème en dérision.

— Qu'il abdique et continue à mener la belle vie dans son château, ça réglera le problème.

Dany était venu se joindre à la conversation.

— Propose cette solution aux habitués du café, tu es sûr de déclencher une bagarre générale.

Lorsque Nathan arriva dans le bistrot, le soir du 18 juin, la violence de l'orage était au centre des préoccupations et la question royale avait été reléguée au second plan. La pluie était tombée avec une telle intensité que la circulation de certains trams avait dû être interrompue.

À vingt et une heures dix, la sonnerie du téléphone retentit dans la maison d'Ixelles. Les membres de l'équipe bondirent comme un seul homme. Élie était à l'autre bout du fil. Il appelait d'une cabine téléphonique et se trouvait dans un tel état d'excitation qu'il parvenait à peine à articuler.

— De Bodt. Ça y est. Il va au café. Signal.

En sortant de la cabine, il passa devant la vitrine du café et fit un signe discret à Nathan pour l'avertir de l'arrivée imminente de De Bodt.

De l'autre côté de la ville, Dany, Moshe et Nicolas grimpèrent à toute vitesse dans la Renault et prirent la direction de Schaerbeek.

Ils furent à pied d'œuvre en moins d'une demi-heure.

Dany et Nicolas retrouvèrent Élie à l'arrière de la camionnette pendant que Moshe crochetait la serrure de la maison de De Bodt. L'affaire fut rapidement bouclée. Dany le rejoignit et ils s'engouffrèrent tous deux à l'intérieur.

Nathan sortit du bistrot une vingtaine de minutes plus tard, remonta la rue et pénétra à son tour dans la maison. L'entrée donnait accès à une enfilade de trois pièces, sans hall ni couloir.

Il alluma sa lampe de poche et interpella les deux hommes.

— Il ne devrait pas tarder à rentrer, comment ça se présente ?

Dany alluma sa lampe-torche et promena le faisceau dans la pièce.

— C'est un véritable chaos. Personne n'a fait le ménage dans cette maison depuis la fin de la guerre. La cave est basse de plafond et l'étage est dans un état catastrophique. Je ne te parle pas du lit. Je ne comprends pas qu'une pute puisse accepter de faire ça ici. Par contre, le grenier n'est pas trop encombré et devrait faire l'affaire.

— Nicolas est en place ?

— Oui, il attend dans la camionnette.

— Élie ?

— Il est parti chercher le témoin avec la Renault, il sera de retour dans dix minutes.

— Bien. Moshe, remets tout en place et va dans la camionnette.

Moshe s'exécuta et sortit de la maison.

L'orage s'éloignait et la pluie cessait de tomber.

Dany s'accroupit derrière un fauteuil, non loin de l'entrée, tandis que Nathan se dissimula au fond de la pièce, à l'abri d'une commode. Ils s'imposèrent le silence et patientèrent dans l'obscurité, l'oreille tendue, les nerfs à vif.

Quelques minutes plus tard, ils perçurent un bruit de clé dans la serrure. Nathan releva la tête et vit la silhouette du SS se dessiner dans l'embrasure de la porte.

Il avait eu le temps de l'observer à la brasserie. L'homme était une force de la nature. Massif, large d'épaules, il exhibait des mains noueuses et puissantes. Sa mâchoire carrée et son front bas le faisaient ressembler au personnage d'un célèbre film d'horreur des années trente.

De Bodt fit un pas à l'intérieur, referma la porte et s'arrêta net.

Durant un moment, il se tint dans l'entrée, immobile, aux aguets.

Nathan réfléchit à toute vitesse.

Que se passait-il ?

Moshe avait remis l'allumette en place et n'avait repéré aucun autre piège. De Bodt avait bu quelques bières et son attention aurait dû être émoussée.

Il se souvint de ce que lui avait appris Tommy, son instructeur à la ferme.

— Les prédateurs ont un sixième sens, Nathan, ils pressentent la présence de leurs ennemis. La seule chose à faire si tu veux survivre est d'être plus rapide qu'eux.

Il alluma sa lampe et la braqua dans les yeux de l'homme tandis que la voix de Dany s'élevait à l'autre bout de la pièce.

— Les pattes en l'air, De Bodt ! Plusieurs flingues sont braqués sur toi.

De Bodt fonça droit sur Nathan.

— Alors, tuez-moi, bande de cons !

Il était hors de question de tirer, la détonation aurait ameuté tout le quartier.

De Bodt était à moins d'un mètre quand Dany surgit dans son dos et tenta de le ceinturer. L'homme fit volte-face, agrippa Dany et l'envoya valdinguer comme s'il n'était qu'un vulgaire mannequin d'osier.

Il dégaina ensuite son pistolet et le pointa en

direction de Nathan. Le faisceau de la lampe l'aveuglait, il se protégea les yeux d'une main et hurla en allemand.

— Tu n'oses pas tirer ou tu n'es pas armé ? Je vais te crever comme un cafard.

Nathan se jeta sur le côté et éteignit la lampe, plongeant la pièce dans l'obscurité.

De Bodt fit un pas et actionna l'interrupteur.

Au moment où la lumière se fit, la porte s'ouvrit à la volée. Élie se rua sur le SS, suivi comme son ombre par Nicolas.

De Bodt mit Nathan en joue.

— Je vais tous vous abattre, un par un.

Élie bondit dans son dos, s'accrocha à son cou et plongea les doigts dans ses yeux. Nicolas arriva à la rescousse, aussitôt aidé par Dany et Nathan.

Ils ne furent pas trop de quatre pour neutraliser l'homme qui se débattait avec fureur. Comme ils ne parvenaient pas à le maîtriser, Nathan lui assena un coup de matraque sur le crâne. L'homme s'effondra comme une masse.

Ils entreprirent de le fouiller. En plus du Mauser, il avait dissimulé un minuscule pistolet dans une gaine fixée le long de sa jambe.

Nathan s'en empara et glissa l'ensemble dans sa poche.

— Dépêchons-nous, il ne va pas rester longtemps dans le cirage.

Dany le ligota et lui posa un bâillon. Nicolas le hissa ensuite sur son dos et prit l'escalier qui menait au grenier.

Moshe entra à son tour et referma la porte.

— Vous l'avez eu ? On a de la chance. Malgré le raffut, personne ne semble avoir remarqué quoi que ce soit. Je reste en faction, je vous fais signe si je repère quelque chose.

Élie s'adressa à Nathan.

— Dis-moi quand vous êtes prêts, le témoin attend dans la voiture.

Nathan posa une main sur son épaule.

— Tu peux aller le chercher, mais avant ça j'aimerais te remercier, Élie. Grâce à toi, mon enfant connaîtra son père.

Élie ouvrit la bouche, tenta d'articuler un mot, mais s'avoua vaincu. Il haussa les épaules et sortit sans un bruit.

Nathan et Dany montèrent au grenier où ils constatèrent que Nicolas n'avait pas perdu de temps.

De Bodt était assis à même le sol et reprenait lentement ses esprits. Nicolas lui avait ôté le bâillon et avait noué une corde autour de son cou. Il l'avait lancée par-dessus l'une des poutres et l'avait tendue de manière à maintenir l'homme en position assise.

Nathan s'approcha et l'interpella en allemand.

— Lève-toi !

L'homme releva la tête.

— Va te faire foutre.

Nicolas tira sur la corde.

Le visage du SS s'empourpra. Il se mit à tousser, mais refusa d'obéir.

Nathan fit signe du menton à Nicolas.

Ce dernier enroula la corde autour de son bras et s'aida des deux mains pour soulever le corps du nazi.

L'homme suffoqua. Il eut un haut-le-cœur et de la bave s'écoula de sa bouche. Il tenta encore de résister, mais la tension de la corde le força à obéir. Il se mit sur ses jambes, vomit un flot de bière et s'adressa à Nathan.

— Tu es un homme mort.

Élie apparut en haut de l'escalier en compagnie du témoin, un homme d'une cinquantaine d'années à la peau très pâle et au regard inquiet. Son visage était couvert de cicatrices et de traces de brûlures.

Il eut un mouvement de recul en apercevant De Bodt et se mit à trembler.

— C'est lui. Qu'il aille en enfer. Je veux partir d'ici.

Nathan intervint.

— Je comprends. Je vous remercie d'avoir accepté de nous aider.

Il se tourna vers Élie.

— Aide-le à descendre et ramène-le chez lui.

Il s'adressa ensuite à Dany.

— Toi aussi, descends.

Lorsque les bruits de pas s'estompèrent dans l'escalier, Nathan agrippa une chaise et la planta devant le SS.

— Grimpe là-dessus.

En guise de réponse, l'homme lui lança un crachat.

Nicolas exerça une traction sur la corde.

Le nazi réprima une grimace de douleur. Guidé

par son instinct de survie, il monta malgré lui sur la chaise. Nicolas augmenta la tension jusqu'à ce que l'homme se hisse sur la pointe des pieds. Il arrima ensuite la corde à la charpente du toit.

Nathan fit face au nazi et l'apostropha.

— Le 10 avril 1947, le tribunal militaire de Malines t'a reconnu coupable d'avoir assassiné de sang-froid cent quatre-vingt-sept personnes et d'avoir pratiqué la torture sur des centaines de prisonniers. Les juges t'ont condamné à mort. Nous allons exécuter la sentence. Tu as quelque chose à dire ?

L'homme était cramoisi. Ses yeux sortaient de leurs orbites. Il respirait par à-coups.

Il parvint à baisser les yeux.

— Crève, *rotzak*, salaud.

D'un pied, Nathan fit basculer la chaise sans le quitter des yeux.

53

Avec cette histoire

Huit heures. Les effets de l'Imitrex s'estompent. Je voyage encore entre mon rêve récurrent et la réalité, mais ma migraine est passée.

Je compose pour la vingtième fois le numéro de Roland.

Cette fois, il me répond d'une voix pâteuse.

— Ah, Stanislas, bonjour. J'ai vu que tu m'as plusieurs fois essayé de joindre. Je suis désolé, mais je dormais. Comme tu n'as pas laissé de message, alors je n'ai pas te rappeler. Que se passe ?

Il n'est pas du matin, ou la soirée a été chargée.

— J'ai besoin de toi.

— Oui ?

— Quand je suis venu chez toi, j'ai trouvé des photos dans le bureau.

— Oui, il y a des albums avec des photos dans le bureau.

— Pas dans les albums. Il y a une sorte de boîte à biscuits sur l'une des étagères. J'aimerais que tu la prennes.

— Oui.

— J'aimerais que tu ailles la chercher maintenant.

— Maintenant ?

Je garde le silence.

Il toussote.

— Bon, je vais la chercher.

Il revient en soupirant.

— Je l'ai, mais ils sont beaucoup des photos là-dedans.

— Je sais. Dans le tas, tu verras que certaines photos ont été prises pendant une fête. Les hommes sont en costume, les femmes sont en long.

Je l'entends fourrager dans la boîte métallique en pestant.

— Tu les as ?

Il ne cherche plus à masquer sa mauvaise humeur.

— Tu me laisses le temps de trouver ? Qu'est-ce qu'il y a de si urgent avec ces photos ? Elles datent d'avant la guerre.

— J'en ai besoin.

Il soupire.

— Voilà, je les ai. Et maintenant ?

— Il y en a cinq ou six. J'aimerais que tu me les scannes et que tu me les envoies par mail.

— Je n'ai pas de scanner.

— Tu habites dans un pays civilisé, tu devrais pouvoir en trouver un pas très loin de chez toi.

— On est dimanche, Stanislas.

— Les scanners fonctionnent aussi le dimanche.

— Écoute, Stanislas, j'ai beaucoup de choses à faire et je n'ai pas de temps. Je vais voir si je peux t'aider, mais je ne te garantis pas que ce sera aujourd'hui fait.

— Fais ce que tu peux, j'attends ces photos.

— D'accord.

Il raccroche.

Je viens de lui gâcher sa journée.

Je me fais un café, le troisième.

Je m'empare de la tasse, l'entoure de mes mains, m'affale dans le divan. Mon chat vient se frotter contre mes chevilles. Je jette un coup d'œil circulaire sur le vide qui m'entoure.

Durant les premiers mois, je n'ai touché à rien. J'ai cru qu'elle allait rentrer d'un moment à l'autre et s'excuser pour le retard.

Je me souciais peu de Sébastien. Je ne savais plus quelle place il avait dans ma vie. Il avait six ans. Le matin, je le déposais à l'école. Je le reprenais le soir, nous mangions dans un resto et il allait se coucher. Le week-end, je le mettais devant la télé et je lui demandais de me foutre la paix. Les mamans de ses copains s'en sont mêlées. Il a été invité à gauche et à droite.

Je descends au garage.

Je prends la fiche que je viens de créer, elle porte le numéro 355, Nathan Katz, le tueur de nazis.

Les pièces du puzzle se mettent peu à peu en place.

Katz s'est occupé de Wilhelm Göecke à Caprino Veronese. Pour une raison inconnue, il a rencontré mon père à la sortie du village, la veille de l'exécution. Selon Giuseppe, le villageois, ils se sont d'abord engueulés, puis ils se sont serré la main. Katz est ensuite remonté dans sa bagnole et est reparti avec ses deux sbires. Mon père a alors regardé le papier que Katz lui avait donné et a noté quelque chose.

J'en déduis que mon père n'a rien à voir dans le meurtre de Göecke. Il est allé là-bas dans le seul but de parler à Nathan Katz. À première vue, c'était leur première rencontre.

Comment a-t-il réussi à entrer en contact avec lui ?

Selon Susfeld, c'est une organisation clandestine. Personne ne sait qui ils sont ni où les trouver.

Je prends la fiche de mon père et trace une flèche qui le conduit vers Nathan Katz.

Que lui voulait-il ?

Des informations sur Rudolf Volker, probablement.

Pourquoi ?

Je n'en sais rien.

Qu'a-t-il lu lorsque les trois autres sont partis ?

Je présume que c'était la carte postale du village sur laquelle Katz avait noté 22963. Il s'agissait vraisemblablement d'un numéro de téléphone. Mon père a rajouté NAT K avec son stylo, ce qui explique les encres différentes.

Lors de mon enquête précédente, j'ai appris que les indicatifs téléphoniques internationaux ont été introduits vers 1958. Avant cette date, les communications se faisaient manuellement, via une opératrice. S'il y a cinq chiffres, cela signifie que ce numéro était probablement en service dans une ville importante.

Mon père a rencontré Katz en avril. Deux mois plus tard, il s'est rendu à Berlin.

Pourquoi ?

Pour y revoir Nathan Katz et discuter avec lui dans un cadre plus serein. En avril, Katz avait un meurtre à perpétrer, *a fortiori* autre chose à faire.

Je remonte au salon. Le chat miaule devant sa gamelle vide. Après la douche, j'irai prendre mon petit déjeuner au Sablon.

Un an plus tard, j'ai commandé un conteneur. J'ai tout viré. Les meubles, les photos, les objets, la vaisselle, tout ce qui me faisait de près ou de loin penser à elle. J'ai lacéré ses vêtements au cutter avant de les balancer à la poubelle.

Sébastien n'a pas compris.

Ce jour-là, il a commencé à me détester. Mon frère est rentré d'Afrique pour me raisonner, il est retourné chez sa connasse avec un œil au beurre noir.

Je compose le numéro de portable de Laura.

Elle répond d'un ton enjoué.

— Laura Bellini, bonjour.

— Stanislas Kervyn.

— J'ai reconnu le timbre chaud et velouté de votre voix. Vous êtes matinal.

— J'ai un service à vous demander.

— Vous savez que nous sommes dimanche ?

— Je sais, c'est une question urgente.

— Si c'est pour me demander si ça me dirait de baiser avec vous, vous perdez votre temps.

— Il ne s'agit pas de ça.

— Je sais, monsieur Kervyn, je disais ça pour plaisanter. Vous devriez vous lâcher de temps en temps. Vos amis ne vous disent jamais que vous n'êtes pas drôle ?

Je laisse la question en suspens.

Les amis que j'avais étaient ses amis.

Au début, ils ont pris de mes nouvelles, par politesse. Après un moment, je leur ai dit que je n'avais rien à foutre de leur compassion hypocrite. À part la femme de ménage, plus personne n'a mis les pieds dans cette maison depuis.

Elle relance le dialogue.

— Je vous écoute. Vous voulez vos lettres et vos affaires de retour ? Je vais les faire déposer à votre bureau dès que j'aurai reçu le paiement de ma facture.

— Avant ça, j'aimerais que vous repreniez la carte postale de Caprino Veronese. Au verso, il est noté NAT K et un numéro, 22963.

— Nathan Katz et son numéro de téléphone, je suppose.

— Sans doute.

— Et ?

— Ce numéro était en activité en 1954, vraisemblablement à Berlin. J'aimerais savoir qui était l'abonné.

Elle se met à rire.

— Je ne veux pas paraître défaitiste, mais il y a peu de chances pour que la personne me réponde.

— J'aimerais que vous preniez contact avec les télécoms allemandes pour essayer d'en savoir plus. Vous me donnez une réponse au plus tôt ?

Elle se rembrunit.

— Je croyais que ma mission était terminée.

— Considérez qu'il s'agit d'une contribution exceptionnelle.

— Qui réclame une rétribution exceptionnelle.

— Ne soyez pas vénale.

Je raccroche.

Si Nathan Katz est encore en vie, ce que semblait insinuer Susfeld, il pourrait me donner la réponse aux questions qui restent en suspens.

Il pourrait me dire ce que voulait mon père et pourquoi il s'intéressait à Rudolf Volker. Il sait peut-être qui l'a assassiné et pourquoi. D'autre part, si Karl Susfeld sait que le Chat officie encore aujourd'hui, c'est qu'il en sait plus sur eux qu'il ne le laisse entendre.

Et si Karl Susfeld connaît de près ou de loin Nathan Katz, je sais comment accéder aux informations qui me permettront de le débusquer pour en finir une fois pour toutes avec cette histoire.

54

Ce qu'on y célébrait

Elle se déhanche, fait pétiller ses yeux.

— Tu veux un café ?

— Bonne idée.

Elle s'appelle Magali, sans *e*, elle a insisté. Elle était seule à la table d'hôte, à la boulangerie du Sablon. Elle prenait son petit déjeuner en consultant son iPad. Je l'avais déjà croisée auparavant, accompagnée d'une copine dans son genre.

Je me suis assis en face d'elle. J'ai ouvert un magazine en cherchant à capter son regard de temps à autre. La silhouette élancée, les seins volumineux, de longs cheveux bruns, elle se tenait bien droite sur sa chaise, avec l'air pincé de la femme qui sait de quoi elle parle.

Mon manège ne lui a pas échappé. Après un moment, elle m'a abordé, le doigt pointé sur ma gazette.

— Vous aimez le sport ?

— Pas du tout.

— Vous avez suivi la cérémonie d'ouverture, avant-hier ?

— Non.

— C'était magnifique, je l'ai enregistrée.

Du menton, j'ai indiqué le magazine.

— D'après les photos, ça avait l'air.

Elle respirait la divorcée de fraîche date, le week-end sans enfants et la libido en demande. Nous avons échangé quelques mots : les Jeux olympiques de Londres, la météo incertaine, les fêtards qui s'engueulaient à la table du fond. Nous sommes rapidement passés au tutoiement.

Au moment de partir, j'ai payé son petit déjeuner. Pour me remercier, elle m'a proposé de l'accompagner chez elle pour visionner la vidéo de la magnifique cérémonie d'ouverture. Nous avons pris chacun notre voiture. Elle a ouvert la route.

— Normal ou expresso ?

— Expresso.

Elle m'apostrophe en filant vers la cuisine.

— C'est quoi ton métier ?

— Je travaille à temps partiel.

— Tu as bien raison. Tu es divorcé ?

— Comme tout le monde.

— Moi aussi. En instance. Enfants ?

— Non.

— J'ai deux filles, douze et neuf ans.

Elle habite un appartement rangé au millimètre, à proximité de l'Observatoire, sur les hauts d'Uccle, conforme à son allure de bourgeoise oisive.

Elle revient avec un plateau chargé de deux tasses et d'une assiette de biscuits.

— Tu as envie de voir la vidéo ?

— Pas plus que ça.

Elle est déçue.

— Ah bon ! Qu'est-ce que tu veux faire, alors ?

— À ton avis ?

Elle agite l'index devant mon nez, comme si j'avais dit une grosse bêtise.

— Je te vois venir. Je ne couche jamais la première fois.

— Pourquoi ?

— C'est comme ça, c'est un principe.

— C'est dommage. Surtout qu'il risque de ne pas y avoir de deuxième fois.

J'avale mon café et je me lève.

Je lis de l'incrédulité dans ses yeux.

— Tu vas vraiment partir ?

— Bien sûr.

Je me dirige d'un pas décidé vers la sortie.

Elle me devance, se place devant la porte en écartant les bras pour m'empêcher de sortir.

— Tu ne crois pas que c'est un peu rapide ? On ne se connaît que depuis deux heures. On ne devrait pas d'abord faire mieux connaissance ?

— C'est exactement ce que je te proposais.

Je m'avance à sa hauteur et lui fais face pour qu'elle libère le passage.

Elle me dévisage, faussement scandalisée.

— Ça alors ! Quel sans-gêne !

Elle referme les bras autour de mon cou, m'offre sa bouche. Sa langue est chaude et soyeuse. Je lui rends son baiser tout en ouvrant son pantalon. Elle se trémousse pour le faire tomber sur ses chevilles.

D'un geste, elle ôte ses chaussures, se débarrasse de son jean et de sa culotte en dentelle. Je fais un pas en arrière et la parcours du regard. Elle a de longues jambes, fines, galbées, soyeuses comme sa langue.

J'ouvre ma chemise et retire mon froc. D'une poussée, je la plaque contre la porte.

Elle écarquille les yeux.

— Tu ne vas quand même pas… ici ?

Je glisse une main dans l'angle de son genou, soulève une de ses jambes. Elle la referme autour de ma taille. L'autre suit le même chemin. Elle avance son bassin, s'ouvre à moi.

Je la saisis par les fesses et la pénètre. Mes pieds ancrés dans le sol, j'entame de longs va-et-vient.

Chaque assaut lui arrache de courts gémissements plaintifs. J'accentue l'amplitude du mouvement, j'augmente le rythme. La rage au cœur, je la massacre pour la punir du mal qu'elle m'a fait. Son corps tressaute sous la charge. La porte encaisse les coups en crissant. Elle relève la tête, me dévisage. Ses yeux luisent d'un éclat particulier, entre indignation et ravissement.

Je suis proche de l'aboutissement. Elle lance quelques cris rauques, son regard se voile, elle se mord les lèvres. Je lui assène les coups de reins décisifs et la remplis.

Mes jambes se dérobent sous moi. Nous nous allongeons à même le sol, nos corps emmêlés, nos bouches soudées.

Elle prend ma tête entre ses mains.

— C'est dingue.

— Tu as joui ?

— On s'en fout si j'ai joui ou pas, je ne me suis jamais fait baiser de cette façon et ça m'a plu.

Je me dégage d'un mouvement. Elle ferme les yeux, pousse un long soupir. Je me lève, remets mon pantalon, referme ma chemise.

Elle se lève à son tour, déboutonne son chemisier.

— Tu veux voir mes seins ?

— Pas maintenant, je m'en vais.

Elle semble affolée.

— Déjà ? On va se revoir ?

— Peut-être.

Je prends l'ascenseur, me rajuste dans le miroir.

Un type en survêtement me croise dans le hall et me lance un regard de réprobation. Ce doit être le concierge ou un locataire sourcilleux. Je viens de baiser la femme du second et ses cris ont perturbé la bienséance de l'immeuble.

Je m'arrête et l'interpelle.

— Quelque chose ne va pas ?

Il baisse les yeux.

— Non, non, tout va bien.

Je sors de l'immeuble, monte dans ma voiture et consulte mon iPhone.

Roland m'a envoyé les photos. Je les fais rapidement défiler sur l'écran. À première vue, tout est là.

J'effectue un demi-tour dans la rue.

Le caïd en Adidas m'observe derrière l'une des fenêtres du rez-de-chaussée. Je baisse la vitre et regarde dans sa direction. Il disparaît aussitôt.

Je traverse le bois et rentre chez moi sans tenir compte des limitations de vitesse.

Une fois chez moi, j'imprime les photos et descends au garage. Je les place à côté de la photo de Volker que Susfeld m'a fait parvenir.

Je détaille l'arrière-plan, la salle, les murs, les colonnes.

Aucun doute.

Rudolf Volker participait à l'événement auquel ma mère et ses sœurs assistaient. Je mettrais ma main à couper que ces photos ont été prises à Lwów, le 16 juillet 1942.

Il me reste à savoir ce qu'on y célébrait.

55

Sa détermination n'avait pas faibli

Le 13 juillet 1950, Éva accoucha d'une fille qu'ils appelèrent Haïka, en hommage à la mère de Nathan disparue avec ses deux sœurs à Bergen-Belsen.

Nathan téléphona dans l'heure à son père pour lui annoncer la nouvelle et lui proposer de venir faire connaissance avec sa petite-fille à Karlsruhe.

Il déclina l'invitation, malgré l'offre que lui fit Nathan de participer aux frais de la traversée.

— Je suis heureux pour toi, mon fils. Je suis fier et ému d'apprendre que tu lui as donné le nom de ta mère. J'espère que tu viendras avec elle à New York pour *Hanoukka* et que je pourrai faire sa connaissance et celle de ta femme, mais je ne veux pas retourner en Allemagne. Même si le monde a changé, ce serait pour moi une épreuve insurmontable, j'ai tant laissé là-bas.

Nathan n'insista pas et lui promit de mettre tout en œuvre pour venir à New York en fin d'année.

De son côté, Éva se mit en rapport avec son oncle au Canada, l'un des derniers membres de sa famille encore en vie. Il se déclara ravi d'apprendre cette naissance.

— La vie reprend ses droits, Éva, il faut tourner la page sur le passé et préparer l'avenir. Je suis heureux d'apprendre la naissance d'Haïka, j'essaierai de venir chez toi après l'été.

Le lendemain de l'accouchement, Aaron prit contact avec Nathan pour le féliciter et lui annoncer qu'il lui octroyait un congé de quatre semaines. Dans la foulée, il lui fixa rendez-vous à Francfort, dans le même restaurant que lors de leur première rencontre.

L'entrevue eut lieu trois jours plus tard. Aaron lui offrit une boîte de *Tsedaka* joliment décorée pour sa fille et attendit la fin du repas pour entrer dans le vif du sujet.

— Cela fait un an et demi que tu travailles pour nous, Nathan, sans prendre de repos, sans jamais te décourager. Jour après jour, tu nous as prouvé ta valeur. Prends ce mois de vacances et profite de ton enfant.

— Merci, Aaron.

Le vieil homme s'éclaircit la voix.

— Je voulais te faire part d'une autre nouvelle. Nous avons prévu un logement pour vous. Tu habiteras une maison confortable, dans un village discret en dehors de Karlsruhe. La maison nous appartient, ton nom n'apparaîtra nulle part. Pour le monde extérieur, vous serez comme la plupart des couples en Allemagne, tu travailleras et Éva s'occupera de ta famille.

Nathan fut surpris de tant de sollicitude.

— Je te remercie, Aaron, mais de telles largesses demandent des sommes importantes.

Aaron balaya l'objection de la main.

— En plus de 6M, de nombreux donateurs sont venus grossir nos rangs. Même si notre organisation reste occulte, de plus en plus de victimes connaissent notre existence et soutiennent la cause. Tu n'auras jamais de problèmes d'argent tant que tu travailleras pour nous. Nous t'avons également trouvé une autre occupation. Officiellement, tu seras représentant pour un fabricant de matériaux de construction, ce qui justifiera tes déplacements fréquents. Tu devras connaître le catalogue des produits et pouvoir en parler au cas où quelqu'un te poserait des questions. Nous allons aussi louer un bureau dans le centre de Karlsruhe où tu devras transférer les dossiers et le matériel. Tu travailleras désormais à temps plein pour nous.

Il marqua une pause, fit une grimace de dépit.

— Par malheur, il n'y a pas que nos frères qui connaissent notre existence. Les Rats sont sur nos traces. Des tueurs nous pistent. De hauts gradés nazis exfiltrés ont recruté d'anciens membres des *Einsatzgruppen*, les unités d'élite de tueurs nazis, pour nous assassiner. Les connaissant, ils ne se contenteront pas de tenter de nous atteindre, ils lanceront des campagnes de terreur, ils s'attaqueront à nos familles et à nos proches. Nous devons prendre les précautions nécessaires. C'est pour ça que je dois te demander de sacrifier une partie de ta liberté au profit de ta sécurité.

Nathan avait pressenti que le rendez-vous visait un autre objectif que de simples congratulations.

— Je t'écoute.

— Tu devras renoncer à te marier, tant civilement que religieusement. Nous ne voulons pas qu'il arrive quoi que ce soit à ta famille.

L'injonction était polie, mais formelle.

Nathan sourcilla malgré lui.

À plusieurs reprises, Éva avait manifesté le souhait de se marier en respectant les traditions. Le mariage juif nécessitait une longue préparation et comportait de nombreuses étapes.

Nathan s'engagea néanmoins vis-à-vis d'Aaron.

— Je me charge d'expliquer cela à Éva, elle comprendra.

Aaron mit fin à l'entretien.

— Je le souhaite vivement. Bonne chance, Nathan.

Au milieu du mois d'août, Nathan, Éva et Haïka emménagèrent dans leur nouvelle maison. Elle était située à Weingarten, un village à une vingtaine de kilomètres de Karlsruhe.

La bourgade était pleine de charme et ne semblait pas avoir connu la guerre. Une rivière sinueuse la traversait et des vignes l'entouraient de toutes parts.

Nathan et Éva s'y sentirent d'emblée chez eux.

Les missions de Nathan reprirent dès le mois de septembre.

Les membres de la cellule de recherche située à Berlin réalisaient un travail remarquable.

À force d'auditions de témoins, d'enquêtes sur le terrain et d'assemblages d'indices, ils avaient remonté plusieurs filières et localisé de nombreux dirigeants nazis dans différents endroits du monde.

Bon nombre d'entre eux étaient restés en Allemagne ou s'étaient installés en Autriche. Quelques-uns, sûrs de leur impunité, ne s'étaient pas donné la peine de changer leur identité et s'étaient contentés de s'inventer un passé fantaisiste.

La Piste des Rats menait également dans plusieurs pays d'Amérique du Sud comme l'Argentine, la Bolivie, le Honduras ou le Paraguay. Au Chili, un village difficile d'accès et particulièrement bien protégé abritait une véritable colonie d'anciens nazis.

Le Chat s'intéressait de très près à un dénommé Ricardo Klement, un homme qui avait débarqué à Buenos Aires le 14 juillet en présentant un passeport de la Croix-Rouge. D'après les recoupements qu'ils avaient faits, l'homme était probablement Adolf Eichmann, l'un des principaux responsables de la Solution finale.

Plusieurs équipes avaient été recrutées durant l'année et l'organisation avait créé une antenne à La Paz. Le Chat regroupait à présent près de deux cents volontaires.

À sa grande déception, Nathan fut obligé de renoncer à se rendre à New York en fin d'année.

Au début du mois de décembre, il dut partir en mission dans le sud de l'Espagne où s'était réfugié Edmund Bräuning, l'ancien commandant adjoint du camp de Ravensbrück qui avait également officié à Auschwitz et à Buchenwald.

L'homme ne se déplaçait jamais sans une escouade de gardes du corps et ce n'est qu'à la mi-février qu'ils parvinrent à le capturer et à l'exécuter à la faveur d'une visite furtive à l'une de ses maîtresses.

Nathan s'adjoignait régulièrement les services de Moshe qui se chargeait des aspects techniques des interventions. Élie faisait également partie des équipiers qu'il sélectionnait fréquemment. Ce dernier lui vouait une admiration sans bornes et se serait sacrifié pour lui si les circonstances l'avaient exigé.

Tous deux devinrent des amis intimes, même si, pour des raisons de sécurité, ils ne furent jamais conviés dans la maison de Weingarten.

Durant l'année 1951, Nathan mena six missions. Toutes furent couronnées de succès.

Au sein du Chat, il acquit peu à peu une réputation de professionnel froid et calculateur qui ne laissait rien au hasard. Dès qu'une mission paraissait hasardeuse, il se trouvait en tête de liste des chefs d'équipe potentiels.

En septembre, il fut chargé d'organiser la capture du *SS-Scharführer* Paul Groth, aussi connu des prisonniers que son chien Barry qui ne le quittait jamais. L'homme était passé à Belzec et Sobibor.

Quelques semaines plus tôt, un tribunal allemand l'avait déclaré officiellement mort à la demande de sa femme, ce qui n'avait pas manqué d'attirer l'attention du Chat. L'homme se trouvait dans le nord de l'Italie en compagnie d'Oskar Paul Dirlewanger, un *SS-Brigadeführer* plusieurs fois condamné pour des délits sexuels, qui avait formé une brigade constituée d'anciens condamnés sortis des camps de concentration, de SS radiés et de criminels issus des prisons du Reich. Les pillages, les tortures, les assassinats et les viols collectifs avaient jalonné la route de Dirlewanger et de sa brigade, de la Pologne à la Russie.

Cette découverte permit à Nathan de faire d'une pierre deux coups. Considérant l'éloignement et les crimes avérés des deux hommes, ils furent exécutés d'une balle dans la tête, le même jour, sans procès.

En octobre 1951, Nathan apprit que les membres du Chat l'appelaient *l'Homme qui tue les Rats en les regardant dans les yeux*.

Dans le même temps, Éva lui annonça qu'il serait père pour la seconde fois. À l'approche de cette nouvelle maternité, sa réticence à l'égard des activités de Nathan assombrit plus d'une fois leur relation.

En décembre, peu avant leur départ pour New York, ils eurent une discussion houleuse et des échanges plus vifs que de coutume.

Éva l'attendait, assise devant le feu de bois, alors qu'il rentrait d'une mission en Autriche.

Elle ne lui avait pas laissé le temps de poser ses valises.

— Ne serait-il pas temps que tu t'arrêtes, Nathan ? Que tu laisses d'autres que toi poursuivre cette mission ? Trouve-toi un métier, marions-nous, élevons nos enfants. À chaque départ, je me demande si tu reviendras, si je ne serai pas veuve et si tes enfants ne seront pas orphelins.

Nathan avait tenté de la rasséréner.

— Nous sommes au point, nous avons des équipements performants et nos méthodes sont rodées. Nous ne prenons aucun risque inutile.

— Ils sont derrière vous, je le sais. Un jour ou l'autre, tu tomberas sur eux. Ils seront sans pitié. Ils ne se contenteront pas de vous tuer, ils tueront vos familles pour vous démoraliser. Ils ne feront aucune exception, ni pour les femmes ni pour les enfants, et tu le sais.

Nathan s'était emporté.

— Nous avons déjà eu cette discussion des dizaines de fois, Éva. Pourquoi revenir sans cesse sur le sujet ? Tu sais ce que j'ai dans le cœur. Laisse-moi assouvir ma rage. Je venge ma mère, mes sœurs et les milliers de victimes de cette barbarie. C'est ma mission, c'est mon devoir.

— Quand arrêteras-tu ?

— Quand le dernier Rat sera mort.

Vaincue, elle s'était assise.

Elle avait essuyé les larmes qui coulaient le long de ses joues avant de reprendre la parole.

— Il y a au fond de chaque homme une part de cruauté, de férocité, de sadisme et de haine. Le système nazi a permis à cette part de s'exprimer. Les nazis lui ont donné un fondement légitime. Les Russes n'ont pas fait mieux en rasant Breslau. Les Alliés ont bombardé des villes comme Dresde, où il n'y avait aucun objectif stratégique. Pour finir, il y a eu la bombe atomique à Hiroshima. Des morts, des morts, encore des morts. Est-ce que tout cela ne suffit pas ? Ne peut-on pas s'arrêter et vivre en paix ?

— C'est pour vivre en paix qu'il faut exterminer les assassins.

— Non, Nathan. Au fond de chaque homme, il y a aussi une part de bonté, d'indulgence et d'amour. Pourquoi ne pas laisser cette part s'exprimer et pardonner, tout simplement pardonner ? C'est cette part d'humanité qui fait la grandeur de l'homme.

Nathan n'avait pas insisté.

Il avait senti qu'une cassure venait de se produire et qu'il risquait de la perdre.

Durant les jours qui avaient suivi, il avait longuement médité sur ses mots, mais sa détermination n'avait pas faibli.

56

J'attaque cette nuit

Je sors de l'ascenseur et traverse le plateau.

Des têtes se lèvent. J'intercepte les regards. Certains me font un signe de la main ou me lancent un timide bonjour avant de replonger dans leur écran.

Pas un ne se lève, pas un ne moufte.

La saga de l'été a fait long feu.

L'affaire Claudine est enterrée, son Zorro fait partie du passé, le travail a repris.

Je ne suis pas surpris. Je connais ces pseudo-mouvements de solidarité. En aparté, ils se font mousser, ils gesticulent, ils jurent qu'ils ne laisseront pas passer un tel affront.

Dans l'emballement, certains affirment qu'ils vont me le dire dans le blanc des yeux. Ils parlent grève, avocat, tribunal, démission collective.

Quand je débarque, ils ne pensent plus qu'à protéger leur salaire et à sauver leurs fesses.

Clémence est en beauté.

J'aurais dû la baiser.

— Bonjour, Stanislas, ça fait plaisir de vous voir.

— Vous avez changé d'avis ?

— Non, je suis désolée, je ne changerai pas d'avis. Je pars en vacances après-demain. Je ne reviens que dans deux semaines, le 16 août. À mon retour, je resterai jusqu'à ce que vous ayez trouvé une remplaçante. Au plus tard, je vous quitterai en décembre.

— On verra ça. Appelez-moi John.

— John ?

— Oui, John. On en a plusieurs ?

Elle perd instantanément de sa superbe.

— Non. Bien, je vous l'appelle.

Je m'enferme dans le bureau.

En principe, j'aurais dû m'occuper moi-même de ce boulot, mais j'ai perdu la main, les systèmes sont de plus en plus complexes.

John va se régaler.

Thierry m'a appelé ce matin, à la première heure. Il travestissait son affolement en étonnement.

— Je suis surpris que tu ne m'aies pas encore appelé, Stanislas. Tu joues à la roulette russe ? Je t'ai trouvé un chirurgien en or massif. En plus, il n'est pas en vacances, on pourrait faire ça la semaine prochaine.

— C'est éthique, pour un toubib, de faire de la retape ?

— Ne déconne pas, tu entres à Cavell mardi, tu en sors vendredi si tout va bien. Je réserve ?

— Je te rappelle.

J'ai raccroché avant qu'il ne me serve un nouveau laïus.

Hier, après avoir reçu les photos de Roland, j'ai passé l'après-midi à surfer sur Internet à la recherche d'un événement qui se serait produit le 16 juillet 1942.

À ma surprise, plus d'un million de pages reprenaient cette date.

Ce jour-là, treize mille Juifs, dont quatre mille enfants, étaient arrêtés par la police française au cours d'une opération appelée Vent Printanier. L'Histoire l'a renommée la rafle du Vel'd'Hiv. La plupart des treize mille Juifs arrêtés ce 16 juillet 1942 mourront à Auschwitz.

J'ai ajouté Pologne dans mes recherches.

La première page citait les noms de onze mille Polonais pris en France et morts en déportation. Des centaines de témoignages sur la rafle suivaient cette page.

J'ai ajouté Lwów.

Huit mille pages, toutes teintées de mort.

J'ai repris la photo de Volker, souriant dans son costume, une coupe de champagne à la main, impuni, innocent, angélique.

J'ai repensé au Juif dont Susfeld avait parlé, Nathan Katz, le tueur juif.

Qu'aurais-je fait à sa place ?

John fait son entrée, l'air penaud.

— Tu voulais me voir, Stanislas ?

— Assieds-toi.

Il respire. Il sait que les condamnés n'ont pas le droit de s'asseoir.

John est le meilleur client du distributeur de friandises. Il s'empiffre de barres chocolatées à longueur de journée. Il fout des miettes partout. Son addiction me coûte un clavier par mois.

Pourtant, il est long et maigre comme un marathonien. Il porte de longs tifs crasseux dans lesquels sont fichées deux paires de lunettes qu'il permute à tout bout de champ.

— Qu'est-ce que j'ai fait ?

— Rien encore. J'ai un job pour toi. Confidentiel.

Il se détend.

— Cool.

— J'aimerais que tu checkes le niveau de sécurité d'un de nos clients.

Il fait glisser ses lunettes sur son nez et m'adresse un clin d'œil.

— Je vois.

Le flic est ce qu'il y a de plus proche du voyou, John est ce qu'il y a de plus proche du hacker.

— Je vais t'envoyer un mail que j'ai reçu de la cible. J'ai affiché les sources, tu as l'adresse IP.

— OK. Je cherche quoi ?

— Je vais t'envoyer une liste de mots-clés. Regarde dans les mails et les fichiers.

— C'est tout ?

— Non. Piste le réseau. Il y a trois Mac à l'étage supérieur. Ils sont câblés, mais ils sont peut-être sur WiFi. À première vue, chacun a une sauvegarde individuelle sur Time Capsule.

— Niveau ?

— Un. Tu ne rapportes qu'à moi.

— OK, Stanislas. J'attaque cette nuit.

57

Proche du plaisir

Nathan se rendit à New York le 23 décembre 1951, accompagné de Éva et de la petite Haïka. Aaron lui avait proposé de faire la traversée en avion et avait réservé les billets.

Cette année, la fête de *Hanoukka* avait lieu du 24 au 31 décembre. Comme il n'avait pas eu l'occasion de venir l'année précédente, Nathan décida de ne rentrer en Allemagne que le 7 janvier pour passer plus de temps avec son père.

Haïka était pleine d'entrain et ressemblait trait pour trait à sa mère. Elle marchait depuis quelques semaines, ce qui leur demandait une vigilance de tous les instants.

La tension qui régnait dans le couple ne s'était pas apaisée et la grossesse d'Éva influait sur son comportement. Il lui arrivait de passer plusieurs heures, voire une journée complète sans adresser la parole à Nathan. Avant leur départ pour New York, elle s'était engagée à faire un effort pour ne rien laisser transparaître de leur différend.

Dès qu'il vit son fils sortir du taxi, le père de Nathan jaillit de la boulangerie d'où il guettait son arrivée.

— Je suis heureux de te revoir, Nathan. Tu as des rides que je ne te connaissais pas. L'âge et la paternité te vont bien.

La prise de contact avec Éva et Haïka se déroula au mieux. Il serra Éva contre son cœur comme s'il la connaissait depuis toujours. Il prit ensuite sa petite-fille dans ses bras et la couvrit de baisers, des larmes plein les yeux.

— Tu es belle, Haïka, ma petite-fille. Tu es belle comme le sont les enfants de l'amour. Bienvenue à New York, dans la famille Katz !

Ils passèrent la première soirée de *Hanoukka* dans l'arrière-boutique de la boulangerie, comme ils avaient pris l'habitude de le faire. La beauté et le charme d'Éva et de Haïka firent sensation dans le groupe. Éva fut d'emblée acceptée par la communauté et Haïka fut comblée de cadeaux.

En revanche, la complicité et l'entente que Nathan avait tissées avec les amis de son père avaient disparu. L'accueil qu'ils avaient réservé à Éva et à sa fille semblait l'avoir hérissé. Il évita leur contact et passa la majeure partie de la soirée à surveiller les allées et venues d'Haïka qui criait et courait en tous sens.

L'un des membres tenta en vain de le faire participer à l'un des sujets de discussion.

— Et toi, Nathan, que penses-tu de l'indépendance de la Libye ?

Nathan força un sourire.

— Les Libyens sont comme tous les Arabes, ils nous détestent. Un jour, ils nous feront la guerre.

Il détourna ensuite la tête et s'éloigna.

Le lendemain, plusieurs membres allèrent trouver le père de Nathan et lui confièrent que son fils avait changé. Il était à présent distant et peu accessible.

Il les rembarra en leur répondant que son fils n'était plus un enfant, qu'il avait des préoccupations d'ordre professionnel et qu'il savait ce qu'il avait à faire.

Le soir, il lui fit néanmoins part de ces observations, puis le prit à part, mal à l'aise.

— Je ne sais pas ce que tu fais au juste, Nathan, et je ne veux pas le savoir, mais je dois te confier quelque chose.

— Tu as d'autres reproches à me faire ?

— Il ne s'agit pas de ça. Théo est allé à Manhattan, il y a quelques semaines. Il a cru y voir Bachmayer.

Nathan tressaillit.

Georg Bachmayer avait été le bras droit de Franz Ziereis, le commandant de Mauthausen. Il avait instillé la terreur à Ebensee, un camp annexe de Mauthausen, avant de sévir aux côtés de Ziereis. Nathan l'avait connu et avait eu affaire à lui.

Au début de sa carrière au sein du Chat, il s'était inquiété de son sort et avait cherché sa trace dans les dossiers, sans succès. Selon les sources officielles, il s'était suicidé le jour de la capitulation, après avoir tué sa femme et ses deux enfants.

— Il est sûr de cela ?

— Théo était à Ebensee, il a côtoyé Bachmayer pendant six mois avant que Riemer ne le remplace. Il s'est rasé le crâne et s'est laissé pousser la barbe, mais pour quelqu'un qui l'a connu, ça ne suffit pas à le transformer. Il l'a suivi. L'homme est entré dans un commerce, il parlait avec l'accent allemand.

— Et après ?

— Théo est allé chercher un agent de police qui l'a envoyé balader en disant qu'en Amérique, on n'arrête pas les gens parce qu'ils ont un accent ou qu'on pense les avoir reconnus.

— C'est incroyable !

— Théo est revenu le lendemain, et le jour d'après, jusqu'à ce qu'il revoie Bachmayer. Une semaine plus tard, il l'a revu et l'a à nouveau suivi. Il l'a pisté pendant toute la journée, jusqu'à ce qu'il rentre chez lui.

Nathan s'emballa.

— Qu'est-ce qu'il a fait ?

— Il est allé à la police et a fait une déclaration.

— Que s'est-il passé ensuite ?

— Il ne s'est rien passé. La semaine suivante, Bachmayer a refait la même tournée. D'après Théo, il n'a pas reçu de visite de la police. Il ne semblait pas méfiant ni contrarié.

— Il connaît l'adresse de cet homme ?

— Je savais que tu allais me poser cette question, Nathan. Oui, il a cette adresse. Ici, tout le monde a cette adresse, mais personne ne sait quoi faire.

— Donne-la-moi, et que ceci reste entre nous.

Il serra son père dans ses bras.

— Je t'aime, papa.

— Je t'aime aussi, mon fils.

Le soir, Nathan se fit plus ouvert.

Il participa aux festivités, chanta avec le groupe et s'assit à côté de Théo, un menuisier d'une soixantaine d'années.

Pas à pas, il parvint à l'aiguiller sur le sujet et à lui délier la langue.

Il apprit que Bachmayer vivait à Yorkville, un quartier situé dans l'Upper East Side dans lequel vivaient de nombreux Allemands. L'homme avait une quarantaine d'années et travaillait comme accordeur pour un magasin de pianos.

À première vue, il vivait seul dans un appartement modeste, au quatrième étage d'un immeuble dans la 88e Rue.

Nathan ne dormit pas cette nuit-là.

Les images de ce qu'il avait vécu à Mauthausen revinrent le tourmenter. Il se souvint de Bachmayer, de son long manteau et du sourire narquois qui ne le quittait jamais. Il se rappela les mots qu'il avait échangés avec lui, alors qu'un prisonnier agonisait à ses pieds.

— Eh, toi, le Juif, qu'est-ce que tu feras si tu survis ?

— Je raconterai à tout le monde ce qui s'est passé.

Il avait éclaté de rire.

— Personne ne te croira.

Il revit Bachmayer en action, ses beuveries, ses tirs au jugé quand il était saoul. Il revit le corps de son ami Michael, déchiqueté par Lord, le chien du bourreau.

Au petit matin, il prit sa décision.

Durant les quatre jours suivants, il prépara l'opération, sachant qu'il ne lui serait donné qu'une occasion de la mener à bien et qu'il lui faudrait improviser.

Il prit contact avec Éric Braun, l'homme qui l'avait recruté pour le Chat, et lui fit part de sa demande.

— Je peux te fournir ce dont tu as besoin, Nathan, mais je ne te couvre pas. Tu seras seul, personne ne sera là pour t'aider si ça tourne mal. Tu prends des risques inutiles, tu n'es pas préparé pour une opération de ce type. Tu ne sais rien sur lui. Si ce n'était une affaire personnelle, je préviendrais Aaron et il t'interdirait de le faire.

— Je te remercie, Éric, pour ton aide et ton silence.

— Bonne chance, Nathan, que Dieu te protège.

Le 4 janvier, Nathan prétexta un coup de main à la boulangerie et quitta la chambre d'hôtel au milieu de la nuit. Il prit le premier train pour Manhattan et se trouva à pied d'œuvre peu avant six heures.

La porte d'entrée de l'immeuble dans lequel vivait Bachmayer n'était pas verrouillée, ce qui le soulagea d'une première épreuve. Il prit l'escalier et parvint au quatrième étage sans croiser âme qui vive. À pas feutrés, il avança dans le couloir et s'arrêta devant la porte de l'appartement.

Il resta plusieurs minutes, silencieux, l'oreille collée à la cloison, à l'affût du moindre bruit. Il en conclut que l'homme avait quitté son logement ou qu'il dormait paisiblement. Il força la serrure comme

Moshe le lui avait appris, en humectant les crochets et en procédant par de légers mouvements.

Lorsque la serrure céda, il entra sans bruit dans la pièce et s'immobilisa.

Il devina l'appartement dans la pénombre. Tout était rangé, rien ne traînait sur la table et une légère odeur de désinfectant imprégnait les lieux. Il se souvint du soin que Bachmayer portait à ses bottes, au geste qu'il répétait sans cesse, lissant son uniforme de la paume de la main pour en ôter le moindre grain de poussière.

Peu à peu, il perçut une respiration rauque et profonde. En prenant soin de ne renverser aucun objet, il se dirigea vers la chambre dans laquelle l'homme sommeillait.

Il s'arrêta sur le pas de la porte.

Une enseigne lumineuse palpitait dans la rue et lançait des reflets rougeâtres dans la pièce.

L'homme dormait, seul, couché sur le dos.

Nathan déroula la serviette qu'il avait glissée dans sa ceinture et s'empara de l'arme que lui avait fournie Éric, une dague effilée au manche noir qui avait appartenu à un officier SS.

La devise de la *Waffen-SS* était gravée sur la lame.

Mon honneur s'appelle fidélité

Nathan prit une grande goulée d'air et bondit. Il s'assit de tout son poids sur la poitrine de l'homme en emprisonnant son corps entre ses jambes.

Bachmayer ouvrit les yeux et étouffa un cri.

Nathan posa la pointe de la dague dans le creux de sa gorge.

— Si tu cries, je te tue.

Il avait parlé en allemand, ce qui ajouta à la panique qu'il lut sur le visage du nazi.

Malgré la pénombre, le crâne rasé et la barbe, Nathan le reconnut sans peine.

— Je m'appelle Nathan Katz, ça te dit quelque chose ?

L'homme secoua la tête.

— Bien sûr, tu ne m'appelais jamais par mon nom. Pour toi, j'étais le matricule 7796.

Bachmayer déglutit et parvint à lâcher un mot.

— Pitié.

— Pitié ? Combien d'hommes, de femmes et d'enfants t'ont demandé pitié à Ebensee et Mauthausen ?

Il secoua la tête de plus belle.

— Pitié.

— Qu'est-ce qui pourrait m'empêcher de te tuer ?

Sa lèvre inférieure trembla.

— Je ferai ce que tu voudras.

— Dis-moi où se trouve Karbe, ton inséparable complice, et tu auras peut-être la vie sauve.

— Karbe ? Il s'appelle à présent Kurt Gerhardt. Il se trouve en Allemagne, à Ulm, je n'en sais pas plus, je n'ai plus de nouvelles de lui.

— C'est tout ?

— Je t'en supplie.

— Regarde-moi dans les yeux.

Les yeux de l'homme s'agrandirent de terreur.

D'un geste lent, Nathan enfonça la dague dans sa gorge. Le cri qu'il tenta de pousser se perdit dans un gargouillement. Nathan continua à le fixer dans les yeux. Il vit dans ses prunelles les dernières parcelles de vie le quitter. Son corps se convulsa à plusieurs reprises avant de retomber, inerte.

Nathan se releva sans extraire le poignard planté dans le cou de l'homme. Durant quelques instants, il observa le cadavre de son ennemi en ressentant d'étranges fourmillements dans le ventre.

La honte au cœur, il dut s'avouer que cette exécution lui avait procuré une sensation nouvelle, un sentiment d'ivresse proche du plaisir.

58

Qui me ronge à présent

Dany est partie en décembre 1989, dans la courbe mortelle du Ring, avec deux grammes d'alcool dans le sang, à onze heures du matin.

Je l'avais quittée trois heures auparavant, après avoir claqué la porte derrière moi. Je me suis repassé le film de cette matinée des milliers de fois, sans parvenir à me rappeler le sujet de notre dispute.

Comme souvent, un mot en avait entraîné d'autres. À court d'arguments, ils avaient fait place aux insultes.

Nous avions pris l'habitude de nous malmener, nous en éprouvions un besoin maladif. La rage que nous avions au cœur nous avait rapprochés pour mieux nous déchirer par la suite.

Ses parents l'avaient abandonnée peu après sa naissance. Recueillie par l'une de ses tantes, qui l'avait aussitôt rejetée, elle avait grandi dans un orphelinat.

À l'âge de raison, elle a perdu la tête. Ses fugues répétées l'ont précipitée dans un monde interlope. Elle s'est mise à côtoyer des dealers, des alcoolos et des proxénètes.

Je représentais pour elle une planche de salut illusoire. Je ne buvais pas, je ne me camais pas et je la baisais avec la brutalité qu'elle croyait mériter.

Après deux années d'affrontement, nous avons pensé avec naïveté qu'un mariage et une naissance mettraient un semblant d'ordre dans notre chaos.

Ce n'est que quatre ans après la mort de Dany que Sébastien a commencé à me poser des questions. Il avait dix ans, il voulait savoir pourquoi les gens qui m'entouraient mouraient les uns après les autres. Pour toute réponse, il a reçu une gifle. Il n'a pas bronché. Plus tard, il m'a demandé si lui aussi devait mourir.

Cette question ne m'a pas quitté. Il me fallait y apporter une réponse. À celle-là et à d'autres.

Pourquoi mon père avait-il été assassiné ? Pourquoi Dany s'était-elle jetée sur ce pylône ? Quel était l'objet des regrets de ma mère ?

Au-delà de ces interrogations, je cherchais à comprendre les raisons pour lesquelles j'étais en guerre contre l'humanité, pourquoi il me fallait châtier les femmes de la sorte, et ce qui expliquait le rejet viscéral que j'éprouvais pour tout ce qui suscitait un tant soit peu d'émotion.

Me lancer dans cette enquête était devenu un besoin impérieux. Je voulais savoir si les autres victimes étaient, elles aussi, devenues des monstres, si elles réagissaient de la même manière que moi, et si, tout comme moi, elles traînaient ce drame comme une armée de casseroles dans le dos.

Je devais savoir, et tout était lié.

Je m'étais penché sur l'effet papillon, j'avais étudié le phénomène de prédictibilité et je partageais la conception philosophique selon laquelle tous les événements dépendent des événements antérieurs.

J'ai cru que si je découvrais le mobile de la Tuerie du Caire, je saurais pourquoi j'étais devenu ce que je suis. Dans la foulée, je saurais pourquoi Dany s'était sacrifiée et ce que ma mère regrettait au point de s'en gâcher la vie.

Les réponses ne sont pas venues.

Peut-être ont-elles pris la forme du cancer insidieux qui me ronge à présent.

59

Pour le moins étrange

John frappe à la porte et entre d'un pas décidé dans le bureau. Il s'assied sans attendre que je l'y autorise, change de lunettes et pose un papier sur la table.

— Bonjour, Stanislas, j'ai des trucs pour toi.

L'air réjoui qu'il affiche confirme mon pronostic, la pêche a été bonne.

— Dans ce cas, entre et assieds-toi.

Son enthousiasme retombe.

Il se lève avec précipitation.

— Excuse-moi.

— C'est bon, John, rassieds-toi.

Il se rassied sur le bord de la chaise.

— Merci. Voilà, c'était coton. Le type s'est offert l'intégrale, le grand jeu, mais j'y suis arrivé. Tu sais comment j'ai fait ?

— Non, et je m'en fous, qu'est-ce que tu as trouvé ?

— Pas mal de fichiers dans les Mac et quelques mails dans son PC perso.

— Raconte.

Il ôte ses deux paires de lunettes et colle son nez sur le papier.

— J'ai déniché cinquante-deux documents Word ou PDF qui contenaient les mots-clés que tu m'as donnés. Ils sont pour la plupart en anglais, mais d'autres sont en français et en allemand. Dans la série, Lwów arrive en tête, il est repris dix-sept fois sur onze fichiers. Katz vient en seconde position, neuf fois sur neuf fichiers. Puis, ça dégringole, Johann von Leers apparaît six fois. Les autres, une ou deux fois. J'ai passé la nuit dessus, je pense en avoir fait le tour.

— Kervyn ? Caprino Veronese ? Volker ?

Il replonge sur sa feuille.

— Volker, une fois, mais pas de Kervyn ni de Caprino Veronese. Je vais t'envoyer l'ensemble.

— C'est tout ?

Son visage s'illumine.

— Non, il y a aussi deux mails dans la messagerie personnelle du bonhomme.

— Je t'écoute.

— L'un est parti de la messagerie de la cible, l'autre est une réponse. Le destinataire a un compte sur Hotmail, un pseudo à tous les coups, HJKL@hotmail.com. C'est une adresse créée il y a peu de temps, en début d'année. J'ai tracé l'adresse IP, l'ISP est Vodafone. D'après la géolocalisation, la ville de connexion est Karlsruhe. La cible doit se trouver dans les environs. J'ai quelques entrées aux bons endroits, je peux aller plus loin, si tu veux.

— Que disent ces mails ?

— Ils parlent de toi, je préfère que tu les lises toi-même.

— OK, envoie.

— Je viens de les envoyer, tu les as reçus il y a quelques minutes.

— Je vais voir ça.

Il se lève.

— Pour l'adresse Hotmail, je vais plus loin ?

— Je regarde d'abord les mails et je t'avise.

— Merci de ta confiance, Stanislas.

Il sort et referme la porte sans bruit.

J'ouvre ma messagerie et recherche le mail de John.

Il m'a copié l'intégralité des deux messages en question. Le premier émane de Susfeld et est adressé à HJKL@hotmail.com. Il a été expédié le jeudi 26 juillet 2012, à 9 h 53, le lendemain de ma visite à son cabinet.

Shalom,

Ça fait un moment. J'ai bien reçu le fichier que tu m'as envoyé il y a quelques semaines. Je suis désolé, mais je n'ai pas encore eu le temps de le traiter. Je te donnerai une réponse au plus tard dans le mois.

Tu as sans doute vu que la presse m'a interrogé sur Csatary, ils n'ont vraiment pas grand-chose à se mettre sous la dent.

J'ai reçu la visite d'un certain Stanislas Kervyn hier soir. Il était accompagné par une traductrice, Laura

Bellini. Il a écrit récemment un bouquin sur la Tuerie du Caire. Il continue une enquête personnelle sur la mort de son père, Robert Kervyn, qui était sur la piste de Rudolf Volker, l'un des assistants de von Leers.

Il prétend que tu aurais rencontré son père à Caprino Veronese, en 1954, peu avant qu'il soit tué au Caire. Il est intelligent et rusé, agressif aussi. Je lui ai donné quelques miettes.

Dis-moi si tu souhaites que je fasse quelque chose.

Porte-toi bien,

Amitiés,

K.

Je relis plusieurs fois le message. Il me faut un moment pour réaliser qu'il parle de moi. Je crispe les poings. Je me sens démasqué et manipulé.

D'une part, je maudis son hypocrisie, de l'autre, je suis satisfait d'avoir pressenti qu'ils se connaissaient.

La réponse qui lui est adressée est plus courte, plus dérangeante encore. Elle a été expédiée le dimanche 29 juillet 2012, à 21 h 14, le jour où j'ai baisé Magali contre sa porte d'entrée.

Shalom,

J'attends tes suggestions sur les fichiers, ça ne presse pas, mais ton avis m'intéresse. J'espère te voir au plus tard à New York, à l'occasion de Pourim.

J'ai pris mes renseignements sur ce Kervyn, et la traductrice (inoffensive). Je vois qui c'est. Laissons-le venir. Si nécessaire, je m'occuperai de lui.

Merci de m'avoir prévenu.

Amitiés,

N.

Je frappe du poing sur la table.

Laissons-le venir ?

Si nécessaire, je m'occuperai de lui ?

Au bas mot, il doit avoir quatre-vingts berges.

Qu'est-ce qu'il croit, ce vieillard ?

Il veut s'occuper de moi ? Je lui réserve une surprise.

Je compose le numéro de John.

— Oui, Stanislas ?

— Trouve-moi l'adresse physique de ce type.

— OK. Je vais essayer. J'espère que mon contact n'est pas en vacances.

— S'il est en vacances, demande-lui de raccourcir ses vacances, mais tu me trouves l'adresse de ce type vite fait, ou je supprime le distributeur de bouffe.

— Compte sur moi.

J'ouvre mon navigateur Internet.

Il y a plusieurs manières de pirater un compte Hotmail, la plus efficace est une attaque par envoi de connexions multiples.

Je télécharge le logiciel en question, en vente libre, à un prix dérisoire. J'ai eu l'occasion de l'utiliser plusieurs fois, lors de ma précédente enquête.

Des centaines d'envois de connexions forcées bombardent le serveur à toute vitesse pour passer au travers de l'authentification et récupérer le mot de passe du compte. Reste à le décrypter au moyen du même logiciel.

Dix minutes plus tard, je me connecte sur le compte de HJKL@hotmail.com. La boîte de réception est vide. Aucun dossier n'a été créé. La corbeille est également vide.

Les éléments envoyés ne comportent qu'un seul message, celui qu'il a envoyé à Karl Susfeld dimanche passé, dans lequel le gâteux propose de me laisser venir et de s'occuper de moi.

Soit ce compte n'est utilisé que par à-coups, soit il est vidangé régulièrement.

Je penche pour la seconde option.

Il a supprimé le mail qu'il a reçu de Susfeld. En revanche, il a gardé la réponse qu'il lui a envoyée.

Oubli ou acte délibéré ?

Dans les deux cas, le fait qu'il ait conservé ce seul message est pour le moins étrange.

60

Plusieurs mètres de hauteur

Le 7 janvier 1952, en milieu d'après-midi, Nathan et sa famille se rendirent à l'aéroport de La Guardia pour prendre le vol transatlantique d'Air France qui reliait les États-Unis à l'Europe sans escale.

Le père de Nathan les accompagna pendant le transfert en taxi et les escorta au guichet d'enregistrement des bagages pour profiter de leur présence jusqu'à la dernière minute. Les adieux furent douloureux, même si un retour à court terme fut envisagé.

Après un vol d'une quinzaine d'heures, quelque peu chahuté à cause des conditions météorologiques, ils arrivèrent à Paris d'où ils prirent un vol vers l'Allemagne.

Ils atterrirent à l'aéroport de Stuttgart le 8 janvier, à onze heures du matin.

Haïka était la seule à avoir trouvé le sommeil durant le voyage et manifesta sa joie de découvrir qu'il avait neigé. Ils sortirent de l'aérogare et se dirigèrent d'un pas prudent vers le parking où Nathan avait garé sa DKW.

Les derniers jours passés à New York avaient été tendus et l'ambiance qui régnait dans le couple s'était encore détériorée. Leurs échanges se limitaient aux aspects pratiques, et l'attitude rebelle d'Éva pesait de plus en plus sur le moral de Nathan.

Lors de son retour de la prétendue tournée pour la boulangerie, Éva avait remarqué que sa veste était maculée de taches de sang. Elle s'était contentée de relever le fait sans lui poser de question ni lui adresser de reproches, mais son silence avait été éloquent.

À l'heure de leur départ, l'annonce du meurtre de Georg Bachmayer avait commencé à se répandre dans la communauté. Éva l'avait longuement dévisagé avant de tourner les talons. En réponse au regard interrogateur de son père, Nathan s'était contenté de garder le silence.

Il leur fallut une demi-heure pour localiser l'emplacement de la DKW. Le parking de l'aéroport était à ciel ouvert, le froid était mordant et les voitures étaient couvertes de neige. Ils durent retirer celle qui s'était accumulée sur les plaques minéralogiques pour parvenir à identifier leur véhicule.

Nathan maugréa.

— On l'a trouvée, c'est déjà ça, maintenant, j'espère qu'elle va démarrer.

Il posa les valises à ses pieds, ouvrit la portière et fit basculer le dossier du siège conducteur pour permettre à Éva et Haïka de s'installer sur la banquette arrière.

Il s'assit à l'avant, lança le moteur et poussa le chauffage au maximum. Il ressortit ensuite pour ôter la neige qui encombrait le pare-brise et les vitres.

Lorsque l'opération fut terminée, il ouvrit la malle arrière pour y ranger les valises.

Au moment où il refermait le coffre, Haïka profita d'un moment d'inattention de sa mère pour se faufiler hors de la voiture. Éva tenta de la rattraper, mais son mouvement fut gêné par le dossier du siège.

Elle appela Nathan à l'aide.

— Nathan, vite, Haïka s'est échappée !

Nathan fit le tour de la voiture et aperçut Haïka qui trottinait entre les voitures en direction de la sortie du parking.

Il se rua à sa poursuite.

En quelques secondes, la fillette avait parcouru une dizaine de mètres et se rapprochait de la zone de roulage.

Les hurlements d'Éva, prisonnière à l'arrière du véhicule, devinrent hystériques.

Tout en courant, Nathan se mit à crier.

— Haïka, arrête-toi immédiatement !

En quelques enjambées, il fut sur elle. Il l'agrippa des deux mains au moment où elle s'apprêtait à traverser la voie. Le cerveau enfiévré, le cœur battant, il la prit dans ses bras et la serra contre sa poitrine.

Il était sur le point de faire demi-tour lorsqu'un souffle brûlant lui balaya le dos.

Une violente explosion secoua le parking, faisant voler en éclats les vitres des voitures et projetant des débris métalliques en tous sens.

Nathan s'écroula sur le sol. Le vacarme assourdissant de la déflagration lui creva les tympans. À aucun moment, il ne lâcha sa fille. Il la tint serrée contre lui pour la protéger des éclats qui fusaient.

Il ressentit une douleur fulgurante dans le haut de la jambe tandis qu'un liquide chaud s'écoulait sur son visage. Il tenta de ramper pour se mettre à l'abri et échapper à la pluie de projectiles. L'une des portières de la DKW vint s'écraser à quelques centimètres d'eux.

Avant de perdre connaissance, il posa une main sur les yeux de sa fille et fit un effort désespéré pour tourner la tête en direction de sa voiture.

À l'emplacement où elle se trouvait, il ne restait qu'une carcasse ravagée par des flammes qui s'élevaient à plusieurs mètres de hauteur.

61

Je vais bientôt mourir

Je prends ma tasse de café et m'affale dans le divan.

Mon chat vient se frotter contre mes chevilles. Il est à peine huit heures et la chaleur est accablante. La météo a annoncé la journée la plus chaude de l'année.

Par habitude, mon regard est attiré par la photo de Sébastien affichée au mur, la seule que j'ai conservée. Il est sur son tricycle. Il rit de bon cœur. Il a deux ans. Il a perdu sa mère quand il avait six ans. Son père l'a abandonné quand il en avait dix.

Je me suis lancé dans mon enquête sans me préoccuper de lui. J'ai engagé une nounou pour le conduire à l'école le matin, aller le rechercher le soir, s'occuper de ses devoirs et préparer le repas.

Lorsque je planifiais un voyage, je trouvais de bonnes âmes pour l'héberger.

Nos contacts se sont espacés, nos échanges se sont raréfiés. Nous nous croisions sans plus nous voir. Une tension mêlée d'indifférence s'est installée entre nous.

Mon frère a été alerté. Il est rentré d'Afrique pour me proposer de s'occuper de Sébastien jusqu'à ce que *j'aille mieux*. Il travaillait au Sénégal à ce moment-là. Dakar était une ville sûre, Sébastien pourrait suivre ses études au lycée Jean-Mermoz. Sa femme ne pouvait pas avoir d'enfant et se disait prête à lui consacrer du temps.

Ce dernier argument a failli faire pencher la balance dans le sens contraire.

Ma belle-sœur est une bécasse maniérée dont la préoccupation majeure est l'éclat de sa coiffure, le choix de sa tenue vestimentaire et son tour de taille. Pour rien au monde, je ne la baiserais.

Mon frère l'a rencontrée quand il était à l'université. Selon moi, elle a été sa première et sa seule conquête. Je la soupçonne par ailleurs de s'être inventé une stérilité pour éviter de déformer sa plastique.

J'ai accepté la proposition, sachant que cette décision affaiblirait le reste de lien qui m'unissait à Sébastien.

La sonnerie de mon téléphone me signale l'arrivée d'un texto. Je sors de mes pensées.

Coucou

Quel distrait tu fais !
Comment pourrais-tu m'appeler, tu n'as pas mon numéro.
Cette fois, tu l'as.
J'ai envie de recommencer.
Appelle-moi.
Bisous.

Magali

Je l'efface aussitôt. Les femmes sont étranges. Traitées avec respect, elles adoptent une attitude condescendante, font des caprices, deviennent hautaines et exigeantes. Plus je les déshonore, plus elles se soumettent. Elles finissent par devenir mon jouet, ma marionnette. Beaucoup s'en rendent compte. Plutôt que de se rebeller, elles se complaisent dans ce rôle.

J'ai continué à voir Sébastien, par intermittence, lors des vacances d'été. Nous passions une semaine au Club Med, chacun de son côté. Nous nous voyions aussi en fin d'année, lorsque mon frère rentrait pour les fêtes. Mois après mois, nous sommes devenus des étrangers.

Le jour de ses dix-huit ans, je lui ai envoyé un message.

Il a répondu dans l'heure.

Je sais que tu as poussé ma mère au suicide. Tu ne t'es jamais occupé de moi. Tu n'es plus mon père. Je ne veux plus te voir.

Il était majeur et m'offrait son premier bras d'honneur. Je n'ai pas insisté, cette mise au point m'arrangeait.

Je relève mes mails.

Celui que j'attendais est arrivé.

Bonjour Stanislas,

J'ai réussi à obtenir le renseignement.

L'adresse IP en question mène dans le centre de Karlsruhe, en Allemagne.

En principe, le traçage sur Google Maps est fiable à quelques mètres près. Par chance, il semble qu'il n'y ait pas d'autres réseaux dans l'immeuble.

53, Scheffelstrasse

J'espère que cette information te sera utile. N'hésite pas à faire appel à moi.

John

J'ouvre Google Maps et introduis l'adresse. Je passe en mode satellite et effectue un zoom.

Le 53 Scheffelstrasse est un immeuble rectangulaire de cinq ou six étages, vraisemblablement un espace de bureaux. Il fait une quarantaine de mètres de long sur une douzaine de large. Aux dires de John, il n'y aurait qu'un seul réseau dans l'immeuble, ce qui paraît improbable. Sauf s'il s'agit d'un atelier ou d'un entrepôt.

Karlsruhe est à quelque cinq cents kilomètres. Je pourrais y être en quatre heures.

La réponse que N a envoyée à Susfeld a été expédiée un dimanche, en soirée, ce qui indique qu'il habite probablement dans l'immeuble.

Je n'ai pas besoin de Bellini, il maîtrise le français, la langue écrite en tout cas.

L'affaire est jouable.

Je me fais un second café.

J'ai fait quelques tentatives de réconciliation, toutes sont restées sans réponses.

En 2007, Sébastien est rentré en Belgique. Il a

trouvé du travail dans une grande banque. Il y a deux ans, il s'est mis en ménage avec une fille de son âge, Julie, belle, intelligente, baisable, en conflit avec moi dès notre première rencontre.

Ils habitent à moins d'une demi-heure de chez moi.

En fin d'année, mon frère nous invite au restaurant, le 25 décembre.

Sa femme, qui croit au Père Noël, pense que la solennité du moment va changer notre état d'esprit. Elle imagine que nous allons nous lever et nous perdre dans les bras l'un de l'autre.

En règle générale, nous mangeons et échangeons quelques banalités en prenant soin d'éviter que nos regards ne se croisent.

Sébastien est aussi buté que moi. Aucun de nous ne fera le premier pas.

Il faudra pourtant que je l'appelle un de ces jours. Il faut qu'il sache que je vais bientôt mourir.

62

Je suis de retour

Le calvaire qu'endura Nathan s'étira sur plus de neuf mois.

Après l'explosion, il avait été transporté dans un état grave à l'hôpital de Stuttgart.

Brûlé au visage et au corps, il y avait subi une première intervention. L'onde de choc avait provoqué la perforation des tympans ainsi qu'une hémorragie pulmonaire. En plus de multiples fractures au fémur, les muscles, les tendons et les nerfs de sa jambe droite avaient été sectionnés par des éclats de métal.

Il avait perdu beaucoup de sang et l'équipe du service d'urgence avait prescrit une amputation de la jambe.

Par chance, le médecin qui s'était occupé de son cas avait servi sur le front de l'Est comme chirurgien de guerre et était rompu à ce genre de blessures. Il était parvenu à sauver sa jambe *in extremis*, au terme d'une opération de plus de dix heures.

Nathan dut subir une nouvelle intervention quelques semaines plus tard, à l'hôpital de Francfort cette fois. Elle fut suivie par une troisième un mois plus tard, puis une quatrième au mois de mai.

En juin, l'organisation le fit transférer dans une clinique de pointe à Charleston, aux États-Unis. Un chirurgien réputé y pratiqua une opération au moyen de techniques sophistiquées. Celle-ci permit à Nathan de retrouver un usage partiel de sa jambe.

Malgré ce relatif succès, le chirurgien lui avait annoncé qu'il ne retrouverait jamais les fonctions complètes de sa jambe et qu'une grande partie de son membre resterait insensible.

Aux douleurs physiques vint s'ajouter une amère souffrance morale.

Nathan n'avait pu assister aux funérailles d'Éva et s'en voulait des tensions et de l'éloignement qu'il avait créés. Il regrettait sa froideur, son obstination et les mots blessants qu'il lui avait adressés pendant les jours et les semaines qui avaient précédé l'attentat.

Il souffrait également de sa séparation d'avec Haïka. Il avait fait rempart de son corps et elle était sortie indemne de l'explosion. Pour des raisons de sécurité, Aaron s'était chargé de la mettre en lieu sûr, au sein d'une famille proche du Chat. Seuls Nathan et Aaron connaissaient l'endroit où elle se trouvait.

L'attentat contre Nathan n'avait pas été un acte isolé. Durant les premiers mois de 1952, sept attentats furent perpétrés contre l'organisation en Europe. Trois membres du Chat y trouvèrent la mort. Onze parents ou proches y laissèrent également la vie, victimes de l'aveuglement des tueurs.

D'après Aaron, il ne faisait aucun doute que

l'organisation avait été infiltrée et qu'une taupe s'était glissée parmi eux.

Durant sa longue convalescence, la sécurité de Nathan fut assurée par trois membres du Chat qui se relayaient sans relâche à son chevet et ne le quittaient pas des yeux.

Immobilisé sur son lit d'hôpital, assommé par les analgésiques et la morphine, il s'était repassé les moments de bonheur qu'il avait vécus avec Éva : leur première étreinte dans les bois, leur amour indestructible, la naissance d'Haïka, les rires joyeux de leur fille, les jours heureux passés ensemble.

Cette longue épreuve ne fit que renforcer sa détermination et aviver sa soif de vengeance. Il ne songeait qu'à recouvrer la santé pour reprendre sa mission et châtier les assassins de la femme qu'il aimait et du fils qu'il ne connaîtrait jamais. Lors de son départ de l'hôpital de Stuttgart, le médecin qui avait pratiqué l'autopsie d'Éva lui avait révélé qu'elle attendait un garçon.

Aaron avait tenté de le raisonner.

— C'est la guerre, Nathan. Nous savions qu'ils ne nous feraient aucun cadeau. Nous retrouverons les meurtriers de ta famille et nous les punirons. N'en fais pas une affaire personnelle. Si tu es prisonnier de tes émotions, tu perdras ton sang-froid et tu perdras le combat. Laisse-nous régler ce problème, je te donne ma parole que nous les retrouverons et qu'ils paieront.

Ce n'est qu'à la fin du mois de septembre, après un voyage semé de fausses pistes que Nathan revit

Haïka. Aaron lui avait trouvé refuge au sein de sa famille en Israël, à Haïfa, au nord du pays.

Haïka avait bien changé. Elle avait grandi et sa beauté était éclatante. Sa ressemblance avec Éva était troublante, ce qui lui arracha le cœur.

Son caractère aussi avait changé. La joie de vivre semblait l'avoir quittée. Elle réclamait sans cesse sa mère, pleurait pour un rien et demandait à retourner dans sa maison. Des larmes plein les yeux, Nathan l'avait prise dans ses bras pour la consoler.

— Bientôt, *Larziza*, bientôt, nous serons à nouveau réunis et nous retrouverons notre maison.

Nathan séjourna plusieurs semaines en Israël et en profita pour découvrir le pays.

Il en tomba d'emblée amoureux.

Joseph, le cousin d'Aaron, un sexagénaire qui riait de ses propres plaisanteries, lui servit de guide. Sa bonne humeur et son optimisme rassérénèrent quelque peu Nathan.

Durant quatre semaines, ils parcoururent le pays du nord au sud et d'est en ouest. Nathan eut un coup de cœur pour Jérusalem, la ville blanche. Il se dit qu'il aimerait y passer des jours paisibles, avec son père et sa fille, quand le dernier Rat aurait péri.

Il apprécia l'enthousiasme, la persévérance et le courage de son peuple. Il fut admiratif du travail qu'ils accomplissaient et de l'opiniâtreté dont ils faisaient preuve pour construire leur pays.

Aux abords du Néguev, il s'étonna du contraste qui existait entre la végétation fournie qui s'épanouissait du côté israélien et le désert aride qui s'étendait de l'autre côté de la frontière.

Joseph avait souri.

— C'est la différence qu'il y a entre nous et les Arabes. Ils attendent qu'Allah vienne à leur secours, tandis que nous, nous prenons notre destin en main.

En novembre, Nathan entreprit un long périple qui l'amena de Haïfa à Gênes, en passant par Chypre.

Arrivé en Italie, il prit un train et parcourut la France en direction de Cherbourg.

Dans le port français, il trouva une place à bas prix sur un bateau qui partait vers l'Angleterre. À peine débarqué à Liverpool, il monta à bord du *Georgic* en partance pour New York. Durant la traversée, il fit la connaissance de Karl Susfeld, un jeune idéaliste qui rêvait de faire un procès à tous les criminels de guerre.

Nathan l'écouta sans lui dévoiler son rôle ni parler du Chat. Ils sympathisèrent et se promirent de rester en contact.

À New York, de nouvelles difficultés attendaient Nathan. La santé de son père déclinait et son médecin craignait qu'il ne soit atteint d'un cancer.

Ils passèrent de nombreuses heures à parler du passé et à tenter de se remonter le moral.

À la mi-décembre, Nathan fit son retour en Israël. Il commença à travailler dans une exploitation agricole communautaire située sur les flancs du mont Carmel, non loin de Haïfa. Il insista auprès des responsables du kibboutz pour ne pas bénéficier de régime de faveur et demanda à effectuer des travaux manuels.

Durant trois mois, il s'épuisa au travail pour tenter de chasser ses cauchemars lancinants.

À force de volonté et de détermination, il parvint à surmonter son infirmité et récupéra une partie importante des fonctions de sa jambe, ce qui lui valut l'admiration de la communauté.

Chaque samedi, il rejoignait Haïfa et passait la journée avec sa fille, à l'entourer d'attentions, à lui parler, à jouer avec elle en vue de retrouver un climat de confiance.

Jour après jour, Nathan remonta la pente.

En mars 1953, il appela Aaron.

— Aaron, c'est Nathan.

— Je t'ai reconnu, Nathan. À ta voix, j'ai l'impression que tu vas mieux. Je t'écoute.

— Je rentre en Allemagne dans dix jours. Je reprends la mission. Préviens les autres que je suis de retour.

63

Dans le crépuscule

Je sors de l'autoroute à Karlsruhe-Durlach. Il est vingt et une heures dix, le jour décline, mais la chaleur reste pesante.

J'ai quitté Bruxelles à seize heures. J'ai mis plus de cinq heures pour faire cinq cents kilomètres. Comme chaque premier week-end d'août, les Bataves sont lâchés ; ils franchissent leurs frontières et viennent polluer les autoroutes avec leurs caravanes. Je n'ai jamais compris l'intérêt que l'on pouvait trouver à passer ses vacances dans un espace de trois mètres carrés.

À première vue, Karlsruhe n'est ni belle ni moche. Elle ressemble à la majorité des villes allemandes : propre, rectiligne et sans âme.

Je m'engage dans la Durlacher Allee.

Malgré l'heure avancée, la circulation est dense, je roule au pas. À ma gauche, à une centaine de mètres, une fête foraine bat son plein.

Les tentacules des engins se déploient dans les airs. Les battements d'une musique tapageuse vibrent dans mes tympans, entrecoupés par des concerts de sirènes et des hurlements hystériques.

Pourquoi se font-elles catapulter de la sorte ? Qu'elles se fassent baiser dans les règles de l'art si elles sont en manque de sensations.

J'arrive à hauteur de l'entrée du parking.

Le chaos règne. Les conducteurs jouent des coudes. Je descends la vitre. Une odeur âcre de saucisses grillées envahit mes narines. Le gamin qui me précède sort la tête et me lance une tirade en schleu d'un ton agressif. Je lui présente mon majeur et lui fais comprendre que je me fous de sa kermesse.

Il maugrée, manœuvre et me cède le passage.

Je m'extirpe de la cohue et poursuis mon chemin vers le centre. Arrivé au bout de l'avenue, je bifurque dans la Kaiserallee. Un large terre-plein sépare les deux bandes de circulation. Je continue jusqu'au carrefour, contourne le rond-point et repars en sens inverse.

J'ai le sentiment d'arriver à la croisée des chemins.

Soit les réponses aux questions que je me pose depuis tant d'années se trouvent à quelques centaines de mètres, soit je fais une nouvelle fois fausse route et mourrai sans connaître le fin mot de l'histoire.

Je prends à droite, m'engage dans la Scheffelstrasse. La rue est à sens unique. Peu de voitures sont garées le long du trottoir.

La voie longe un quartier de bureaux à l'abandon.

Je ne discerne que quelques fenêtres éclairées, éparpillées sur les façades délabrées. Les travaillomanes du vendredi clôturent un dernier dossier avant de s'offrir un week-end sans culpabilité.

Le numéro 53 est un immeuble désaffecté de cinq étages. La façade principale est maculée de traînées d'humidité verdâtres. De nombreuses vitres sont brisées. Aucune lumière ne filtre.

Une enseigne commerciale agonise sur l'un des murs. Deux lettres ont mis les voiles.

Bur.müll.r
Seit 1967

Je navigue entre plusieurs scénarios : John s'est planté, il s'est fait flouer par son contact, ou je ne suis pas à la bonne adresse.

Je roule au ralenti jusqu'au coin de la rue. Un coup d'œil aux alentours confirme mon impression. Le quartier a dû connaître un boom dans les années soixante avant de tomber en décrépitude. Dans peu de temps, les bulldozers lui régleront son compte.

Je fais le tour du bloc et m'arrête une seconde fois devant l'immeuble. Je contrôle le numéro de maison. 53. Je ne me suis pas trompé.

Je détaille les lieux. Des détritus s'amoncellent au bas de la porte d'entrée. Les vitres qui subsistent sont crasseuses, le parking est défoncé, de nombreuses dalles sont manquantes.

Je me mets sur le côté, coupe le moteur et attrape mon téléphone.

J'expédie un message à John.

Tu te fous de moi ? Je suis à Karlsruhe, devant ton immeuble. Personne n'y a mis les pieds depuis 1967. Vérifie l'adresse.

Tout de suite.

S.

Sa réponse me parvient dans les trois minutes.

Je suis désolé, Stanislas.

Je viens de contrôler, il s'agit bien du 53, Scheffelstrasse à Karlsruhe, code postal 76135.

Peut-être y a-t-il deux Scheffelstrasse à Karlsruhe.

Que puis-je faire pour toi ?

John

Je jette un nouveau coup d'œil à la façade. Mon regard est attiré par un mouvement, un bref reflet derrière l'une des vitres du dernier étage.

Je fixe la fenêtre. Quelqu'un se promène avec une lampe de poche à l'étage. Un homme apparaît dans l'encadrement. Je le situe dans la quarantaine ; les cheveux en bataille, une chemise blanche. Il regarde dans ma direction. Malgré la distance qui nous sépare, je sens son regard fixé sur moi.

J'ouvre la portière, sors de la voiture sans le quitter des yeux. Il m'observe encore quelques instants avant de s'éclipser.

Je ferme la voiture et me dirige vers l'immeuble. La porte d'entrée est condamnée. Les vitres sont couvertes de suie, des fragments de palettes de bois entravent le passage.

Je fais le tour de l'immeuble. L'arrière du bâtiment est protégé par une clôture de barbelés que des vandales ont défoncée depuis belle lurette.

J'enjambe la barrière et débouche sur une zone de chargement. Je tente de soulever l'un des volets métalliques, sans succès. Le deuxième oppose la même résistance.

Je distingue une entrée de service au fond de la cour. J'actionne la poignée. À ma surprise, elle répond à ma sollicitation. J'entre dans un entrepôt creusé en partie en sous-sol. Il y fait frais. Une odeur de moisi flotte dans l'air.

Je crie à pleins poumons.

— Il y a quelqu'un ?

Ma voix résonne dans l'obscurité.

Je me dirige à tâtons, repère un couloir, m'y engage.

J'accède à l'avant de l'immeuble, à proximité de la porte d'entrée, à ce qui fut la réception, un guichet défoncé sur lequel traînent des câbles métalliques.

Une cabine d'ascenseur dessert les étages. Je la contourne et m'engage dans la cage d'escalier. Je grimpe les marches et parviens au premier étage.

Un plateau d'une centaine de mètres carrés occupe la superficie. Il est meublé de bureaux métalliques antédiluviens, la plupart renversés. Quelques fauteuils se décomposent à leurs côtés. Des tiroirs gisent au sol.

Je m'arrête, tends l'oreille. Aucun bruit.

Je poursuis mon avancée, accède au second.

Je pousse une nouvelle gueulante.

— Il y a quelqu'un dans ce bordel ?

Je gravis les marches, arrive au niveau suivant.

Même type de plateau. Quelques tables plus vastes, sans doute des planches à dessin.

Le quatrième étage est vide.

Je place mes mains en porte-voix, dirige le son vers le dernier étage, là où se trouve mon homme.

— Je vous ai vu. Je sais que vous êtes là. Je dois vous parler.

Le silence me répond.

Je pose un pied sur la première marche. Degré par degré, je monte en prenant soin de ne faire aucun bruit. Je m'arrête à quelques marches du niveau. Mon visage est à la hauteur du sol. Le plateau semble désert.

Un léger bruit me parvient. Je reconnais le cliquetis caractéristique d'un disque dur qui travaille.

Je franchis les dernières marches et débouche sur un plateau de la même dimension que les précédents. Ni meuble ni personne. Seule une chaise est plantée au milieu de la surface.

J'éprouve un sale pressentiment.

Près du mur du fond, quelques diodes électroluminescentes clignotent.

Je fais quelques pas et distingue une tour d'ordinateur surmontée d'un modem et d'un routeur. Pas d'écran ni de clavier en vue.

Comme je le craignais, je me suis fait avoir comme un gamin. Je suis tombé dans le piège. L'endroit est un leurre, une adresse relais pour fausser les pistes et amener le pigeon dans une impasse.

Je fais demi-tour.

Trois hommes me font face. Je n'ai pas capté le moindre bruit, mais je ne rêve pas. Ils sont là, immobiles dans la pénombre. Ils me dévisagent sans complaisance.

La chaise m'est destinée, ils vont me cuisiner et je pourrai hurler tout mon soûl sans perturber le voisinage.

Ils avancent d'un pas, à l'unisson.

Je me prépare au combat, un pied légèrement en avant, les poings fermés à hauteur du visage. Ma posture ne semble pas les impressionner. Ils continuent à me jauger en silence.

Le type avec la chemise blanche se trouve au centre.

Il prend la parole.

— Pas essayer.

Je pressens que je n'ai aucune chance, ces gaillards sont des bêtes de combat, ils ne vont faire de moi qu'une bouchée.

Il répète, sur le même ton.

— Pas essayer.

Je compte malgré tout vendre chèrement ma peau et en amocher un ou deux avant de mettre un genou à terre.

Je hoche la tête, grimace un sourire.

— Bien sûr, ducon, pas essayer.

La meilleure défense est l'attaque. Je fais mine de reculer et d'une poussée, je me rue en avant en lui décochant un grand coup de pied dans les couilles.

D'un geste posé, il bloque l'attaque et s'empare de ma cheville. Il la tord d'un geste sec et me retourne comme une crêpe.

Toujours sans un mot, un second sbire avance et m'agrippe par le col. Je tente de me soustraire. Il brandit une seringue et plonge l'aiguille dans ma nuque. L'homme en blanc lâche aussitôt ma cheville.

Je me reprends, cherche mon équilibre. Je suis debout, face à eux. Je lutte contre la syncope.

Les images se désynchronisent devant mes yeux.

Le trio se dédouble.

Les six types me regardent vaciller.

Je jette un coup d'œil derrière eux. À quelques encablures, la grande roue de la kermesse se découpe dans le crépuscule.

64

La sagesse de tes conseils

Le retour de Nathan fut marqué par un coup d'éclat et une situation préoccupante.

Dès son arrivée en Allemagne, il partit rejoindre la cellule centrale du Chat à Berlin. Aaron avait jugé que l'adresse du bureau de Karlsruhe avait été découverte et avait fait évacuer les lieux.

Il avait demandé à Nathan de partager son temps entre Berlin et Francfort où travaillait Andrzej Zawadzki, un jeune Polonais rescapé de la marche de la mort de Flossenbürg.

Nathan insista pour garder la maison de Weingarten, attache dérisoire de sa vie passée. Seules certaines personnes de confiance en connaissaient l'existence. Il avança qu'il en allait de son équilibre et qu'il acceptait les risques liés à sa demande.

Aaron lui fit part de ses réticences, mais appuya sa requête à condition qu'il accepte la présence d'un garde du corps lorsqu'il y séjournerait.

Nathan reçut pour nouvelle mission de coordonner les recherches entre Berlin et Francfort et de trouver les moyens d'augmenter l'efficacité des équipes sur le terrain. Il lui fut également demandé de mettre tout en œuvre pour réduire les risques qui pesaient sur les membres et leurs proches.

En juin 1953, il mit à jour la piste de Paul Bredow, le *SS-Oberscharführer* qui avait collaboré au programme d'euthanasie avant d'aller à Sobibor.

En 1945, il avait réussi à passer entre les mailles du filet et s'était réfugié en Argentine, à San Carlos de Bariloche, un lieu de villégiature situé au bord d'un lac, au pied des Andes. Avec ses montagnes et ses chalets, le village rappelait quelque peu la Bavière.

Le Chat considérait qu'un millier de nazis s'y étaient réfugiés, dont Eduard Roschmann, le Boucher de Riga, devenu Federico Wegener par la complaisance de l'immigration argentine, et Walter Rauff, l'inventeur des *Gaswagen*, les camions utilisés pour asphyxier les Juifs.

Le soir, ils se réunissaient pour boire de la bière au *Deutscher Club*, et le 20 avril, ils fêtaient l'anniversaire d'Adolf Hitler au dernier étage de l'hôtel *Colonial*.

Un assaut d'envergure avait été envisagé, mais une analyse de la situation avait démontré qu'il avait peu de chances de réussir, les nazis étaient armés jusqu'aux dents et bénéficiaient de la protection du gouvernement Perón.

En revanche, Paul Bredow, alias Paolo Martinez, se rendait deux fois par an en Allemagne, en été et à Noël, pour voir sa fille à Neu-Isenburg, dans la région de Francfort.

La capture eut lieu le 30 juillet 1953. Nathan avait monté l'opération, mais n'était intervenu sur le terrain qu'au dernier moment, pour procéder à l'exécution.

À l'issue du procès durant lequel Bredow n'avait cessé de clamer son innocence, il était resté plus d'une heure en tête-à-tête avec lui. Il s'était assis et avait entamé un dialogue.

Avec calme et détermination, il lui avait posé de nombreuses questions et l'avait confronté à des faits concrets. Il l'avait progressivement poussé dans ses derniers retranchements.

Au bord de l'épuisement, l'homme avait fini par avouer sa culpabilité. Il l'avait alors exécuté en le fixant dans les yeux.

Aaron avait été mis au courant de l'épisode et s'en était inquiété.

— Tu es sûr que tu veux continuer ta mission ? N'es-tu pas occupé à trahir la cause pour assouvir une vengeance personnelle ?

Nathan lui avait répondu sans émotion.

— Tu voulais que je trouve des moyens d'accroître notre efficacité en diminuant les risques que nous prenons, c'est ce que je fais. J'ai une proposition à te faire, mais compte tenu du caractère particulier de ma recommandation, j'aimerais la présenter à l'ensemble des dirigeants.

Aaron était resté sceptique.

— Je vais voir si une telle chose est envisageable.

Six semaines plus tard, Daniel, l'homme avec lequel Nathan avait été formé à la ferme, fut assassiné en sortant d'un restaurant avec sa fiancée. Après s'être assuré qu'il était mort, le commando avait abattu son amie et deux passants qui cherchaient à fuir.

Face à ce nouvel attentat, les dirigeants de l'organisation mirent sur pied une réunion extraordinaire pour envisager de nouvelles mesures de sécurité.

À la demande d'Aaron, Nathan fut invité à le remplacer à la rencontre. Elle fut planifiée la semaine suivante, à New York. Il lui fut demandé de renoncer à rencontrer son père et de ne parler de ce déplacement à personne.

La réunion eut lieu au dernier étage d'un hôtel de Manhattan. Neuf hommes y assistaient. Nathan n'en connaissait qu'un, le dénommé John qu'il avait rencontré en novembre 1948, lors de son recrutement, l'homme d'une quarantaine d'années à l'allure sportive avec lequel il avait déjeuné à quelques rues de là.

À la manière respectueuse dont les autres s'adressaient à lui, il comprit qu'il avait affaire à 6M. Dès l'ouverture de la réunion, sa voix, son calme et le discours qu'il tenait fascinèrent Nathan.

Diverses suggestions furent évoquées pour renforcer la sécurité des membres. Nathan se contenta d'écouter sans intervenir.

Quand ce fut à lui d'émettre ses idées, il sortit de sa poche une série de photos qu'il étala sur la table.

Il s'agissait des victimes, dix-neuf au total, tombées sous les balles des tueurs nazis.

Il posa un index sur la photo d'Éva.

— Elle s'appelait Éva, c'était ma vie, mon amour, la seule femme que j'aie aimée. Elle portait mon fils, elle est morte à ma place.

Il installa un silence que personne n'osa troubler.

Il s'adressa ensuite à 6M.

— J'ai beaucoup de respect pour vous, monsieur. Au nom de nos frères, j'aimerais vous remercier pour les efforts financiers et humains que vous déployez pour que jamais plus notre peuple ne soit victime de bourreaux, de tyrans ou de dictateurs.

Très ému, 6M se leva et vint lui faire l'accolade.

— Je connais ton histoire, Nathan. C'est moi qui te suis redevable. Je suis fier de t'accueillir parmi nous et je te suis reconnaissant de poursuivre ta mission malgré ce qui t'est arrivé. Aaron m'a dit que tu avais une proposition à nous faire.

Nathan s'adressa à l'ensemble de l'assistance.

— J'ai une suggestion à vous faire, messieurs, une suggestion qui va vous surprendre et vous offusquer, mais que je vous demande de considérer avec le recul nécessaire avant de la rejeter.

John intervint.

— Nous t'écoutons, tu ne seras pas interrompu avant d'avoir terminé.

Nathan éleva la voix.

— J'irai droit au but, messieurs, nous devons arrêter les procès.

Malgré l'injonction de 6M, la déclaration suscita un remous dans l'assistance.

Ce dernier leva la main pour obtenir le silence.

— Poursuis, Nathan.

— La qualité et la précision de nos recherches nous permettent aujourd'hui d'établir de manière formelle l'identité de nos cibles. À ce jour, nous n'avons jamais commis d'erreur sur la personne. Les assassins ne méritent pas de procès, ils ne nous ont jamais donné la possibilité d'en avoir un. Ils sont coupables et doivent mourir. Les procès demandent une mise en œuvre complexe et des déplacements dangereux. Ils engagent un nombre important de personnes. Cela augmente les risques. S'il existe une taupe parmi nous, elle a été infiltrée lors d'un procès. Je suis convaincu qu'il s'agit d'un juré ou de quelqu'un proche d'un juré. Si nous voulons arrêter les assassinats, il faut arrêter de se prendre pour Dieu.

Sa dernière phrase provoqua de nouvelles rumeurs.

6M apaisa une nouvelle fois les esprits.

— Nous t'écoutons, Nathan.

— Je propose de mettre au point une forme d'interrogatoire qui forcera la cible à avouer elle-même ses crimes et à accepter la sentence. Je n'envisage pas de tortures physiques ou psychiques, je parle d'un dialogue fait de questions, d'affirmations, de reconnaissances de faits. Certains de nos ennemis se sont spécialisés dans ce genre d'exercices.

L'un des hommes ne put s'empêcher d'intervenir.

— C'est théorique. Les Russes font appel à ce genre de procédés, ils sont accompagnés de menaces, de souffrances psychiques ou de sévices corporels. Je doute que nous puissions avoir une force de persuasion telle que les Rats se mettent à avouer leurs crimes.

Nathan s'attendait à une intervention de cette nature.

— J'ai réalisé une première expérience, elle s'est avérée concluante.

Il termina en citant un proverbe juif.

— Dieu punit, l'homme se venge. C'est à vous de choisir.

Un long silence suivit son intervention.

John le pria de quitter la salle pour permettre aux membres de débattre de sa proposition.

La réunion reprit le lendemain, dès la première heure.

6M ouvrit la séance et s'adressa à Nathan.

— Nathan, nous avons longuement discuté de ta proposition. Elle va à l'encontre de nos valeurs. Nous savons tous que la Bible déclare « œil pour œil, dent pour dent ». Ce verset, appelé la loi du talion, a créé le mythe du Juif sanguinaire et vengeur. Au contraire, le droit hébraïque a toujours dénié la vengeance et encouragé la réconciliation. Dans le Lévitique, il est écrit, « ne te venge pas et ne garde pas rancune, aime ton prochain comme toi-même ». En notre âme et conscience, nous devrions refuser ta proposition.

Il installa une pause et parcourut l'assemblée du regard.

— En revanche, nous ne voulons pas que le sang de nos frères coule à nouveau. Si ta suggestion peut éviter de nouvelles victimes, ne serait-ce que pour un temps, nous nous devons de la suivre, même si nous en rejetons le principe. Ta proposition est acceptée, Nathan. Nous allons consulter des spécialistes en dialectique et développer une technique d'interrogatoire comme tu l'as proposé.

Il se leva, vint à la rencontre de Nathan et le serra dans ses bras.

— Tu auras un rôle à jouer dans cette démarche, nous te tiendrons au courant. Je te remercie pour la sagesse de tes conseils.

65

Je sais comment te contacter

J'ouvre les yeux. La nuit est tombée. Une violente migraine déferle dans ma boîte crânienne.

Je ne sais si je suis resté dix minutes ou deux heures dans le cirage. Les trois malabars sont debout dans la pénombre, à moins de deux mètres, en arc de cercle autour de la chaise où je suis assis.

Hormis l'injection qu'ils m'ont administrée, leur attitude ne me semble pas belliqueuse. Ils ne m'ont pas passé de menottes et mes chevilles ne sont pas entravées.

Je passe une main sur ma nuque, me masse les cervicales.

L'un d'eux fait un pas en avant, me tend un verre d'eau.

— Boire.

Je m'empare du verre et plonge une main dans ma poche à la recherche de la boîte métallique. Les types ne bronchent pas. Ils m'ont fouillé et savent que je ne suis pas armé.

Mes yeux s'habituent peu à peu à l'obscurité.

Je retrouve mes repères, je reconnais les lieux. Ils

m'ont installé sur la chaise, au milieu du plateau. La cage d'escalier se trouve derrière moi, à quelques mètres, mais je ne songe pas une seconde à tenter de fuir ou à reprendre le combat.

Je hume le verre d'eau.

Mon geste les amuse.

Je prends un Imitrex, vide le verre d'un trait et m'adresse à l'homme à la chemise blanche.

— On attend quelque chose ?

Il acquiesce.

Je me suis fait avoir sur toute la ligne. La vieille histoire de l'arroseur arrosé. Le piège s'est mis en place avant même que je ne capte l'échange de mails entre Susfeld et Katz.

J'ai pris mes renseignements sur ce Kervyn. Je vois qui c'est. Laissons-le venir.

Plus qu'un piège, il me lançait un défi. Il s'est renseigné sur mon compte. Il savait que je possédais les compétences nécessaires pour remonter leur piste.

Ces types sont des pros. Ils sont entrés dans ma bécane et ont tracé mon téléphone, ce qui explique le bon déroulement des faits et le comité d'accueil. Les cordonniers sont les plus mal chaussés. Il faudra que j'en parle à Jean-Charles, si j'arrive à sortir d'ici.

Un remue-ménage se fait entendre dans les profondeurs de l'immeuble. Je perçois un grincement de charnières, suivi du bourdonnement de l'ascenseur. Je suis surpris qu'il fonctionne encore.

Après une dizaine de secondes, le ronronnement cesse et la porte de l'ascenseur s'ouvre en couinant dans mon dos.

Quelqu'un marche dans notre direction. Son pas est irrégulier. Un bruit métallique accompagne sa progression. Il s'aide d'une canne. Il contourne la chaise et apparaît dans mon champ de vision.

L'homme est de taille moyenne et porte une épaisse crinière blanche. En smoking, je l'aurais pris pour un sommelier ou un chef d'orchestre. Il se tient légèrement voûté. Au jugé, je lui donne plus de quatre-vingts berges.

Nathan Katz, à n'en pas douter.

L'un des hommes de main se dirige vers le mur et actionne un interrupteur. Une ampoule de faible puissance s'allume au-dessus de ma tête.

Le vieillard se place en face de moi, se libère de sa canne et pose les mains sur ses hanches.

— Levez-vous, je vous prie.

Son français est impeccable. Le ton est aimable, mais autoritaire. Ce n'est pas une prière, mais un ordre.

J'obéis.

Le trio s'apprête à intervenir.

Je m'adresse à Chemise blanche.

— Pas essayer, je sais.

Le fait de me lever empire le mal qui bat dans ma tête.

Le vieux m'interpelle.

— Qui êtes-vous ?

— Stanislas Kervyn, vous le savez.

— Que voulez-vous ?

— Vous rencontrer.

Il mime la surprise.

— Me rencontrer ? Ce qui veut dire que vous savez qui je suis ?

Il ne me quitte pas des yeux.

Son regard est pénétrant, inquisiteur. Hormis sa guibole, il semble en forme pour un octogénaire.

— Vous êtes Nathan Katz.

— D'où tenez-vous ça ?

— C'est une habitude chez vous, les questions ? J'ai dû raconter quinze fois ma vie en long et en large lors de mon séjour dans votre pays.

Il esquisse un sourire.

— De quel pays parlez-vous ?

— Le vôtre, Israël.

C'était il y a plus de vingt-cinq ans.

Dany rêvait de voir Israël et de visiter la Ville sainte. Sébastien avait alors quatre ou cinq ans. Nous avons passé une semaine à Eilat et pris un vol intérieur pour nous rendre à Jérusalem.

Dans les aéroports ou lors des nombreux contrôles, les visiteurs étaient soumis à d'interminables interrogatoires, souvent menés par de très jeunes femmes. Les questions allaient de la composition du dernier repas à des souvenirs relatifs à la petite enfance en passant par « Transportez-vous des armes dans votre valise ? » ou « Êtes-vous un ennemi d'Israël ? », le tout sans quitter l'interviewé des yeux.

— Pourquoi voulez-vous rencontrer Nathan Katz ?

— Vous savez qui a tué mon père, et pourquoi.

— Vous avez mené une longue enquête, vous avez même écrit un livre sur le sujet. Qu'est-ce qui vous pousse à reprendre à zéro ?

— Je me suis trompé sur toute la ligne.

Il élargit son sourire.

— Vous êtes comme votre père, courageux, têtu et naïf.

Des fourmillements envahissent ma nuque.

La seule idée que cet homme ait connu mon père me désarçonne.

— Je sais que vous avez rencontré mon père en avril 1954, à Caprino Veronese. Il recherchait Rudolf Volker et vous saviez où il se trouvait. Ce jour-là, vous lui avez remis une carte postale sur laquelle vous avez écrit votre numéro de téléphone. Je me trompe ?

Il ne confirme pas.

Il ne nie pas non plus.

— Comment se fait-il que vous soyez passé à côté de cette information pendant les vingt ans qu'a duré votre enquête ?

— J'ai reçu un tuyau de dernière minute, lors d'une émission de télévision.

Il grimace.

— Un tuyau ?

— Une information exclusive, si vous préférez.

— De qui venait-elle ?

— D'un homme à l'agonie dans un hôpital de Lyon. Il était présent sur les lieux. C'était le chauffeur du commando, un petit voyou qui savait bien conduire et connaissait Le Caire comme sa poche. Il a été recruté par les tueurs pour faire le coup. Ils ont essayé de s'en débarrasser par la suite.

— Comment ces tueurs savaient-ils que votre père se rendait au Caire ?

La question me surprend.

— En principe, c'est vous qui devriez me le dire.

Il continue de me fixer dans le blanc des yeux.

— Je regrette ce qui s'est passé. Je n'aurais pas dû l'aider, mais j'avais de l'estime pour ce qu'il avait fait pour nous pendant la guerre. Votre père était obtus. Je lui ai conseillé d'ouvrir une autre piste, je lui ai dit qu'il allait droit à la mort. Il n'a rien voulu entendre. En revanche, peu de gens savaient qu'il allait au Caire et à quoi il ressemblait. J'ai été surpris d'apprendre qu'ils l'ont eu dès son arrivée.

Quelque chose ne colle pas.

— Qu'est-ce que vous dites ? Mon père a fait quelque chose pour vous pendant la guerre ? Les tueurs ne savaient pas à quoi mon père ressemblait ? Ils savaient très bien à quoi il ressemblait. Ils avaient sa photo.

Il est surpris.

— Ils avaient sa photo ?

Cette information semble le stupéfier.

— Oui, ils ont étudié son visage sur le trajet, ils ne pouvaient pas le rater, même s'il portait un chapeau sur la photo.

Ce détail le rend perplexe.

— Vous n'avez pas d'autres photos où votre père porte un chapeau ?

— Je ne pense pas. En tout cas, je n'en ai jamais vu. C'est un détail, non ? Pourquoi cette question ?

Il dissimule tant bien que mal son trouble.

— Pour rien. Rien qui ne vous concerne, en tout cas.

— Pourquoi mon père voulait-il rencontrer Rudolf Volker ? Il comptait l'abattre ?

Ma question le surprend une nouvelle fois.

— Pourquoi voulait-il voir Volker ? Quelle étrange question ! Non, il ne comptait pas l'abattre. Votre mère ne vous a jamais parlé de lui ?

De nouveaux fourmillements se répandent dans mon dos.

— Ma mère ? Parlé de lui ?

J'ai l'impression d'être empêtré dans un dialogue de sourds.

Je respire un grand coup.

Mes tempes battent. Un vertige m'envahit. L'Imitrex entame son combat contre la migraine.

Le vieux semble également perdu. Il lance quelques mots en allemand à l'un de ses nervis. Ce dernier file au fond de la pièce et revient avec une chaise.

Katz s'installe en face de moi.

— Assieds-toi.

J'obtempère.

Il se penche en avant.

Nos genoux se touchent.

— Je vais te révéler certaines choses, Stanislas. Autant te prévenir, tu mets ta vie en danger si tu les dévoiles à quiconque. Tu comprends ?

Cette proximité et le passage au tutoiement me donnent l'impression que nous venons de conclure un pacte tacite.

— Je comprends.

— Ton père voulait à tout prix rencontrer Rudolf Volker. Nous savions qu'il se trouvait au Caire et qu'il évoluait dans la sphère d'un dignitaire nazi appelé Johann von Leers. Ce n'était pas le seul réfugié en Égypte. Ils étaient nombreux, protégés par les Égyptiens et leur garde personnelle. Approcher Johann von Leers relevait du suicide. J'ai prévenu ton père, il a quand même voulu prendre le risque.

— Pourquoi prendre un tel risque ?

— Par amour.

Il m'aurait allongé une gifle que l'effet aurait été moindre.

Je bafouille.

— Par amour ?

Il balaie ma question d'un geste.

— Je ne sais comment, mais ils ont appris que ton père allait au Caire. Ils ont sans doute cru qu'il visait von Leers. Peut-être ont-ils pensé qu'il travaillait pour nous. Le carnage nous était destiné. Ils voulaient nous démoraliser et nous pousser à abandonner. Si cela peut calmer ta rage, tous ont été châtiés, du premier au dernier.

— Pourquoi mon père voulait-il parler à Volker ?

Il feint une nouvelle fois d'ignorer la question.

— Maintenant, rentre chez toi, Stanislas.

Je me lève et hausse le ton.

— Pourquoi mon père voulait-il parler à Volker ?

Qu'est-ce qu'il a fait pour vous pendant la guerre ? Ça veut dire quoi, par amour ? Qu'est-ce que ma mère aurait dû me dire ?

Les trois sbires avancent d'un pas.

Il leur lance quelques mots.

Ils s'apaisent aussitôt.

— Rentre chez toi, Stanislas. Laisse-moi quelques jours. Je sais comment te contacter.

66

Il accepta

Parallèlement aux missions, Nathan prit part à un groupe de travail chargé de développer des techniques d'interrogatoire permettant de recueillir la confession des prisonniers. L'objectif était de les amener à avouer leur culpabilité par une batterie de questions et un énoncé de faits incontestables.

L'organisation fit appel aux services de Moritz Weinberg, un psychosociologue rescapé d'Auschwitz qui les familiarisa avec les techniques de persuasion coercitive. Ce dernier avait analysé les méthodes que les nazis avaient mises au point pour modifier les relations des prisonniers avec leur milieu en les fragilisant et en les mettant sous dépendance.

Certaines pratiques conçues par la Gestapo visaient à provoquer des émotions contradictoires en alternant la compassion et l'impitoyabilité.

À son contact, Nathan apprit que la menace d'un châtiment se révélait aussi efficace que le châtiment lui-même.

Par la suite, il chercha à appliquer les tactiques qu'il avait apprises, mais les dialogues qu'il engageait avec les condamnés étaient souvent longs et ne menaient pas à coup sûr aux aveux. Certains prisonniers niaient jusqu'à la dernière minute ou se réfugiaient derrière l'argument mille fois entendu qu'ils n'avaient fait qu'obéir aux ordres.

À travers leur idéologie raciste, les nazis avaient dès 1933 incité les pervers et les sadiques à les rejoindre. Bon nombre découvrirent en se livrant à leurs premiers actes violents qu'ils avaient en eux ces penchants. En moins de dix ans, l'idéologie nazie avait produit une génération de tueurs sanguinaires ; des êtres *a priori* normaux dont les pulsions malsaines étaient nées de l'encouragement qui leur avait été donné d'infliger des châtiments corporels aux prisonniers.

Lors d'une réunion informelle à Berlin, Nathan heurta certains participants en déclarant de sang-froid que son objectif était d'éradiquer cette race. Pour les personnes présentes, il ne faisait aucun doute qu'il en faisait une affaire personnelle.

Au début de l'année 1954, Nathan fit la traversée vers New York pour rendre visite à son père dont l'état était de plus en plus préoccupant. Il passa une semaine auprès de lui et le quitta avec le sombre pressentiment qu'il lui avait parlé pour la dernière fois.

À la fin du mois de janvier, il s'embarqua sur le *Nea Hellas*, un paquebot grec, et se rendit en Israël pour y retrouver Haïka. Sa fille avait trois ans et demi et s'était peu à peu acclimatée à sa famille d'accueil qui la considérait comme sa propre fille. Elle se révélait vive d'esprit, montrait de belles dispositions pour le piano et avait retrouvé sa joie de vivre.

Nathan resta deux semaines à Haïfa où il noua de nouvelles amitiés avant de reprendre le bateau à destination d'Hambourg.

En mars, Andrzej Zawadzki, l'homme qui travaillait au bureau de Francfort, remonta la piste de Wilhelm Göecke, l'ex-commandant du camp de concentration de Varsovie qui avait par la suite supervisé la destruction du ghetto de Kaunas.

L'homme avait été déclaré mort sur le front italien en octobre 1944. Dans les faits, il était toujours vivant et s'était installé dans un petit village non loin du lac de Garde. Il s'appelait à présent Wilhelm Simon et travaillait comme ouvrier dans une scierie.

Nathan se chargea d'élaborer le plan de capture.

Il commença par se mettre à la recherche d'un habitant du village susceptible de l'informer sur les habitudes de la cible, comme il l'avait fait pour Müller.

La démarche fut vaine ; la population du village ne comptait aucun Juif.

Il apprit qu'un cimetière militaire allemand était en construction non loin de là et que les responsables du projet recherchaient de la main-d'œuvre.

Il envoya sur place David Sarfatti, un Juif d'origine italienne qui travaillait pour le Chat depuis deux ans. Victime de la rafle que les nazis opérèrent en octobre 1943 dans le ghetto de Rome, il avait été déporté à Auschwitz avec un millier d'autres Juifs italiens. Moins d'une centaine en étaient revenus.

David Sarfatti se fit embaucher et effectua les premiers repérages. Il fit parvenir à Nathan une carte topographique ainsi que des cartes postales et des photographies du village et prit ses renseignements sur Wilhelm Simon.

En avril, Nathan constitua l'équipe d'intervention et précisa les modalités de l'opération.

L'escouade se composerait de David, d'Élie et de lui-même. Il se rendrait sur les lieux par le train qui reliait Francfort à Innsbruck, en Autriche. À Innsbruck, il louerait une voiture et continuerait sa route vers Costermano, le village où travaillait David Sarfatti. Ensemble, ils se rendraient à Caprino Veronese.

De son côté, Élie prendrait le train au départ de Bruxelles vers Milan. Il louerait une voiture à la gare de Milan et les rejoindrait à l'entrée sud du village, trois heures avant la capture.

Grâce au travail de Sarfatti, Nathan savait que Göeke se rendait au bistrot du village chaque vendredi, peu avant vingt heures, pour y suivre *Decimo Migliaio*, une émission de télévision.

L'exécution se déroulerait dans l'enceinte du cimetière en construction. Les lieux étaient déserts durant la nuit et le travail commençait plus tard le samedi. Pour des raisons de sécurité, aucune arme ne serait utilisée. L'homme serait pendu et son cadavre réduit en cendres.

La rencontre fut fixée au 23 avril, à dix-sept heures.

La veille du départ, Élie prit contact par téléphone avec Nathan. Il éprouvait de grandes difficultés à s'exprimer.

— Qu'est-ce qui se passe, Élie ?

— Il faut que je te parle, Nathan, au sujet de demain.

— Il y a un contretemps ?

Il mit un certain temps à répondre.

— Non, ce n'est pas ça.

Nathan fit preuve d'impatience.

— Dans ce cas, ne tourne pas autour du pot et dis-moi ce qui se passe. Tu ne veux pas venir ?

— Bien sûr, je veux en être.

— Alors ?

Élie reprit son souffle.

Ses hésitations et son bégaiement étaient plus marqués que d'habitude.

— Un jour, je t'ai raconté mon histoire, tu te souviens ? Le vingtième convoi, l'attaque, les résistants belges qui m'ont sauvé la vie ?

— Oui, je m'en souviens.

— J'ai gardé le contact avec l'un d'eux, celui qui m'a sauvé la vie. Il m'a caché chez lui, il m'a fourni de faux papiers et du travail. Il a pris de gros risques pour moi.

— Tu m'as raconté ça.

Il se racla la gorge.

— Cet homme a besoin de nous.

Nathan s'emporta.

— Il a besoin de nous ? Qu'est-ce que ça veut dire ? Cet homme sait ce que tu fais ?

— Ne t'énerve pas, Nathan, j'ai confiance en lui. Je donnerais ma vie pour lui comme je donnerais ma vie pour toi.

— Ce n'est pas une question de confiance, mais de sécurité. Tu connais les règles, non ? Qu'est-ce qu'il veut ?

— Je préfère qu'il t'en parle lui-même, il saura trouver les mots. Tu me connais.

— On verra ça plus tard.

Élie ne lâcha pas prise.

— Ne te fâche pas et laisse-moi parler.

Nathan sentit qu'il était au bord des larmes.

— Bon, je t'écoute.

— J'aimerais que tu le voies demain. Il ne te demande que cinq minutes, pas plus. Il a réservé un vol pour Milan, je le retrouverai dans l'après-midi à l'aéroport. Je viendrai avec lui à Caprino Veronese. Il te parlera. Après ça, quelle que soit ta réponse, il repartira avec la voiture de location et la redéposera à Milan.

Nathan explosa.

— Tu imagines ce que tu me demandes ? Il ne peut pas attendre ?

— Je me suis engagé à l'aider. Il m'a sauvé la vie, Nathan.

— Il t'a manipulé pour que tu acceptes ? Il t'a menacé ? Il a conclu un marché avec toi ?

— Non, Nathan, rien de tout ça. Quand il t'aura parlé, tu comprendras. Il se bat pour une cause juste.

Nathan était sur le point de refuser.

La demande était en contradiction avec toutes les règles de sécurité.

L'espace d'un instant, il se souvint qu'Élie lui avait sauvé la vie lors de leur intervention à Bruxelles.

Malgré ses réserves, il accepta.

67

Adieu connard

Dimanche matin. J'émerge.

Le cauchemar est revenu, dans sa version d'origine ; le téléphone qui sonne, ma mère qui s'effondre, les cubes de bois.

Je m'assieds au bord du lit, me lève avec lenteur.

L'enclume que j'ai dans la tête heurte les parois de mon crâne. Ma vue s'obscurcit. Je ferme les yeux et attends que le mouvement de roulis cesse.

Je me traîne jusqu'à la fenêtre.

Les nuages ont fait leur réapparition, mais la température reste élevée.

Je suis rentré de Karlsruhe samedi matin, vers cinq heures. Je me suis aussitôt jeté au lit. La narcose a provoqué des effets de longue durée. J'ai passé la journée à soigner mes migraines en me terrant dans ma chambre.

Entre les crises, j'ai tenté de remettre mes idées en place.

Je sais à présent qui sont les assassins de mon père : une bande de tueurs nazis qui protégeaient un ex-dignitaire en cavale.

Mon père était à la recherche de Rudolf Volker. Par je ne sais quel subterfuge, il est parvenu à prendre contact avec Nathan Katz. Il était au courant que ce dernier faisait partie d'une organisation structurée qui savait où se trouvaient les nazis exfiltrés.

Comment était-il au courant ? Je n'en ai aucune idée, sinon qu'il avait fait *quelque chose pour eux* pendant la guerre.

Un lien avec son passé de résistant ?

Il a planifié une rencontre avec Katz à Caprino Veronese. Le chasseur de nazis a accepté de le tuyauter sur Rudolf Volker et lui a fixé un autre rendez-vous.

Ils se sont revus en juin, à Berlin. Entre-temps, Katz s'était renseigné et lui a révélé que Volker se trouvait au Caire, dans l'ombre de Johann von Leers.

Katz l'a mis en garde contre les risques de partir à sa recherche et a tenté de le décourager. Mon père n'en a pas tenu compte et s'est envolé vers Le Caire et sa mort annoncée.

Pourquoi voulait-il rencontrer Volker au risque d'y laisser sa peau ?

Par amour.

Votre mère ne vous a pas parlé de lui ?

Deux phrases énigmatiques qui tournent en boucle dans ma tête.

Les nazis ont été mis au courant de sa venue et ont monté une opération coup de poing. En plus de mon père, ils ont laissé seize cadavres sur le carreau et une vingtaine de blessés, dans le seul but de décourager Nathan Katz et ses vengeurs. Un scénario apocalyptique qui aurait fait un bien meilleur bouquin que le récit de science-fiction que j'ai pondu.

Par la suite, l'organisation de Katz a liquidé les tueurs, de même que Volker et un tas d'autres ex-nazis.

Il me reste à connaître le fin mot de l'histoire : pourquoi mon père voulait-il rencontrer ce nazillon si ce n'était pour l'éliminer ? Quelle information détenait ce sous-fifre ?

Je descends, mets la machine à café en marche.

Je ne comprends pas l'importance que Katz semblait accorder au chapeau que portait mon père sur la photo.

Mon chat vient chercher ses caresses.

Je le repousse du pied.

J'allume mon téléphone. Un message de Magali m'attend.

Je vais prendre le petit déjeuner au Sablon ce matin, vers onze heures. J'espère t'y voir. On pourrait reprendre la conversation que nous avons entamée, à l'endroit où nous l'avons laissée la dernière fois.

Bisous,

Magali

J'efface le message.

La sonnerie de la porte d'entrée retentit au moment où je m'apprête à prendre ma douche.

Je ne reçois jamais de visite.

Hormis la femme de ménage ou un rare livreur de pizza, personne ne s'aventure ici. Encore moins le dimanche.

Je descends, ouvre la porte à la volée, prêt à renvoyer la horde de scouts qui vient me vendre des porte-clés.

Thierry se tient sur le pas de la porte.

Avec son bermuda qui flotte sur ses jambes décharnées, son tee-shirt publicitaire et ses épaisses lunettes, il me fait penser à Woody Allen.

Il affiche un sourire forcé.

— Je passais dans le coin.

— Bien sûr, tu fais ta tournée dominicale, comme tous les toubibs.

Il fait un pas en avant.

— Je peux entrer ?

Je lui bloque le passage.

— C'est le bordel là-dedans. Qu'est-ce que tu veux ?

Il se gratte la tête.

— Tu as pris une décision ?

Je soupire.

— C'est du harcèlement ? Tu es aux abois ? Tu as tellement besoin de ce fric ?

Il n'apprécie pas.

— Je me fous du fric, Stan. J'aimerais que tu arrêtes de déconner et que nous programmions cette opération. Je te l'ai dit, ça urge.

— Je sais, tu me l'as dit.

— Alors ?

— Je t'ai répondu que j'allais te faire signe.

Il se met à gesticuler comme un pantin.

— J'en ai marre, Stan. J'en ai marre de tes simagrées et de ton numéro de persécuté. Tu as envie de crever, c'est ça ? Tu as envie de crever parce que la vie est injuste avec toi ? La vérité est ailleurs. Tu n'as pas les couilles pour téléphoner à ton fils et tu t'es mis en tête que tu as tué ta femme il y a quinze ans. Tu veux mourir en martyr, oublié de tous, dans ce monde impitoyable, sans amis. Si c'est vraiment ce que tu veux, fais-le ! Et si ça peut renforcer tes convictions, je veux bien m'abstenir de venir à ton enterrement. Là-haut, tu pourras expliquer au barbu que le seul ami qui t'est resté fidèle t'a aussi laissé tomber.

Je reste sans voix.

Je ne le croyais pas capable d'une telle virulence.

Il tourne les talons, descend les marches et s'éloigne.

Je l'interpelle avant qu'il n'arrive sur le trottoir.

— Va te faire foutre !

Il se retourne.

— C'est ça. Adieu, connard.

68

Merci

Nathan Katz et David Sarfatti arrivèrent à Caprino Veronese peu avant dix-sept heures.

Ils ralentirent à l'entrée du village, s'assurèrent qu'aucun véhicule n'était en vue et s'enfoncèrent dans le chemin de traverse que David avait repéré. Ils coupèrent le moteur et sortirent de la voiture.

Le soleil, encore haut dans le ciel, leur réchauffa le visage. L'air était doux, chargé de l'odeur lourde de la terre et des champs au printemps.

Élie apparut quelques minutes plus tard, au volant d'une Fiat 1100 qui cahotait dans le chemin. Il descendit et les rejoignit en compagnie d'un homme d'une quarantaine d'années, de stature imposante. Il avait le visage avenant et une profonde fossette au menton. Un chapeau à larges bords dissimulait sa chevelure.

Élie était mal à l'aise.

— Nathan, je te présente Robert Kervyn.

L'homme lui tendit la main.

— Je vous remercie d'avoir accepté de me rencontrer.

Il parlait anglais avec aisance.

Nathan lui serra la main sans lui rendre son sourire.

— Élie m'a raconté ce que vous avez fait pour lui, c'est la raison pour laquelle j'ai accepté de vous écouter. Vous avez été très courageux.

L'homme soutint le regard de Nathan.

— Ce que vous faites est courageux aussi.

Nathan se détendit quelque peu, l'homme lui inspirait confiance.

— Que voulez-vous ?

— Je recherche un ex-officier SS, l'*Untersturmführer* Rudolf Volker.

Nathan lui répondit du tac au tac.

— Je ne connais pas cet homme et je n'en ai jamais entendu parler. Pourquoi le recherchez-vous ?

— Je vous le dirai si vous acceptez de m'aider.

L'homme avait du cran.

Nathan pointa le trou qui traversait son chapeau de part en part, à n'en pas douter la trajectoire d'une balle.

— Règlement de comptes ? Vengeance personnelle ?

— Non, ça n'a rien à voir. Je ne lui veux aucun mal.

Nathan haussa le ton.

— Vous vous moquez de moi ? Vous cherchez un ex-officier SS, vous prenez contact avec nous comme si nous étions une agence de renseignements et vous essayez de me faire croire que vous voulez simplement prendre le thé avec lui ?

Élie tenta de s'interposer, mais Nathan l'arrêta d'un geste.

L'homme ne se départit pas de son calme.

— Je ne vous demande qu'une chose, me dire où il est. Le reste, c'est mon problème. Je vous donnerai plus d'explications si vous le souhaitez. Je vous repose la question, êtes-vous prêt à m'aider, oui ou non ?

Nathan le toisa des pieds à la tête.

— Vous inversez les rôles, monsieur Kervyn. Vous pensez que nous n'avons rien d'autre à faire que de rechercher cet individu ? Vous savez combien d'hommes il y avait dans la *Waffen-SS* ? Plus d'un million. Vous me demandez de trouver une aiguille dans une botte de foin et vous semblez vous offusquer parce que je veux en savoir plus et que je ne vous donne pas mon accord sur-le-champ.

L'homme soupira.

— Je vous prie de m'excuser. Cette affaire me fait perdre la tête.

Nathan adoucit le ton.

— Qu'est-ce que vous avez sur lui ?

— Quelques indices, quelques dates, des lieux, le nom de certaines personnes. Avec ce que j'ai, vous devriez pouvoir le localiser, s'il n'est pas mort.

Nathan installa un silence.

Élie n'en menait pas large. David s'était mis en retrait, prêt à intervenir.

Nathan l'interpella.

— David, va me chercher un papier et un stylo.

L'Italien retourna à la voiture et revint muni d'une carte postale et d'un stylo.

Nathan s'en empara, griffonna quelques chiffres et la tendit à l'homme.

— Appelez-moi à ce numéro dans une dizaine de jours. Je verrai ce que je peux faire, mais je ne vous promets rien.

L'homme lui serra la main et murmura, visiblement ému :

— Merci.

69

Dans vos doigts

Mercredi.

Un mail de Nathan Katz me parvient en fin d'après-midi, alors que je ne l'attendais plus.

Il ne contient que quelques mots.

Vous trouverez les réponses à vos questions au 23, Hauptstrasse, à Messdorf, un village situé près d'Osterburg, dans l'est de l'Allemagne.

Aucune indication complémentaire.

Le Web ne m'en apprend pas beaucoup plus. Messdorf est un bled perdu qui compte sept cent vingt habitants au dernier recensement. Pas de restaurant, pas d'hôtel. Une gare en rase campagne, à deux kilomètres.

La photo satellite de Google Maps affiche un minuscule patelin constitué de quelques fermes et de maisons entourées de bois et de vastes champs.

La ville la plus proche est Wolfsburg, à quatre-vingts kilomètres. Hambourg est à cent quatre-vingts kilomètres. Berlin, à deux cents, de l'autre côté.

J'appelle Laura Bellini.

Je tombe sur sa messagerie. Je lui demande de me rappeler dès qu'elle entend mon message.

Elle me rappelle quinze minutes plus tard.

— Bonjour, monsieur Kervyn, je ne vous oublie pas, rassurez-vous, mais l'efficacité allemande est une légende. Je me bats avec des fonctionnaires bilieux qui m'envoient d'un côté à l'autre. Sans compter les gens censés m'aider qui sont en congé.

— De quoi parlez-vous ?

Elle marque un blanc.

— Du numéro de téléphone, monsieur Kervyn. Du numéro de téléphone que vous m'avez donné l'autre jour et pour lequel vous m'avez demandé de contacter les télécoms en Allemagne.

Je ne m'en souvenais plus.

— Ce n'est plus nécessaire.

Elle monte dans les tours.

— C'est gentil de me prévenir. J'espère que vous n'allez pas contester mes heures de travail. À ce propos, je vous signale que je n'ai pas encore reçu le règlement du solde de ma facture.

— Trente jours, fin de mois, c'est écrit noir sur blanc dans nos conditions générales.

— Que vous ne m'avez pas fait parvenir.

— Je m'occupe de votre facture demain, vous serez payée à la fin de la semaine. Vous avez ma parole. Mais ce n'est pas pour ça que je vous appelais.

— Vous m'appeliez à quel sujet ?

— J'ai besoin de vous.

— La traduction du mode d'emploi d'un appareil dont vous n'aurez plus besoin quand j'aurai terminé ?

— J'aimerais que vous m'accompagniez en Allemagne, c'est important. Nous partons demain matin, tôt, c'est à plus de six cents kilomètres d'ici.

— Et ?

— Et quoi ?

— Vous avez oublié de claquer dans vos doigts.

70

Je vous fais signe

L'intervention que Nathan réalisa à Caprino Veronese le 23 avril 1954 ne se déroula pas de la manière prévue. Wilhelm Göecke était ivre lorsqu'ils le capturèrent et ils durent attendre le milieu de la nuit pour l'interroger.

Il avoua sans détour sa culpabilité, exprima ses regrets et protesta qu'il n'avait fait qu'obéir aux ordres du Führer.

Lorsqu'il prit conscience que ses aveux ne changeraient en rien les résolutions de ses ravisseurs, il leur lança quelques insultes et déclara que s'il pouvait réécrire l'Histoire, il la réécrirait de la même façon. Leur échange se poursuivit durant une heure, sans succès.

Göecke se débattit lorsque Nathan lui passa la corde autour du cou. Il lança un énergique « Heil Hitler ! » avant de rendre son dernier souffle.

David Sarfatti retourna travailler au cimetière le lendemain. Le plan prévoyait qu'il poursuive sa fonction jusqu'en juin pour éviter que sa disparition n'attire l'attention des autorités et de la police.

Le corps de Wilhelm Göecke fut retrouvé le 27 avril. La police ne trouva aucun indice probant sur les lieux.

Le lundi 3 mai 1954, alors qu'il était de retour à Berlin, Nathan reçut l'appel de Robert Kervyn.

Il l'accueillit froidement.

— J'ai fait un premier examen, nous n'avons rien sur Rudolf Volker. Je suis désolé. À première vue, il ne s'est pas distingué pendant la guerre ni en mal, encore moins en bien.

Kervyn conserva son calme.

— Je comprends. Je vous remercie du temps que vous avez investi. Je peux vous donner quelques informations supplémentaires. Je n'ai pas grand-chose sur lui, mais certaines données sont précises et devraient vous aider.

Nathan soupira.

— Allez-y, je note.

— Rudolf Volker est né en 1914, à Bismark, un petit village qui se trouve en Allemagne de l'Est, à deux cents kilomètres de Berlin. Ses parents exploitaient une ferme. Il avait un frère, Werner, qui avait cinq ans de moins que lui. Rudolf a assisté à un discours d'Hitler en décembre 1930, à Berlin. Il a été subjugué par le personnage. Il a rejoint les Jeunesses hitlériennes en 1933. En 1937, il s'est engagé dans la *Waffen-SS*.

Nathan fit un rapide calcul.

— À vingt-trois ans, l'âge minimal.

— En 1939, il est entré à la *Junkerschule* à Bad Tölz.

Nathan embraya sur le sujet.

— L'école des officiers SS. Accessible après deux ans de service dans les rangs. D'après les critères de sélection, je peux vous dire que votre Volker mesurait au moins 1,78 mètre et qu'il ne portait pas de lunettes.

— Je l'ignorais. En 1941, il a été affecté au service de Johann von Leers. Il lui servait de secrétaire, entre autres. Il était principalement basé à Berlin et à Iéna, mais il l'accompagnait dans tous ses déplacements.

Nathan tressaillit.

Johann von Leers était l'une des cibles prioritaires du Chat. Aux dernières nouvelles, il se trouvait en Argentine où il travaillait en toute impunité comme rédacteur en chef pour un magazine nazi appelé *Der Weg*.

Il masqua son intérêt.

— Je vois qui est Johann von Leers. Cette information pourrait m'aider, en effet. C'est tout ce que vous avez ?

— Non. Werner, le frère de Rudolf, a été enrôlé en 1939. Il était simple soldat et a été envoyé en Pologne en juin 1940, à Lodz d'abord, jusqu'en janvier 1941, dans le centre de la Pologne, ensuite à Radziechow. Il connaissait le travail de la terre. Son rôle était de contrôler la production agricole de la région et de l'accroître si possible. Quand les Russes ont lancé leur offensive en juillet 1944, il a été envoyé au front. Il n'avait jamais combattu, il a été tué lors de son premier combat.

— Pourquoi me racontez-vous l'histoire de son frère ?

— Je vous expliquerai tout en détail, si nous sommes appelés à nous revoir.

— Qu'est-ce qui vous fait dire que Rudolf Volker est encore en vie ?

— J'ai entamé des recherches de mon côté. Les autorités est-allemandes ne m'ont pas beaucoup aidé, mais j'ai au moins appris qu'il n'avait pas été déclaré mort. J'ai besoin de vous, monsieur Katz.

— Je vais voir ce que je peux faire. Laissez-moi un peu de temps et donnez-moi un numéro de téléphone où je peux vous joindre. Dès que j'ai quelque chose, je vous fais signe.

QUATRIÈME PARTIE

« Tu seras bon avec le bon, mauvais avec le mauvais. »

PROVERBE JUIF, XIIIe SIÈCLE

71

À l'intérieur

— N'avions-nous pas convenu que vous respecteriez les limitations de vitesse ?

Je jette un coup d'œil au compteur. Je suis à plus de cent quatre-vingts.

Jusqu'à cet instant, elle savourait sa victoire.

En plus d'une hausse de ses honoraires, j'ai dû m'engager à ne pas dépasser la vitesse autorisée, à faire une halte dès la première injonction, à trouver un restaurant et un hôtel acceptables pour la nuit et à m'abstenir de lui demander si ça lui dirait de baiser avec moi. Comme si ça ne suffisait pas, elle a justifié son accord par l'ambition dévorante de sa fille qui souhaite poursuivre ses études à Lausanne.

— Il n'y a pas de limitation sur cette portion d'autoroute.

Elle accuse le coup.

— Dans ce cas, je vous demande de faire un petit arrêt.

— Nous avons fait un arrêt il y a moins d'une heure. Il reste une soixantaine de kilomètres, vous pouvez vous retenir ?

Le silence qu'elle m'oppose est éloquent. L'avantage vient de changer de main.

Nous passons Braunschweig et empruntons la bretelle de sortie. Cette partie de l'Allemagne semble moins convoitée par les touristes. Nous sommes partis à dix heures et n'avons rencontré aucun embouteillage.

Bellini m'attendait devant chez elle, à Auderghem. Cette fois, elle n'avait préparé qu'un sac de voyage.

Durant la première heure, je lui ai fait part des derniers rebondissements : ma visite à Karlsruhe et ma rencontre mouvementée avec Katz. Elle ne regrettait pas d'avoir accepté de m'accompagner, la perspective d'être aux premières loges pour assister à la fin du spectacle l'émoustillait.

Le paysage change dès la sortie de l'autoroute. L'espace se dégage, des champs s'étendent à perte de vue. Seuls quelques arbres viennent troubler la ligne d'horizon.

Après quelques kilomètres, la route se rétrécit et son état se dégrade.

Il reste quarante kilomètres à parcourir.

Nous croisons peu de véhicules. De longues lignes droites se succèdent. Certaines aboutissent à un virage à angle droit sans qu'il n'y ait de carrefour pour autant.

Nous traversons quelques villages. Ils semblent inhabités. Les trottoirs sont déserts. Je ne vois ni commerce, ni café, ni restaurant. Il me faut un moment pour réaliser qu'un élément familier dénote par son absence ; aucune enseigne, aucune affiche publicitaire n'orne les façades.

Pour ajouter à la désolation ambiante, l'éclairage urbain n'a pas encore été installé.

Trente kilomètres nous séparent de Messdorf.

Plus nous nous enfonçons dans l'arrière-pays, plus les habitations donnent l'impression d'être à l'abandon. De nombreuses maisons sont en ruine, quelques-unes se disent à vendre. Entre les hameaux, nous retrouvons les interminables lignes droites.

Vingt kilomètres.

Plus je m'approche de la destination, plus j'ai le sentiment de remonter le temps. Rien de neuf n'a été construit ici depuis Staline.

Quinze kilomètres.

Kremkau.

À Berkau, nous croisons une Trabant bleu ciel.

Les maisons qui sont encore debout ressemblent aux bâtisses à colombages que l'on voit en Normandie. Les façades sont bardées de pans de bois entre lesquels jaunit un torchis ou du plâtre. D'autres sont en briques rouge vif. Certaines sont coiffées d'un toit de chaume.

Bismark, un village à peine plus gros que les autres.

À la sortie de la bourgade, nous longeons de longues barres d'immeubles disposées en parallèle, les sinistres logements communautaires de l'ex-RDA. Ils ressemblent à des casernes désaffectées. Du linge pend à certaines fenêtres, signe apparent d'un reste de vie.

Laura sort de son mutisme.

— C'est riant, comme coin. Ils savent que l'Allemagne est réunifiée ?

— Je n'ai pas l'impression.

— Vous avez une idée de ce qui nous attend là-bas ?

— Aucune.

Huit kilomètres.

Je me rends compte que sa présence ne sera peut-être pas nécessaire. Ce qui nous attend n'est peut-être qu'une maison en ruine, un monument ou un cimetière.

Une autre ligne droite de plusieurs kilomètres nous amène à Buste, dernière étape avant Messdorf. Nouveau virage serré, suivi d'une nouvelle ligne droite.

Nous arrivons à la gare de Messdorf, une simple aubette au bord de la voie ferrée. Mon navigateur m'informe qu'il me reste deux kilomètres à parcourir.

À l'entrée de Messdorf, le macadam fait place aux pavés. Nous sommes sur la Hauptstrasse, il me reste à trouver le 27, aucune maison n'affiche de numéro.

J'interpelle Bellini.

— Que veut dire Hauptstrasse ?

Elle lève les yeux au ciel.

— Avenue principale.

Je roule au ralenti.

Il est seize heures. Le village dort, pétrifié sous le soleil. Personne dans les rues. Quelques voitures sont garées sur les bas-côtés, pour la plupart de vieux modèles Volkswagen ou Audi.

Nous parcourons une centaine de mètres.

Laura se manifeste.

— Là, le 25. C'est la maison suivante.

— Ça dépend dans quel sens vont les numéros. La précédente est en ruine.

Bellini confirme.

— C'est la suivante.

Nous nous arrêtons devant une ferme brun-rouge d'une vingtaine de mètres de long. Aucune porte ne s'ouvre sur la façade. Trois fenêtres à croisillons sont disposées du côté droit, trois autres du côté gauche.

Au centre, une large voûte d'entrée donne accès à la cour intérieure.

Je coupe le moteur. Nous sortons de la voiture. Le soleil nous tombe sur les épaules. La chaleur est suffocante.

J'indique la façade.

— Entrons par là.

Nous franchissons le porche.

Une odeur pestilentielle assaille mes narines, un infect mélange de charnier et de bêtes sauvages.

Laura se bouche le nez.

— Quelle puanteur !

Nous débouchons sur une vaste cour carrée. Une grange occupe le fond. Des écuries s'ouvrent de chaque côté. Une citerne et un tas de purin trônent au milieu de l'étendue, mais ce n'est pas de là que provient l'odeur persistante qui s'infiltre dans les recoins de mes narines.

La première porte de l'écurie est entrouverte. Les relents s'échappent de cette pièce. Je fais quelques pas et pousse le vantail.

Deux carcasses de sangliers sont suspendues, tête

en bas. Les pattes arrière sont retenues par des chaînes qui coulissent dans un crochet fixé au plafond. Une mare de sang noirâtre se mêle à la paille jetée au sol.

Laura a un mouvement de recul.

— Quelle horreur !

Elle s'éloigne et se dirige vers l'entrée de la bâtisse.

La porte s'ouvre au moment où elle l'atteint. Une femme d'une soixantaine d'années fait son apparition dans le chambranle. Elle examine Laura comme si elle débarquait de l'espace.

Laura la calme d'un geste et se lance dans une longue explication.

La femme l'écoute, méfiante. De temps à autre, elle jette un coup d'œil dans ma direction.

Je reste à distance, je fais peur aux autochtones.

Le visage de la femme se détend peu à peu et ses yeux s'agrandissent tandis que Laura poursuit son discours.

J'observe la scène à l'ombre de l'écurie.

L'odeur pénétrante des sangliers s'incruste dans ma chair.

Lorsque Laura arrête de parler, la physionomie de la femme change à nouveau. Elle semble désemparée par ce qu'elle vient d'apprendre.

Elle regarde autour d'elle et se lance à son tour dans un long monologue.

Quand elle a terminé, elle prend les mains de Laura dans les siennes et me regarde avec insistance. Elle est au bord des larmes.

Laura se retourne et me fait signe.

Elle aussi semble bouleversée.

— Venez, elle va l'appeler sur son portable.

— Appeler qui ?

— Vous verrez, nous allons l'attendre à l'intérieur.

72

Un nombre limité de personnes

À la fin du mois de mai 1954, les observateurs du Chat découvrirent que bon nombre de nazis réfugiés en Argentine se préparaient à quitter le pays.

Le président Perón qui avait jusqu'alors fermé les yeux sur leur présence, faisait face à de graves problèmes économiques et était confronté à une corruption généralisée. L'orientation laïque qu'il avait prise avait soudé l'opposition et un coup d'État semblait inévitable.

Nathan apprit que Johann von Leers faisait partie des candidats au départ et envisageait de se réfugier en Égypte. Plusieurs émissaires avaient été envoyés sur place pour négocier sa venue.

Rudolf Volker faisait partie de cette délégation. Il avait pris contact avec le ministre de l'information égyptien pour lui proposer la candidature de son mentor.

En attendant l'arrivée de von Leers, Volker s'était établi au Caire, dans une villa prêtée par Haj Amin Al-Husseini, l'ancien mufti de Jérusalem. Ce dernier avait également mis à sa disposition des hommes de sa garde personnelle.

Nathan demanda au responsable du Moyen-Orient de lui faire parvenir des informations sur Rudolf Volker. Il apprit qu'il était plus qu'un simple secrétaire pour Johann von Leers et qu'ils entretenaient un autre type de relation.

Début juin, Nathan prit contact avec Robert Kervyn.

— J'ai des informations pour vous. Autant vous le dire tout de suite, ce ne sont pas de bonnes nouvelles pour ce que vous voulez faire. Je sais où se trouve l'homme que vous cherchez, mais vous avez peu de chances de parvenir jusqu'à lui.

— Laissez-moi en juger par moi-même.

— Comme vous voulez. Je ne vous en dis pas plus au téléphone. Il faudrait que vous veniez à Berlin pour qu'on puisse en parler de vive voix.

— Je viendrai. Proposez-moi une date.

La rencontre fut fixée au 22 juin 1954.

Le 15 juin, une semaine avant le rendez-vous, Andrzej Zawadzki, le collaborateur de Nathan à Francfort, fut abattu par deux hommes cagoulés alors qu'il sortait de chez lui.

Son adresse n'était connue que d'un nombre limité de personnes.

73

Comme un gamin

Je suis assis sur une chaise bancale. La salle à manger est meublée à l'ancienne ; table massive, chaises disparates. La température y est fraîche. Le sol est fait de carreaux en damier blancs et noirs. Bon nombre sont fendus. Dans le fond, une haute armoire vitrée présente une collection d'assiettes en porcelaine décorées.

Laura fait mine de s'y intéresser, pose des questions pointues pour se donner une contenance. La femme sort la pièce maîtresse, en vante les mérites, souligne certains détails. Laura s'extasie.

L'odeur de sanglier me poursuit. La demeure en est imprégnée. Le jus de pomme que la femme nous a servi en conserve un arrière-goût.

J'écoute la conversation à distance, sans en comprendre le moindre mot. J'examine la pointe de mes chaussures avec le sentiment d'être dans la salle d'attente d'un dentiste.

L'horloge à balancier égrène les secondes avec une lenteur désespérante.

Chaque minute semble interminable.

Une voiture pénètre dans la cour, donne un coup de frein sec. Le moteur lance un dernier rugissement avant de s'arrêter. Une portière claque. Des pas crissent sur le gravier, escaladent les marches.

Un homme apparaît dans le chambranle de la porte.

Il est aussi grand que moi, mais son corps est plus massif. Il porte une tenue de chasse et un fusil en bandoulière. Je lui donne une dizaine d'années de plus que moi. Je ne l'ai jamais vu, mais son visage m'est familier.

Laura et la femme se sont tues. L'homme les ignore, il n'a d'yeux que pour moi.

Il avance de quelques pas.

Je me lève.

Nous sommes à moins de cinq mètres l'un de l'autre.

Un long moment de silence s'installe dans la pièce.

Lentement, les pièces du puzzle se mettent en place. Les indices que j'ai négligés prennent leur signification : la cérémonie du 16 juillet, la lettre dans laquelle Rudolf Volker dit qu'il est content pour son frère.

Les mots et les silences trouvent leur sens.

Nous n'avons pas encore de nouvelles de Reinhard.

Je le dévisage comme il me dévisage. Nous reconnaissons nos yeux gris-bleu, notre nez busqué. Il sait qui je suis et je sais qui il est.

Son regard se voile.

Il cherche à prononcer un mot, n'y parvient pas, essaie à nouveau, renonce.

En désespoir de cause, il plonge une main dans sa poche, en ressort un objet.

Il fait un pas, tend la main, ouvre sa paume.

Je reconnais au premier coup d'œil la perle noire montée en pendentif. Je sais qu'une initiale est gravée sur le fermoir et qu'il s'agit d'un « I ». Le témoignage d'amour d'une mère à son enfant, le vœu inexprimé de ne pas le perdre à jamais.

L'émotion me saisit à la gorge. Ma vue se brouille, mes joues deviennent humides. Il me faut quelques secondes pour réaliser que je chiale comme un gamin.

74

Prendre des clichés du parc

Le rendez-vous entre Nathan Katz et Robert Kervyn était fixé à onze heures dans la Bellevue Allee, du côté de la place Kemper, à l'entrée du Tiergarten, le vaste parc situé au centre de Berlin.

La fin juin approchait, mais l'été tardait à venir. Quelques nuages obscurcissaient le ciel et la température ne dépassait pas les quinze degrés.

Par mesure de précaution, Nathan expliqua brièvement à Moshe de quoi il retournait et lui proposa de le suivre à la dérobée. Ils partirent en même temps, mais Moshe prit de l'avance, le handicap de Nathan l'empêchant de marcher au même rythme.

Robert Kervyn avait débarqué à Tempelhof tôt le matin et attendait à l'heure et à l'endroit convenus. Il portait un long manteau gris et avait l'allure des nombreux hommes d'affaires qui sillonnaient Berlin en tous sens. Nathan prit note qu'il était coiffé du même chapeau troué qu'à Caprino Veronese.

Les hommes se serrèrent la main et prirent place sur l'un des bancs, surprenant quelques lapins qui s'enfuirent en gambadant.

Kervyn marqua sa surprise.

— Il est rare de voir des lapins courir dans le centre d'une grande ville.

Nathan sourit.

— Au Tiergarten, vous pouvez croiser des lapins et des renards. Certains prétendent y avoir vu des sangliers.

— Pourquoi votre organisation a-t-elle choisi Berlin ? C'est une ville que vous devez détester.

Nathan soupira.

— C'est ici que tout a commencé, c'est ici que tout s'est terminé. Les Anglais, les Français et les Américains sont à portée de main. Les Russes sont là aussi. Tous sont susceptibles de nous fournir de précieuses informations sur ce que nous cherchons.

Kervyn jeta un regard circulaire.

— Berlin est une ville étrange. Cet endroit est un havre de paix. Il est difficile d'imaginer ce que cette ville a connu et ce qu'elle risque de connaître. Vous n'avez pas l'impression d'être assis sur une poudrière ?

— C'est l'opinion de beaucoup de Berlinois, surtout après les émeutes qui ont eu lieu l'année passée et la manière dont les chars russes ont maté la révolte. Les Allemands de l'Est ont compris à qui ils ont affaire et passent à l'Ouest. Il en vient davantage tous les jours. Cet exode est un solide affront pour les communistes. Ils ne laisseront pas la situation se dégrader. Un jour, ils construiront une frontière dans la ville.

— Et ce sera une nouvelle guerre.

Nathan eut un geste défaitiste.

— L'Histoire est un éternel recommencement. J'espère que nos enfants ne connaîtront pas de nouvelle guerre. Vous avez des enfants, monsieur Kervyn ?

— J'ai deux enfants. Deux garçons. Milosz a trois ans et Stanislas aura bientôt onze mois.

— Milosz, Stanislas ? Votre femme n'est pas belge ?

— Elle est polonaise. Et vous, monsieur Katz, vous avez des enfants ?

— J'ai une fille, Haïka, elle a quatre ans.

— Les enfants sont ce que nous avons de plus précieux.

Ils méditèrent sur cette dernière phrase durant quelques instants.

Nathan se pencha ensuite vers Kervyn et baissa le ton.

— Nous savons où est Rudolf Volker. Il se trouvait en Argentine, mais il a quitté le pays pour se réfugier en Égypte. Il est au Caire avec un groupe d'anciens nazis. Johann von Leers devrait le rejoindre bientôt. Il habite une villa dans le quartier des ambassades, près de la place Tahrir. La maison est gardée jour et nuit. Il bénéficie d'une protection rapprochée. Vous ne parviendrez jamais jusqu'à lui, vous serez mort avant.

Kervyn le fixa dans les yeux.

— Donnez-moi tout ce que vous avez sur lui. Vous connaissez certainement ses habitudes, vous savez où il va. Il y a bien un moment ou un endroit où je pourrai lui parler. Je ne lui veux aucun mal, j'ai besoin d'une information et je pense qu'il acceptera de me la donner.

— De quoi s'agit-il ?

— C'est une longue histoire.

Nathan écarta les bras.

— Et alors ? Je ne suis pas pressé. Vous êtes venu à Berlin pour me la raconter, non ? Je vous écoute.

Kervyn prit une longue inspiration.

— Ma femme est polonaise, je vous l'ai dit. Elle est née en 1926. Sa famille habitait Lwów, une ville qui fait aujourd'hui partie de l'Ukraine. Son père était pharmacien. Elle avait deux sœurs plus âgées qu'elle. Ils ont vécu l'invasion russe en 1939. Deux ans plus tard, les Allemands ont repris cette partie de la Pologne. En décembre 1941, ma femme a rencontré un soldat allemand. L'armée allemande avait réquisitionné les annexes de la résidence qu'ils possédaient à Radziechow, dans le centre du pays. Les soldats qui étaient stationnés là étaient pour la plupart des fils de fermiers. Leur rôle était d'assurer la production agricole.

Nathan intervint.

— Ce soldat allemand s'appelait Werner Volker, le frère de Rudolf ?

— Vous avez une bonne mémoire. Il avait vingt-deux ans, ma femme en avait quinze. Ils sont tombés amoureux l'un de l'autre. C'étaient des enfants.

Nathan sourit.

— À vingt ans, on est encore un enfant, ou déjà un homme, tout dépend de l'enfance qu'on a eue. Que s'est-il passé ensuite ?

— Ils se sont mariés en juillet de l'année suivante. À la demande de son frère, Rudolf Volker est intervenu pour rendre ce mariage possible, sans quoi il aurait été interdit. Il avait ses entrées à Berlin. Il a aidé la famille de ma femme à obtenir le statut de *Volksdeutsche*, ce qui n'a pas empêché les deux familles de s'opposer à leur union. Les parents Volker ne sont pas venus au mariage, la mère de ma femme non plus. Seul son père a accepté d'y assister.

— Nous connaissons ces préjugés.

— En juin 1943, un enfant est né. Ils l'ont appelé Reinhard. Ma femme avait à peine dix-sept ans. Elle a élevé son enfant à Lwów, son mari était retenu à cinq cents kilomètres.

— Elle a dû connaître des moments difficiles.

— En juillet 1944, l'offensive russe a été lancée. Elle a provoqué le sauve-qui-peut à Lwów. Ma femme a dû fuir avec sa famille. Elle a eu peur pour Reinhard. S'ils se faisaient arrêter par les Russes, c'était la mort ou les camps. De l'autre côté, les Allemands haïssaient les Polonais et le risque pour une famille non accompagnée était grand. Beaucoup d'Allemands ne reconnaissaient pas les *Volksdeutsche*.

Nathan embraya.

— Elle a demandé à Rudolf Volker de s'occuper de l'enfant.

— Son mari lui a proposé cette solution et elle a donné son accord. Ils ont convenu que Rudolf Volker viendrait le chercher à Lwów pour l'emmener dans sa famille, en Allemagne. Rudolf est venu et a pris l'enfant. Ma femme n'a plus eu de nouvelles de lui depuis.

— Qu'est devenu son mari ?

— Il a été envoyé au front. Il n'avait jamais combattu. Il a été tué au début du mois d'août 1944.

— Qu'a fait votre femme ?

— Elle est allée dans la famille de son mari. Ils l'ont accueillie comme une pestiférée. Ils lui ont dit qu'ils ne savaient rien de cet enfant et ne voulaient rien en savoir. Pour eux, c'était un bâtard. Ils l'ont accusée d'être responsable de la mort de leur fils.

— Ils n'avaient pas compris que la défaite était proche. Votre femme a fait des recherches à la fin de la guerre ?

— Bien sûr. Sur le plan administratif, il n'y avait aucune trace d'un enfant dénommé Reinhard Volker. Quant à Rudolf Volker, il s'était volatilisé. Après la défaite allemande, la région où habitait la famille Volker est devenue la RDA et l'accès aux documents a été rendu très difficile, surtout pour une femme polonaise qui recherchait un enfant allemand.

— Les Russes détestaient autant les Allemands que les Polonais.

— Au fil des mois et des années, elle s'est découragée.

— Quand avez-vous connu votre femme ?

— En été 1945. Elle ne m'a pas parlé de son mariage et de son fils. Elle avait honte, elle a eu peur que je ne la quitte. Je ne l'ai appris que plus tard. Il lui arrivait d'être mélancolique. Elle restait prostrée dans un fauteuil, les larmes aux yeux. Lorsque je l'interrogeais, elle me répondait que tout allait bien, que ce n'était que le spleen slave, que ça allait passer. Ce n'est qu'au moment où je l'ai demandée en mariage, à la fin de l'année 1948, qu'elle m'a tout avoué, son premier mariage, son veuvage, son enfant disparu.

— Elle vous a demandé de vous mettre à la recherche de l'enfant ?

— Non, au contraire. Elle ne voulait pas que je m'en occupe. Elle avait assez souffert de cette rupture. Elle ne voulait plus être confrontée à l'angoisse, aux humiliations et aux faux espoirs.

— Qu'a-t-elle fait ?

— Elle m'a demandé de lui faire un enfant.

Nathan fut ému par cette révélation.

— J'imagine sans peine ce que votre femme a dû subir et ce qu'elle a dû éprouver, mais un enfant ne remplace pas un autre enfant.

— Je sais. Elle ne l'a réalisé qu'après la naissance de Milosz. Nous avons deux enfants, monsieur Katz, si je lui en donnais sept ou huit, il lui en manquerait toujours un.

— Je comprends. Ma fille se trouve loin d'ici, en Israël. Je pense à elle souvent.

Il marqua un temps avant de poursuivre.

— Mais je pense sans arrêt au fils que j'aurais dû avoir.

Robert Kervyn acquiesça.

— Je sais ce que vous avez vécu. Élie m'en a parlé. Vous savez ce que sont la douleur et l'absence.

— Je sais ce qu'est le vide dans le cœur laissé par l'enfant et la femme que l'on a aimés.

— Je suis désolé.

Nathan battit l'air d'un geste fataliste.

— Cela fait donc cinq ans que vous recherchez cet enfant ?

— Sans que ma femme le sache. Je ne veux pas lui donner de faux espoirs et la décevoir.

Nathan le dévisagea quelques instants.

— Vous devez beaucoup l'aimer.

— Je l'aime, simplement.

— J'ai de l'estime pour vous. Je ferai tout ce qui est en mon pouvoir pour vous aider, je vous donnerai les informations que je trouverai, mais ne prenez pas de risques insensés.

— Je n'ai pas l'intention de me faire tuer, je serai prudent.

Nathan glissa la main dans sa poche et en ressortit un objet enveloppé dans une bande de tissu.

— Prenez ceci.

— Qu'est-ce que c'est ?

— Un pistolet. De très petite taille. Vous pourrez facilement le dissimuler dans vos affaires ou le fixer le long de votre jambe. Le numéro de série a été effacé par nos soins. Vous savez manier une arme, si j'ai bien compris ?

Kervyn glissa l'arme dans son manteau.

— Je vous remercie.

Ils se serrèrent la main.

Avant de se séparer, Nathan l'interpella en souriant.

— Une question, monsieur Kervyn, pourquoi portez-vous ce vieux chapeau troué ?

Kervyn rit de bon cœur.

— C'est un porte-bonheur. J'ai mis ce chapeau pour la première fois quand nous avons attaqué le convoi dans lequel se trouvait Élie. Un Allemand m'a tiré dessus, la balle a traversé le chapeau sans m'atteindre. Depuis, je le porte quand je pars à la recherche de Reinhard.

Au moment où ils se levèrent, Nathan remarqua la présence de Moshe. Il s'était mêlé à un groupe de touristes. Pour faire bonne figure, il tenait un appareil photo dans les mains et faisait mine de prendre des clichés du parc.

75

Avec moi

Je parcours les allées du cimetière.

Le soleil est voilé. Le temps est à l'orage. La chaleur alourdit ma marche.

Cette fois, je sais où se trouve le caveau de famille.

Je m'arrête au pied de la tombe. Les noms sont alignés les uns en dessous des autres, par ordre de disparition.

Je dépose les fleurs.

Celles de Reinhard d'abord, les miennes ensuite.

Nous sommes allés les chercher ce matin, après notre nuit blanche. Il m'a emmené dans une ferme, à quelques kilomètres de là.

Une femme en tablier nous a fait entrer dans une vaste serre, au fond de la cour. Reinhard a choisi les fleurs, la femme les a ensuite cueillies et lui a préparé un bouquet. Il en a pris un second, pour Laura, un troisième pour sa femme.

À mon tour, je lui en ai commandé un, pour ne pas être en reste.

Il n'a pas voulu que je paie et a remis un colis à la femme.

Il contenait du pâté de sanglier. Je n'arriverai jamais à me débarrasser de cette odeur. Elle est incrustée dans les fibres de mes vêtements, elle exhale de tous les pores de ma peau.

Il a lancé une phrase et s'est mis à rire.

Laura me l'a traduite.

— C'est comme ça que ça se passe ici.

Il travaille pour une coopérative de fermiers. Il est chargé de protéger leurs champs des hordes de sangliers. Ces bestioles sont capables de saccager plusieurs hectares en quelques heures.

Quand il en abat un, il le dépèce et entame sa tournée. Il troque un quartier de sanglier contre deux poulets et quelques œufs. Il échange l'un des poulets contre du lait et du beurre, une partie du beurre contre du pain, et ainsi de suite. Le commerce à l'ancienne.

Comme beaucoup, il regrette la réunification. Du temps de l'Est, les gens s'entraidaient. Aujourd'hui, c'est chacun pour soi et l'argent est roi.

Il a griffonné quelques mots sur une carte et l'a accrochée au bouquet.

Für Mama, in Liebe.

Bellini n'a pas eu besoin de traduire.

Elle nous a suivis jusqu'au bout de la nuit, passant sans relâche de l'allemand au français. Elle ne tenait plus debout.

Elle a fait du bon boulot.

Reinhard m'a fourni les pièces qui me manquaient et j'ai rempli les vides qu'il n'était pas parvenu à combler.

Il nous reste quelques zones d'ombre malgré tout.

Lorsqu'il avait neuf ans, ses parents lui ont avoué la vérité : il était un enfant adopté dans le cadre du programme des *Lebensborn*, les « fabriques d'enfants parfaits » créées par les nazis.

En août 1944, un officier de la *Waffen-SS*, un homme d'un village voisin qu'ils connaissaient de vue, a débarqué chez eux. Il leur a remis Reinhard qui avait un an à ce moment-là.

C'était plus qu'une demande d'adoption, c'était un ordre. Il leur a brièvement expliqué d'où venait l'enfant. Plus tard, il leur a fait parvenir les papiers qui officialisaient l'adoption en leur demandant de garder le silence.

Le couple a eu deux enfants par la suite. Peu à peu, ils ont avantagé leurs enfants naturels. Ils ont fini par considérer cet enfant adoptif comme un poids.

Reinhard ne comprenait pas ce qui se passait. Il se sentait mis à l'écart et a commencé à faire des crises de jalousie. C'est alors qu'ils lui ont avoué la vérité.

Ce jour-là, le ciel lui est tombé sur la tête.

Le couple lui a raconté que son vrai père était mort sur le front russe et qu'il était le produit d'une copulation planifiée. Ils lui ont dit qu'ils ne connaissaient pas le nom de sa mère, mais que cela n'avait aucune importance.

Je lis son nom sur la stèle.

Je me penche vers elle. Je murmure :

— Je regrette tellement.

Il est seize heures, l'orage gronde.

En toute logique, je devrais aller à l'hôtel *Die Post*, m'offrir une nuit de repos, le manque de sommeil risque de déclencher une migraine.

Je retrouve ma voiture.

Je pourrais être à Bruxelles vers vingt-deux heures. Bellini n'est plus là pour me harceler avec les limitations de vitesse.

Je reprends l'autoroute en direction de Ulm.

La fatigue m'envahit.

Le pauvre gosse a éprouvé la honte et n'a osé en parler à personne. Vers quinze ans, il a commencé à s'informer sur ce qui s'était passé pendant la guerre en Pologne, dans la région où son père était cantonné avant de partir au front. L'un de ses profs lui a répondu que les soldats allemands qui étaient restés pendant plusieurs mois en Pologne s'occupaient des camps.

Il a grandi avec cette certitude.

Ses parents adoptifs l'ont de plus en plus négligé. Il a dû se débrouiller seul. Il a commencé à travailler dans les champs à seize ans.

Je m'arrête à hauteur de Karlsruhe.

Il est presque dix-huit heures. Je fais le plein, j'avale trois cafés et deux sandwiches. J'en profite pour envoyer un mail à Katz. Je lui explique dans les grandes lignes ce qu'il sait déjà.

À la mort de sa mère adoptive, Reinhard a récupéré la perle et a appris qu'elle venait de sa mère.

Le doute est venu ce jour-là. Pour quelle raison sa mère lui aurait-elle remis ce bijou ?

Il a entamé une enquête.

Un joailler de Magdebourg lui a appris que c'était une pièce prestigieuse, souvent remise à la naissance dans l'aristocratie polonaise. Il a tenté d'en savoir plus, mais il a été expulsé par les bureaucrates est-allemands.

Comme il se faisait insistant, la Stasi s'en est mêlée. Il a laissé tomber.

En 1989, lors de la réunification, il a voulu connaître la vérité, mais il n'avait pour seuls outils qu'un téléphone et du papier à lettres. Il a continué ses recherches malgré tout. Deux ans plus tard, il a appris qui était son père, mais n'est pas parvenu à connaître le nom de sa mère.

Il a tenté sa chance à Lwów, devenue Lviv, et s'est heurté à l'administration ukrainienne.

Un fonctionnaire lui a fait comprendre à demi-mot qu'il était comme des milliers d'enfants de cette époque, un enfant non désiré d'un père nazi et d'une mère de race inférieure. Un sous-homme. Un moins que rien.

La honte ne l'a jamais quitté.

La même honte que ma mère a dû ressentir et qui l'a incitée à ne jamais en parler. Plus encore que la honte, l'amour qu'elle nous portait l'a poussée à nous cacher l'existence de cet enfant.

Enfant de veuve était déjà assez difficile à porter, veuve de nazi et demi-frère de schleu aurait été insupportable.

J'ai compris ce qu'elle regrettait tellement. La mort de son mari, la perte de son enfant, la honte, la mort du deuxième homme de sa vie.

À hauteur de Speyer, je suis ralenti par des travaux sur le pont qui enjambe le Rhin. Je perds une bonne demi-heure, bloqué entre les camions et les caravanes de Hollandais.

Dès que l'autoroute s'ouvre à nouveau, j'enfonce l'accélérateur. Je monte à cent quatre-vingts.

Mes paupières sont lourdes, je zigzague entre les voitures pour rattraper le temps perdu.

Quand le coq a chanté, nous avons arrêté de parler.

Nous étions épuisés. Sa femme est venue nous servir du café. Laura s'est écroulée dans le canapé.

Mon téléphone me sort de ma torpeur.

Numéro inconnu.

— Stanislas ?

Je reconnais sans peine la voix de Nathan Katz.

— Vous avez reçu mon mail ?

— Je suis content pour toi.

— Vous avez fait du bon boulot, monsieur Katz. Sans vous, je n'aurais jamais su le fin mot de cette histoire.

Il soupire.

— Il faut parfois attendre de longues années pour recevoir une réponse.

J'ai l'impression qu'il évoque autre chose que mon histoire.

— Sans doute.

— Dans certains cas, c'est mieux.

Il laisse un blanc avant de poursuivre.

— Il y a une chose que tu ne sais pas et Reinhard non plus. J'ai retrouvé certains documents, des lettres aussi. Rudolf Volker est venu chercher Reinhard à Lwów au début du mois de juillet 1944. Nous avons retrouvé les documents de transport. Il n'est pas allé directement chez ses parents. Il est d'abord retourné à Berlin et l'a placé dans une famille d'accueil parce qu'il a dû partir en mission à Alexandrie, en Égypte. L'enfant est resté à Berlin jusqu'au début du mois d'août. Quand Rudolf est reparti avec lui en Allemagne, son frère était mort au front et ses parents ont refusé de prendre l'enfant. Ce sont eux qui lui ont donné l'adresse du couple de Messdorf. Rudolf Volker a trafiqué les papiers pour en faire leur fils adoptif, comme c'était le cas pour les *Lebensborn*.

— C'est une des zones d'ombre qui restait.

— À présent, tu en sais autant que moi. Je te salue, Stanislas, ton père aurait été fier de toi. Dieu te garde.

Il raccroche sans me laisser l'occasion de répondre.

Je passe Coblence. L'orage éclate.

Des trombes d'eau s'abattent sur la route.

Je pense à mon père, à ce qu'il a fait. *Par amour.*

Malgré moi, je suis forcé de ralentir.

Il est vingt heures trente, le ciel est noir d'encre.

J'imagine la détresse de ma mère quand elle a appris dans quelles circonstances mon père était mort et ce qu'il faisait pour elle. Malgré cela, la honte l'a emporté.

De nombreuses voitures se rangent sur le côté

pour échapper au déluge. Des éclairs traversent le ciel.

J'agrippe mon téléphone, fais le numéro que je connais par cœur sans jamais le composer.

Sa voix me fait sursauter.

— Oui ?

— Sébastien ?

— Qu'est-ce que tu veux ?

— Il faut que je te parle.

— De quoi ?

— J'aimerais te voir.

— Tu me verras à Noël, je n'ai pas beaucoup changé.

Il raccroche.

En temps normal, je me serais arrêté là.

Je refais le numéro.

— Quoi encore ?

— Cinq minutes, je te demande cinq minutes.

Il se tait.

Me connaissant, il se doute que c'est important.

— Bon, cinq minutes.

— Je peux passer chez toi ?

Un blanc.

— Quand ?

— Demain, à l'heure qui t'arrange.

— À l'heure qui m'arrange, c'est nouveau ça.

Cette fois, c'est moi qui me tais.

— Bon, OK, demain. Vers midi.

— D'accord, je serai là à midi.

Je perçois une hésitation. Il veut ajouter quelque chose.

J'attends.

Il reprend.

— Un truc…

Il semble embarrassé.

— Je t'écoute.

— Voilà, Julie est enceinte. Comme ça, tu le sais.

Les essuie-glaces ne parviennent pas à chasser les torrents d'eau. Je double un camion en perdition, les feux de détresse allumés.

— C'est pour quand ?

— Octobre.

— OK, à demain.

Après les fleurs, j'ai quitté Reinhard. Nous avons promis de nous revoir.

J'ai déposé Laura à la gare de Wolfsburg et j'ai pris la route pour Zusmarshausen.

Je passe Cologne, la pluie se calme, j'accélère de plus belle.

Il est vingt-deux heures lorsque je passe la frontière.

Le temps est sec, il n'a pas plu en Belgique. La route est dégagée. J'accélère.

Il me reste une centaine de kilomètres à parcourir lorsque je prends ma décision.

Je reprends le téléphone.

— Thierry ?

Il ne semble pas surpris de mon appel.

— Oui, Stan ?

— Tu peux planifier l'opération. Si j'en sors impuissant, je te casse la gueule.

Il rit.

— D'accord. Je suis content. Je m'occupe de ça. Je te rappelle demain au plus tard.

— Salut.

Il me retient.

— Attends…

— Quoi ?

— Je voulais te dire, je suis désolé pour dimanche. Je ne pensais pas ce que je disais. Je n'ai pas envie de te perdre, tu n'es pas un pauvre con.

— Laisse tomber. En plus, ce n'est pas tout à fait faux.

J'entre dans Bruxelles. Il est vingt-trois heures trente. Je ne parviens plus à garder les yeux ouverts. Je jette un coup d'œil dans le rétroviseur. J'ai l'air d'un zombie.

Il me faut quinze minutes pour arriver à destination.

Je gare la voiture.

Je repère un rai de lumière derrière l'une des fenêtres. Je décide de tenter le coup. Je grimpe les marches, sonne à la porte de l'immeuble.

L'interphone me répond.

— Oui ?

— Stanislas Kervyn.

Elle s'égosille.

— Vous êtes fou ?

— Oui.

— Je descends.

La porte s'ouvre quelques secondes plus tard. Elle est pareille à elle-même. Son maquillage s'est estompé. Elle est plus belle encore.

Elle me dévisage.

— Vous avez vu votre tête? Qu'est-ce que vous voulez?

— Deux choses.

— La première?

— Merci, Laura.

Elle sourit.

— La maison prend en considération la grande satisfaction du client. La seconde?

— Une question.

Elle lève les yeux au ciel.

— Allez-y. Je crains le pire.

— Ça vous dirait de déjeuner avec moi?

Épilogue

— Je te salue, Stanislas, ton père aurait été fier de toi. Dieu te garde.

Nathan raccrocha.

Il se regarda dans le miroir. Cela faisait vingt-quatre ans qu'il n'avait plus assuré l'aboutissement d'une mission.

Petit à petit, il s'était retiré de l'opérationnel pour superviser les équipes. Les Rats se faisaient plus rares. La plupart étaient morts. Certains ne seraient jamais punis pour les crimes qu'ils avaient commis. Avec le temps, il s'en était fait une raison.

En revanche, les années n'avaient pas assouvi sa soif de vengeance pour le responsable de la mort de sa femme, de son fils et des membres du Chat.

Il s'empara du pistolet et en vérifia le fonctionnement.

Il reprit le combiné du téléphone.

Son ami lui répondit à la deuxième sonnerie.

— Bonsoir, Moshe.

— Bonsoir, Nathan.

— Tu viens faire une petite balade digestive avec moi ?

L'homme hésita.

— Je ne sais pas, il risque de pleuvoir.

— Sans doute, Moshe, mais ce n'est pas un peu de pluie qui va nous faire peur. Nous en avons vu d'autres.

— Tu as raison.

— Nous ferons le tour du Stutensee, ce sera calme à cette heure-ci.

— D'accord. Viens me chercher, je t'attends.

Il raccrocha, glissa l'arme dans sa ceinture et sortit de la maison.

Les premières gouttes de pluie firent leur apparition.

Note au lecteur

Ce roman est une fiction dans laquelle se côtoient personnages réels et imaginaires.

L'histoire de la famille polonaise évoquée dans ces lignes est basée sur des faits réels. Stanislas Jaskiewiecz, sa femme et ses trois filles ont existé. Les parcours de Marischa et de Barbara décrits dans le roman sont conformes à la réalité.

La plus jeune des filles s'appelait Ivona. Sa photo se trouve en couverture de ce roman. Elle est née le 28 mars 1926, à Lwów. L'épisode qu'elle a vécu lors de ses treize ans est, à regret, authentique.

En décembre 1941, à l'âge de quinze ans, elle a fait la connaissance d'un soldat allemand qui occupait leur résidence d'été à Radziechow, alors réquisitionnée par l'armée allemande. Ils sont tombés amoureux et se sont mariés à Lwów, le 16 juillet 1942.

De leur union est né un garçon, Reinhard, le 15 juin 1943.

Fin juillet 1944, Ivona a fui en compagnie de ses parents devant l'offensive russe. Pour des raisons de sécurité, elle a confié à son mari le soin de transférer l'enfant en Allemagne.

Elle ne reverra son fils que des années plus tard, lors de visites annuelles à ses parents, en taisant son existence aux enfants nés de son second mariage.

J'ai fait la connaissance de Reinhard le 12 décembre 2003, lors des funérailles de Marischa Jaskiewiecz. J'avais alors cinquante ans.

Depuis, j'ai revu Reinhard à plusieurs reprises. Il habite à Messdorf. Il est chasseur et continue d'exercer son métier. Les informations qu'il m'a communiquées lors de nos rencontres m'ont aidé à remonter certaines parties enfouies de cette histoire.

Reinhard est mon demi-frère.

Ivona Jaskiewiecz était ma mère.

Je lui adresse tout mon amour.

DEUXIÈME PARTIE

TROISIÈME PARTIE

QUATRIÈME PARTIE

DU MÊME AUTEUR

À La Manufacture de Livres

UN LONG MOMENT DE SILENCE, 2013, Folio Policier nº 728

BACK UP, 2011, Folio Policier nº 685

Aux Éditions Krakoen

LE VALET DE CŒUR, roman, 2010 (réédition de QUATRE VALETS ET UNE DAME)

LE MYSTÈRE KRAKOEN, nouvelles, 2010

ONZE BALLES PERDUES, nouvelles, 2010

LE BAISER DE L'OMBRE, roman, 2010

LA TROISIÈME VAGUE, roman, 2009

Chez Seff Éditions

QUATRE VALETS ET UNE DAME, roman, 2005

CLAIRS OBSCURS, roman, 2003

LE SEIZIÈME PASSAGER, roman, 2002

LES SANGLOTS LONGS, roman, 2002

Chez d'autres éditeurs

POLYCHROMES, nouvelles, 2011, *Éditions Écorce*

SUN TOWER, roman, 2007, *MMS Éditions*

FENÊTRES SUR COURT, nouvelles, 2006, *MMS Éditions*

Composition IGS-CP
Impression Novoprint
le 25 avril 2014
Dépôt légal : avril 2014

ISBN 978-2-07-045507-2./Imprimé en Espagne.

255973